Lee Hochol

Heimatlos

Erzählungen

Aus dem Koreanischen
von Heike Lee und Lee Tae Hoon

Reihe Phönixfeder 20

OSTASIEN Verlag

Der Druck dieses Buches erfolgte mit Unterstützung
des Korea Literature Translation Institute (LTI Korea), Seoul.

Die Publikation der deutschen Ausgabe von 탈향 (T'al-hyang)
wurde durch das KL Management vermittelt.

Bibliographische Information der Deutschen Nationalbibliothek
Die Deutsche Nationalbibliothek verzeichnet diese Publikation
in der Deutschen Nationalbibliographie; detaillierte bibliographische Daten
sind im Internet über http://dnb.d-nb.de abrufbar.

ISBN 978-3-940527-71-4
© 2013. OSTASIEN Verlag, Gossenberg (www.ostasien-verlag.de)
1. Auflage. Alle Rechte vorbehalten
Redaktion, Satz und Umschlaggestaltung: Martin Hanke und Dorothee Schaab-Hanke
Druck und Bindung: Rosch-Buch Druckerei GmbH, Scheßlitz
Printed in Germany

Inhalt

Vorwort: Geschichte im Spiegel

„Wir betrachten den Antikommunismus als oberstes Prinzip unserer Politik …" Die Monotonität nimmt der Radiostimme nichts von ihrer Bedrohlichkeit, die endlosen Wiederholungen verursachen einen bohrenden Schmerz, der den ganzen Körper durchfährt und den erst eine wie auch immer geartete Betäubung erträglich werden lässt. Doch nur für den, der plötzlich ausgestoßen wurde, ausgestoßen aus der Menge der Unbehelligten, hinein in den Kreis der Verdächtigen. So ergeht es dem Protagonisten in Lee Hochols Erzählung *Vermasselter Amtsantritt* (1965). Kyuho, Oberst a.D. und Veteran des Koreakrieges, ist ein strammer Antikommunist, doch plötzlich sieht er sich verfolgt und versteht die Welt nicht mehr. Hals über Kopf tritt er die Flucht an, und von da an treibt ihn nur noch eins – Angst. Irrationale Angst, erzeugt von einer Gesellschaft, der jede Rationalität abhanden gekommen zu sein scheint, hinter deren scheinbarer Willkür jedoch allzu oft durchaus beabsichtigtes Handeln erkennbar wird. Einfühlsam und eines gewissen Humors nicht entbehrend schildert Lee Hochol die Flucht seines Protagonisten, der sich, beinahe wahnsinnig vor Angst, Hals über Kopf in Alkohol und Frauen stürzt. Kyuho lebt im Seoul der beginnenden 1960er Jahre, jener Zeit, als Generalmajor Pak Chŏnghŭi (Park Chung Hee, 1917–1979) nach einem Staatsstreich an der Konsolidierung seiner Macht arbeitet. Es bereitet jedoch keine Schwierigkeiten, sich einen Kyuho wenige hundert Kilometer weiter nördlich vorzustellen, im Nordkorea der 1960er Jahre. Die beiden koreanischen Staaten jener Zeit, auf den ersten Blick scheinbar so extrem gegensätzlich, sind sich auf den zweiten Blick ähnlicher, als mancher vermuten mag.

Lee Hochol beging im letzten Jahr (2012) seinen 80. Geburtstag. In der nordkoreanischen Hafenstadt Wonsan geboren, geriet er mit achtzehn Jahren als Soldat der Volksarmee in Kriegsgefangenschaft und entschied sich, im Süden des Landes zu bleiben. Hier debütierte er 1955 mit der Erzählung *Heimatlos* über das Schicksal von vier jungen Nordkoreanern, die es während des Koreakrieges in die Hafenstadt Pusan verschlägt.

Von dieser Zeit an widmet sich Lee vorrangig dem Schreiben. Setzt er sich Ende der 1950er Jahre in seinem literarischen

Schaffen vorrangig mit den tragischen Folgen des Koreakrieges im Leben der „kleine Leute" auseinander, bildet in den 1960er Jahren die nationale Teilung Koreas immer mehr die zentrale oder zumindest hintergründige Thematik seines Werkes.

1974 wird Lee zu anderthalb Jahren Gefängnis verurteilt, da ihn die Staatsanwaltschaft anklagt, das Antikommunismusgesetz und das Staatssicherheitsgesetz verletzt zu haben. Ihm und weiteren Schriftstellern wirft das den Antikommunismus als Leitidee proklamierende Regime vor, in einem Artikel die südkoreanische Gesellschaft kritisiert zu haben. Eindrücke jener Tage finden ihre Widerspiegelung in der Erzählung *Flucht* (1977), in der Lee sehr eindrucksvoll die subtilen Gefühle beschreibt, die den Protagonisten kurz nach seiner Entlassung aus dem Gefängnis bewegen und ihn „die Welt hier draußen" als irreal, geradezu gespenstisch empfinden lassen. In den Jahren der Diktatur Pak Chŏnghŭis verbüßt Lee nach dieser ersten Inhaftierung noch weitere Gefängnisstrafen als politischer Gefangener.

Der vorliegende Band beginnt mit vier Erzählungen aus den 1950er Jahren, die sich alle mit der Thematik des Koreakrieges befassen. Die bekannteste darunter, *Heimatlos* (1955), spielt in Pusan. Dorthin hatte sich neben zahllosen Flüchtlingen auch die südkoreanische Regierung zurückgezogen, als die Truppen der nordkoreanischen Volksarmee im Herbst 1950 beinahe den gesamten Süden Koreas besetzten. Nur ein kleines Gebiet im Südosten des Landes um die Hafenstadt Pusan herum blieb in südkoreanischer Hand. Dorthin verschlug es die vier Jugendlichen, deren bittere Erfahrungen Lee Hochol hier eindrucksvoll schildert. Als Titelerzählung für diesen Band, dessen Auswahl an Erzählungen – vom Autor selbst getroffen – einen Eindruck seines Gesamtwerks vermitteln soll, ist *Heimatlos* insofern prädestiniert, als in ihr als dem Erstlingswerk Lee Hochols genau das angesprochen wird, was sich bis ins Spätwerk hinein als zentrale Thematik seines literarischen Schaffens herauskristallisiert: die Teilung Koreas als nationale Tragödie und wesentliche Ursache für teilweise absurde politische und gesellschaftliche Entwicklungen.

Zwei der jungen Protagonisten dieser Erzählung begegnen uns noch einmal in *Hochflut* (1959), einem Werk, das zwar vier Jahre nach *Heimatlos* entstand, dessen Handlung jedoch vor der

Flucht der vier jungen Männer in den Süden des Landes einsetzt. Hier beschreibt der Autor das Leben in einem nordkoreanischen Dorf nahe der Demarkationslinie im Herbst 1950. Mit der Landung der US-Truppen bei Inchŏn Mitte September 1950 veränderte sich die Kriegslage schnell. Bereits am 30. September 1950 überschritten die Truppen der Nationalarmee den 38. Breitengrad und erreichten – nun mit tatkräftiger Unterstützung der UN-Truppen – bereits im November 1950 den Yalu, die Grenze zur VR China. Auf diese Bedrohung reagierte China mit der Entsendung der sogenannten Volksfreiwilligen, und im Zuge einer nordkoreanisch-chinesischen Offensive, die am 1. Januar 1951 startete, wurde Seoul bereits zwei Tage später, am 3. Januar 1951, zum zweiten Mal von Truppen der Volksarmee besetzt. Vor diesem historischen Hintergrund – dem Einmarsch der Nationalarmee im September 1950 bis zur Rückeroberung des Dorfes durch die Truppen der Volksarmee im Januar 1951 – spielt die Erzählung *Hochflut*. Den Soldaten der Nationalarmee begegnen die meisten Dorfbewohner gelassen. Sie sehen sich in erster Linie als *eine* Familie mit gemeinsamen Vorfahren, darauf bedacht, die Stürme der Zeit als solche möglichst unbeschadet zu überstehen. Wer noch vor kurzem mit den Kommunisten zusammenarbeitete, wird nicht an die Nationalarmee verraten, denn Blutsbande binden enger als jede Ideologie. Doch ganz sicher sein kann man sich dessen wohl nicht; denn am Ende besteigen Kwangsok und Tuchan im Gefolge der sich zurückziehenden Nationalarmee ein Schiff, das sie ins sichere Pusan bringen soll.

Etwa die Hälfte der im vorliegenden Band veröffentlichten Erzählungen entstand zwischen 1961 und 1979, jener Zeit, da Pak Chŏnghŭi als Präsident der 3. und 4. Republik die Geschicke des Landes lenkte. Nicht nur das politische Engagement seiner Tochter, Pak Kŭnhye (Park Geunhye) – 2012 siegte sie als Kandidatin der Regierungspartei (Saenuri-dang) bei den Präsidentschaftswahlen und lenkt nun als erste Präsidentin die Geschicke des Landes –, führte dazu, dass jene Zeit der modernen koreanischen Geschichte und hierbei insbesondere die Rolle Paks in der öffentlichen Wahrnehmung erneut heiß diskutiert werden.

An der Person Pak Chŏnghŭis scheiden sich die Geister: Für die einen ist er der Modernisierer par excellence, der „starke

Mann", der das Land – zu Beginn der 1960er Jahre noch zu den ärmsten Staaten der Welt gehörend – wirtschaftlich an die Weltspitze brachte oder zumindest die Grundlagen dafür legte und nach dem sich mancher in Zeiten der Krise zu sehnen scheint. Für die anderen ist er ein brutaler Diktator, der Oppositionelle ins Gefängnis werfen ließ und selbst vor Folterungen und politisch motivierten Morden nicht zurückschreckte, der unter dem Banner des Antikommunismus demokratische Grundrechte mit Füßen trat und politischen Gehorsam mit wirtschaftlichen Geschenken belohnte. Beide Sichtweisen spiegeln Realität wider, es sind die zwei Seiten einer Medaille – der nachholenden Modernisierung.

Vor diesem politischen Hintergrund sind die in den 1960er und 1970er Jahren entstandenen Erzählungen zu verstehen. Lee Hochol hält der Entwicklungsdiktatur den Spiegel vor – jenseits wirtschaftlicher Entwicklungspläne, beeindruckender Exportstatistiken oder erschütternder Berichte über Menschenrechtsverletzungen. Wie erlebten die Menschen jene Zeit?

Die 1962 veröffentlichte Erzählung *Zermürbt* gehört zu den wohl eindrucksvollsten und eigenwilligsten dieses Bandes. Sie wurde bereits im Jahr ihrer Veröffentlichung mit dem Tongin-Literaturpreis ausgezeichnet. Ein Abend im Mai, die Familie sitzt im Empfangszimmer und wartet auf den Besuch der ältesten Tochter, die vor mehr als zwanzig Jahren in den Norden ging und von der seitdem jede Nachricht fehlt. Eine befremdende, beinahe gespenstische Atmosphäre: Das groteske Warten auf das Unmögliche initiierte das greise Familienoberhaupt, der Einzige im Übrigen, der nicht von der Sinnlosigkeit der Aktion überzeugt ist. Er, bereits nicht mehr im Vollbesitz seiner geistigen Kräfte, die Schwiegertochter, sich in stiller Unterwerfung und ebenfalls einer Art geistiger Umnachtung der Anweisung ihres Schwiegervaters kommentarlos fügend, ihr Ehemann, willenlos, labil, ohne jede emotionale Regung, und Yonghi, die jüngste Tochter des Hauses, die einzig Wache in diesem Raum, der isoliert von der Außenwelt seinen eigenen Gesetzen zu folgen scheint. Der von jeder historischen Perspektive abgeschnittene Raum erfährt hier eine extreme Steigerung ins Absonderliche. Er scheint nicht von dieser Welt, die Figuren in ihm wirken irreal, einzig Yonghi begehrt dagegen auf, doch bleibt sie ungehört, als spreche sie mit Wachsfiguren. Hinter dem Fenster, hinter der Tür lebt die reale Welt, mal bedrohlich „finster", untermalt vom „schauerlichen Knarren der Bäume", aber auch als der Ort, der etwas „Frisches, Lebendiges" hat. Nicht nur der geschlossene Raum und das Draußen korrelieren in dieser Erzählung; dem düsteren apokalyptisch anmutenden Heute im Raum wird ein helles, fröhliches und lebhaftes Gestern gegenübergestellt, ein Gestern, als die älteste Tochter noch im Haus lebte. Die Teilung des Landes, ein in Lees Prosa stets wiederkehrendes Sujet, bildet auch hier den Hintergrund der Geschichte.

Lees Protagonisten sind die einfachen Leute, um ihr Denken und Fühlen, ihre Ängste geht es in seinen Erzählungen. Kyuho, wie vom Wahnsinn getrieben auf der Flucht vor einer imaginären Strafe, Songgyu, der durch einen glücklichen Zufall den Koreakrieg überlebte, und nun ein Leben führt, das die Gäste seiner Geburtstagsparty zu der Überlegung veranlasst, „ob es nicht vielleicht doch besser gewesen wäre, er wäre damals gestorben, als dass er jetzt fett wie ein Schwein dahinlebte." Ein Ehepaar, modern und gebildet, das ein weißer Gummischuh zu der Erkenntnis führt, dass der Abschied vom Aberglauben der Vorväter schwieriger ist als gedacht. Hyonu, geplagt von melancholischen Erinnerungen an jene Zeit vor zwanzig Jahren, als er sein nordkoreanisches Heimatdorf verließ und seinem Bruder zum Abschied nur „ein paar unfreundliche Worte an den Kopf warf", nicht ahnend, dass dies ein Abschied für immer sein würde. Und doch hat er sich in seinem neuen „südkoreanischen" Leben eingerichtet, endgültig eingerichtet, wie ihm ein Landsmann aus der alten Heimat schmerzlich zu Bewusstsein bringt.

Die letzten drei Erzählungen dieses Bandes entstanden in den 1990er Jahren. In ihnen thematisiert Lee Hochol noch einmal eines der wichtigsten Anliegen seines gesamten literarischen Schaffens – die Verarbeitung der nationalen Teilung, des Traumas seiner Generation. In *Gesetzlos, illegal, legal* (2000) verarbeitet der Autor die Erfahrungsberichte zweier Veteranen des Koreakrieges. Etwa ein halbes Jahrhundert nach Kriegsende treffen sich zwei ehemalige Soldaten dieses Krieges wieder – der eine schlug sich seitdem als Tagelöhner durchs Leben, der andere verbrachte ein behagliches Leben als Rechtsanwalt. Der eine entging in buchstäblich letzter Sekunde nur dank eines glücklichen Zufalls und des beherzten Eingreifen eines Freundes dem Tod durch ein Militärgericht, der andere hätte ihn, der unschuldig war, damals entlasten können, hatte es aber nicht getan. Was bedeutet das Gesetz in „gesetzlosen Zeiten"? Wie steht es mit Verantwortung und zivilem Ungehorsam in Zeiten des Krieges?

Auf Deutsch liegen von Lee Hochol bisher zwei Romane – *Kleine Leute* (1964/2007) und *Menschen aus dem Norden, Menschen aus dem Süden* (1996/2002) – sowie eine, leider nur teilweise übersetzte Erzählung – *Panmunjom*[1] (1961/2005) – vor.

Heike Lee
Hamburg, im Februar 2013

---

1 In: Bräsel, Sylvia; Lie, Kwang-Sook (Hg.): *Koreanische Erzählungen.* Deutscher Taschenbuch Verlag, München 2005.

Vorwort des Autors

Beinahe sechzig Jahre, seit 1955, schreibe ich Erzählungen und Romane. Literatur, „Schreiben" – was ist das eigentlich für mich? Von dem Ort, an dem ich geboren wurde – Wonsan in Nordkorea – sind es von Seoul 220 km, Richtung Norden, über die Demarkationslinie hinweg. Mit dem Auto dauerte das nicht länger als drei Stunden. Doch im Dezember 1950, während des Koreakrieges, kam ich als Flüchtling in den Süden, allein, und seitdem lebe ich hier, völlig abgeschnitten von der Heimat. Keine noch so kurze Nachricht bekam ich von meiner Familie, ganz abgesehen von Briefen oder gar der Möglichkeit, einmal dorthin zu reisen. Ich weiß nicht, wann, wo und wie meine Eltern verstorben sind. Seit fast sechzig Jahren. Wie ist so etwas möglich?

Es muss vor etwa zwanzig Jahren gewesen sein, 1992, auf einer Reise nach Russland. Ich fuhr nach Jasnaja Poljana, dem Geburtsort Leo Tolstois – genau 220 km von Moskau entfernt. Hin und zurück an einem Tag. Abends erzählte ich beim Essen folgende kleine Geschichte:

„Der Mann, der hier vor Ihnen sitzt, wurde in Wonsan geboren, einer Stadt, die von Seoul, wo er derzeit wohnt, 220 km entfernt ist, genau so weit wie die Strecke, die wir heute zurückgelegt haben. Aber ich bekam in den vergangenen vierzig Jahren keine einzige Nachricht von dort, ich weiß nicht einmal, ob meine Mutter und mein Vater noch leben, ganz zu schweigen davon, dass ich jemals die Chance gehabt hätte, dorthin zu fahren. Denn unser Land ist durch die Demarkationslinie geteilt."

Der Russe, dem ich dies erzählte, erschrak. „Aber das ist doch nicht möglich! Was machen denn dann die Mächtigen auf beiden Seiten den ganzen Tag lang? In einer zivilisierten Welt wie heute, wie kann es da noch so etwas geben? Das überrascht mich wirklich."

Eine ähnliche Erfahrung machte ich in Guadalajara, Mexiko. Dort war ein Radiointerview von fünfzehn Minuten geplant, doch als ich das Problem der Teilung ansprach, war der Moderator derart überrascht, dass er das Interview spontan auf vierzig Minuten verlängerte.

Damals wurde mir erneut die große Wirkung von Literatur bewusst. Ich bekam einen Eindruck davon, auf welch unterschiedliche Weise der weit verbreitete Begriff des „Geteiltseins"– „geteiltes Korea" oder „geteiltes Deutschland" – verstanden wird und wie Literatur dabei helfen kann, dieses Phänomen zu konkretisieren.

Mein Gesprächspartner in Russland oder der mexikanische Radiomoderator wussten zwar, dass ich aus einem geteilten Land kam, doch dem allgemein bekannten Wort „Teilung" hatten sie bisher kaum Beachtung geschenkt. Als sie mir nun gegenübersaßen, „einem Menschen, der aus diesem Land kam", und direkt aus seinem Mund von den traurigen Umständen dort hörten, waren sie beide sehr erschrocken … Betrachten wir diese Tatsache einmal genauer:

Ist sie nicht ein Hinweis darauf, welch enorme Wirkung Literatur haben kann, welch gewaltige Kraft in ihr steckt?

Auch das grundlegende Esprit, das die fünfzehn Erzählungen dieser Anthologie mit dem Titel *Heimatlos* durchdringt, ist der Schmerz der Heimatlosigkeit, das heißt der Schmerz jener, die durch äußere Umstände dazu gebracht werden, ihre Heimat zu verlassen. Jede einzelne dieser Erzählungen hinterlässt bei mir, dem Autor, der sie einst niederschrieb, wenn ich sie jetzt nach so vielen Jahren wieder lese, ganz andere Emotionen, und unabhängig von der jeweiligen historischen Situation sind einige Geschichten darunter, die mir mit der Zeit immer besser gefallen, und so fühle ich irgendwo tief in mir ganz deutlich eine Seelenverbundenheit mit meiner Mutter, die mir Kraft gab. Und nicht nur das – auch die Landschaft meiner Heimat erscheint oft vor meinem geistigen Auge.

So hoffe ich, dass Sie, liebe Leser, diesen Schmerz nachempfinden können, den Schmerz Koreas, dieses Landes, in dem ich seit 80 Jahren lebe und das schon so viele Jahrzehnte geteilt ist.

Lee Hochol

Seoul, 27. Januar 2013

Heimatlos

Der Güterwagen, der uns eine Nacht lang als Unterschlupf gedient hatte, verschwand oft genug bereits am nächsten Tag. Bisweilen mussten wir noch am Abend den Waggon mehrfach wechseln. Hatten wir erst einmal einen Platz zum Schlafen gefunden, waren wir einigermaßen zufrieden. Hawon und ich, die Jüngeren, lagen in der Mitte, zu beiden Seiten hatten sich Tuchan und Kwangsok zum Schlafen hingelegt.

Riss uns mitten in der Nacht ein merkwürdiges Geräusch aus dem Schlaf, so war der Güterwagen schon an eine Lokomotive gekoppelt und befand sich in Fahrt.

„He, wacht auf! Los, schnell …"

Noch halb im Schlaf mussten wir dann aufstehen und aus dem Wagen springen. Kwangsok stellte sich dabei oft ungeschickt an. Er sprang nicht in Fahrtrichtung, sondern mit dem Rücken zur Lok. Zum Zeitpunkt unseres Absprungs befanden wir uns entweder vor Kai IV in Choryang oder am Bahnhof Pusanjin. Dann galt es, nach einem anderen leeren Waggon Ausschau halten, in dem wir die Nacht verbringen konnten.

„Ach, dieses Leben ist einfach unerträglich …"

„…"

„Verfluchtes Schicksal", pflegte Kwangsok seiner Wut Ausdruck zu verleihen, ohne jemanden direkt anzusprechen.

Doch am nächsten Morgen machten wir vier uns pünktlich und diszipliniert auf den Weg zu Kai III. Ordentlich einer neben dem anderen saßen wir vor der Frau in der Garküche und nahmen unser Frühstück ein.

„Iss noch was hiervon!"

„Hm."

„Nun iss doch!"

„Hier, nimm auch noch ein bisschen!"

Obwohl es sich bei den Beilagen um kleine Delikatessen wie beispielsweise Degenfisch handelte, übten wir gegenseitig Verzicht und forderten einander auf zuzulangen.

Machte im dunklen Güterwagen eine Makkolli-Flasche* die Runde, redeten wir alle vier laut durcheinander. Hawon, der Jüngste, enthüllte uns immer wieder seine Neuigkeiten: „He, in Pusan gibt's keinen Schnee. Hallo, schlaft ihr schon, Leute? Jetzt schon? Wirklich. Kwangsoks Brunnen zu Hause, wisst ihr? Wenn es schneit, hm? Auf dem Hof hinter seinem Haus steht doch dieser Chinesische Wacholder, der wie ein weißer Sonnenschirm aussieht. Eines Tages ganz früh am Morgen, da war die Frau aus dem Changjagol-Haus gerade dabei, die erste Kelle Wasser zu schöpfen, als ihr plötzlich vom Baum ein Klumpen Schnee auf den Kopf fiel und dort liegen blieb. Und wie ich da auf einmal laut lachen musste, dachte sie gar nicht daran, den Schnee wieder abzuschütteln, sondern lachte auch. Sie lachte doch immer so gern."

Grinsend sagte Kwangsok: „Die hiesigen Hafenarbeiter aus unserer Arbeitsgruppe haben mich gefragt, ob wir verwandt wären. ‚Ja‘, habe ich gesagt. Da meinten sie: ‚Ach so.‘ Na, ihr wisst schon. Komische Typen. Ist der schon besoffen?" Und nach einer kleinen Pause fuhr er fort: „He ihr, wann brechen wir eigentlich auf, zurück in die Heimat?"

Tuchan lallte: „Wird wohl bald so weit sein. Aber hier machen wir doch auch ein paar gute Erfahrungen."

„Na, und ob."

„Wenn wir zurückgehen, gehen wir aber alle zusammen, nicht wahr?"

„Auf jeden Fall. Ist doch klar. Wenn wir vier uns hier trennen würden, na, das wäre ja … Zum Teufel, unvorstellbar wäre das! He, ich bin echt in Laune. Trinken wir noch was? Jeder noch ein Schälchen, nur noch ein einziges."

Kwangsok grölte ein Lied, Tuchan hämmerte gegen die Wand des Güterwagens und bemühte sich vergebens, den Takt zu halten. Hawon erledigte kleine Wege für uns und kaufte beispielsweise noch eine Flasche Makkolli oder Zigaretten. Und ich fiel für gewöhnlich todmüde um und schlief ein.

Eines Tages schleppte Kwangsok den Leiter unserer Arbeitsgruppe an. Tuchan lag im Waggon ausgestreckt und tat so, als würde er ihn nicht kennen. Hawon machte eine überaus zufriedene Miene, als empfinge er einen Ehrengast. Kwangsok gab ihm Geld für ein paar Flaschen Makkolli, und auf der Stelle sauste Hawon los. Außerdem kaufte er noch eine Kerze. Erst als er wieder zurück war, erhob sich Tuchan widerwillig.

„Wie haust ihr denn hier?", fragte der Besucher.

„Das sind alles neue Erfahrungen, die wir machen", antwortete Kwangsok höflich. Doch schon fiel ihm Tuchan wütend ins Wort: „Mischen Sie sich nicht ein!", fuhr er den Arbeitsgruppenleiter an, und dieser entgegnete: „Aber ihr solltet was unternehmen. Oder wollt ihr die ganze Zeit über so leben?"

„Sie sollten sich da raushalten. Was mischen Sie sich überhaupt ein in die Angelegenheiten anderer Leute?"

Nach einer Weile erhob sich der Besucher. Kwangsok begleitete ihn hinaus und kam wieder zurück: „Tuchan, was bist du bloß für ein Dickkopf!"

„Wieso?"

„Ach Mensch, das ist alles ein Elend", meinte er, und als Tuchan schwieg, murmelte er vor sich hin: „In der Fremde muss man offen sein und sich anpassen können. Das ist am wichtigsten."

Tuchan und Kwangsok waren dreiundzwanzig. Jedoch sah Tuchan vier, fünf Jahre älter aus. Er war schlank, von hohem Wuchs und kräftig gebaut. In seinem dunklen Gesicht funkelten zwei grimmig dreinblickende Augen, die vollen Lippen bewegten sich schwerfällig und machten großen Lärm, wenn ein Schälchen Alkohol sie passiert hatte, doch in nüchternem Zustand brachten sie kaum ein Wort heraus. Kwangsok war ebenfalls groß, indes ein wenig mager, sein sonnenverbranntes Gesicht wirkte etwas unsauber, und zu seiner wohlgeformten Nase gesellten sich kleine Augen, schmale Lippen und eine Zunge, die unablässig schwatzte. Auch der aufmerksamste Beobachter hätte in Kwangsoks leichtfertigem Auftreten nirgendwo auch nur eine Spur von Besonnenheit entdecken können. Hawon war siebzehn, ein Jahr jünger als ich. Egal wo er sich befand, stets stand sein Mund ein wenig offen.

Als damals das Gerücht umging, die chinesischen Truppen rückten nach Süden vor, bestiegen viele Menschen Hals über Kopf irgendein Flüchtlingsschiff. Als wir vier uns dann auf dem Meer, in dieser unendlichen Einsamkeit, unerwartet wieder trafen, erfüllte uns unbeschreibliche Freude.

„Ach, du bist hier? Und du auch?"

Einen Tag und eine Nacht verbrachten wir in der Schiffskabine, am nächsten Morgen entledigte sich das Schiff seiner Last und entließ uns in die Straßen Pusans. Für uns vier war es die erste Erfahrung mit der Fremde, und ratlos sahen wir einander an. Der

Umstand, dass wir alle weitläufig miteinander verwandt waren, erlangte hier, unter dem weiten Himmel der großen Hafenstadt im Süden des Landes, neue Bedeutung.

„He, Leute, der Tag, an dem wir uns trennen, soll unser letzter sein, der Tag unseres Todes", wiederholte Kwangsok mehrfach.

Einen Monat verbrachten wir in Pusan, ohne dass sich etwas Besonderes ereignete. Doch der Tag unserer Heimkehr in den Norden rückte in immer weitere Ferne. Während dieses einen Monats schmiedeten Tuchan und Kwangsok, jeder auf seine Weise und ohne die anderen davon etwas merken zu lassen, eigene Pläne, was ganz natürlich war und weswegen ihnen auch niemand einen Vorwurf machen konnte. In Anbetracht der Tatsache, dass eine Rückkehr in unser Dorf nicht ohne weiteres möglich war, hatten sich die beiden gesagt, es könne doch nicht ewig so weitergehen und Alternativen müssten gefunden werden. Dabei jedoch, so dachte jeder von ihnen, standen die anderen drei nur störend im Weg. So wurden wir uns allmählich fremder, und jeder versuchte heimlich die wahren Absichten der anderen zu durchschauen.

Kwangsok öffnete sich von Anfang an ohne jeden Vorbehalt den einheimischen Arbeitern. Ob es nun am unüberlegten Handeln lag, das ihm die Leute nachsagten, oder aber an seiner guten Anpassungsfähigkeit, sei dahingestellt. Auf jeden Fall luden sie ihn auf ein Schälchen Makkolli ein, und er verstand es, sich geschickt an ihren Gesprächen zu beteiligen, machte viel Wesens um seine Geschichten über den Norden, seine Heimat, und bereits nach einigen Tagen begrüßten ihn die Hafenarbeiter mit Handschlag, als wäre er seit langem einer von ihnen, während sie Tuchan, Hawon und mich weiterhin ignorierten.

„Hallo, wie geht's?", begrüßten sie ihn.

„Danke. Deinem verehrten Bruderherz", und damit meinte er sich selbst, „geht es gut."

„Was sind denn das für Manieren? Wer soll hier mein verehrtes Bruderherz sein?"

„Was reißt da bloß für ein Ton ein? Ach, verdammt, diese Welt heutzutage."

Auf diese Weise begrüßten sie einander scherzhaft, während Tuchan, Hawon und ich über Kwangsoks Auftreten einfach hinwegsahen, als gehörte er nicht zu uns. Offensichtlich fand er allmählich immer mehr Gefallen daran, lautstark mit den anderen Arbeitern zu schwatzen, und mit der Zeit trat er viel selbstbewusster auf.

Sein unmögliches Benehmen war unbeschreiblich und verdross obendrein Tuchan, der sich als wenig anpassungsfähig erwies, für seine Schroffheit bekannt war und dem es mehr um den praktischen Nutzen als den äußeren Schein ging. Sein eigenartig verschrobenes Gemüt schien andere Pläne zu verfolgen. Von diesem Zeitpunkt an verteilte er die Erlöse kleiner Diebstähle, die er im Hafen begangen hatte und die nicht mehr als zwei Mahlzeiten einbrachten, nicht mehr gleichmäßig unter uns, sondern lief, wenn er von der Arbeit kam, allein kreuz und quer durch die Straßen des Hafenviertels. An solchen Tagen kehrte er gewöhnlich stockbetrunken zu unserem Güterwagen zurück.

Hawon jammerte oft in weinerlichem Ton wie ein kleines Kind: „Ach, in Pusan schneit es nicht mal."

Trug der Wind Tuchans vom Alkohol entstellte Stimme, mit der er irgendein altes Lied brüllte, zu unserem Waggon herüber, erstarben darin sofort alle Geräusche, als hätte sie jemand unter einer Decke erstickt.

„Macht die Tür auf!", schrie er, und wenn wir dann die Tür aufschoben, erfüllte das matte Licht der Hafenbeleuchtung das Wageninnere mit einem bläulichen Schein. Tuchan stand vor der Waggontür, schwankte und lachte eine ganze Weile allein vor sich hin. Hawon hockte in seiner Ecke und jammerte. Dann kroch Tuchan in den Waggon und suchte, sich hechelnd durch die Dunkelheit tastend, zuerst Kwangsok.

„He, Kwangsok, verdammt, wo bist du, Mensch?"

Kwangsok lag auf dem Boden und fuhr Tuchan genervt an: „Warum? Was ist denn los, he?"

„Ich habe getrunken. Heute habe ich was geklaut. Sergestoff. Prima Qualität, sage ich dir. Ich hab' alles für mich behalten und versoffen. Na, bist du sauer? Es gibt überhaupt keinen Grund, sauer zu sein, Mensch."

Gereizt sprang Kwangsok auf: „Wenn du besoffen bist, dann leg dich hin und schlaf! Was soll das Theater? Hast dich doch wieder irgendwo allein volllaufen lassen, ohne uns."

„Ja-aa, das hast du gut gesagt. Genau, ich hab' mich allein vollllaufen lassen. Du mischst dich halt fröhlich unter die Pusaner und trinkst mit denen. Ich bezahle selbst für meinen Schnaps, aber du hast ja genug Leute, die dich einladen. Na, du bist ja sowieso ein Klasse-Kerl. Du hast so ein gutes Herz. Und ich bin eben ein Versager auf der ganzen Linie. Aber trotzdem fürchte ich mich vor nichts, vor rein gar nichts. Wir werden sehen. Wart's ab!"

Hawon richtete sich auf, setzte sich hin und fing laut an zu schluchzen.

Plötzlich setzte Kwangsok an, aus vollem Halse ein Lied zu grölen: „Kreuz des Südens, über deinem Antlitz, oh Mutter …"

Tuchan stand Kwangsok in nichts nach und brüllte, dass es im Waggon widerhallte: „Oh Nacht über Silla, oh Nacht über Silla, zehn Jahre fern der Heimat … Verdammt. Wart's ab, wie die Dinge laufen! Soll doch kommen, was da will. Verflucht! Du Mistkerl, du verdammter Mistkerl."

Mit den Füßen trat er gegen die Wand des Güterwagens.

Hawon heulte laut.

Am frühen Abend schlugen vereinzelt Regentropfen auf das Waggondach. Es wurde immer später, doch von Tuchan keine Spur. Kwangsok lag im Wagen und redete neunmalklug und geschwätzig wie ein altes Weib auf Hawon ein: „Auch wenn du auf der Straße läufst, benimm dich ordentlich! Was glotzt du immer heimlich in alle möglichen Gastwirtschaften? Wenn du draußen Süßkartoffeln isst, dann konzentrier dich doch aufs Essen und lecke nicht dauernd die Finger ab! Du musst dich auf Arbeit ein bisschen cleverer benehmen, sonst machen sich die Pusaner Arbeiter pausenlos über dich lustig. Warum bloß steckst du immer beide Hände in die Manteltaschen? Und die Fellmütze, wieso ziehst du die jedes Mal so tief ins Gesicht? Verzieh doch nicht andauernd die Fresse, nur weil es ein bisschen kalt ist! Wenn's dir hier im Süden schon zu kalt ist, wie hast du dann den Frost im Norden ausgehalten, he? Würdest du allein hier sein, wär's egal. Aber wir vier leben zusammen in dieser Stadt und stehen immer blöd da, weil du dich danebenbenimmst. Wie du weißt, behandeln uns die Arbeiter wie ihre Brüder."

Hawon antwortete nicht, und irgendwann schlief ich ein.

„He, aufwachen, los! Der Waggon … Schnell!"

Als wir die schwere Tür aufgeschoben hatten, bewegte sich der Lichtschein der Hafenbeleuchtung, der hell über das Dach einer niedrigen Baracke einfiel, seitwärts. Wir befanden uns bereits vor Kai IV. Ich sprang in Fahrtrichtung ab. Meine Hand stieß auf kalten, feuchten Schotter. Ich war gerade dabei, mich aufzurichten, als etwas weiter vorn jemand absprang. Als ich alle Sinne wieder beieinander hatte, sah ich, wie sich die Gestalt vor mir langsam erhob und vor dieser noch jemand aus dem Wagen sprang. Da gab der Waggon auch schon ein Quietschen von sich und fuhr in eine Kurve. Und genau in diesem Moment war von dort vorn zu hören, wie jemand absprang. Es hörte sich an, als sei er gegen etwas gestoßen. Ein kalter Schauer lief mir über den Rücken.

„A-aah"

Kwangsoks Stimme. Ich hörte, wie sein Körper über den Schotter geschleift wurde --- Poltern, Schürfen ---

Über der Lokomotive zeichnete sich ein roter Funke scharf gegen das Dunkel ab und stieg zum Himmel hinauf, wo ihn stocktiefe Finsternis begrub.

„A-aah."

Im Dunkeln umklammerte plötzlich jemand meine Hüfte. Tuchan. Aus der Finsternis flatterte ein unförmiger, riesiger Mantel auf uns zu, schwankend kam Hawon angerannt. Als er uns erreichte, steckten seine beiden Hände wie immer in den Manteltaschen, und er stand wie vor den Kopf geschlagen vor uns.

Plötzlich sprang ich los und rannte dem Zug hinterher.

„He!"

Ich drehte mich um. Tuchans Hände steckten in den Manteltaschen und er wandte sich von mir ab: „Wohin willst du?"

Als ich nicht antwortete, fuhr er fort: „Bleib hier! Es ist zu spät."

„Was sagst du da?!"

„Lassen wir ihn dort und gehen wir! Wenn du ihn jetzt findest, und was dann? Wir können ihm nicht mehr helfen."

Tuchan streifte mich mit einem kurzen Blick und sagte: „Ach, mach doch, was du willst! Komm mit oder bleib hier!"

Daraufhin stampfte er einfach in die entgegengesetzte Richtung davon. Dumpf hallten seine Schritte nach. War das möglich? Für einen Moment stand ich wie versteinert. Unter jedem seiner Schritte knirschte der Schotter, und das Geräusch, das sie hinterließen, Schritt für Schritt, hörte sich an wie ein Kauen.

Hawon heulte wie ein Schlosshund. Er kam zu mir, fasste mich am Ärmel und zog mich in die Richtung, in die Kwangsok verschwunden war.

„A-aah, Hilfe!", erklangen die Schreie nur noch schwach aus der Ferne. Der Zug war auf dem Weg nach Pusanjin bereits außer Sichtweite.

Unterdessen war der Nachthimmel aufgeklart. Wind kam auf.

Draußen fauchte der Wind um den Waggon. Hawon saß in einer Ecke und weinte.

Was mich betraf, so war ich von Anfang an weder so boshaft wie Tuchan gewesen noch so anpassungsfähig wie Kwangsok oder so ängstlich wie Hawon. Mir war es inzwischen egal, wie sich die Beziehung zwischen uns vieren entwickeln würde, obschon ich noch keinen konkreten Entschluss gefasst hatte, wie ich mich eventuell allein durchbeißen würde.

Sah ich mich zuweilen mit Hawons flehender, kindlicher Miene konfrontiert, rieselte mir vor Scham jedes Mal ein Frösteln über den Rücken. Dennoch wandte ich mich immer von ihm ab. Ich verstand mich selbst nicht. Oft fühlte ich mich ihm gegenüber schuldig, empfand so etwas wie Verantwortung für ihn, und umso gereizter war ich.

Kwangsok und Tuchan unterschieden sich in diesem Punkt wohl nicht wesentlich von mir, anders als mich schien sie das hingegen nicht groß zu belasten. Kein Zweifel bestand indes daran, dass wir uns seit jener Zeit, da wir unser gemeinsames Leben im Güterwagen begonnen hatten, immer mehr entfremdeten. Nach den zwei Monaten, die wir nun bereits gemeinsam verbracht hatten, nahm das nicht wunder.

Als ich mich aufgemacht hatte, Kwangsok zu suchen, gereichte mir das in der Tat zu einer Art Trost, und ich empfand zudem einen gewissen Stolz. Wichtig war doch allein, dass ich zu ihm ging. Ob er sterben oder leben würde, lag nicht in meiner Macht. Aber wenn ich mich bis zu seinem Tode um ihn kümmerte, so könnte ich später in der Heimat (sofern eine Rückkehr überhaupt möglich war) ohne Scham und mit ehrlichem Gewissen leben.

Hawon hatte schluchzend dagestanden, beide Hände in den Manteltaschen vergraben. Ich lud mir Kwangsok, dessen linker Arm in der Mitte wie ein zerteilter Rettich abgerissen war, auf den Rücken. Hawon schluckte die Tränen hinunter und folgte mir, indem er Kwangsok von hinten stützte.

So waren wir bis zu unserem Waggon gelangt.

Nach geraumer Zeit war Kwangsok wieder zu Bewusstsein gekommen, und zu unserem großen Erstaunen fragte er mit ruhiger, gefasster Stimme: „Wo sind wir hier? Wo ist Tuchan?"

Ich überlegte nicht lange und antwortete: „Er holt einen Arzt."

„Einen Arzt? Ach, du liebe Güte! Wie soll ich denn mit einem Arm leben? Hoffentlich kommt er bald wieder zurück."

Als wollte er sich aufrichten, bewegte sich Kwangsok schwer keuchend hin und her.

„Wir müssen unbedingt zusammen in unser Dorf zurückgehen, wenn es so weit ist. Tuchan hat mich wahrscheinlich falsch verstanden, ein Missverständnis. Ich muss ihm etwas sagen. Wie denkt ihr eigentlich über mich? Was habe ich falsch gemacht? Wollt ihr vielleicht für mich sorgen? Wollt ihr das wirklich?"

Am nächsten Morgen war er bereits tot.

Die Arbeitsmütze hing schief auf seinem Kopf, die linke Wange lag auf dem Waggonboden. Seine Lippen waren blutleer. Das schmale Gesicht erschien noch blasser. An den Wimpern hingen Tränen. Überall an seinem Körper klebte verkrustetes Blut. Hawon nahm ein Handtuch und wischte ihm das Kinn sauber. Dann gingen wir beide einfach zur Arbeit.

Tuchan saß schon da und frühstückte. Als er fertig war, wischte er sich mit der Hand den Mund ab und begann zu rauchen. Seine Augen hatten sich zu schmalen Schlitzen verengt, er hielt den Kopf schräg und sog gierig den Rauch ein. Die großen, funkelnden Augen wanderten bisweilen zum Himmel hinauf und schienen weit in die Ferne zu blicken.

Kaum waren wir an unserem Arbeitsplatz erschienen, wandte sich plötzlich ein älterer Arbeiter an Tuchan und fragte: „Warum fehlt denn heute einer von euch? Der immer so gern schwatzt, wo habt ihr den gelassen? Ist er weg?"

„Ja. Er ist jetzt an einen Ort, wo es ihm gut geht."

„Es geht ihm gut? Hat er eine Anstellung bekommen?"

Tuchan schwieg.

„Wo denn? Bei der US-Armee?"

„..."

„Da hat er Glück. Wollt ihr nicht auch dort anfangen?"

Ohne auf die Frage zu reagieren, drehte sich Tuchan plötzlich zu mir um. Als sich unsere Blicke trafen, wandte er sich schnell ab und sah gedankenverloren zum Leuchtturm am Meer hinüber. Der ältere Arbeiter rauchte seine Pfeife und fragte weiter: „Wo denn? Da im Militärdepot?

Tuchan antwortete noch immer nicht. Der Arbeiter sah zu ihm auf, klopfte die Pfeife auf dem Betonfußboden aus und erhob sich.

Als wir nach Feierabend auf die Straße hinaustraten, war Tuchan bereits weg. Hawon trat neben mich und stach mir mit dem Finger in den Oberschenkel. Als ich mich erschrocken umdrehte, erkannte ich Tuchan in einer der schmalen Gassen, über die sich gerade das Abendrot neigte. Er hatte uns den Rücken zugekehrt und schlenderte ziellos umher. Hawon und ich sahen uns an. Hawon begann schon wieder zu schluchzen. Ich wandte mich ab.

Ich schob die Waggontür auf, scheute mich jedoch hineinzusteigen. Hawon kletterte zuerst hinauf.

„Er schläft noch."

Im dunklen Wageninneren wirkte Hawons Gestalt, beide Hände in den Manteltaschen vergraben, übernatürlich groß. Er wusste noch nicht, dass Kwangsok tot war.

Ich erwiderte nichts. Erst jetzt liefen mir Tränen über die Wangen. Verlegen wollte ich sie abwischen, als mich Hawon entgeistert anstarrte. Da brach er ebenfalls in Tränen aus und schluchzte noch lauter als ich.

„Warum weinst du denn? Wenn du ..., wenn du nicht weinen würdest, ... dann würde ich auch nicht ...", brachte er mühsam unter Schluchzen hervor.

„Wir ... wollen nicht mehr weinen ... hm?"

Mit ganzer Kraft versuchte er die Tränen zu unterdrücken. Ich setzte mich auf den Boden des Güterwagens. Traurigkeit übermannte mich. Mehr noch als Kwangsoks Tod bedrückte mich meine gegenwärtige Lage und Hawons Zustand.

In der Nacht senkte sich milchigweißer Winternebel über die Stadt. Mit Ach und Krach gelang es mir, in einer der benachbarten Wellblechhütten Hacke und Spaten auszuleihen. Wir wickelten Kwangsok in eine alte Strohmatte. Hawon heulte.

Tief in der Nacht trugen wir den Toten hinaus. Während wir uns von den vereinzelt auf den Gleisen herumstehenden Güterwagen entfernten, redeten wir über dies und das.

„Ziemlich mild heute", meinte Hawon.

„Ja."

„Das Gefrierschiff von Dock fünfzehn ist schon raus, nicht wahr?"

„Gestern ausgelaufen. Die Erdbeeren waren echt Klasse, nicht?"

„Ja, wirklich."

Nach längerem Schweigen sagte Hawon: „Machen wir mal Pause!"

„Kannst du nicht mehr?"

„Doch."

„Aber warum dann?"

„Ach, ich schwitze so."

Auf dem Rückweg meinte Hawon plötzlich: „Ich hatte gedacht, Tuchan wäre ein guter Mensch, aber er ist böse. Wie konnte er nur einfach so gehen?"

In der Dunkelheit streifte mich sein Blick, und er räusperte sich.

Am nächsten Tag neigte sich die gegen Ende des Winters wieder höher steigende Sonne langsam zum Horizont, als Tuchan unerwartet zu unserem Güterwagen zurückkam.

Er sagte nichts, wir schwiegen ebenfalls.

Ich freute mich. Besser als zu zweit war es auf jeden Fall, wenn wir wieder zu dritt lebten. Das erhöhte unser Gefühl von Sicherheit. Aber Hawon piekste mich mit seinem Finger ins Bein. Zuerst wusste ich nicht warum. Etwas später wurde mir klar, dass er mir bedeuten wollte, wir sollten uns von Tuchan trennen und irgendwo anders hingehen. Ich tat, als verstünde ich ihn nicht. Sein Finger bohrte sich immer wieder in mein Bein. Es war schon spät in der Nacht, doch Tuchan hatte sich noch immer nicht schlafen gelegt. Er saß mit dem Rücken gegen die Waggonwand gelehnt und rauchte eine Zigarette nach der anderen. Jedes Mal, wenn die Glut seiner Zigarette aufglimmte, leuchtete sein Gesicht in der Dunkelheit außergewöhnlich groß auf. Vorsichtig spähten die bösartig aufblitzenden Augen umher. Manchmal stieß er einen langen Seufzer aus. Ab und zu schob er die Waggontür auf und spuckte hinaus. Wir konnten nicht schlafen. Sogar das Atmen fiel schwer.

Nach einer Weile fuhr er uns jäh an: „He, schlaft ihr?"

Ich tat so, als schliefe ich. Hawon lag in seiner Ecke, mühte sich vergebens, die Tränen zu unterdrücken, und schluchzte schon wieder.

Nur der Wind vom Meer war zu hören, wie er gegen die Wand des Güterwagens stieß.

Das Leben zu dritt begann von neuem. Als Kwangsok noch lebte, hatten wir öfter zusammen gelacht, doch nun gab es nichts mehr zu lachen. Manchmal stimmte ich ein Lied an: „Am Himmel ziehen die Wolken ..."

Dröhnend erfüllte meine Stimme das Innere des Waggons. Auf diese Weise entspannte ich mich. Doch Tuchan schien mein Gesang zu nerven. Das Gesicht zu einer angewiderten Grimasse verzogen, sah er zu mir herüber. Daraufhin hörte ich sofort auf zu singen. War es morgens an der Zeit aufzustehen, starrte Tuchan im Liegen die Decke des Waggons an und rauchte eine Zigarette. Dann weckte er Hawon und mich.

„Aufstehen! Los, steht auf!"

Gemeinsam machten wir uns auf den Weg zum Hafen. Hawon sah immer etwas weinerlich aus. Er stieß mir seinen Finger in den Oberschenkel. Wir zwei, wollte er mir damit sagen, sollten uns schleunigst von Tuchan trennen. Doch ich tat jedes Mal, als verstünde ich sein Zeichen nicht.

Auf der Arbeit betrachtete man uns drei nach wie vor als Vettern.

„Vettern seid ihr also? Ihr seht euch wirklich ähnlich."

In der ersten Zeit, als wir noch zu viert im Hafen erschienen waren, hatten uns die Pusaner Arbeiter aufmerksam gemustert und sich über uns unterhalten. Auf die gleiche Weise sprachen sie jetzt über uns drei und lachten dabei. Über den Norden, über unsere Heimat, solle Tuchan ihnen was erzählen, lagen sie ihm in den Ohren. Dann lächelte Tuchan höflich und schüttelte nur den Kopf. Darüber wolle er nicht sprechen, bedeutete das, und dabei spiegelte sich Resignation in seiner Miene. Nach Arbeitsschluss gingen wir drei zusammen zurück. In dem dunklen Waggon lag ich in der Mitte, Tuchan und Hawon schliefen neben mir. Als ich Hawon vorschlug, er solle in der Mitte liegen, hatte er mir, ohne dass Tuchan etwas davon mitbekam, seinen Finger so kräftig ins Bein gerammt, dass ich beinahe aufgeschrien hätte.

Inzwischen war Frühling geworden. Morgens und abends hing ein Dunstschleier über den Bergen hinter Choryang.

Es war schon tief in der Nacht, doch Tuchan war noch immer nicht zurück. Hawon schwatzte und seine Stimme klang fröhlich. Ganz anders als sonst sprühte er geradezu vor Lebensfreude.

„Jetzt ist Tuchan wahrscheinlich für immer weg, hm?"

Ich schwieg.

„Ach, das ist gut so."

„Warum sagst du denn nie was?", forderte er mich zum Sprechen auf.

Ich schwieg.

„Hier ist schon Frühling, Mensch! Bei uns im Norden wird es noch mächtig kalt sein."

Eine betrunkene Stimme grölte ein Lied im falschen Takt und kam näher. Tuchan. Hawon erschrak und piekste mir wieder vorsichtig seinen Finger in den Oberschenkel.

„Tür auf!"

Ich schob die Güterwagentür zur Seite, und abermals erfüllte das matte Licht der Hafenbeleuchtung das Wageninnere mit einem bläulichen Schein. Tuchan hielt eine Flasche Makkolli in der Hand. Schwankend stand er vor der Waggontür und lachte laut.

„Trinken wir! Makkolli. Oh, der ist gut! Und dazu? Na klar, dazu habe ich auch was mitgebracht. Wer trinkt denn, ohne was zu essen? Ha, ha, ihr zwei! Da liegt ihr hier zusammengekrümmt wie die Frösche."

Ohne zu zögern nahm ich die Flasche, die er mir hinhielt. So wie sie war, setzte ich sie an und trank hastig.

„Ha... Hawon, ... willst du nichts?"

Hawon, der noch nie Alkohol getrunken hatte, lehnte ab.

„Soll das heißen, du hast noch nie getrunken? Na, dann wird's Zeit. Los!"

Tuchan riss mir die Flasche aus der Hand und ging auf Hawon zu.

„Aber ich habe doch noch nie ...", schluchzte er. „Lass los! Fass mich nicht an! Lass doch endlich meine Hände los!"

Aufgeregt schrie ich: „Hawon, trink! Nun trink doch! Los!"

Er schluchzte. „Ja, ja, ich trinke ja schon."

Für einen Moment herrschte Ruhe. Da fing Tuchan plötzlich an zu weinen. Als Hawon das sah, verstummte sein Schluchzen auf einen Schlag.

„He, du!"

Tuchan richtete sich auf und setzte sich. Die Waggontür stand offen. Ein heftiger Windstoß fuhr ins Wageninnere. Er wehte Tuchans Haar nach vorn, als der ein paar Schritte auf mich zu machte. Hawon in seiner Ecke begann wieder laut zu schluchzen.

„So, heute bringe ich dich um. Verfluchter Kerl, wieso bist du damals allein gegangen? Warum hast du mich nicht mitgenommen? Nicht mal gerufen hast du mich. Und jetzt zeigst du mir die kalte Schulter, he? Damals hast du kein Wort gesagt und jetzt? Du scheinst alles richtig gemacht zu haben, ja? Meinst du wirklich? Aber der Himmel sieht und weiß alles, du unverschämter Lump."

Hawons Schluchzen verstummte. Tuchan packte meine Knie. Doch schon fiel er nach hinten um.

„Mieser Kerl, verdammtes Schwein, denkst du, ich bin besoffen? Wovon sollte ich besoffen sein, he? Nein, du Dreckschwein, ich bin bei klarem Verstand, vollkommen klar. Warum sagst du nichts? Schlag mich doch! Oder erstich mich mit deinem Messer!" Er schluchzte auf. „Ach, verdammt, wie soll ich mich nun noch in unser Dorf wagen, mit dieser Schuld ...? Oh Kwangsok, Kwangso-ok."

Tuchan war nach hinten umgekippt und heulte so laut, dass der Waggon davon dröhnte.

Am nächsten Morgen war er nicht mehr zu sehen. Er kam auch nicht zur Arbeit.

Nach etwa drei Tagen erzählte Hawon im dunklen Inneren des Waggons: „Du, wollen wir nicht ab jetzt öfter mal zwei Schichten durcharbeiten, Tag und Nacht, und ein bisschen mehr

Geld verdienen? Und dann bauen wir uns im Yomju-Viertel auf dem Hügel oben ein kleines Haus. Dort gibt's keine Probleme, wenn man baut. Ha, ha, das ist vielleicht komisch ... Richtig lustig. Weißt du, was ich für Angst hatte, du könntest auch so werden wie Tuchan? Kwangsok war aber auch nicht so besonders nett, hm? Wenn wir in unser Dorf zurückkehren, müssen wir beide unbedingt zusammen gehen. Wir verdienen Geld und dann, weißt du, wenn wir ein bisschen Geld verdient haben, kaufen wir uns erst mal eine Uhr. Das ist nicht so schwer. Arbeiten wir einfach mal zwei Schichten durch! Zu Hause können wir doch sagen, wir hätten Kwangsok und Tuchan hier gar nicht gesehen. Wer soll denn was davon erfahren, wenn wir nichts erzählen? Wir sagen einfach, wir hätten sie nie getroffen. Ab morgen will ich es wirklich mal mit zwei Schichten versuchen. Du, ist das nicht komisch? Hm? Ich kann gar nicht einschlafen. Wollen wir heute mal die Nacht durchmachen? Lass uns was trinken, hm?"

Ich murmelte nur: „Ein Lüftchen regt sich, eine Schneeflocke schwebt vom Himmel, ja, eine Schneeflocke."

Irgendetwas quälte mich wie eine starke, unerträgliche Sehnsucht. Aber wer sollte das verstehen? Dieses Aufgewühltsein, als ob ein Wirbelsturm durch meine Brust fegte „...Oh Mutter!" Tief in meinem Inneren hatte ich Hawon schon im Stich gelassen. In diesem Moment presste ich die Lippen fest aufeinander. Stürmisch umarmte ich ihn. Tränen benetzten meine Wangen. Hawon lachte. Er erzählte: „Du bist ja betrunken, ohne was zu trinken. In Pusan schneit es wirklich nicht, hm? Kein Schnee. Im Norden, du weißt ja ... Wenn es da mal schneit ... Der Brunnen bei Kwangsok. Herrlich ist es dort. Frühmorgens hört man die Elstern, und da ist auch der Wacholderbaum, weißt du? Die Frau vom Changjagol-Haus lachte immer so gern. Hi, hi, hi, hörte man sie dauernd kichern. Die war richtig fleißig. Wenn ich es recht bedenke, war sie es immer, die morgens als Erste zum Wasserholen ging. Ach, ich möchte mal wieder Schnee sehen. Schnee."

(1955)

15

Odols Großmutter

Rau erklang der heisere Schrei einer Krähe, sie saß auf einem Kiefernzweig über dem Schrein für den Berggeist.

Die Haare von Odols Großmutter, deren Grau ein blasser Gelbton durchzog, als wären sie von Nikotin durchtränkt, hingen herab, als sie, den Oberkörper nach unten gebeugt, Schweinefutter in einen Trog füllte. Da fuhr sie plötzlich erschrocken zusammen, streckte den Rücken und richtete sich auf: „Welche Krähe wagt es da, am Schrein zu krächzen?"

Sie öffnete die trüben Augen einen schmalen Spalt und blickte angestrengt zum Altar hinüber. Dann verzog sich ihre Miene unversehens zu einem Ausdruck leichten Grauens, langsam schob sie die rauen Hände vor sich und legte sie wie zum Gebet zusammen.

„Berggeist! Herr des Siebengestirns! Berggeist! Herr des Siebengestirns! Seit unser Junge fortging, sind schon zwei Jahre ins Land gegangen. Er ist in den Krieg gezogen. Nun bin ich schon über siebzig, und außer einem alten Hund und dem Schwein besitze ich nichts. Berggeist! Herr des Siebengestirns! Was soll ich viele Worte machen? Ist unser Odol nicht ein Kind von dir, du trefflicher, teurer Berggeist! Dein Kind, Herr des Siebengestirns! Bitte, lasst ihm nichts passieren!"

Das Schwein grunzte und hob die Schnauze.

Die Alte füllte noch etwas von dem wässrigen Schweinefutter nach. Auf dem Rücken ihrer rauen, von der Feldarbeit zerschundenen Hand, mit der sie sich am Pfosten festhielt, traten dicke, blaue Adern hervor.

Eine Windbö aus dem Kiefernwäldchen rauschte vorüber, und dann war von den Zweigen über dem Schrein für den Berggeist erneut ganz deutlich die Krähe zu vernehmen.

„Krah, krah."

„Verdammte Krähe ... Pfui!" Als lehnte sie sich gegen das Gekrächze des Vogels auf, hatte sich die Alte plötzlich umgedreht und spuckte kräftig aus, dann richtete sie sich auf, fuchtelte mit beiden Armen in der Luft herum und rief: „Huohi, huohi, verschwinde!"

Ihre Stimme entbehrte jeder Ähnlichkeit mit der einer Frau, ihr gellender Schrei verwandelte sich in ein Echo zwischen den

Bergen, die auf der anderen Seite im gleißenden Sonnenlicht lagen, und kehrte unversehens zu ihr zurück, doch die Krähe wackelte nur weiter mit dem Kopf, als ob sie nickte.

„Krah, krah."

Geräuschvoll spuckte die Alte aus: „Huohi, huohi, mach dich fort!"

In der Umgebung des Dorfes Talmuri kam leichte Unruhe auf, und in Hoyangdu Megat, wo die Lärchen dicht an dicht standen, hallte einen Moment lang das Echo nach.

Dann erfüllte die Gegend wieder das helle, klare Plätschern eines Baches und in regelmäßigen Abständen rauschte der Wind durch die von Kiefern bewachsenen Hänge hinter dem Dorf frisch und munter ins Tal hinein.

Die Krähe jedoch sprang nur auf den nächsten Zweig und setzte ihr Gekrächze noch quälender, noch energischer fort. „Krah, krah … krah."

Die Alte spuckte abermals kräftig aus und kreischte: „Huohi, huohi!"

Sie schob ihre stämmige Hüfte nach vorn, und als wolle sie sogleich auf den Vogel losgehen, riss sie immer wieder beide Arme nach oben, sodass die dünne Sommerjacke aus steifem Hanfstoff mit den eingerissenen Achseln auf und ab rutschte. Sie beugte und streckte die von bläulichen Krampfadern durchzogenen Beine … Das Gesicht, faltig zwar, doch von der Standfestigkeit eines tausendjährigen Felsens, verkrampfte zu einer Grimasse. Sie biss die Zähne fest zusammen, zog die buschigen Brauen hoch und riss die schlafverklebten, tief in den Höhlen liegenden Augen weit auf …

Der Kiefernzweig über dem Schrein geriet in heftige Schwingungen, die Krähe setzte zum Flug an, überquerte gemächlich den schmalen Gebirgshimmel und verschwand hinter den Bergen auf das Dorf Pombawi zu.

„Krah, krah … krah."

Unversehens hatte die Sonne den Zenit überschritten und neigte sich gen Westen.

Die Alte eilte nach Hause. An ihrem Oberschenkel, den Risse in der zerschlissenen, langen Unterwäsche freigaben, hatten sich die Spuren des Hanfes, den sie den ganzen Winter über geflochten hatte, in rot-bläulich verfärbte, rissige harte Stellen auf der Haut verwandelt.

Hastig stieg sie die hohe Stufe vor ihrem Haus hinauf, stieß mit dem Ellenbogen die Zimmertür zur Seite, die selbst in dem leichten Lüftchen, das sich regte, unablässig gegen den Rahmen schlug, und trat ins Dunkel des Zimmers.

Eine ganze Weile blieb es ruhig, dann lief sie mit dem Nachtgeschirr auf dem Kopf den von Edelkastanien gesäumten Hügelweg hinunter.

Vier Tage gingen ins Land.

Der Himmel zeigte sich trüb und verhangen.

Das Plätschern des steinigen Gießbaches, der linker Hand aus einer Felsspalte herabsprudelte, schien noch lauter geworden zu sein. Flach über dem Tal liegender Nebel umhüllte die Zweige des Walnussbaumes mit einem beinahe undurchsichtigen Dunstschleier, und schwere Feuchtigkeit hing über dem dicht bewachsenen Hanffeld auf der anderen Seite.

Die alte Frau lief in ihren Gemüsegarten hinaus und verteilte den Inhalt des Nachttopfes mit einer Kelle über die Beete. Dann legte sie die Kelle ab, setzte sich, und die schläfrigen Augen verengten sich zu schmalen Schlitzen. Ohne rechten Sinn rieb sie die Hände gegeneinander, streckte die krumme Hüfte und starrte mit blicklosen Augen eine ganze Weile in den Nebel hinein. Plötzlich schrak sie auf, griff nach der Kelle, erhob sich und machte sich emsig daran, das kleine Stück Erde zu beackern. Ihre Füße nahmen sich zu dick und breit aus in den alten weißen Gummischuhen, die sie schon geweitet und ausgetreten hatten.

Als es zu nieseln begann, begab sie sich ins Haus zurück. Da erblickte sie auf der schmalen Diele vor dem Zimmer unerwartet einen Brief.

„Was ist denn das für eine Unsitte. Den Brief einfach so hierher zu werfen ..."

Sie schimpfte so laut, wie es sonst nur junge Menschen tun, doch kurz darauf nahm ihr Gesicht abermals einen zerstreuten Ausdruck an, die Hand, mit der sie vorsichtig nach dem Brief griff, zitterte ein wenig. Sie blinzelte, drehte den Brief und begutachtete ihn prüfenden Blickes von vorn und hinten, dann zögerte sie einen Moment, um schließlich vorsichtig den Umschlag zu öffnen. Silbe für Silbe tastete sich ihr Finger unter den Zeilen entlang; sie nickte, faltete das Blatt Papier wieder zusammen und steckte es in den Umschlag zurück.

„Was schreibt er nur so wenig?"

Sie versuchte ein schwaches Lächeln, doch dann schaute sie – als kämen ihr plötzlich Zweifel – mit zerstreutem Blick zum Bach hinunter, von dem durch den milchigweißen Nebel hindurch nur das laute Plätschern zu ihr drang. Sie betrat das Zimmer und legte den Brief unter ein Kissen. Daraufhin holte sie kaltes Wasser vom Brunnen, über den der Chinesische Wacholder seine Zweige breitete, schaffte ein Bündel Brennholz in die Küche und eilte geschäftig hin und her. Sie hielt noch den Feuerhaken in der Hand, als sie das Zimmer erneut betrat, und faltete den Brief in aller Ruhe auseinander.

„Warum hat er bloß so wenig geschrieben?"

An der Chinesischen Dattel vor ihrem Hof vorbei lenkte die Alte ihre Schritte zu Kunbals Haus. Irgendein Gedanke indes ließ sie unvermittelt an der Lärche, in der sich ein Elsternnest befand, innehalten, und sie zog den Brief erneut heraus; abermals fuhr ihr Finger von einer Silbe zur nächsten, sie betrachtete das Geschriebene eingehend, drehte sich auf der Stelle um und ging wieder nach Hause.

Als es Abend wurde, brachte sie einen kleinen Esstisch auf das Podest mit den Krügen für die Sojasoße und stellte darauf nur eine Schüssel, in der sich Brunnenwasser befand, das erste, das sie am Morgen aus dem Brunnen geschöpft hatte. Als wollte sie beten, legte sie die Hände ineinander, saß eine ganze Weile wie geistesabwesend da und stammelte dann: „Das Hirsefeld am steinigen Hang verspricht dieses Jahr reiche Ernte. Um das Kartoffelfeld steht es auch gut. Das Hirsefeld in Utsoman hat ein Wildschwein verwüstet. Dieses verdammte Wildschwein kann ich anbrüllen, wie ich will, von einer Frauenstimme lässt es sich nicht im Geringsten beeindrucken und rührt sich nicht von der Stelle. Bitte, verjage diesen Räuber! Und unser Odol ... unser Odol ..."

Plötzlich stand sie auf und setzte sich an eine andere Stelle, von dort betrachtete sie durch die Zweige der Edelkastanie hindurch den sternenlosen Himmel.

„Heute Abend sind nicht einmal Sterne zu sehen. Ach, ich habe gehört, es geht Odol gut. Er ist dein Kind, Berggeist! Ein noch unvernünftiges Kind ist er ... Da ist er wohl so beschäftigt, dass er nicht mal Zeit hat, einen längeren Brief zu schreiben.

Was gibt es dort bloß so viel zu tun? Das verstehe ich nicht …
Und außerdem … Mein Schwein, weißt du, es ist an der Zeit, es
mit einem Zuchteber zu paaren. Wann wäre wohl der günstigste
Zeitpunkt? In Mokkol sollen sie einen guten Eber haben. Aber
ich habe hier so viel Arbeit und keine Zeit, dorthin zu gehen …"

Jäh hielt sie inne damit, die Hände flehend gegeneinanderzu-
reiben, und sah mit leerem Blick durch die Zweige der Edelkastanie zum tiefschwarzen Firmament hinauf. Sie zog die Stirn ein
wenig in Falten und öffnete den Mund so weit, dass es ihr schon
selbst irgendwie töricht vorkam. Dann zuckte sie zusammen und
rieb weiter die Hände aneinander. Ihre Miene nahm sanfte, fle-
hende Züge an, bis sie kurz darauf die Augen weit aufriss und
hastig, als sei sie ein wenig aufgeregt, murmelte: „Ich törichte Alte
bin wohl schon ganz kindisch geworden und vom Altersschwachsinn geplagt, aber trotzdem, bitte verzeih mir und lass alles gut
werden! Ich bitte dich, gnädiger Berggeist, gnädiger Berggeist …"

Sie beugte die Hüfte, die in ihrer unförmigen Breite an einen
Mörser erinnerte, und wiegte den Oberkörper unablässig vor
und zurück: „Der Junge schielt. Seine Nasenspitze ist nach oben
gestülpt und sieht aus wie eine Trompete. Er ist seinem Großvater ähnlich. Als er zehn war, hat er ein Reh gefangen und kam
damit einfach lächelnd nach Hause. Damals lag hier überall
furchtbar viel Schnee. Er hat sich den Schnee von der Schulter
geklopft und nur gelächelt … Als er drei war, verließ seine Mutter die Familie; einfach weggelaufen ist sie. Das war nicht mal
vier Monate, nachdem sein Vater von der Kastanie gestürzt und
gestorben war. Krepieren soll sie auf der Stelle, diese gemeine
Nutte … Ach, das arme Kind! Weißt du, wie ich es aufgezogen
habe? Oh mein Gott, oh mein Gott … Als seine Mutter ihn auf
die Welt brachte, heulte unter der Kastanie ein Fuchs. Ach, was
erzähle ich denn bloß für Unsinn."

Unbewusst wischte sie sich die Tränen ab. Dann stieß sie einen
langen Seufzer aus und richtete den zusammengesunkenen Körper
wieder auf.

„Er ist viel kräftiger als sein Vater, ach, kräftiger noch als sein
Großvater. Ja, er ist bärenstark. Weißt du, als ich seinen Vater
zur Welt brachte, da heulte auch ein Fuchs in den Bergen drüben … Hier gibt es viele Füchse … Ach, ja … Aber, zum Teufel, was fasele ich bloß solchen Unsinn, gnädiger Berggeist, güti-

ger Herr des Siebengestirns! … Ja, was ich wirklich sagen will, kommt mir nicht so leicht über die Lippen. Ach, Berggeist! Herr des Siebengestirns!"

Als wollte sie sich einschmeicheln, verzogen sich ihre Gesichtsmuskeln zu einem Ausdruck vager Geschwätzigkeit, in einem Anflug von Eitelkeit verdrehte sie die runde, stämmige Hüfte ein wenig und flüsterte: „Ich habe eine Nachricht bekommen, eine Nachricht … Hier ist der Brief. Er kann doch gar nicht schreiben. Woher sollte er die Buchstaben kennen? Seine Unbedarftheit macht mir schon Sorge, ja, mir ist richtig bange. Da steht irgendwas geschrieben, aber was soll das heißen? Er weiß doch, dass ich nicht lesen kann. Da soll ich jetzt wohl durchs ganze Dorf laufen und schreien: Guckt mal! Guckt mal, unser Enkel hat schreiben gelernt. Soll ich vielleicht allen verkünden: Ihr dünkt euch nur selbst gescheit wie der Herr Minister höchstpersönlich, aber hier gibt es jetzt auch einen gescheiten Burschen! Na ja, er will mich nur veralbern. Hartnäckig ist er. Ja, gerade jetzt ist er so unbeugsam und eigensinnig. Nicht von ungefähr hat er ein Reh gefangen, als er zehn war. Und nicht nur das. In dem Jahr, als er vierzehn wurde, da hat er drei Bärenjunge mitgebracht. Damals war die ganze Umgebung auch tief verschneit. Schnee … Ach, Berggeist, Herr des Siebengestirns, nun bin ich so alt geworden, die Jahre setzen mir zu, und dauernd muss ich weinen. Ich brauche mich nur ein wenig aufzuregen, und schon laufen die Tränen … Und … Berggeist, Herr des Siebengestirns … Bitte sprecht nur heute mal ein paar Worte zu mir, irgendwas, bitte, sagt mir irgendwas …"

Unversehens war sie niedergesunken und hatte sich hingesetzt. Durch die Zweige der Edelkastanie hindurch musste gleich der kalte, abnehmende Mond zu ihr hinunterscheinen, doch noch war er nicht zu sehen.

Die Hände auf die Knie gestützt, erhob sie sich schwerfällig. Dann wischte sie sich die Tränen aus den Augen und kehrte ins Haus zurück. Dort zog sie den Brief unter dem Kissen hervor, bedachte ihn immer wieder mit prüfenden Blicken und hielt sogar die Nase daran, seinen Duft zu ergründen.

„Ach, er hat so wenig geschrieben. Aber sein Geruch haftet dran. Es geht ihm gut. Na, dann geht es seiner Großmutter auch gut. Ach, mein Unbeugsamer …"

Fröhlich klang ihre Stimme, doch das enge Zimmer kam ihr heute besonders düster und furchtbar leer vor.

Den Brief an die Brust gedrückt legte sie sich hin.

Da ging in den Bergen ein Schauer nieder, so heftig, als wäre irgendwo in der Ferne eine Fontäne aus dem Erdboden emporgeschossen, und dann hörte sie von ganz weit her durch das Prasseln des Regens hindurch ab und zu einen Kuckuck rufen.

Sechs Tage waren vergangen.

Das schmale Stück Himmel zwischen den Bergen klarte auf.

Der einzige Pfad, welcher ins Nachbardorf, nach Pombawi, führte, zog sich heute so klar und deutlich durchs Gebirge, dass er greifbar nah vor Augen zu liegen schien, gleichsam als könne man ihn mit ausgestreckter Hand berühren. Die terrassenförmig angelegten kleinen Hirsefelder, an den Hängen im angrenzenden Waldgebiet urbar gemacht, schienen jeden Moment hinunterstürzen zu wollen. Wie eh und je nistete in der Lärche ein Elsternpaar, das Plätschern des Baches schwoll immer lauter an, und auf dem Hof hinter Odols Haus, an dem einzig der Trittstein unter dem Vordach hoch aufragte, und dessen niedriges Strohdach sich derart altersschwach ausnahm, dass es bald zusammenzustürzen drohte, stand ein gesunder und kräftiger Blauglockenbaum. Die Eingangspforte war fest verschlossen. Zur Linken, auf einem sonnigen Stück Land nach Westen hin, erhob sich ein weiterer, frisch aufgeschütteter kleiner Grabhügel, im Schweinestall türmte sich ein Haufen Hirsestroh, das Schwein war verschwunden. Überraschenderweise war die dicke, riesige Kiefer am Schrein für den Berggeist umgefallen. Öde und verlassen lag er nun, und das Dorf – so winzig, dass es die Bezeichnung *Dorf* wohl kaum verdiente – musste ein wenig aus dem Gleichgewicht geraten sein, obwohl davon nicht viel zu spüren war. Am Stamm der Kiefer, dessen Umfang mehr als zwei Armlängen betrug, hatte eine Axt ihre Spuren hinterlassen. Auf dem zerdrückten Gras am Rand der Wiese lagen die gräulich gelben, wie von Nikotin durchtränkten Haare der Großmutter verstreut. Das war alles, ansonsten lief das Leben in Talmuri seinen gewohnten Gang. Frisch rauschte der Wind durch den Kiefernwald, übertönt allein vom Plätschern des Bächleins. Der allein zurückgebliebene Hund war einige Tage lang in der Nachbarschaft des Hauses umhergelaufen, dann streunte er im Dorf und in den Bergen herum, und tief in der Nacht, wenn am schmalen Firmament einsam der abnehmende Mond glänzte, schien er weit in der Ferne zu bellen, und es klang wie ein Flehen. Er blickte hinauf zu etwas unendlich weit Entferntem, vielleicht auch zu dem kalten Mond und scharrte mit den Vorderpfoten ... Er heulte. Die wenigen Dorfbewohner konnten sein Jaulen nicht mehr ertragen und töteten das Tier. Es geschah in der Nacht. An einem Ast des Walnussbaumes hing der Hund mit einem Strick um den Hals, und als er kurz davor stand, sein Leben auszuhauchen, stieg über dem Bergplateau im Osten ungerührt ein blutroter Halbmond auf. Auch Odols Haus, welches sich zu Zeiten, als die Alte, das Schwein und der Hund noch lebten, zwar ausgesprochen niedrig ausnahm, doch sich zumindest den Anschein von Ruhe und Würde bewahrt hatte, bot nun hinter dem dicht bewachsenen Hanffeld einen gottverlassenen, traurigen Anblick, und wenn am frühen Abend die Landschaft im Nebel versank, wirkte es sogar ausgesprochen schäbig.

Nach einigen Tagen ging Odols Haus plötzlich in Flammen auf. Den Blauglockenbaum auf dem Hof schien ein furchtbares Zittern zu durchrauschen, er gab ein seltsames Knarren von sich, als er verbrannte, und ein Knallen hallte über den Hof, als die Krüge für die Sojasoße in der Hitze zersprangen.

Die wenigen Dorfbewohner versammelten sich in Kunbals Haus hinter dem Hanffeld, steckten nur ihre Köpfe aus dem Spalt eines Kippfensters und beobachteten das Feuer. Stille umfing sie, keiner sprach ein Wort.

(1957)

Hochflut

Jeden Mittag kamen Soldaten, die langen Gewehre geschultert, aus Kori ins Dorf hinauf. In den ersten Tagen öffneten die Dorfbewohner hier und dort die kleinen Fenster ihrer Häuser nur einen winzigen Spalt und wagten einen vorsichtigen Blick hinaus.

„Kräftig gebaut, die Burschen."

„Soldaten müssen schon ein bisschen robuster sein", tuschelten sie unter vorgehaltener Hand.

Doch schon nach wenigen Tagen geriet das ganze Dorf in helle Aufregung.

Erstmals wieder nach langer Zeit holten die alten Männer das Kopfband aus Rosshaar hervor und banden es um, wenn sie ausgingen. Dann versammelten sie sich vor einem der Häuser, saßen auf dem Trittstein unter dem Vordach und plauderten darüber, dass die letzte Ruhestätte ihres Urahnen verlegt werden müsse. Zu Zeiten der Yi-Dynastie unter der Herrschaft von König Soundso war dieser Urvater des Klans auf der Flucht vor Krieg und Aufruhr hierher gekommen ... So pflegten die abgedroschenen, lähmend langweiligen Gespräche ihren Anfang zu nehmen.

Die jungen Männer hatten sich in den Bergen versteckt gehalten und gebärdeten sich nun triumphierend wie siegreich heimgekehrte Generäle, während sie sich im Dorf herumtrieben. Blutdurst spiegelte sich in ihren Gesichtern, als wollten sie sogleich jemanden erschlagen. Das Schild *Demokratisches Propagandabüro* hatte jemand mit der Axt zerschlagen. Dann war es in den Herd irgendeines Hauses gewandert und an seiner statt unverzüglich ein neues Schild aufgetaucht: *Gemeindebüro*.

Das Familienoberhaupt des Hauses Paeppaei wurde neuer Gemeindevorsteher. Er trug einen Sergeanzug. Gerade putzte er sich die Zähne, und in seiner Miene spiegelte sich die gehobene Stimmung, die ihn trug. Vom frühen Morgen an war er von Haus zu Haus geeilt, um die Dorfbewohner aufzufordern ins Gemeindebüro zu kommen.

Da hielt er plötzlich im Zähneputzen inne und fragte: „Was ist los?"

„Es ist jemand gekommen", antwortete seine Frau.

„Wer ...?"

„Aus der Stadt."

Ohne zu frühstücken, schlüpfte er unverzüglich in seinen Anzug, den einzigen, den er besaß. Mit heiserer Stimme krächzte seine achtzigjährige Mutter: „Iss doch erst mal was, bevor du losgehst!"

Doch er antwortete nicht.

Kwangsok, plötzlich zum Beauftragten für Dorfangelegenheiten aufgestiegen, trug auch heute seinen dunkelblauen Anzug, dessen Jacke er leger um die Schultern gelegt hatte, und erschien mit stolzgeschwellter Brust am Dorfeingang. Als würde ihn das Zusammentreffen mit den Soldaten der Nationalarmee ganz und gar überraschen, rief er hocherfreut aus: „Ach, du meine Güte, das … Da besuchen Sie unser Dorf, und mich hat nicht mal jemand darüber informiert! Jedenfalls, herzlich willkommen! Ach, ist das eine Überraschung!"

Nachdem er auf diese Weise ein paar einleitende Worte an die Soldaten gerichtet hatte, drehte er sich zu den Knirpsen um, die sich hinter ihm drängten, und sagte: „Denkt ihr vielleicht, heute steigt hier irgendwo ein Festessen? Die Neugierde wird euch noch mal umbringen! Na, so was auch!"

Dann wandte er sich abermals höflich den Soldaten der Nationalarmee zu, meinte, die Dorfjugend sei noch immer nicht zur Vernunft gekommen, wagte sogar ein verschämtes Lächeln, bat sie um Verständnis und dann – als habe er seine Begrüßung nun fürs Erste beendet – warf er in einer emphatischen Geste beide Arme in die Höhe und setzte zu einigen Worten hinsichtlich der Lage im Dorf an: „Bei uns hier, wissen Sie, liegen die Dinge etwas anders als in den übrigen Gemeinden. Wir stammen alle von demselben Vorfahren ab. Alle Dorfbewohner sind eine Familie, ein Klan. Aber es gibt da trotzdem ein paar unbelehrbare Typen. Denen muss man mal richtig die Meinung geigen, dann werden sie schon wieder zur Vernunft kommen. Wir haben sie im Schuppen der Reismühle vom Neuen Steinhaus eingesperrt. Aber, in der Tat, das ist doch alles nur die Schuld dieses schändlichen Sturms. (Das mit dem *schändlichen Sturm* war eine Redewendung, die er sich vom Gemeindevorsteher abgeschaut hatte, der sie recht häufig gebrauchte.) Was haben die Menschen hier schon für Schuld? Ach, letztlich sind das doch alles arme Kerle, die noch nicht trocken hinter den Ohren sind. Tja, was meinen

Sie, wenn Sie sich mit denen mal direkt unterhielten? Das wäre doch für beide Seiten nicht schlecht. Die jungen Leute hier im Ort könnten was lernen, und Sie würden andererseits einen Eindruck von ihnen bekommen, nicht wahr? Also, sehen Sie dort mal vorbei! Bitte. Ja, also dann, gehen wir …"

Ohne Kwangsoks Worten die angemessene Aufmerksamkeit zu schenken, entgegneten die Soldaten: „Ja, gut, wir sehen uns mal um. Aber was können wir schon entscheiden? Von all diesen Dingen haben wir ja auch keine Ahnung. Sind nur mal so vorbeigekommen, uns das Dorf anzusehen …"

In einem Ton, als wollte er sagen: „Was erzählt ihr denn da? Was soll diese Zurückhaltung?", entgegnete Kwangsok: „Ach, nun seien Sie mal nicht so bescheiden! Was soll das? Sie müssen uns doch helfen, sonst kommen wir hier mit den Angelegenheiten im Dorf nicht zurande. Überhaupt nicht kämen wir damit zurande. Wahrlich, wovon hab' ich schon Ahnung? Was weiß ich denn über Liberalismus oder Demokratie? Ich bin zwar Beauftragter für Dorfangelegenheiten, aber ich weiß eben zu wenig."

Die Herbstsonne hatte sich bereits ihrem mittäglichen Stand genähert.

Ihre Strahlen fielen Kwangsok direkt ins Gesicht, als er die Gemeindeverwaltung verließ. Seine Anzugjacke hing ihm noch immer über den Schultern. An den Füßen trug er gelbe, spitz auslaufende Halbschuhe, die er schon mehrere Jahre lang gut pflegte, als handle es sich dabei um edle Kostbarkeiten. Beim Gehen gaben sie ein seltsames Knarren von sich. Kwangsoks Miene schien zu sagen: *Diese Arbeit, die Hektik, ich halte das nicht mehr aus.* Und sobald er jemanden traf, bei dem er leichtes Spiel zu haben glaubte, gefiel er sich im Jammern: „Wer soll diese furchtbare Hektik bloß aushalten?" – um dann seinen mürrischen Gang durchs Dorf fortzusetzen.

In mehreren Gehöften schlugen Hunde an.

„Verdammte Köter! Kennen die mich immer noch nicht?"

Wütend riss er die Augen auf und fuchtelte in der Luft herum, als wollte er sie sogleich erschlagen.

„Heute machen wir die Fotos für die Personalausweise. Da darf keiner fehlen. Alle Dorfbewohner versammeln sich unter der Chinesischen Dattel vor der Gemeindverwaltung!", brüllte er. Kam er mit Nachrichten solcher Art, drang aus irgendwelchen Küchenwinkeln stets Frauengekicher. Dann verzogen sich Kwangsoks Gesichtsmuskeln zu einem Ausdruck der Entrüstung, er schien sogleich aus der Haut fahren zu wollen, und im nächsten Augenblick fing er selbst an zu lachen.

Langsam trudelten die Dorfbewohner unter dem Baum ein, der bereits alle Blätter abgeworfen hatte. Gewöhnlich gaben sich die Frauen aus dem Ober- und dem Unterdorf sehr zurückhaltend und begrüßten einander erfreut, schwatzten ein paar Worte miteinander und hielten schamhaft die Hand vor den Mund, wenn sie lachten. Die Haare hatten sie zu einem Knoten aufgesteckt und die Gesichter geschminkt. Dass sie dabei nicht sonderlich viel Geschick besaßen, war augenfällig. Ihr Schminken beschränkte sich darauf, weißen Puder dick wie eine Mehlschicht aufzutragen. Doch jetzt rissen sie beim Lachen den Mund auf, ohne die Hand davor zu halten, und verfielen ins Schwatzen. Ihr lärmendes Geplauder geriet außer Rand und Band, sodass sie alsbald Bedenken hegen mussten, in den Augen der Alten unziemlich aufzufallen. So warfen sie gelegentlich einen Blick zur Gemeindeverwaltung hin, vor der die alten Männer des Ortes mit verschränkten Armen saßen. Die Schwiegertochter des Dorfältesten jedoch hielt nicht einmal dies für notwendig. Frei von der Leber weg gab sie allerlei Witze zum Besten.

Zwischen all den Dorfweibern umgab einzig Inhwans Frau ein besonderer Glanz. Neben ihr hatten sich jene Frauen versammelt, die ein wenig manierlicher als die anderen aussahen. Ihr dauergewelltes Haar kräuselte sich anmutig im Nacken, und sie trug ein koreanisches Jäckchen von zartem Himmelblau. Das zuallererst unterschied sie von den anderen Frauen. Auch den Puder hatte sie sich nicht wie eine dicke Mehlschicht aufs Gesicht geschmiert, sondern ihn genau in der richtigen Dosierung aufgetragen. Ihr ruhiges Auftreten umwehte ein Hauch von Würde. Wohl hörte sie, worüber sich die Frauen in ihrer Umgebung unterhielten, doch ihr Blick war in eine andere Richtung gewandt, und bisweilen nickte sie oder ließ ein verächtliches Lächeln um die Lippen spielen.

Das Gerücht ging um, sie habe ihren Mann Inhwan aus Liebe geheiratet. In Kori hatte sie die Mädchenschule besucht. Damals war Inhwan auf eine private Mittelschule in Seoul gegangen. Das erste Mal sollen sich die beiden eines Morgens im Zug auf der Fahrt zum Strand von Songjon getroffen haben. In den Ohren der meisten Dorffrauen klang die Geschichte der Liebe zwischen Inhwan und seiner Frau derart betörend, als handle es sich dabei um den Bericht aus einem fernen, fremden Land. Wenn sie den Frühling der eigenen Jugend, als der Heiratsvermittler in ihrem Elternhaus ein- und ausging und sie plötzlich vollkommen unvorbereitet mit irgendjemandem verheiratet wurden, mit Inhwans Frau verglichen, konnten sie sich des Gefühls nicht erwehren, dass die eigene Jugend unbarmherzig sinnlos verblüht war.

Da Inhwans Familie zu den Großgrundbesitzern gehörte, war sie vor zwei Jahren von den Kommunisten enteignet worden, woraufhin sie nach Kori gegangen und erst wenige Tage, bevor die Nationalarmee das Gebiet eroberte, von dort zu ihrem Anwesen ins Dorf zurückgekehrt war. Am Tag ihrer Ankunft zogen die alten Frauen ihre seidenen koreanischen Jacken über, die ihnen jetzt viel zu weit um die Schultern hingen, und erwiesen den Ankömmlingen scharenweise ihre Aufwartung. Als sei der Herr ihres Dorfes zurückgekehrt, gaben sie sich schwermütig und vergossen gar Tränen des Mitgefühls. Die Alte aus der Mühle betrat Inhwans Anwesen durch das große Eingangstor, und als ihr dessen Mutter entgegenkam, drückte sie ihr die Hände, wobei unaufhörlich Tränen über ihre Wangen rannen.

„Oh Gott, alles liegt in den Händen der Vorsehung. Von Geburt an steht unser Schicksal fest", sagte sie und stieß einen tiefen Seufzer aus, woraufhin Inhwans Mutter als eine Art Begrüßung entgegnete: „Ach, du meine Güte, da haben Sie sich den weiten Weg gemacht. Vielen Dank für Ihren Besuch."

Sie griff der Besucherin stützend unter die Arme, führte sie ins Haus, und es sah aus, als würde sie die alte Frau umarmen. Als sie jedoch das Zimmer betreten hatten, setzte nun ihrerseits die Alte aus der Mühle an, unter Tränen die Geschichte ihres Sohnes zu erzählen. Ihr einziger Sohn Kunpil hatte mit den Roten kollaboriert und war in den Norden geflüchtet.

Inhwan hatte für solche Dinge absolut nichts übrig. Er trug eine Brille mit schmaler Fassung und war von hagerer Gestalt. Nur schwer gelang es ihm, mit anderen ins Gespräch zu kommen. Als interessierten ihn die alltäglichen Streitereien im Dorf nicht im Mindesten, schlenderte er unbeeindruckt durch die Gassen. Eine Hand in der Tasche seiner Kordhose und unter dem Arm ein dickes Buch schaute er zum Himmel hinauf. Die Gläser seiner Brille glänzten in der Herbstsonne. Bisweilen zog er ein buntes Taschentuch hervor und putzte sie. In seiner Physiognomie lag die Klarheit und Transparenz eines Herbsttages. Kwangsok hatte ihn schon mehrfach angesprochen, die Arbeit im Dorf gemeinsam zu erledigen, doch niemals hatte er eine konkrete Antwort erhalten. Nur weil der Kerl in Seoul zur Schule gegangen ist, sei er so anmaßend und spucke große Töne, kommentierte Kwangsok die Angelegenheit.

Inhwans jüngerer Bruder Ingol verbrachte ohne ersichtlichen Grund alle Tage in einem Schwang fröhlicher Erregung. Abends kam das Familienoberhaupt des Paeppaei-Hauses, der neu ernannte Gemeindevorsteher, in seinem gestreiften Sergeanzug zu Besuch und führte mit dem Vater irgendwelche langwierigen Diskussionen. Zuweilen räusperte sich dann der Großvater im gegenüberliegenden Zimmer und gesellte sich zu ihnen. Er brauchte den Raum nur zu betreten, und schon rötete sich das Gesicht des Gemeindevorstehers, befangen legte er beide Hände im Schoß zusammen, kniete recht unbequem vor dem Großvater und wusste vor Verlegenheit weder ein noch aus. Dann duzte ihn der Greis und forderte ihn auf, sich bequem hinzusetzen. Doch der Angesprochene – obschon er ständig: Ja, danke, antwortete – war außerstande, die von der Höflichkeit gebotene, verkrampfte Sitzhaltung zu ändern. Mit dem Daumen stopfte der Großvater seine Tabakspfeife und richtete ein paar belehrende Worte an ihn. Dass beispielsweise die Grabstätte des Urvaters in Posudong schon längst hätte umgelagert werden müssen, aber noch nichts dergleichen geschehen sei.

Der Gemeindevorsteher beschränkte sich auf die höfliche Erwiderung: Ja, da haben Sie Recht. Ich weiß. Doch dann fügte er hinzu, er stecke zurzeit bis über beide Ohren in Arbeit, und wischte sich mit der Hand den Schweiß von der Stirn. Daraufhin blickte ihm der Alte mit seinem traditionellen Hut aus Hanf auf dem Kopf ein Mal direkt in die Augen, wandte sich ab und nickte, als wollte er sagen: Ja, das kann ich verstehen. Wenn Ingol von einer Ecke des Raumes aus diese Szenen beobachtete, hob sich seine Stimmung augenblicklich. In solchen Momenten kam ihm immer der Wunsch, sich wie ein kleines Kind an den Großvater zu schmiegen. Doch dieser – obschon es sonst nicht seine Art war – strafte ihn mit einem zornigen Blick und schalt ihn wegen seines ungehörigen Benehmens. Dann stahl sich der Enkel gewöhnlich mit verdrossener Miene aus dem Zimmer.

Doch wenn er am nächsten Tag den Gemeindevorsteher in seinem Anzug durchs Dorf laufen sah, kam ihm das alles irgendwie spaßig vor. Hier stolzierte er so wichtigtuerisch umher, und daheim vor seinem Großvater wagte er nicht mit der Wimper zu zucken. Nur zu gern hätte Ingol das voller Stolz allen weitererzählt.

Auch jetzt stand der Gemeindevorsteher zwischen den Dorfbewohnern und strahlte eine seiner Würde angemessene Ruhe aus. Mit einer Miene, die seine Unzufriedenheit nach wie vor schlecht zu verbergen wusste, nörgelte Kwangsok, wieso die Leute denn dauernd zu spät kämen.

Während Inhwans Frau den Gesprächen der neben ihr stehenden Dorfweiber lauschte und so tat, als gelte allein ihnen ihr Interesse, schaute sie flüchtig zu ein paar Schülerinnen hinüber. Nur drei Mädchen des Dorfes besuchten die Mittelschule. Die drei hingen sehr an Inhwans Frau, und als verstünde sie die Gefühle der Mädchen, lächelte sie verloren vor sich hin. Alt bin ich geworden, ging es ihr durch den Sinn.

Die jungen Leute, also jene, die sich Kwangsok verbunden fühlten, suchten den Blicken der Erwachsenen auszuweichen, gesellten sich zueinander und schwatzten laut. Bisweilen streiften sie die Menschentraube um Inhwans Frau mit einem Seitenblick. Sie hatten ihre eigenen Interessen. Gern hätten sie einen Fußball gekauft, einen Sportplatz angelegt und es in Zukunft am liebsten zur besten Fußballmannschaft der Umgebung gebracht. Allerdings stand ihnen dabei das Problem der Finanzierung noch störend im Weg. Sie gedachten aber über Kwangsok den Gemeindevorsteher weich zu kochen, und genau darum ging es in ihrer wilden Diskussion.

Mit einem kurzen Blick streifte Kwangsok die Dorfjugend, und als wäre er vollends im Bilde, worum es bei ihrer Diskussion ging, nickte er zustimmend, lächelte, hob einen Arm und winkte ihnen zu, als sähe er der Lösung ihres Problems voller Zuversicht entgegen. Gelegentlich wanderte sein verstohlener Blick zu Inhwans Frau hinüber. Aus seiner Miene sprach beträchtliche Ungeduld, in die sich eine ihm weniger anstehende Verschämtheit mischte.

Den Fotografen hatte Kwangsok in Kori nur mit Mühe überreden können, mit ins Dorf zu kommen. Das ungepflegte Gesicht des Mannes war von Mitessern übersät. Als verfügte er hinsichtlich seiner Arbeit über kein besonderes Geschick, nahmen allein seine Vorbereitungen schon geraume Zeit in Anspruch. Die Geduld der wartenden Dörfler erschöpfte sich langsam, manchmal sahen sie zu Kwangsok hinüber, und ihre Blicke schienen zu sagen: Was soll denn nun werden? Abermals begann Kwangsok vor sich hin zu murmeln, dann hob er eine Hand, winkte ihnen zu und spuckte auf den Boden, als wollte er fragen: Wieso schiebt ihr immer alles mir in die Schuhe?

Nachdem er eine ganze Weile, eine Hand in der Hosentasche, so dagestanden hatte, drehte er sich plötzlich zur Seite und fragte mürrisch: „Warum dauert das bloß so lange?"

Der Fotograf war nahe am Verzweifeln. „Bitte gedulden Sie sich noch einen kleinen Moment!", bat er, während ihm der Schweiß in Strömen floss.

Erst als er mit seinen Vorbereitungen beinahe fertig war, erschien auf der Hauptstraße Inhwan – in schwarzer Anzugjacke und weißer Seidenhose, die Brille hatte er abgenommen und hielt sie in der Hand. Vorsichtig lehnte er sich gegen die Chinesische Dattel. Plötzlich verstummten die Gespräche der jungen Leute und der Dorffrauen. Ohne dass ihnen der Anlass ihrer Gedanken bewusst gewesen wäre, ging allen die vage Vorstellung durch den Sinn, womöglich könne es um die Beziehung zwischen Inhwan und seiner Frau derzeit nicht sonderlich gut bestellt sein. Im Vergleich zu seiner Frau machte Inhwan einen ziemlich ermatteten Eindruck; er erinnerte an einen Menschen, der jede Lust am Leben verloren hatte.

Kwangsok verzog den Mund zu einem Lächeln und begrüßte ihn mit einem Kopfnicken. Mit ausdrucksloser Miene neigte Inhwan den Kopf leicht zum Gruß, zog sein buntes Taschentuch aus der Hose und schickte sich sodann an, die Brille abermals zu putzen. Seine Frau stand zwischen den Dorfweibern, sah zu ihrem Mann hinüber und zog die Augenbrauen leicht zusammen. In diesem Augenblick flammte in Tuchans Augen, der bis dahin bärbeißig und desinteressiert auf der anderen Seite gestanden hatte, etwas auf, und sein Blick wanderte zu den in der Ferne liegenden Bergen.

Die Dorfbewohner sollten sich in Gruppen zu je acht Leuten aufteilen. Schon allein diese Gruppenbildung nahm geraume Zeit in Anspruch. Die Alten gesellten sich zueinander, ebenso die Frauen, und auch die jungen Leute bildeten Gruppen.

Kwangsok schnauzte eine alte Frau an: „He, was soll denn das? Nun bleiben Sie doch endlich mal ruhig stehen! Genau so, als wenn Sie ganz normal hier stehen würden. Ja, so, genau. Bitte nicht bewegen, ja, ganz ruhig … So, das war's!"

Die Dorfweiber hielten sich die Hand vor den Mund und lachten. Auch Kwangsoks Frau, die ein gelbes koreanisches Jäckchen trug, stand inmitten der anderen Frauen und hatte vom Lachen schon einen roten Kopf bekommen. Sobald sich Kwangsoks Blick mit dem ihren traf, wandte er sich mit der gebotenen Würde unverzüglich von ihr ab.

Als er selbst an die Reihe kam, brach erneut allgemeines Gelächter aus. Die Hände hinter dem Rücken ineinandergelegt, die Lippen fest zusammengepresst stand er steif wie ein Holzscheit neben dem Gemeindevorsteher.

Kurz darauf saß Kwangsok mit einem Packen Akten unter dem Arm auf einem laut klappernden Fahrrad und radelte in aller Eile nach Kori hinunter. Am Ortseingang stieß er auf Tuchan. Der hatte beide Hände in den Taschen seiner dunkelgrünen Jacke vergraben. Mit grimmigen und irgendwie gehässig dreinblickenden, zornigen Augen fragte er ihn: „Wohin willst du?"

Ein wenig kleinlaut antwortete Kwangsok: „In die Stadt."

„Warum?"

„Na ja, ich weiß auch nicht. Ich habe einfach zu viel Arbeit."

Ein flüchtiges Lächeln huschte über Kwangsoks Gesicht.

Tuchan war Leiter der Kontrollabteilung im südkoreanischen Jugendverband. Allerdings ließ er, was die Arbeit im Dorf betraf, jegliche Tatkraft vermissen. Stets trieb er sich allein in den Gassen herum. Bisweilen blieb er hinter einem Kuhstall stehen, zog einen kleinen Taschenspiegel hervor und drückte seine Mitesser aus. Für Inhwans Frau empfand er eine heimliche Zuneigung. Ohne besonderen Anlass erkundigte er sich häufig bei den

Leuten, was Kwangsok, der so oft nach Kori fuhr, in der Stadt mache. Nicht dass ihn irgendein konkretes Anliegen dazu veranlasst hätte. Nein, aber indem er einfach nach diesem oder jenem fragte, wollte er den Leuten zeigen, dass auch er ein beachtliches Interesse an den Dorfangelegenheiten hatte. Kehrte Kwangsok aus Kori zurück, fragte Tuchan ihn in ernstem Ton, ob es dort etwas Neues gebe. Dabei legte er ein würdevolles Gebaren an den Tag, das Kwangsok geradezu erdrückte. Flüchtig sah er zu Kwangsoks pomadeglänzendem Haar hinauf, das ölig am Kopf klebte, und verzog den Mund zu einem merkwürdigen Lächeln. Jedes Mal, wenn Kwangsok dieses Lächeln bei Tuchan bemerkte, ergriff ihn eine seltsame Befangenheit. Seit langem schon fühlte er, dass ihm der andere überlegen war. In Situationen, wo viele Menschen versammelt waren, mied er ihn nach Möglichkeit. Traf er Tuchan unterwegs, berührte ihn das jedes Mal unangenehm, und er wusste nicht, wie er sich benehmen sollte. Das passte irgendwie nicht zu ihm, der er in gewisser Weise ein leichtsinniger und lauter Mensch war. Dass nicht Tuchan, sondern er den Posten des Beauftragten für Dorfangelegenheiten übernommen hatte, stellte eine Entwicklung dar, für die er sich schon beinahe ein wenig schuldig fühlte. In der Dorfschule waren sie beide in eine Klasse gegangen. Den Schulabschluss meisterte Tuchan als Sechstbester, Kwangsok landete auf Platz siebenunddreißig. Nach der Schule indes widmete sich Tuchan der Feldarbeit, während Kwangsok auf Empfehlung seines Onkels in Kori eine Anstellung als Bürojunge in der Fischereigenossenschaft fand. Von dieser Zeit an fühlte sich Kwangsok Tuchan gegenüber irgendwie schuldig. An Abenden, wenn er beispielsweise eine Aufführung der *Legende von Chunhyang* gesehen hatte, kam Kwangsok ins Dorf zurück und veranstaltete einen Radau, der den kleinen Ort geradezu durchrüttelte. Dann konnte Tuchan ihn ob seiner Abscheulichkeit kaum mehr ertragen. In dem Jahr, als Kwangsok es mit Ach und Krach bis zum Sekretär dritten Grades geschafft hatte, kam die Befreiung von der japanischen Besatzung. Kwangsok wurde Bauer. Das beunruhigte ihn ein wenig. Er meinte, Feldarbeit passe nun wirklich nicht zu ihm, und verhielt sich dementsprechend, als sei er nur vorübergehend Bauer. Sobald sich die gesellschaftliche Lage stabilisieren würde, so bekannte er, ginge er wieder nach Kori. So vergingen drei, vier Jahre und ständig spuckte er große Töne, er werde in Kürze nach Kori gehen. Und dennoch, aus irgendeinem Grunde lastete auf ihm noch immer dieses unerklärliche Gefühl von Schuld, sobald er Tuchan traf, und das machte ihm ziemlich zu schaffen. Tuchan, dem dies nicht verborgen blieb, empfand ihm gegenüber nur umso größeren Ekel. Als die Nationalarmee von Süden her unter großem Jubel einmarschierte, war es Kwangsok, der Tuchan für den Posten des Leiters der Kontrollabteilung im Jugendverband vorschlug. Schließlich erhielt Letzterer auf diese Weise seine Stelle. Kwangsok kam es vor, als habe er nun seine vage Schuld dem anderen gegenüber ein wenig abgetragen. Seine Befangenheit im Umgang mit Tuchan hatte vermutlich eine langwierige Vorgeschichte, deren Wurzeln bis in die gemeinsame Schulzeit zurückreichten. Und so war es für Tuchan beinahe zur Gewohnheit geworden, mit wütend aufgerissenen Augen Kwangsok einige barsche Worte an den Kopf zu werfen, sobald er ihm nur gegenüberstand. Kam ihm jedoch Inhwans Frau in den Sinn, bedrückte ihn das aufs Neue. Tauchten Inhwan und dessen Frau in seinen Gedanken nebeneinander auf, so stellte er sich die schwächliche Statur des Mannes, dessen blasse, durchsichtige Haut und die merkwürdige Distanz zwischen den Eheleuten vor, und sein Herz begann zu klopfen. Das war alles. Bestenfalls holte er an einem sonnigen Herbsttag hinter irgendeinem Kuhstall seinen kleinen Taschenspiegel hervor und betrachtete sich darin.

Doch auch Kwangsok durchschaute auf seine Weise Tuchans Empfindungen. Und innerlich lachte er ihn aus und dachte: Du bist wirklich voller Arglist.

Fröhlich trat er in die Pedale, und als er das Dorf hinter sich gelassen hatte, kamen ihm dessen Angelegenheiten so problemlos wie ein Kinderspiel vor, und glücklich erlag er der wonnigen Sinnestäuschung, alles bewege sich um ihn herum, um ihn als Zentrum. Und so pfiff er schließlich in einer Anwallung von Hochmut einen alten japanischen Schlager vor sich hin: „Die Pferdekutsche fährt und fährt im Abendwind ..."

Gegen Abend kam Kwangsok schon wieder zurück, unter dem Arm hielt er ein Schreiben über Rinderlieferquoten, welches das Hauptquartier der Nationalarmee in Kori ausgestellt hatte. Das war ein Problem von nicht geringer Brisanz. Wie ein

Lauffeuer verbreitete sich im Dorf ein beunruhigendes Gerücht. Am Abend wurde im *Beratungszimmer für besondere Angelegenheiten* der Gemeindeverwaltung eine außerordentliche Sitzung einberufen.

Kwangsok gab einen konfusen Bericht über die aktuelle Situation und verlas dann das Dokument, woraufhin die Diskussion begann.

Das Oberhaupt aus dem Kwanggol-Haus trug eine Lederjacke, streifte den Gemeindevorsteher mit einem flüchtigen Blick und fragte: „So, und was machen wir nun am besten?"

Kaum stand die Frage im Raum, musterte der Familienvater des Hauses Pombawi den Gemeindevorsteher mit prüfendem Blick, drehte sich zu seinem Vorredner um und fuhr diesen in ziemlich wütendem Ton an: „Was wir machen sollen, fragst du? Zum Teufel! Tja, da bleibt wohl kein anderer Weg, als noch mal nach Kori zu gehen und die Leute anzuflehen. Wir können auf keinen Fall noch mehr Kühe weggeben."

Daraufhin entgegnete Kwangsok in aufbrausendem Ton: „Wie können Sie nur so was sagen? Das verstehe ich nicht. Ich fahre nun jeden Tag nach Kori runter, aber an dieser Sache, da kann ich nichts mehr ändern. Natürlich habe ich denen meine Meinung gesagt: Die Roten damals haben uns wirklich schon eine Menge Kühe weggenommen, und deswegen sind uns jetzt nur noch ein paar armselige Tiere geblieben. Wie sollen wir nächstes Jahr die Feldarbeit machen, wenn wir davon nun auch noch welche weggeben müssen? Das habe ich ihnen gesagt. Und daraufhin erklärte der Major, der dort im Hauptquartier wohl für die Verwaltung zuständig ist: ‚Ja, ich kenne die Lage. Wenn wir die Ordnung erst wieder komplett hergestellt haben, werden wir uns darum kümmern, dass Sie genügend Kühe bekommen. Bitte helfen Sie uns in dieser schwierigen Situation!' Der hat mich richtig angefleht. Ich fühlte mich sogar schuldig. Betrachten Sie die Sache doch mal von einem anderen Standpunkt aus! Geht es überhaupt an, dass wir uns so bitten lassen?"

Mit einem Mal waren alle still.

Dann murmelte der Hausherr der Kwanggol-Familie vor sich hin: „Na ja, und nun? Was machen wir nun?" Fragend sah er den Gemeindevorsteher an.

Erst jetzt setzte dieser langsam zu sprechen an: „Es gibt, wie Kwangsok bereits sagte, keinen Ausweg. Damals unter den Kommunisten haben wir Rinder abgeliefert, da ist es doch vollkommen unsinnig, jetzt zu sagen, wir könnten keine mehr abgeben."

Zwei Tage später wurden am frühen Morgen einige Rinder, eins hinter dem anderen in einer Reihe, um die Ausläufer der Berge herum nach Kori hinuntergetrieben. Ihnen voran schritt der Gemeindevorsteher. Er trug eine Hose europäischen Stils, eine zerknitterte Übergangsjacke und einen alten Hut. Seine ganze Haltung strahlte feierliche Würde aus. Kwangsok trug seine spitzen, gelben Schuhe, hatte die Anzugjacke diesmal ordentlich angezogen und sogar in aller Form eine Krawatte umgebunden.

Die Sonne hatte das östliche Bergplateau fast erreicht. Ausläufer des Gebirges verdeckten die Sicht auf das Oberdorf im Westen, dann gaben sie den Blick wieder frei, sodass es bisweilen zu sehen war und dann wieder verschwand. Die Dorfmitte lag etwas tiefer als die umliegenden Häuser und war in Rauch und leichten Morgennebel eingehüllt. Aus dem Nebel sahen vereinzelte Ziegeldächer hervor. Der Gebirgsbach schlängelte sich von Ober-Pomaegi kommend durch die Felder hinunter und glitzerte in den Strahlen der Spätherbstsonne. Sanft durchdrang das Muhen der Rinder den Morgennebel.

Ohne recht auf das laute Geschwätz seines Begleiters zu hören, lief der Gemeindevorsteher neben Kwangsok her. Seitdem sie das Dorf verlassen hatten, war er innerlich zur Ruhe gekommen. Er hatte die Handelsschule absolviert und in Kori einen Tuchhandel betrieben. Nach der Befreiung war er voller Stolz auf seinen geschäftlichen Erfolg in das Dorf zurückgekehrt, wo die Gebeine seiner Vorväter ruhten.

Einem Wirbelsturm gleich war die kommunistische Revolution durch das Dorf gebraust und hatte die klugen Worte des Gemeindevorstehers als freche, unsinnige Theorie gebrandmarkt. Einige Jahre verbrachte er niedergeschlagen in Ungewissheit. An dem Tag, da die Nationalarmee in Ober-Pomaegi einmarschierte, holte er seine südkoreanische Fahne aus ihrem Versteck, drückte sie an die Brust und war der Erste, der auf die Straße hinausrannte, die am Dorfeingang vorbeiführte, und

„Hurra" schrie. Die Menschen, bis dahin in eine Art Grabesstille versunken, begannen sich zu rühren. Laut hallte im ganzen Dorf der Lärm des Umbruchs wider.

„Unser Dorf", verkündete der Gemeindevorsteher voller Enthusiasmus an jenem Tag, als die erste Vollversammlung der Dorfbewohner tagte, „ist eine große Familie, die von einem einzigen Urvater abstammt. An allem, was geschehen ist, war doch einzig und allein dieser schändliche Sturm schuld, der über uns hinwegfegte. Was können die Menschen schon dafür? Einige werden wir eine Zeit lang einsperren müssen, doch nicht ein einziger Dorfbewohner darf geopfert werden. Die entscheidende Frage ist doch, wie wir es nun alle gemeinsam anstellen, die herrliche Vergangenheit dieses Ortes wieder zu beleben und ein harmonisches Miteinander zu gestalten." Ein paar Leute müssten zwar bestraft werden, betonte er, aber das sei unbedeutend, vollkommen nebensächlich. Keinesfalls jedoch ginge es an, wenn die Dorfbewohner nun, getrieben von kleinlichen, persönlichen Rachegelüsten, ihr korrektes Betragen aufgäben. Auf die meisten Leute, vor allem die älteren Bewohner des Dorfes, machten seine Worte Eindruck, und man stimmte ihnen zu. Unter den jungen Leuten, die ein unbezähmbarer Lebenswille trieb, breitete sich zunächst einiges Unbehagen gegenüber dieser Meinung aus, doch nachdem sich die erste Erregung gelegt hatte, neigte auch die Dorfjugend dazu, den Gemeindevorsteher zu unterstützen. Selbst als die Nationalarmee einmarschierte, verständigte man sich darauf, nicht zu verraten, wo sich das Neue Steinhaus mit der Reismühle befand, in dessen Schuppen die Roten eingesperrt waren.

Gerade um dieses Problem ging es, als der Gemeindevorsteher am Abend Kwangsok zu sich rief.

„Man muss die ganze Sache ein bisschen gelassener betrachten. Es geht doch nicht an, hier holterdiepolter ein großes Theater zu veranstalten. Sicher, für euch junge Leute ist das nicht so einfach. Und wer sorgt sich schon so fleißig um die Angelegenheiten im Dorf wie du? Aber manchmal handelst du eben ein wenig töricht und unüberlegt. Gestern zum Beispiel. Warum musstest du denn die Soldaten, bewaffnet, wie sie waren, zum Schuppen führen? Sicher passiert es nicht oft, aber wenn nun einem von denen die Nerven durchgegangen wären und er plötzlich abgedrückt hätte? Dann ständen wir jetzt vor einem großen Problem. Einem gewaltigen Problem. Meinst du vielleicht, ob ein paar Menschen getötet werden oder am Leben bleiben, das wäre nicht weiter von Bedeutung? Egal wie die Zeiten nun mal sind, Mensch."

Kwangsok stand da wie ein begossener Pudel. Das Gesicht, sonnenverbrannt und aus seiner ärmlichen Herkunft kein Hehl machend, blickte so jämmerlich drein, dass es schon Mitleid erregte.

Doch er hatte sich kaum vom Gemeindevorsteher verabschiedet, als er abermals in das ihm eigene, unzufriedene Murren verfiel: „Jetzt lasse ich die Finger von den Dorfangelegenheiten. Schluss damit! Jeder macht mal einen Fehler. Hundertmal macht man alles richtig und dann ein einziger kleiner Missgriff, und auf dem muss der herumreiten. Das ist doch nicht auszuhalten! Schlimmer als bei den Roten. Verdammt noch mal!"

Er machte sich auf direktem Wege nach Hause, wo er seine Frau anbrüllte: „Bring mir das Abendessen!"

Sie wusste sofort, wie es um seine Stimmung stand, und während sie sich in der Küche zu schaffen machte, legte sie die Stirn leicht in Falten. Da stieß auch schon seine betagte Mutter hastig die Tür ihres Zimmers auf und fuhr ihn an: „Hat dir wieder jemand die Leviten gelesen, hm?"

Ärgerlich erwiderte er: „Mach dir keine Sorge, Mutter! Wer sollte mir schon was Schlechtes nachsagen können? Meinst du vielleicht, dein einziger Sohn ist irgend so ein Trottel? Verdammt noch mal!"

An diesem Abend saßen sich die beiden Eheleute gegenüber, und mit gesenkter Stimme, in die sich ein tadelnder Unterton mischte, sagte die Frau: „Wieso bist du nur immer so laut? Wie ein kleines Kind polterst du herum. Du solltest dich schämen."

„Was denn? Was soll das nun schon wieder?", brauste Kwangsok gereizt auf und schäumte vor Wut.

„Vorgestern erst, beim Fotografieren, wie hast du dich da angestellt? Das ganze Dorf hat dich ausgelacht."

„Na, sollen sie doch lachen! Denkst du, ich fürchte mich davor? Da schuftet man von früh bis spät bis zum Umfallen und dann reizt einen noch die eigene Frau, die den lieben langen Tag nur zu Hause rumsitzt! Vermaledeites Schicksal! Ach, es ist zum Verzweifeln."

Ohne darauf etwas zu erwidern, lächelte seine Frau nur sanft.

Nacht für Nacht erhellte eine Karbidlampe das Büro des Gemeindevorstehers. Die Dorfjugend hatte sich hier versammelt und unterhielt sich lärmend. Schach- und Go-Bretter lagen ausgebreitet, einige spielten Yut. Keuchend kam Kwangsok aus Kori zurück, von wo er eine Menge Neuigkeiten mitbrachte. Ein neues Privatinstitut, wo man Englisch lernen könne, sei eröffnet worden, und der Leiter sei der und der; wie heute bekannt wurde, habe man jenen älteren Herrn, der hierher ins Oberdorf geflohen sei, einen Absolventen der Pädagogischen Hochschule von Hiroshima, zum Leiter der Abteilung Kultur und Erziehung in der Stadtverwaltung ernannt; die Schulen hätten den Unterricht wieder aufgenommen, die UNO habe eine Hochschule gegründet, Inhwan würde wahrscheinlich in einer Privatschule Arbeit bekommen, und von irgendeinem, der in den Süden übergelaufen war, erzählte man sich, er sei nun Hauptmann der Nationalarmee. Der und der habe bei der Industrie-Bank angefangen …, und dann – plötzlich sprach Wachsamkeit aus Kwangsoks Miene – fügte er hinzu: „Der Sohn des Müllers, der in der Volksarmee als Hauptmann gedient hatte, über den ist nun bekannt geworden, dass er sich hier irgendwo in der Gegend versteckt hält. Also seid vorsichtig und seht euch genau um …" Dann spannte sich sein Brustkorb wieder, und er fuhr fort: „Die Vortrupps der Nationalarmee sind schon am Paekdu-Berg angelangt, am Paekdu-Berg …" Die Dorfjugend war überrascht: „Ach, wirklich? Stimmt das? Hurra!", brüllten alle und veranstalteten ein Heidenspektakel.

Als die Zeit der Wachablösung kam, stießen zwei junge Männer mit geschulterten Gewehren die Tür auf, betraten den Raum und riefen: „Wachablösung!" Da unterbrachen zwei andere junge Dorfbewohner ihr Schachspiel, fragten erschrocken: „Ach, ist es schon so weit?", nahmen die Gewehre entgegen und eilten nach draußen. Sie bewachten den Schuppen der Reismühle. Ingol und Tuchil hielten gemeinsam Wache. Letzterer war Tuchans jüngerer Bruder. Die beiden Wachhabenden waren fünfzehn Jahre alt, und im nächsten Jahr würden sie wohl wieder zur Schule gehen müssen.

Der Herbst ging langsam zu Ende, und am schmalen Gebirgshimmel neigte sich ein kalter Vollmond gen Westen. In der Ferne bellte ein Hund. Jetzt blies der Wind besonders kalt. Die beiden liefen einen ansteigenden Weg durch ein dichtes Lärchenwäldchen hinauf. Jedes Mal, wenn eine Windböe an ihnen vorbeirauschte, überfiel sie eine tief unter die Haut gehende Einsamkeit. Oh! Sieh doch mal dort! Zwischen den steil aufragenden Felsen konnten sie auf Kori hinabsehen. Lampen erhellten den Ort. Auch auf dem Meer hinter Kori spiegelten sich die Lichter der Stadt. Plötzlich standen Ingol Tränen in den Augen, aus unerklärlichen Gründen fühlte er sich glücklich und traurig zugleich.

„Du, Tuchil!", sagte er, während er den Freund von hinten fest umarmte.

„He, was soll denn das, Mensch?"

„Weißt du, sie haben uns von hier verjagt, und jetzt kommen wir wieder zurück. Das ist wie ein Traum. Was mögen wohl die Leute im Dorf über uns denken? Sie werden uns doch nicht schlecht gesinnt sein, hm? Dass wir wieder in unser altes Haus zurück sind, das ist doch in Ordnung, oder? Aber weißt du, ich glaube, die Dorfbewohner verleumden uns nur, und wenn ich daran denke, werde ich immer traurig. Als wären wir an einen Ort zurückgekehrt, wohin wir eigentlich nie hätten kommen sollen. Ha, ha, soll ich dir mal was Komisches erzählen? Heute, weißt du … Du kennst doch die Frau aus dem Hudakkol-Haus im Unterdorf? Dieses Weib, das damals Vorsitzende der Parteizelle war. Die ist heute früh zu uns gekommen. Hat uns ein bisschen Reis gebracht. Sie meinte, das sei Reis von unserem Boden. Von unserem Boden, hm, woher soll ich denn wissen, ob das unser Boden ist, oder was weiß ich? Jedenfalls, weißt du, hat sie furchtbar geweint, hm? Ihr Mann sei geflohen, wirklich, sie hat schrecklich geweint. Nur dieses eine Mal sollten wir ihr verzeihen, sie habe eine furchtbare Schuld auf sich geladen. Andauernd hat sie um Vergebung gebeten und geweint, wirklich, geheult wie ein Schlosshund … Na ja, wir haben ja Mitleid mit ihr. Was sollten wir ihr überhaupt verzeihen? Wir waren ganz baff und haben ihr gut zugeredet, sie soll den Reis wieder mitnehmen und selbst essen. Und dann, weißt du, ist die doch erneut in Tränen ausgebrochen und flehte uns an, wir sollten ihre furchtbare Schuld vergeben. Weißt du, da bin ich richtig wütend geworden. Wirklich. Wieso kommt sie überhaupt zu uns, kriecht vor uns im Staub und jammert in einem fort? Ich kann so was absolut nicht ausstehen. Was haben die denn falsch gemacht? Und wir? Wer sind wir schon? Nur um wieder mit ihnen zusammenzuleben, sind wir hierher zurückgekommen. Wir denken doch gar nichts Schlechtes über sie. Im Ernst. Das ist doch alles längst vorbei, hm? Aber wenn sie dann zu uns kommen, um Verzeihung bitten, jammern und uns Reis bringen, das macht mich irgendwie traurig. Mir scheint, wir sind an einen Ort zurückgekehrt, wohin wir nicht hätten kommen sollen. Verstehst du mich? Wenn ich daran denke, werde ich immer richtig melancholisch. Verstehst du, was ich meine? Ach, sieh doch die Lichter dort in Kori! Herrlich, hm?"

Ingol war ein wenig in Erregung geraten. Er hielt Tuchil in der Tat für seinen besten Freund.

Der hörte ihm aufmerksam zu. Er verstand ihn wohl, dennoch war er sich nicht ganz im Klaren darüber, was seine Worte bedeuten sollten. In der Dunkelheit tauchte vor seinem geistigen Auge das hübsche, weiße Gesicht von Ingols Schwägerin, Inhwans Frau, auf. Und dazu das Gesicht seines älteren Bruders Tuchan. In diesem Moment überflog seine Züge im Dunkeln ein flüchtiges Lächeln. Das Benehmen seines Bruders schien ihm irgendwie ohne rechten Sinn und Verstand. Aber in Wirklichkeit hätte er natürlich auch gern so eine Schwägerin gehabt. Ingol hatte es echt gut. Jedenfalls empfand er das, was ihm der Freund eben erzählt hatte, auf gleiche Weise angenehm, wie ihn Ingols Schwägerin betörte. Innerlich indes lachte er Ingol aus, der sich um derartigen Kleinkram sorgte.

„Ach, das ist doch nicht so wichtig. Kein Problem. Ich würde mir deswegen nicht den Kopf zerbrechen", murmelte er, ohne weiter darüber nachzudenken.

Tuchil plagten Sorgen ganz anderer Art. Er war Funktionär der kommunistischen Jugendorganisation gewesen. In einem Winkel seines Herzens regte sich deswegen noch immer Angst. Er wünschte sich, einmal offen und ehrlich mit jemandem darüber sprechen und um Vergebung bitten zu dürfen. Ihm war zu Ohren gekommen, in Kori gebe es eine Organisation, die sich CIC nannte. Außerdem erzählte Kwangsok, sobald ihm die Zeit lang wurde, dass manchmal die Anweisung käme, er solle eine Liste mit den Namen ehemaliger Funktionäre der Jugendorganisation erstellen und bei den Behörden abgeben. Natürlich war da nichts dran, er wollte sich nur in Szene setzen. Dennoch lief Tuchil jedes Mal ein Schauer über den Rücken, wenn er davon hörte. „Ach, ist das wahr?", fragte er Kwangsok, heftete sich an dessen Fersen und bat um mehr Einzelheiten. Dann tat Letzterer, als befände er sich in großer Eile, und fertigte Tuchil genervt ab: „Schon in Ordnung, mach dir keine Sorgen! Ich werd' dafür sorgen, dass es keinen Ärger gibt. Ich brauche deinen Namen ja nicht auf die Liste zu setzen. Mach dir also keine Sorgen und kümmre dich um deine Aufgaben im Dorf!"

Tuchil war fürs Erste beruhigt. Er nahm sich vor, seine Pflichten im Dorf ordentlich zu erfüllen, wie ihm Kwangsok geraten hatte. Indes wusste er nicht, wie er das anpacken sollte. Wenige Tage später fing Kwangsok abermals davon an: „Ich muss eine Liste mit den Namen abgeben. Tuchil, was machen wir nun mit dir?" Wieder packte Tuchil das Entsetzen, und eine lähmende Angst nahm ihm den Atem. Den ganzen Tag lief er Kwangsok hinterher und flehte ihn an, ihm alles genau zu erzählen.

Dann täuschte Kwangsok abermals geschäftige Eile vor und fuhr ihn aufgebracht an: „Mach dir keine Sorgen! Ich werd' schon alles für dich regeln. Kümmre dich um deine Aufgaben im Dorf!"

„Kwangsok kann man wirklich nicht trauen", meinte Tuchil plötzlich völlig aus dem Zusammenhang gerissen. Konfus stammelte er bald von diesem, bald von jenem. Ingol hörte zu und fühlte sich verpflichtet, dann und wann zu nicken. Was er da erzählte, war nicht uninteressant, aber es hatte weder Hand noch Fuß, und so verlor Ingol immer wieder den Faden. Er beschränkte sich darauf, zustimmend zu nicken, und dachte bei sich, dass der Freund wohl doch ein wenig töricht sei.

Aus dem Schuppen hörten sie bisweilen ein Räuspern und andere Geräusche, die auf die Anwesenheit von Menschen deuteten.

Unbemerkt war Ingol eingeschlafen. Tuchil redete noch eine ganze Weile weiter, dann wandte er sich an den Freund: „He, Ingol, schläfst du?"

In diesem Moment fand es Ingol irgendwie lustig, so plötzlich eingenickt zu sein, und zugleich erschrak er angesichts der Situation, in der sie sich gerade befanden.

Im Schuppen waren Menschen eingesperrt, und sie hielten mit Gewehren bewaffnet davor Wache. Das kam ihm wie ein Spiel kleiner Jungen vor. Bemüht, diesen Gedanken aus seinem Kopf zu verbannen, richtete er den Blick unverwandt auf die Lichter im entfernten Kori, die er zwischen den Felsen im Tal glitzern sah. „Oh sieh mal, die Lichter, dort, die Lichter", murmelte er hastig und tonlos immer wieder vor sich hin. Doch nach einer Weile erschienen sie ihm auf einmal wie losgelöst von der übrigen Welt, klein und schäbig, unwirklich wie ein Spielzeugland. Die wenigen Sterne über ihren Köpfen sahen viel massiver aus, ganz real waren sie in ihrer Welt verankert. Ohne auf die Reaktion des anderen zu achten, erzählte Tuchil unablässig weiter. Vor dem Büro der Gemeindeverwaltung, das sie weiter unten im Dorf sehen konnten, setzten sich die Lichter mit voranschreitender Nacht hell gegen die Dunkelheit ab. Leute gingen dort ein und aus. Schon war der Vollmond sehr weit nach Westen gewandert.

Als zwei junge Männer zur Wachablösung erschienen, bemerkten sie zu ihrem großen Erstaunen, dass Ingol und Tuchil sich im Schuppen befanden und mit den Gefangenen über die aktuelle Lage im Dorf sprachen, irgendein Lied sangen und sich brüsteten, die demokratische Erziehung der Delinquenten voranzutreiben, während die Männer im Schuppen dasaßen und sie mit großen Augen anstarrten. Am nächsten Tag wurde über diese Angelegenheit noch einmal heftig im Dorf debattiert.

Nach einiger Zeit waren es ausgerechnet Tuchan und Kwangsok, die im Gefolge der sich zurückziehenden Nationalarmee ein Schiff bestiegen, das die Truppen in den Süden zurückführte, und nach wie vor hatte sich Kwangsok mit seinem selbstsicheren Auftreten in einem Winkel seines Herzens jene Würde des Beauftragten für Dorfangelegenheiten bewahrt.

(1959)

Das wahre Gesicht

Ein kühler Sommerabend.

Heftig fegte ein stürmischer Wind über den Himmel und trieb schwarze Wolkenmassen nach Westen. Dort, wo sich am entfernten Horizont die Wolken sammelten, zuckte bisweilen ein Blitz auf, der an das Aufblitzen einer Messerklinge erinnerte. Die Sterne über uns blinzelten zwischen den Wolken in einem eigentümlichen Blau. Der Mond zwängte sich zwischen die Wolkenhaufen, schob sie auseinander und zeigte sich offen am Himmel, bis ein neuer Wolkenhaufen ihn abermals auf ergreifende Weise verschlang. In sein fernes, kühles Licht getaucht glänzten die Dächer der Häuser und kalte Feuchtigkeit schwängerte die Luft. Kalte, tiefe Stille ergoss sich über die Erde und rief eine unheimliche Ahnung hervorrief.

Chol und ich saßen auf der Veranda. Irgendwie von Kleinmut befangen, der einer vagen Urangst glich, hockten wir dort in Schweigen versunken. Chol hatte den Blick auf den Horizont weit in die Ferne gerichtet und rauchte eine Zigarette nach der anderen. So saßen wir eine ganze Weile wortlos nebeneinander, bis Chol plötzlich anfing, mir eine Geschichte zu erzählen.

Der ältere der beiden Brüder war siebenundzwanzig, der jüngere zweiundzwanzig.

Der Ältere war schwerfällig und legte eine übertriebene Ehrlichkeit an den Tag. Um es genau zu sagen: Er war ein Schwachkopf.

Als sie 1946, ein Jahr nach der Befreiung, die Demarkationslinie nach Süden überschritten, waren alle so aufgeregt, dass kaum jemand zu atmen wagte. Da rief er plötzlich laut: „Aha, das ist also die Demarkationslinie!"

Alle erstarrten vor Schreck. Der Vater verpasste ihm eine Ohrfeige, und er begann zu heulen; daraufhin schluchzte auch die Mutter. Der Vater hatte seinen Ältesten schon lange aufgegeben, und die Mutter weinte bisweilen aus Mitleid.

Sicher, um so etwas wie Ehre oder Würde, die ihm als Älterem dem jüngeren Bruder gegenüber angestanden hätte, machte er sich von jeher keine Gedanken, und so spielte bei seinem Bruder schon von früher Jugend an, sobald er nur seine Vernunft zu gebrauchen verstand, um Augen und Mund stets ein höhnisches Grinsen, und auf dem hellhäutigen, schmalen Gesicht harmonierte es gut mit seinem arroganten Wesen.

Wahrscheinlich stimmten der Umstand, dass der Vater seinen Ältesten bereits aufgegeben hatte, und die Überheblichkeit des jüngeren Bruders die Mutter noch trauriger. Doch der Älteste kümmerte sich nicht um die Gefühle von Vater, Mutter oder Bruder, sondern verbrachte alle Tage unbeschwert in einem Zustand vollendeten Seelenfriedens.

Als der Koreakrieg ausbrach, wurden die beiden Brüder Soldaten.

Im Herbst 1951 gerieten sie getrennt voneinander in nordkoreanische Kriegsgefangenschaft, wurden in den Norden gebracht und trafen sich dort zufällig wieder. Das geschah in der Abenddämmerung auf einer Straße in der zerstörten Ortschaft Tongchon.

Der Ältere brach plötzlich in Tränen aus. Er trug eine Uniformjacke, die viel zu groß um seinen schmächtigen Körper schlotterte, die Mütze hatte er verloren und seine Füße steckten in Soldatenstiefeln, die ihm ebenfalls zu groß waren.

Auch der Jüngere schrak im ersten Moment zusammen, doch als sein Bruder zu schluchzen begann, wandte er sich verstohlen von ihm ab, als sei ihm das peinlich. In seiner relativ sauberen grünen Arbeitsuniform machte er einen etwas ansehnlicheren Eindruck als sein Bruder.

Die Oktobernacht war ziemlich kühl. In der Ferne zogen sich im Licht des Halbmonds die Kämme des Taebaek-Gebirges hin.

Unablässig schluchzend lag der Ältere neben seinem Bruder. Als alle Gefangenen eingeschlafen waren, setzten sich die Wachsoldaten um das erloschene Feuer und schliefen ebenfalls ein. Über ihnen am Himmel flogen manchmal laut schreiend Wildgänse vorbei. Da erst hörte der Ältere auf zu weinen. Für eine Weile schien er den Schreien der Vögel zu lauschen, dann flüsterte er dem Bruder ins Ohr: „Die Wildgänse fliegen schon nach Süden."

Der Jüngere reagierte nicht, und für einen Augenblick herrschte Schweigen, dann fragte der ältere Bruder: „Wie haben sie dich denn gefangen?" Und über sein blasses Gesicht huschte ein Lächeln. Als der andere schwieg, fuhr er fort: „Mich haben sie vor gut zwei Wochen erwischt. Du darfst auf keinen Fall erzählen, woher wir stammen."

„…"

„Und nenn mich auch nicht Bruder …"

Er erhielt keine Antwort, und nach einer Weile begann er wieder zu schluchzen. Durch die Zweige der Edelkastanie hindurch glitzerten die weit über das kalte Firmament verstreuten Sterne.

Am nächsten Tag marschierten mehr als siebzig Menschen unter den Sonnenstrahlen eines klaren Herbsttages. In ihren Mienen spiegelte sich Gelassenheit, die nervöse Anspannung der ersten Tage war vorüber, und die Gefangenen hatten sich mit ihrer Lage abgefunden. Über ihren Reihen schwebte nicht nur Schwermut, sondern auch Totenstille. Auf den ersten Blick sahen sie sogar recht friedlich aus. Die Brüder liefen nebeneinander in der Mitte der Marschkolonne. Ungeachtet ihrer Situation brachte der Ältere für das Geschehen seiner Umgebung noch immer beachtliche Neugier, Erstaunen und ehrliche Anteilnahme auf, ganz so, als ginge er eben einmal spazieren. Die schlottrige Armeejacke und die zu großen Soldatenstiefel ließen seine ohnehin schon einfältig wirkende Gestalt noch einfältiger erscheinen.

„Oha, ist das eine riesige Edelkastanie! Die wird ihre fünfhundert Jahre auf dem Buckel haben", meinte er. „Jetzt sind die Tage schon viel kürzer geworden."

„O, guck mal dort, die Krähen!" Er wiegte den Kopf hin und her und seine Stimme klang hell und überaus deutlich. Irgendwie wirkte er sehr munter. Aus den Augenwinkeln warf er einen schiefen Blick auf den Bruder. Doch dessen hellhäutiges, schmales Gesicht umlagerte nur kühle Stille, verdutzt starrten die anderen Gefangenen zu dem Älteren hinüber, und die begleitenden Wachsoldaten lachten amüsiert.

„Ist der irre? He, wie alt bist du?"

„Wie bitte?"

„Wie alt du bist."

„Ich bin siebenundzwanzig."

„Woher kommst du?"

„Ich …", stammelte der ältere Bruder, als ihn der andere auch schon ziemlich barsch unterbrach: „Weißt du überhaupt, wo du hier bist?"

Freundlich lächelnd fragte er zurück: „Nein. Wie heißt dieser Ort hier eigentlich?"

Nur für einen kurzen Moment kochte Wut in dem Wachsoldaten auf, sobald er aber die Miene des älteren Bruders sah, begann er zu lachen.

Auch in dieser Nacht lag der Ältere neben dem Jüngeren und schluchzte wie in der vorangegangenen Nacht. Unter Tränen warf er dem Bruder vor: „Du bist gefühllos wie ein Stein. Ist dir niemals zum Weinen? Denkst du nicht an Zuhause? Möchtest du sie nicht alle wiedersehen? Bist du zufrieden mit deiner jetzigen Lage? Zufrieden, ja? Na ja, dann ist ja gut. Ja, du bist Klasse! Verdammter Kerl …"

Die Nacht zuvor hatte er auch geweint, doch da war in seine Tränen noch ein wenig Wiedersehensfreude gemischt, in dieser Nacht nicht mehr. Unentwegt funkelte er den anderen böse an, als verärgerte ihn dessen Benehmen.

Nach wie vor zeigte der Jüngere keine Reaktion.

Am Himmel zog wieder ein Schwarm aufgeregt schreiender Wildgänse vorüber, ab und zu bellte in der Ferne ein Hund. Dann schreckte der ältere Bruder jedes Mal auf: „He, du, da bellt ein Hund!"

Schweigen.

„Eben sind schon wieder Wildgänse vorbeigeflogen."

Für einen Moment schien der Ältere beruhigt, dann fing er wieder zu schluchzen an.

Auf diese Weise verbrachten sie schließlich die dritte Nacht. Sie war schon weit vorangeschritten, als der Ältere seinen Bruder mit einem Mal kräftig in die Hüfte stieß und aus seiner Jackentasche grinsend einen Reiskloß herausholte. Es war ein Gemisch aus Reis und Hirse, wie es alle Gefangenen am frühen Abend zu essen bekommen hatten. Schnell hatte er ihn in zwei Hälften geteilt und begann zu kauen.

„Hier, iss!", meinte er und bot dem Bruder eine Hälfte an.

Das misstrauische Schweigen des Bruders wollte den Älteren schon aus der Haut fahren lassen, doch dann flüsterte er dem anderen nur ins Ohr: „Los, nimm schon! Heute Abend habe ich genau aufgepasst, und ein paar Reisklöße schienen ohnehin übrig zu bleiben. An der Essenausgabe habe ich gewartet und so getan, als würde ich vor Hunger gleich sterben. Der Typ dort … der Typ, der mich gestern gefoppt hat, der hat mir noch einen Kloß hingeworfen. Ich hab' so getan, als ob ich ihn gleich aufessen würde, und ihn dann heimlich eingesteckt. Der Kerl tut nur immer so bösartig, aber in Wirklichkeit hat er mehr Herz als die anderen." Und er grinste bei diesen Worten.

Erst jetzt nahm der Jüngere den Reis an und begann zu essen. Kurz darauf hatte der ältere Bruder alles aufgegessen und meinte, während er sich die Finger ableckte: „Na, wie war's? Nicht schlecht, hm? Nun knurrt der Magen ein bisschen weniger laut, nicht?"

In dieser Nacht weinte er nicht, sondern schwatzte ununterbrochen und lachte dabei immer wieder: „Wenn wir nach Hause kommen und erzählen, was wir hier erlebt haben, werden die sich biegen vor Lachen. Vor allem Mutter wird sich totlachen. Ach, wie schön wäre das."

Doch dann fuhr er manchmal erschrocken zusammen: „He, du, hörst du den Hund?"

„…"

„Hörst du die Wildgänse?"

Tatsächlich bellte dann und wann ein Hund, und am Himmel zogen Wildgänse vorüber. Als grübelte er angestrengt über etwas nach, versank der Ältere in Schweigen.

Auch am nächsten Abend und am übernächsten bekam er von dem wachhabenden Soldaten eine zusätzliche Portion Reis. Der Soldat war von dunklem Teint, hatte große Augen und schien ein Witzbold zu sein, dennoch haftete seinem ungestümen Wesen auch etwas Wildes, Grobes an; nicht selten fuhr er den älteren Bruder an: „Weißt du überhaupt, wo du hier bist? Meinst du vielleicht, du bist hier bei Mama zu Hause?", und zog ihm mit dem Gewehrkolben eins über. Fing der Bruder dann an zu heulen, lachte der Soldat laut und fand das alles eher belustigend.

Manchen Abend warf er ihm mit den Worten: „He, du, als Lohn für die Prügel, die du heute bezogen hast", einen zusätzlichen Reiskloß zu. „Wenigstens einer muss dich doch hier ein wenig bemuttern."

Dann steckte der Bruder den Kloß in seine Jackentasche und holte ihn nachts, wenn alle schliefen, wieder hervor, um ihn mit dem Jüngeren zu teilen.

So ging das beinahe jede Nacht. Mit der Zeit wartete der Jüngere zu vorgerückter Stunde schon auf den Reis, den der Bruder mitbringen würde, ohne sich jedoch etwas anmerken zu lassen. An Abenden, da er keinen zusätzlichen Reis erhalten hatte, heulte der Ältere gewöhnlich laut und schluchzte herzzerreißend. Und unter Tränen murmelte er: „Du bist jetzt bestimmt sauer, weil du denkst, ich hätte alles allein gegessen. Aber manchmal bekomme ich eben keinen Reis. Wie soll ich denn jeden Abend was zusätzlich kriegen? Bei allen Dingen, die der Mensch tut, gibt es doch ein bestimmtes Maß." Zeigte der Jüngere darauf keine Reaktion, schluchzte der andere noch lauter. Doch schon am nächsten Abend schob er seinem Bruder hocherfreut den ganzen Reiskloß hin: „Hier, iss alles!"

Wenn der Jüngere den Kloß dann in der Mitte zerteilen wollte, fuhr er ihn wütend an: „Ich bekomme doch manchmal auch morgens eine zusätzliche Portion. Aber die muss ich natürlich allein essen. Nicht, weil ich dir nichts abgeben wollte, aber die andern sehen doch alles, und wenn ich bis zum Abend warte, müsste ich den Reis den ganzen Tag über in der Tasche behalten, da würde ich ihn bloß dauernd mit der Hand durchkneten. Dann wäre er abends ganz schmutzig. Und ehrlich gesagt, würde ich es auch selbst vor Hunger nicht aushalten." Er lachte.

Der Jüngere kannte den Eigensinn seines Bruders und aß alles allein. Dann lächelte der Ältere, berührte zärtlich den Kloß in der Hand des anderen und sagte: „Iss doch schnell! Nun zier dich nicht so lange und iss! Findest du nicht auch, dass die Klöße heute Abend ein bisschen größer als sonst waren? Ich glaube, heute sind sie ganz gut." Er schluckte.

Eines Abends, der Bruder hatte wieder einen ganzen Kloß allein gegessen, fing der Ältere plötzlich erneut an zu weinen. Der Jüngere schwieg. Sein hellhäutiges Gesicht zeigte noch immer keine Reaktion. Der Ältere heulte immer heftiger und kniff seinem gleichgültigen Bruder kräftig in den Oberschenkel.

So verstrichen einige Tage, und das Verhalten des Älteren veranlasste den Bruder, von seinem einstigen Hochmut dem anderen gegenüber abzulassen, ja, es kam ihm überhaupt nicht mehr in den Sinn, sich seinetwegen vor den anderen zu schämen, und nicht wenig verblüffte es ihn nun selbst, dass es gerade sein Bruder war, der ihm ein wenig Erleichterung verschaffte. Die einfältige Gestalt, die er von hinten abgab, wenn er die Arme beim Laufen in großem Bogen um sich her schlenkerte, passte das nicht genau zu ihm? In diese Richtung gingen seine Gedanken nun, und obschon ihm beim unerwarteten Wiedersehen mit dem Bruder zunächst ein spöttisches Lächeln auf den Lippen gelegen hatte, fühlte er mit einem Mal, wie der Bruder seiner Rolle als Ältester immer besser gerecht wurde, je unbefangener er sich benahm, je mehr er seinem Wesen keine Fesseln anlegte, und mit Erstaunen stellte er fest, wie ihn das sogar erfreute. Jetzt, da sie die Vergangenheit unwiederbringlich hinter sich gelassen hatten, zweifelte er nicht mehr, dass ihm selbst tief in seinem Innern im Grunde alles gleichgültig war, und dennoch bemerkte er, wie ihn die Gemütsart des Älteren bewegte, er wurde traurig und bereute sein bisheriges Verhalten ihm gegenüber. Zudem empfand er etwas wie Heimweh, eine Art Freude. Nun entdeckte er bisweilen bei seinem Bruder eine gewisse Würde, die sich jeder aus Willen oder Logik gewonnenen Überzeugung gegenüber als überlegen erwies.

Eines Nachts kam der jüngere Bruder dicht an das Ohr des Älteren heran und flüsterte: „Morgen waschen wir uns mal!" Er lachte. Es waren die ersten Worte, die er an seinen Bruder richtete. Der schwieg verwirrt, dann riss er in der Dunkelheit plötzlich die Augen weit auf und lachte ebenfalls.

„Oh, es ist so furchtbar kalt", lautete seine eigenartige Antwort.

Während des Marsches am nächsten Tag murmelte er unablässig vor sich hin: „Wir müssen uns waschen. Wir müssen uns waschen."

Der jüngere Bruder war ein wenig verlegen.

Auch am nächsten Tag und an den folgenden sprach der Ältere immer wieder dieselben Worte vor sich hin.

Eines Morgens schließlich wurden gerade diese Worte für alle Gefangenen Realität. Da erwiderte der Jüngere auf das Murmeln seines Bruders: „Ja, heute waschen wir uns wirklich mal, bevor es weitergeht."

Für einen Moment herrschte Schweigen. Im nächsten Augenblick sahen sich die Gefangenen an, begannen zu schwatzen und lachten. Glucksend schwappte ihr Lachen nach allen Seiten. Egal in welches Gesicht man auch blickte, jedem stünde eine Säuberung recht gut an. Da stimmten plötzlich alle zu: Heute waschen wir uns, bevor es weitergeht! Heute ist Waschen angesagt! Der ältere Bruder stand ein wenig abseits und blickte den Jüngeren peinlich berührt an, als schämte er sich, und rieb mit beiden Händen sein Kinn. Keiner der Gefangenen machte Anstalten, sich zum Sammelplatz zu begeben. Sie zögerten. „Waschen wir uns! Los, waschen! …"

Da sie nicht pünktlich am Sammelplatz erschienen, eilten Wachsoldaten herbei, und von der Stimmung der Gefangenen angesteckt, mussten sie grinsen. Wie auf Verabredung prusteten alle Gefangenen zusammen los. Fröhlich riefen sie: „Waschen! Heute waschen wir uns!"

Als sich die weißen Strahlen der Herbstsonne über die flach ausgebreitete Landschaft zu ergießen begannen, saßen die Gefangenen einer neben dem anderen an dem von einem langen Deich eingefassten Flussufer, schwatzten ausgelassen miteinander und wuschen sich.

Doch gerade an diesem Tag, da der Jüngere meinte, seinen Bruder in fröhlicher Stimmung vorzufinden, schluchzte dieser vom frühen Abend an. Tief in der Nacht kam er dicht an den jüngeren Bruder heran und flüsterte ihm ins Ohr: „Heute war er wieder nicht da, und ich habe keinen Reis bekommen. Wahrscheinlich war er gerade auf dem Abort." Einen Moment war er still, dann heulte er wieder. Es dauerte eine ganze Weile, bis er aufhörte, doch dann fuhr er den Bruder auf einmal in einem Anflug von wildem Zorn an: „He, du denkst doch, du könntest morgen Abend wieder einen ganzen Kloß allein essen, oder? Weißt du, wie oft ich schon abends gehungert habe? Schon zweimal gab's am Abend nur einen Kloß."

Der Jüngere schwieg.

„Zweimal hintereinander habe ich nichts bekommen. Wenn ich morgen Abend wieder nichts kriege, soll ich weiter hungern, ja? So ist es doch, oder?"

Ohne zu antworten starrte der Jüngere den Bruder in der Dunkelheit nur an. Schließlich liefen ihm Tränen über die Wangen.

Es war das erste Mal, dass der Ältere den Bruder weinen sah, verwirrt riss er die Augen weit auf und brachte zögernd hervor: „Hör auf zu weinen! Hör doch auf! Ist schon in Ordnung. Heute durften wir uns ja sogar waschen." Daraufhin fing er selbst noch heftiger zu schluchzen an.

Als sie Wonsan* erreichten, wurde die gesamte Wachmannschaft ausgewechselt. Jener Soldat, der dem älteren Bruder manchmal eine zusätzliche Ration zugeschoben hatte, kam auf ihn zu und meinte verschmitzt: „He, bin echt traurig. Pass gut auf dich auf!"

Ein Mundwinkel des älteren Bruders zuckte, er nickte nur kurz, und dann füllten sich seine Augen mit Tränen.

„Bitte, dürfte ich Ihren Namen erfahren?"

„Meinen Namen? Ich bin dein Vetter. Und deine Mutter bin ich auch", meinte der Soldat, lachte laut und verschwand in der Finsternis.

Wieder brach der ältere Bruder in Tränen aus. Mitten in der Nacht rief er sogar laut schluchzend nach seiner Mutter. Auch der Jüngere schluchzte mit erstickter Stimme neben ihm so leise, dass die anderen ihn nicht hören konnten. Die Traurigkeit und das Weinen des Älteren waren der einzige Grund dafür. Die Tränen beruhigten ihn ein wenig.

Die ganze Nacht über bis zum nächsten Morgen wurden die Gefangenen sehr streng bewacht. Draußen fielen die ersten Schneeflocken. Der Ältere hörte auf zu weinen und sagte plötzlich: „Oh, es schneit! Schnee. Schnee. Es ist schon Winter."

Mit Rücksicht auf die außerordentlich scharfe Bewachung hatte er sich natürlich nicht zum Ohr seines Bruders geneigt, sondern nur so vor sich hin gemurmelt, als führte er ein Selbstgespräch.

„Sieh mal dort! Dort, dort. Die schlafen ja alle bloß", murmelte er und stieß den Bruder in die Seite …

Unversehens hatten sie die Ortschaft Yangdok passiert. Eintönig verstrichen die Tage wie im Fluge, und der Himmel leuchtete tagein tagaus in seinem unveränderlichen Blau. Berge und Felder bedeckte Schnee. Wenn der ältere Bruder die Winteruniformen der Wachmannschaft betrachtete, spiegelte sich in seinen Augen der Neid so schlicht und arglos wie bei Kindern. Mit jedem Tag wurde er kraftloser.

Eines Nachts, als sowohl die Gefangenen als auch die Wachsoldaten eingeschlafen waren, neigte sich der Ältere abermals zum Ohr seines Bruders und flüsterte mit kaum vernehmbarer Stimme, die er sich in letzter Zeit angewöhnt hatte: „Ich denke immer noch an ihn. Er hatte wirklich ein gutes Herz."

Als der Bruder schwieg, fuhr er fort: „Ich habe doch immer diese Schmerzen in den Beinen. Das weißt du doch noch. Zurzeit wird es immer schlimmer." Er schien zu lächeln.

Erschrocken blickte ihn der Jüngere an. Das Lächeln seines Bruders wirkte noch einsamer als sonst, bedächtig legte er beide Arme um die Schultern des Jüngeren und sagte: „Chilsong, es ist so furchtbar kalt."

Chilsong schwieg.

„Weißt du, Mutter hat mich im Grunde immer nur bemitleidet, hm? He, Chilsong, mit meinen Beinen muss irgendwas nicht in Ordnung sein."

Die Augen des Jüngeren füllten sich erneut mit Tränen, und er schwieg. Jäh weiteten sich die Augen des Bruders, und er sah dem Jüngeren gedankenverloren ins Gesicht.

„Warum weinst du denn? Warum weinst du, hm? Nun hör doch endlich auf!", redete er auf ihn ein und fing dabei selbst an zu weinen.

Am nächsten Tag hinkte der ältere Bruder auffällig. Auch seine Selbstgespräche klangen kraftlos.

„Dieser Weg nimmt gar kein Ende. Ach, jetzt könnten sie endlich mal aufhören mit dem ewigen Gelaufe. Wir sind schon genug gelaufen", murmelte er und warf dabei einen Seitenblick auf die Wachsoldaten um sich herum. Selbstverständlich nahmen sie keine Notiz von ihm. Die neue Wachmannschaft bestand aus ziemlich groben Kerlen.

In dieser Nacht lächelte der Ältere seinen Bruder nur traurig an.

„Chilsong. Weißt du, wenn du nach Hause gehst. Wenn du nach Hause gehst", sagte er, und dann fing er mit einem Mal aus irgendeinem Gedanken heraus zu lachen an: „Ha, ha, was rede ich denn da? Wenn du nach Hause gehst, gehe ich natürlich auch, nicht wahr? Ich bin ja schon ganz irre geworden."

Wenig später legte er seinen Arm um die Schultern des Bruders: „Du, Chilsong!", und dabei musterte er aufmerksam dessen Gesicht.

Draußen fauchte ein heftiger Wind. Die aus Strohmatten gefertigte Tür gab einen merkwürdigen Laut von sich, schlug auf und zu. Jedes Mal, wenn sie sich öffnete, gab sie den Blick auf einsame, schneebedeckte Felder frei, die sich in milchigem Weiß weit bis zum Horizont erstreckten.

Die Augen des jüngeren Bruders füllten sich abermals mit Tränen. Da wurde der Ältere wütend: „Warum weinst du denn?

Nun sag schon, warum!", und dabei übertönte sein Schluchzen das des Bruders.

Mit der Zeit hinkte der ältere Bruder immer auffälliger. Auch seine Selbstgespräche während des Marsches waren verstummt. Ganz anders, als es sonst seine Art war, bewegte er sich nun ungewöhnlich vorsichtig. Nervös sah er sich immer wieder um, nur darauf bedacht, die Wachsoldaten nicht aus den Augen zu verlieren. Jetzt flüsterte er nachts dem Bruder auch nichts mehr ins Ohr. Nur wenn in der Ferne ein Hund bellte, fuhr er wie früher entsetzt zusammen. Der Jüngere hielt es kaum noch aus und vergoss viele Tränen. Nun fragte ihn der Ältere auch nicht mehr, warum er weine, wurde nicht mehr wütend und brach selbst nicht mehr in Tränen aus. Dieses Verhalten seines Bruders machte den Jüngeren noch trauriger.

In dieser Nacht schneite es in großen Flocken. Unerwartet flüsterte der Ältere seinem Bruder etwas ins Ohr: „Du, egal was passiert, nenn mich auf keinen Fall ‚älterer Bruder‘, ja?"

Anders als sonst klang seine Stimme jetzt wie die eines reifen Mannes: „Weine nicht, sondern tu so, als würdest du mich gar nicht kennen! Das musst du mir versprechen."

Absichtlich laut entgegnete der Bruder: „Oh, es schneit!", und ihm fiel auf, dass er nun genau so schwatzte, wie sein Bruder es immer getan hatte.

Doch die Miene des Älteren war bereits erstarrt. Das Mitleid trieb dem Jüngeren schon wieder Tränen in die Augen. Er legte die Arme um seinen älteren Bruder und flüsterte ihm ins Ohr: „Du, komm wieder zu dir!"

Als sie am nächsten Tag gegen Mittag gerade einen Bergpass erklommen hatten, stieß der Ältere dem Bruder mit dem Finger in den Oberschenkel und sackte genau an der Stelle zusammen, wo er eben stehen geblieben war.

Ein Wachsoldat, der von hinten die Schritte des älteren Bruders beobachtet hatte, riss seine Kalaschnikow von der Schulter und schoss. Der ältere Bruder kippte im Sitzen nach vorn über und fiel zu Boden. „Wie lange wolltest du denn noch so dahinvegetieren, Schwachkopf?", sagte der Soldat und hängte sich das Gewehr wieder über die Schulter. „So ein Schwachkopf aber auch!"

So etwa ging Chols Geschichte.

Das Sommerwetter zeigte sich von einer ziemlich launischen Seite. Die dunklen Wolken im Westen hatten gerade noch einen kräftigen Regenguss angekündigt, da waren sie auch schon wieder verschwunden, als hätte es sie nie gegeben. Über das gesamte Firmament verteilt leuchteten die Sterne, einsam hing der Halbmond genau über uns. Der Wind wehte ein wenig stärker als zuvor, die Dächer der Häuser lagen in ein fernes, kühles Licht getaucht, und über die Erde ergoss sich eine schwer lastende Stille. Chol zog noch eine Zigarette heraus, zündete sie an und sprach weiter: „Na, was meinst du? Diese – wie soll ich sagen – Einfalt oder Schwerfälligkeit des älteren Bruders. Seine Schwerfälligkeit war doch im Grunde auf einen Mangel an höflichen Umgangsformen, auf das Fehlen gewisser Verhaltensnormen zurückzuführen, auf die Unfähigkeit, auf den anderen freundlich zuzugehen, eben die Ermangelung der Fähigkeit, sein Gegenüber einzuschätzen und sich dementsprechend anzupassen oder auch einfach unbeeindruckt zu bleiben. Darum ging es doch. --- Dagegen war der jüngere Bruder ganz anders. Niemals gelang es ihm, sich von seiner inneren Anspannung zu lösen, wenn er versuchte, sein Leben im Einklang mit der gesellschaftlichen Norm zu gestalten. Sicher, man könnte ihm bestätigen, er habe das Feingefühl besessen, genau zu erfassen, was bestimmte gesellschaftliche Normen verlangten, oder sich stilvoll zu bewegen gewusst, über einen hohen Bildungsgrad verfügt oder der Zukunft voller Hoffnung entgegengesehen. Auch der Vater hatte seinen Ältesten aufgegeben, weil er derartige Normen setzte, und von Seiten der Mutter war nichts als Mitleid gekommen. Doch wer von den Brüdern, die letztlich beide in Kriegsgefangenschaft gerieten, machte denn nun den schwerfälligeren Eindruck? Der Ältere? Oder der Jüngere? Und diese Schwerfälligkeit, was bedeutete sie eigentlich? Wer war denn nun wirklich …"

Irgendwie war ich unruhig geworden und ziemlich verwundert über seine Worte. Mehr nicht. Seltsamerweise beschlich mich plötzlich die Sorge, der Halbmond am Himmel über uns könnte sich einsam fühlen.

„Der jüngere Bruder kam schließlich ins Gefangenenlager nach Manpojin, wo er ohne jede Hoffnung seine Tage verbrachte, bis er dann im Zuge des letzten Gefangenenaustauschs freigelassen wurde." Plötzlich rückte Chol dicht an mich heran und sagte mit gänzlich veränderter, ruhiger Stimme: „Als ich jung war, hieß ich Chilsong."

Ich machte große Augen, doch um Chols Mundwinkel spielte nur ein leicht spöttisches Lächeln. „Tja, unversehrt kehrte ich nach Hause zurück und habe zu meinem so genannten Hochmut zurückgefunden. Allerdings fühle ich mich nicht mehr so unbeschwert wie früher. Weil ich eben nicht mehr derselbe bin wie damals. Wahrscheinlich habe ich mich zu meinem Nachteil verändert."

Über den wolkenlosen Himmel fegte ein Wind außer Rand und Band, und der Mond schien ein wenig zu zittern.

(1956)

Zermürbt

Ein Abend im Mai. Zum wiederholten Mal stand seine Behauptung im Raum, die älteste Tochter käme gegen Mitternacht, und so saßen sie nun alle wartend da. Niemand rührte sich, doch wie gewöhnlich umfing die Anwesenden eine erwartungsvolle Stimmung.

Der Patriarch des Hauses, inzwischen über siebzig, war Direktor einer Bank gewesen und inzwischen pensioniert, dennoch zählte er noch immer zu den Ehrenmitgliedern des Bankhauses. (Nach wie vor reichte das Geld, das er monatlich von dort bezog, hin, um die Haushaltskosten zu bestreiten.) Gekleidet in elegante Seide von zartem Blau saß er entspannt auf dem Sofa des Empfangszimmers. Obschon seine Kleidung sauber und ordentlich war, hing sie doch irgendwie schlaff an ihm herab, und wie er da saß, wirkte er völlig kraftlos und leer, ja, es hatte gar den Anschein, als fehlte ihm die Kraft, sich ohne fremde Hilfe zu erheben. Er war taub und litt an einer leichten Demenz. Doch das breite Gesicht von hellem Teint sah jünger aus und erinnerte in seinen Zügen an einen Europäer. Chongae, seine Schwiegertochter, und die jüngste Tochter Yonghi saßen neben ihm. Der alte Herr mochte es nicht, wenn seine Schwiegertochter im traditionellen Hanbok daherkam, und so trug Chongae seinen Erwartungen entsprechend einen leichten Pullover und eine eng anliegende schwarze Hose, Yonghi hatte ein Kleid an. Schwiegertochter und Schwägerin schienen sich gut zu verstehen. Sie und der Hausherr sahen durch das breite Fenster in den dunklen Hof hinaus. Im Sitzen bot Chongae dem Arm ihres Schwiegervaters Halt, Yonghi auf der anderen Seite hatte das Kinn auf eine Hand gestützt.

Draußen war es finster, und die alten Bäume im Hof knarrten schauerlich im Wind. Jenseits des Vordaches breitete sich der Himmel aus, an dem dicht an dicht die Sterne leuchteten, und über allem lag die neblige Luft des Frühsommers. Kühle Stille umfing das Haus.

Kwang, kwang.

In der Ferne war bisweilen ein lang nachhallendes Hämmern zu hören, als wenn Metall gegen Metall schlüge. Es musste aus einer Gießerei oder Schmiede am anderen Ende der Straße kommen, wo das rot glühende Metall mit eisernen Hämmern bearbeitet wurde.

In der Nähe des Hauses gab es eine solche Fabrik nicht. Sie musste sich also ziemlich weit entfernt befinden. Sehr weit, meilenweit entfernt vom Haus.

Kwang, kwang.

Monotones Hämmern hallte durch die Nacht, verstummte und setzte sich abermals fort. Es verursachte bei den Hausbewohnern ein Stechen, wie von einem spitzen Messer herbeigeführt, durchschnitt die Nacht in gleichmäßigen Abständen und übte einen merkwürdigen Reiz auf die Menschen aus.

„Was ist denn das für ein Gehämmer?", fragte Yonghi und zog die Brauen zusammen.

„Tja, woher mag das kommen …", entgegnete Chongae teilnahmslos.

„Hier in der Nähe gibt es doch gar keine Eisengießerei."

Chongae schwieg und tat ihre Zustimmung nur über ihr Mienenspiel kund.

Kwang, kwang.

Das metallische Hämmern setzte sich fort, ohne dabei seinen Rhythmus zu ändern. Womöglich würde es die ganze Nacht lang andauern. Da ihre Aufmerksamkeit allein diesem Geräusch galt, kam es ihnen vor, als säuselten die alten Bäume draußen nicht sacht im Windhauch der Frühsommernacht, sondern würden durch das lang nachhallende Hämmern in Schwingungen versetzt. Die Schläge gegen das Metall schienen sogar einen Riss in die Wand zu treiben. In der Decke direkt über der Neonleuchte musste ein Dolch versteckt sein. In dem Riss, der sich in der grünen Wand auftat, ruhte die Mutter. Nach ihrem Tod ruhte sie dort in Frieden. Es ging ihr nun sehr gut, denn sie brauchte sich nicht mehr über die erbärmliche Situation der Familie zu grämen.

Kwang, kwang.

Dieses Hämmern wird schließlich noch das ganze Haus zum Einsturz bringen. Die Zeit wird kommen, da die alte, das Haus bisher beschützende Schlange[*] die Augen öffnet und sich leise hinausschleicht. Dann beginnt das Fest. Das letzte Fest. Ohne Bedauern müssen sie Abschied nehmen. Alle müssen ohne jedes Bedauern voneinander Abschied nehmen.

Plötzlich lachte Yonghi hemmungslos auf, und dieses unnatürliche Lachen ließ Chongae aufschrecken.

„Chongae, weißt du, an was ich gerade denke?", fragte sie. „So wie du Vaters Arm hältst, siehst du nicht aus wie die Schwiegertochter, sondern wie seine leibliche Tochter." Chongae verzog die Miene, als schämte sie sich ein wenig. Der Vater hatte es natürlich nicht hören können. Er betastete die Warze auf seiner Nase. Eindringlicher werdend redete Yonghi weiter. Ihre Stimme nahm an Lautstärke und Hast zu. Sie versuchte das unangenehme Hämmern zu übertönen.

Kwang, kwang.

Doch die Schläge auf das Metall setzten sich im Dreißig-Sekunden-Takt fort. Spitze, stechende dreißig Sekunden. Yonghis Stimme verlor sich in der geräumigen Weite der unteren Etage, doch das Hämmern klang vor dem Hintergrund ihrer Stimme nur umso deutlicher.

„Also ist unsere Familie in gewissem Maße demokratisch. Wenn Schwiegervater und Schwiegertochter so ein Verhältnis zueinander haben." Sie machte eine Pause und fuhr dann mit erhobener Stimme fort: „Aber ermüdet dich das nicht, Chongae? Irgendwas Wichtiges fehlt in diesem Haus. So etwas wie ein stützender Pfeiler oder die alles zusammenhaltende Schraube. Meinst du nicht?"

Chongae ähnelte ihrem Schwiegervater. Wohl war sie nicht schwachsinnig wie er, doch auf andere Weise schien sie Yonghi schon ein wenig seltsam. Allem Anschein nach glaubte sie, ein Gespräch sollte nicht dazu dienen, einander auf die Nerven zu gehen oder sich gegenseitig Kopfschmerzen zu bereiten, indem die Leute herumsaßen, den lieben langen Tag nichts zu tun hatten und längst Vergessenes wieder aufwühlten, und ebenso wenig sollte man es für unsinnige Spekulationen nutzen.

„Heute wieder um Mitternacht?", fragte Yonghi. „Mein Bruder ist oben?"

Und dann sagte sie: „Mein Gott, ist er immer noch nicht zurück?"

„Er", das musste Sonjae sein. Zwar waren sie noch nicht verlobt, gingen aber davon aus, schließlich doch irgendwann zu heiraten, und alle anderen Familienmitglieder dachten ebenso. Man sagte, er sei ein entfernter Verwandter des Ehemannes der ältesten Schwester, die noch vor der Teilung des Landes in den Norden geheiratet hatte und die sie schon beinahe zwanzig Jahre nicht mehr gesehen hatten. Mehr wussten sie nicht. Während der Rückzugsgefechte im Januar 1951 war Sonjae in den Süden übergelaufen, wo die zahlreichen Schwierigkeiten, mit denen er sich herumschlagen musste, aus ihm einen unverwüstlichen jungen Mann gemacht hatten. Die greise Mutter war vor drei Jahren gestorben, sie hatte ihn sehr umsorgt und Mitleid für ihn empfunden. Dabei musste sie der Gedanke geleitet haben, dass er der jüngere Schwager ihrer ältesten Tochter war. Auch sie zählte damals bereits siebzig Jahre und litt an Altersschwachsinn, dennoch befragte sie Sonjae immer wieder über alles, was mit ihrer Ältesten zusammenhing. Selbst kurz vor dem Tod, als sich die ganze Familie um sie versammelt hatte, fand sie erst zu ihrem Seelenfrieden, nachdem sie unter allen Anwesenden Sonjae ausgemacht hatte. Vielleicht sah sie in ihm einen Ersatz für die abwesende Tochter. Irgendwie hatte es sich in der Zwischenzeit so ergeben, dass er ein kleines Eckzimmer in der ersten Etage bewohnte. Bisweilen hatte er der Familie ein wenig Geld als Miete gegeben, aber seit einigen Monaten tat er dies nicht mehr. Yonghi hatte in ihm eine ganze Weile lang nur einen ziemlich unsauberen und heruntergekommenen Mann gesehen. Sie bildete sich ein, ihr unerbittlich hartes Schicksal zwänge sie, aufs Heiraten zu verzichten, doch ohne es selbst zu bemerken, gewöhnte sie sich schließlich an ihn. Er hatte ihr erzählt, er arbeite in einer Firma, die mit Fischereiprodukten handelt. Viel mehr wusste sie nicht. Denn so vertraut waren sie sich freilich noch nicht.

„Warum denn ausgerechnet um Mitternacht?", wollte Yonghi wissen.

„Tja …", lautete Chongaes Antwort.

„Wenn sie wirklich zurückkäme, wäre das nicht toll?", sagte Yonghi.

„Tja, wenn …", bemerkte Chongae.

„Wenn ich es mir recht überlege, ist das alles doch furchtbar lustig."

Yonghi lachte nicht, sondern verzog nur den Mund zu einem Grinsen und meinte scherzhaft: „Wir könnten uns doch einfach alle voneinander trennen. Irgendwie werden wir schon durchkommen. Zerstreuen wir uns in alle Winde! Na, was meinst du? Ich glaube, dann würde alles viel einfacher werden." Und auf diese Worte hin richtete sie einen verschmitzten Blick nach oben.

Schließlich kam Songsik die Treppe herunter und öffnete leise die Flurtür. Sobald sich die Blicke der drei jungen Leute trafen, wandte sich Songsik an Yonghi: „Was macht ihr denn hier?"

Yonghi grinste und ließ sich etwas spitz vernehmen: „Du bist ja immer noch im Schlafanzug. Wir warten mal wieder auf unsere Schwester."

Wortlos setzte sich Songsik auf einen Stuhl dem Vater gegenüber.

Yonghi klärte ihn auf: „Heute um zwölf wie immer, weißt du", und unverzüglich setzte sie hinzu: „Willst du nicht mit uns zusammen warten?"

Wortlos schlug Songsik eine Zeitung auf.

„Du bist das junge Familienoberhaupt dieses Hauses", entschied Yonghi, „und deswegen musst du hier mit uns zusammen warten. Nicht wahr, Chongae?"

Sie machte eine Handbewegung in Richtung ihres Vaters und sagte laut: „Vater, Songsik wartet mit uns zusammen."

Erschrocken verzog der Vater das Gesicht zu einer krankhaften Grimasse, und obwohl er seine Tochter nicht richtig verstanden hatte, nickte er. Zwar zeigte der Bruder es nicht offen, aber Yonghi wusste, dass er ihrer Beziehung zu Sonjae vollkommen gleichgültig gegenüberstand. Er verachtete ihn. Sie liebte Sonjae zwar auch nicht richtig, doch dieses Verhalten ihres Bruders kratzte an ihrem Selbstwertgefühl und verband sie noch mehr mit Sonjae.

„Hast du nicht gehört, wann er heute kommen wollte?", fragte sie den Bruder.

Songsik zog die Stirn in Falten und schüttelte verneinend den Kopf.

„Weißt du", fuhr sie fort, „dass er dich schlechtmacht, wo er nur kann?"

Songsiks Brillengläser blitzten kalt auf.

„Weißt du, warum?", sprach sie weiter. „Sicher weißt du's. In letzter Zeit vergleiche ich dich immer mit Sonjae. Du benimmst dich ihm gegenüber ziemlich schäbig."

Songsik schwieg.

„Vierunddreißig. Blasses Gesicht. Lange, schlanke Beine. Tag und Nacht im Schlafanzug. Behauptet Musik zu studieren und hat in Wirklichkeit die Hochschule der Bildenden Künste absolviert.

War mehrmals in den USA und denkt immer noch nicht daran, sich eine Arbeit zu suchen. Hat den lieben langen Tag über nichts zu tun. Träumt vage davon, Komponist zu werden … Hast du noch was hinzuzufügen?"

Seine Brillengläser blitzten noch einmal auf.

Sie ging in den Flur hinaus.

Kwang, kwang.

Sie hatte das Hämmern schon vergessen, da überraschte es sie abermals und stürzte sich hart und metallisch glitzernd auf sie. Noch lauter und gewichtiger als im Zimmer brachte es auf dem Flur die Erdachse zum Beben. Der Lärm ging ihr auf die Nerven. Die Tür zum Bad stand weit offen, und wie auf verlorenem Posten brannte dort noch Licht. Sie überlegte, ob sie es löschen sollte, doch entschied sie dann, es lieber brennen zu lassen.

Die älteste Schwester aus dem Norden sollte um Mitternacht kommen. Natürlich war das von Grund auf absoluter Unsinn. Sie wusste nicht mehr genau zu sagen, seit wann, aber an dieses Warten hatten sich inzwischen alle gewöhnt. Seit zwei Jahren war der Vater schwerhörig. Während er mehr und mehr ertaubte, redete er auch immer weniger. Was die anderen durch Sprache ausdrückten, das vermittelte er nun vielfach mittels Blicken oder Mimik. Auf diese Weise verödete sein Geist allmählich, und er selbst degenerierte zum Schwachkopf. Seine Herrschaft über die Familie zerbröckelte, und die Haushälterin trat immer ungezwungener, energischer und frecher auf. Vielleicht weil Sonjae von allen den schwächsten Eindruck machte, scherzte sie oft mit ihm. Das erschütterte Yonghis Selbstwertgefühl. Oft ging die Haushälterin in die Stadt. Dann hatte sie das leicht aufgedunsene, etwas pockennarbige Gesicht stark geschminkt und trug ein buntes Kleid. Zur Demonstration am 19. April 1960* oder während der Ereignisse des Militärputsches vom 16. Mai 1961* war sie den ganzen Tag lang in der Stadt unterwegs. Obschon sie nicht direkt an den Demonstrationen teilnahm, war sie doch auf den Markt gegangen, und als sie nach Hause zurückkam, haftete ihr der intensive Geruch der Straße an.

Leise öffnete Yonghi die Küchentür.

Just in diesem Moment murmelte die Haushälterin vor sich hin: „Wieso denn ausgerecht nachts um zwölf? Wie wär's denn mal mit mittags um zwölf? Wenn er schon irre ist, sollte er wenigstens ein bisschen mehr Rücksicht auf die anderen nehmen."

Erschrocken wich Yonghi zurück: „Was? Was hast du da eben gesagt?"

Die junge Frau drehte sich um und kicherte.

„Was hast du da eben gesagt?"

„Gar nichts habe ich gesagt."

„Wenn du hier wohnst, gehörst du doch auch mit zur Familie, oder? Könntest du da nicht ein bisschen freundlicher sein? Denkst du vielleicht, nur du bist schlau und alle andern Idioten?" Yonghis Augen füllten sich mit Tränen.

„Wer hat denn irgendwas gesagt? Ich habe nur einfach so vor mich hin gesprochen."

Der Bruder trug eine Brille mit schmalem weißem Rand und las noch immer in der Zeitung. In einer Hand hielt er eine Coca-Cola-Büchse. Unter dem hochgeschobenen Schlafanzug zeigte sich die von blauen Äderchen durchzogene, weiße Haut seiner schlanken Beine, auf denen sich dichtes, schwarzes Haar kräuselte.

Der Vater verharrte regungslos wie zuvor. Saß sie mit ihrem Mann irgendwo zusammen, entstellte Chongaes hübsches Gesicht stets ein Hauch von Schwermut. Sie drehte den Kopf leicht von ihm weg und versuchte Songsiks Blick so gut es ging auszuweichen. Das war wirklich unbegreiflich. Sie wandte sich von ihrem Mann ab, dem wichtigsten Menschen in ihrem Leben, sie wich ihm aus, und Yonghi verstand nicht, wie sie trotzdem ihrem Schwiegervater und ihr selbst, der Schwägerin, so herzlich zugetan sein konnte.

Gerade schlug die große Wanduhr zehnmal. Ihre Schläge hallten noch lange im Raum nach und erfüllten ihn mit einer merkwürdigen Unruhe. Die vier Wände schwollen an und zogen sich wieder zusammen. Sie schienen sich gleichsam zu bewegen. Der leere Blick des alten Hausherrn war auf die Wanduhr gerichtet. Die Schläge dürfte er nicht gehört haben. Yonghi hatte sich vor ihrer Schwägerin kraftlos zu Boden gleiten lassen, das Gesicht auf deren Knie gelegt und kicherte, als belustigte sie der geistesabwesende Blick des Vaters auf die Uhr. Als die Schläge verklungen waren, herrschte für einen Moment Stille. Da hob Yonghi den Kopf und sagte mit unterdrückter, leiser Stimme, die jedoch allmählich immer gereizter klang: „Chongae, willst du wirklich ewig so weitermachen? Bedrückt dich das nicht? Songsik ist so ein fader Mensch, Tag und Nacht lungert er nur im Schlafanzug herum, sitzt da und nuckelt an seiner Cola."

Chongae und Songsik hoben gleichzeitig den Kopf. Die Zeitung entglitt Songsiks Händen wie von selbst, und in seinen Brillengläsern spiegelte sich das Licht. Als sich beider Blicke trafen, wandte sich Chongae eiskalt ab. Yonghi legte die Stirn in Falten und sagte: „Was soll das denn nun schon wieder?"

Sie kniete auf den Holzdielen des Zimmers und drückte die Hände der Schwägerin noch fester: „Vater ist krank. Was gibt es für uns überhaupt noch, das es wert wäre, so mühselig bewahrt zu werden? Ich bin jetzt achtundzwanzig. Hast du auch nur ein einziges Mal darüber nachgedacht, dass ich inzwischen eine alte Jungfer von achtundzwanzig Jahren bin? Bist du nicht inzwischen die Herrin dieses Hauses geworden? Die Familienbräuche ... Chongae, Chongae, warum nur bemühst du dich mit so einem Pflichteifer um den Erhalt dieser Familie?"

Songsik stellte seine Cola-Büchse auf den Tisch und zog eine Zigarette hervor. Er schien an solche Situationen gewöhnt. Doch seine langen, schmalen Finger zitterten leicht. Weder Chongaes Mann noch Yonghis Bruder waren anwesend, nur zwei kalte Brillengläser.

„Nun reicht's aber. Was soll das?", fragte Yonghi.

Da riss auch der Alte, der bis dahin nur die Wanduhr angestarrt hatte, die Augen weit auf, obwohl er gar nicht verstehen konnte, was gesprochen wurde, und sah Yonghi an. Sein Blick war leer.

„Chongae, lass uns doch endlich dieses Haus verlassen und ausziehen! Wir könnten uns vor der Stadt ein Häuschen kaufen ... Die Wohnungen, die wir derzeit noch vermietet haben, verkaufen wir alle. Und dann sorgen wir dafür, dass Vater diese Welt schnell verlässt. Und du lässt dich scheiden ..."

Schweigen.

„Und dieses Miststück von Haushälterin schmeißen wir raus. Wir beide."

Noch immer erwiderte Chongae nichts.

Mit in sich gekehrter Stimme fuhr Yonghi fort: „Chongae, ich bin mir nicht sicher. Dass wir zurzeit Probleme haben, weißt du doch auch. Wie kannst du da nur so tun, als sei alles in bester Ordnung? Du tust, als ginge alles von allein seinen Gang. Wird schon irgendwie gehen, wenn man einfach abwartet, denkst du. Das ist doch aber nicht der Fall, wie du auch weißt, oder?"

Schweigen.

Kwang, kwang.

Das Klopfen des auf ein Stück Metall einschlagenden Eisenhammers grub sich in den inzwischen zur Ruhe gekommenen Riss.

Die Haushälterin öffnete die Tür zum Empfangszimmer. Yonghi hielt Chongaes Hand. Songsik hatte wieder die Zeitung vor sich ausgebreitet. Doch er las nicht darin, nur seine Brillengläser glänzten im Lichtschein. Der greise Hausherr blickte hinaus ins Dunkel. So warteten sie darauf, dass jemand käme. Der Hausherr wartete auf seine älteste Tochter, Chongae auf ihre Schwägerin, die sie noch nie gesehen hatte, Yonghi und Songsik auf die ältere Schwester. Doch in Wahrheit war niemandem klar bewusst, dass sie hier auf jemand warteten. Im Grunde war das alles großer Unsinn. Undeutlich hatten sie das Gefühl, auf jemanden warten zu müssen. Denn ohne diesen Gedanken hätten sie gar keinen Grund mehr gehabt, als Familie zusammen in einem Haus zu leben. Die Situation war ihnen inzwischen sehr vertraut und erfüllte verständlicherweise alle mit Widerwillen. Das Ritual des Wartens deutete an, dass der Greis noch immer als Oberhaupt der Familie fungierte. Wenn er eigensinnig darauf beharrte, seine älteste Tochter würde kommen, mussten alle Familienmitglieder Vorbereitungen zu ihrem Empfang treffen. Und wenn sie dann warteten, war ihnen, als käme sie wirklich zurück.

Die junge Haushälterin stand einen Moment unschlüssig da. Sie unterdrückte einen Lachanfall und sagte dann: „Yonghi, da draußen ist jemand für dich."

Erschrocken stand Yonghi auf. Sie strich sich die Haare am Hinterkopf glatt und ging hinaus.

Als sie aus dem hell erleuchteten Zimmer nach draußen trat, umfing sie pechschwarze Dunkelheit. Sie schlüpfte in ihre Gummischuhe und lief vorsichtig zum Eingangstor. Sie öffnete es. Die Gasse war menschenleer, an ihrem Ende, wo sie in eine große Straße mündete, befand sich an der Ecke ein Kramladen, dessen sanftes Licht die Umgebung matt erleuchtete. Allmählich konnte sie das Umfeld des Ladens erkennen. Im Vergleich zu den Neonlampen im Haus tauchte das rötliche Glühlampenlicht die Umgebung in eine Atmosphäre wohliger Stille. Für einen Moment hatte Yonghi das Gefühl, sich nach irgendetwas zu sehnen.

An der Mauer neben ihr lehnte jemand. Es war Sonjae, und er war schon wieder bis zum Stehkragen voll. Als sie das intuitiv erfasste, verwandelte sich ein untrüglicher Anflug von Protest sogleich in eine sanfte Gefühlswallung, die sie wohlig durchströmte. Betrunken gefiel ihr Sonjae viel besser als nüchtern.

Sie trat hinter ihn, biss sich sanft auf die Lippen und legte eine Hand auf seine Schulter. Sie war überzeugt zu wissen, wie sie taktvoll mit ihm umzugehen hatte.

„Du bist ja völlig betrunken", sagte sie. „Warum kommst du nicht einfach rein, sondern lässt mich zu dir rauskommen? Wovor fürchtest du dich denn? Das ist doch sonst nicht deine Art."

Den Oberkörper leicht nach vorn gebeugt drehte sich Sonjae um und grinste ohne ersichtlichen Grund. Mit einer für einen Betrunkenen ziemlich klaren Stimme fuhr er sie an: „Ich habe getrunken. Witzig, he? Ist das nicht witzig? Ach, übrigens, ich wollte dich was fragen."

„Fragen? Was denn?", fragte Yonghi lächelnd und verschränkte die Arme.

In der Dunkelheit schwankte Sonjae und wäre beinahe umgefallen: „Lass uns fortgehen! Jetzt gleich. Verlassen wir dieses Haus! Was meinst du?"

„Ja, gehen wir. Ich wollte ohnehin weg", sagte Yonghi leise.

„Gehen wir heute Nacht, jetzt gleich", schlug er vor, und als sie nichts darauf erwiderte, sondern nur leicht lächelte, fuhr er fort: „Ich meine es ernst. Ich meine es wirklich ernst."

Zwar wusste sie nicht, was er wirklich ernst meinte, aber wenn es tatsächlich ernst gemeint war, musste es wohl an dem sein, dachte sie.

Kwang, kwang.

Die Schläge des Eisenhammers waren noch immer nicht verstummt. Doch hier draußen, wo sie mit dem betrunkenen Sonjae stand, reizte sie dieses Geräusch weniger als im Haus. Stattdessen haftete ihm hier auf der Straße eher etwas von dieser frischen Frühsommernacht an.

„Wirklich, ich meine es ernst", wiederholte er.

„Ja, ich weiß", flüsterte sie kaum hörbar.

Das waren ihre eigenen Worte, die sie sonst immer in Gesprächen mit ihrem Bruder oder Chongae anbrachte. Doch hier draußen neben dem betrunkenen Sonjae kam ihr dieses redselige Geplapper vor wie Staub der schmutzigen Welt.

Plötzlich streckte Sonjae den Hals nach vorn und begann zu würgen. Er übergab sich. Schnell streckte Yonghi beide Hände aus und führte sie zu seinem Mund. Sie fühlte etwas Klebriges auf den Handflächen. Yonghi wusste selbst nicht warum, aber sie konnte sich das Lachen nicht verkneifen und kicherte los; was sie in den Händen hielt, warf sie auf die Straße und rieb sich dann die Handflächen an der Mauer ab. Selbst in der Dunkelheit konnte sie erkennen, dass Sonjaes Augen mit Tränen gefüllt waren. Sie trocknete ihm die Tränen. Sonjae lächelte kraftlos. Mit einer Hand seinen Körper stützend klopfte sie ihm mit der anderen auf den Rücken. Eine merkwürdige, süße Melancholie wallte in ihr auf. Einen gesunden, kräftigen Mann zu stützen, erfüllte sie mit Zufriedenheit. Und zugleich dachte sie: So wird es also laufen, so werden sich die Dinge entwickeln. Sie klopfte Sonjae auf den Rücken und presste ihre Wange fest gegen seinen Rücken. Sie spürte seine Körperwärme, hörte laut die Schläge seines Herzens. Dicht an dicht leuchteten zwischen den Bäumen hindurch die Sterne am Firmament.

Kwang, kwang.

Unmerklich verflüchtigte sich das metallische Hämmern. Ein muskulöser Mann musste dort Eisen schmieden. Funken würden wohl sprühen. Auf den Höfen der Schmiede säßen die Menschen beisammen und ergötzten sich wahrscheinlich an den Klatschgeschichten ihrer Straße. In dieser späten Mainacht verdauten sie gemütlich das Abendessen und genossen das gemeinsame Gespräch. Und in der nächtlichen Dunkelheit würde ein Dutzend Zigaretten rot aufglimmen.

„Hörst du das?", fragte Yonghi leise.

„Was denn?", brachte Sonjae stammelnd hervor. Sie hatte ihr Ohr an seinen Rücken gedrückt, und noch bevor seine Worte dieses Ohr erreichten, breiteten sie sich vibrierend in seinem Körper aus.

„Dieses Hämmern aus der Schmiede."

Einen Moment schien Sonjae irritiert zu lauschen, dann meinte er: „Hm, ich hör's. Warum?"

Sie schwieg.

Sonjae stützend ging sie nach Hause, am unteren Ende der Treppe ließ sie ihn stehen und betrat das Empfangszimmer. Der Vater sah sie an. Chongae lächelte bitter. Songsik hielt immer noch die Zeitung in der Hand.

„Er ist schon wieder betrunken." In Yonghis Stimme schwang ein Unterton, als würde es sie verärgern, wenn der Mann betrunken nach Hause kam. Dieses Verhalten fand sie selbst irgendwie merkwürdig. Ohne etwas zu erwidern, lächelte Chongae noch einmal. Dieses Lächeln, das so aussah, als verstünde sie alles, ließ Yonghi ein wenig erröten.

In diesem Moment stieß die Haushälterin die Tür auf. Sie bemühte sich angestrengt, das Lachen zu unterdrücken, welches mit aller Kraft aus ihr herauszubrechen drohte: „Yonghi, was soll denn das? Mitten in den Flur!"

Wahrscheinlich hatte er sich wieder erbrochen. Erregung erfasste die Familie, als sei etwas Furchtbares passiert. Yonghi rannte hinaus, die Haushälterin eilte zum Badezimmer und das Quietschen von auf- und zugehenden Türen erfüllte das Haus. Sie drückte auf den Lichtschalter, und die Flurbeleuchtung ging an. Aus der Wasserleitung spritzte Wasser.

Die Haushälterin schien bester Laune zu sein.

Im Empfangszimmer breitete sich abermals öde Verlorenheit aus.

Da sah Chongae ihren Mann an, und wieder waren es nur die kalten Brillengläser, die ihr ins Auge fielen. Ein Schauer angesichts dieser Erbärmlichkeit lief ihr über den Rücken. Der Schwiegervater sah einen Moment lang zum Flur, wo es wieder ziemlich laut geworden war, und dann fragte er seine Schwiegertochter mittels einer Bewegung seiner Augen, was denn da los sei. Chongae wies auf die obere Etage und erklärte ihm, Sonjae sei gekommen.

Der putzte sich die Zähne und stieg stöhnend die Treppe hinauf. Chongae lauschte den Geräuschen aufmerksam. Sie mochte Sonjae. Das Lachen der Haushälterin schallte durchs Haus. Wahrscheinlich war sie behilflich, Sonjae ins Zimmer zu bringen. Da hörte sie ein anderes Geräusch, wie sich jemand immer wieder hin und her zu wälzen schien, und daraufhin Yonghis unterdrücktes Lachen.

Im nächsten Augenblick kehrte im Haus wieder Stille ein. Im Obergeschoss wurde eine Tür geschlossen, darauf folgten ein paar Worte der Haushälterin, und bald kam sie laut polternd die Treppe herunter. Langsam erhob sich Songsik und schickte sich an, wortlos das Zimmer zu verlassen, als ihm Chongae hinterherrief: „Du, gehst du hinauf?"

Songsik verbarg seine Miene hinter den Brillengläsern, er blieb die Antwort schuldig, warf einen kurzen Blick auf die Runde im Empfangszimmer und ging dann einfach hinaus. Plötzlich wurde Chongae hektisch und fing sogar zu zittern an. Songsik stieg die Treppe hinauf. Ohne ersichtlichen Grund zitterte Chongae. Ihr war, als stiege er zu einem furchtbar weit entfernten Ort hinauf. Langsam nahm er eine Stufe nach der anderen. Sie hatte das Gefühl, als brauchte er für diese Treppe mehrere Stunden. Sie umklammerte den Arm ihres Schwiegervaters, den sie liebte wie den eigenen Vater, noch fester und ihre Augen waren geschlossen, als sei sie sehr müde.

Die Haushälterin öffnete die Tür zum Empfangszimmer. Ein Licht von kühlem Weiß. Chongae weinte allein vor sich hin und hob den Kopf. Der greise Herr des Hauses blickte in den Hof. Die Haushälterin stand eine ganze Weile reglos da. Als sie die Tür wieder schließen wollte, fragte Chongae: „Kommt Yonghi nicht wieder runter?"

„Sie wollte nachher kommen."

„Warum?"

Die Haushälterin schwieg.

„Ich weiß schon Bescheid", sagte Chongae.

Sie weiß Bescheid? Weiß sie es wirklich? Na, vermutlich wird sie es wissen, dachte die Haushälterin. Als sich ihre Blicke trafen, starrten sie einander beinahe wütend an. Die Augen des greisen Hausherrn wanderten von einer zur anderen. Anders als sonst war sein Blick klar.

Von draußen nicht zu vermuten, erwies sich das Zimmer, sobald man es betrat, als jämmerlich eng. Der leicht herbe Geruch des Junggesellen strömte ihr entgegen. Yonghi überlegte, ob sie das Licht anschalten sollte, fand es dann aber besser ohne Licht und legte Sonjae aufs Bett. Dann öffnete sie das Fenster zum Hof hin. Das Licht aus dem Empfangszimmer wurde schwach bis zum Obergeschoss reflektiert. Yonghi befand sich noch immer in einer leicht erregten Stimmung. Diese Erregung wollte sie sich bewahren. Bevor sie sich wieder verflüchtigte, wollte sie es in die Tat umsetzen. Sie zog das Kleid aus, setzte sich auf den Bettrand und schüttelte Sonjae.

„Sieh mal her! Mach die Augen auf! Ich mag es nicht, wenn du schläfst."

Sonjae stöhnte und machte mit der Hand eine Geste, als wollte er sie auffordern, ihn in Ruhe zu lassen, dann öffnete er die Augen, und sobald sein Blick auf Yonghis Gesicht fiel, erstarrte er für einen Moment vor Schreck. Ungezwungen zog er sie an sich und umarmte sie. Sie atmete den Geruch seines schweißdurchtränkten Haars. Sanft erwiderte sie seine Bewegungen und flüsterte: „Ich mag es nicht, wenn du betrunken bist. Jetzt wäre es besser, du hättest nicht getrunken."

Sonjaes Geist war noch ein wenig verworren. Doch allmählich ernüchterte er.

„Wirklich", sagte sie. „Ich meine es ernst. Sei doch endlich wieder normal! Sonst werde ich noch richtig ärgerlich."

„Hm, bin wieder nüchtern. Bin gerade dabei, wieder zu Verstand zu kommen", sagte er plötzlich, und seine Stimme klang ganz normal.

Kwang, kwang.

Das Hämmern war sehr nah. Das geöffnete Fenster erinnerte an ein Loch, das sich in den Nebel der tiefen Nacht bohrte. Jenseits desselben lebte die von Feuchtigkeit durchhauchte Frühsommernacht in ihrer fröhlichen Ausgelassenheit.

„Sei doch endlich wieder nüchtern", sagte Yonghi noch einmal.

„Ich bin nicht betrunken."

„Du lügst." Innerlich lachte Yonghi und fuhr fort: „Bitte, sei jetzt endlich nüchtern!"

Schweigend umarmte Sonjae sie und wälzte sich auf die andere Seite. Dabei drehte sich auch Yonghis Körper, und sie kam neben ihm zu liegen. Beide hatten sie ihren Platz gefunden.

„Der Wievielte ist heute?", wisperte Yonghi.

„Weiß nicht."

„Du weißt nicht mal das?"

Wie es einem Mann in dieser Situation meistens geht, wurde Sonjae zunehmend ungeduldiger. Diesen Zustand wollte Yonghi so lange wie möglich aufrechterhalten.

„Warum denn so hastig? Bleib doch ruhig!", sagte sie in tröstendem Ton zu ihm, der nun im Begriff war, sich auf sie zu legen. „Sprechen wir erst einmal über uns!", und unter ihm liegend schlang sie ihre Arme um ihn. In der Dunkelheit wich er zurück, und sein Körper hob sich wie der Panzer einer Schildkröte.

„Sieh mal", sagte sie. „Reden wir erst einmal."

„Worüber?"

„Der Wievielte ist heute?"

„Weiß nicht."

„Wieso weißt du nicht mal das?"

Er schwieg, und sie fuhr fort: „Um Mitternacht sollte die Schwester kommen." Und nach einer Pause, da er nichts darauf entgegnete: „Ach, Mensch. Das ist doch belastend auf die Dauer. Für dich doch auch, oder?"

Ihre Stimme wurde allmählich trauriger und schwächer. Sie hatte die Augen geschlossen.

„Wir haben alle irgendwas verpasst. Irgendetwas ganz Wichtiges haben wir verpasst. Alle leben so isoliert voneinander vor sich hin. Nicht wahr? Das ist doch bedrückend, oder?"

Für einen Moment öffnete sie die Augen. Jenseits des offenen Fensters sah sie die Mainacht. Sie schämte sich und schloss die Augen.

„Ach, bitte, hör doch auf damit! Ich muss wieder runter. Wir müssen doch zusammen auf die Schwester warten. Wenn wir uns nun morgen nicht mehr in die Augen sehen können, was dann? Na, wir werden uns schon noch in die Augen sehen können, nicht wahr? Oh mein Gott. Dass Frauen hinsichtlich der Schönheit Männer übertreffen, wird in Situationen wie dieser sehr deutlich."

Allein ihr Mund bewegte sich ohne Pause.

„Dieses Gehämmer verfolgt mich dauernd. Den ganzen Abend lang bin ich davor geflohen. Es ist einfach schrecklich, das ganz allein auszuhalten. Wer soll denn das ertragen? Dieser verdammte Schmiedehammer. Dieses harte Klopfen auf Metall, das nervt."

Die älteste Tochter trägt eine Schuluniform, die an Matrosenkleidung erinnert, und um sie herum drängen sich dicht an dicht zahllose Kinder. Ihrem breiten weißen Kragen entströmt Meeresgeruch, in der Hand hält sie einen Tennisschläger, „Gewonnen, Vater, wir haben gewonnen!" ruft sie und klammert sich fest an ihn. „Wie habt ihr denn gewonnen?", „Na, so haben wir gewonnen." Die älteste Tochter schwingt ihren Tennisschläger, und das ganze Haus ist voller Leben, weil sie da ist, überall gehen die Zimmertüren laut knallend auf und zu, Songsik schleift ein

Messer auf dem Wetzstein, in den glühenden Strahlen der Sonne funkeln Wetzstein und Messer, alles glitzert, alles, das Eingangstor ist weit geöffnet, launisch fegt der Wind hinein und wieder hinaus, die kerngesunden Bäume strecken sich in erfrischender Eleganz in die Höhe, der Geruch von Erde vermischt sich mit dem der Blätter und verbreitet einen intensiven Duft, ein gefleckter Hund sitzt mitten auf dem Hof, er ist zufrieden und bellt nicht, Yonghi versetzt dem Tier mit ihren kleinen, trippelnden Füßchen einen Tritt, der Hund schaut zu ihr auf und in seinem Blick liegt ein wenig Verachtung, doch er weicht ein paar Schritte zurück, Yonghi lacht, sie folgt dem Hund und versetzt ihm noch einen Tritt, jetzt stöhnt das Tier unverkennbar wütend auf, wirft einen Seitenblick auf Yonghi und bellt ein paar Mal flehend, als beklagte es sich über die ungerechten, grundlosen Tritte, wieder Yonghis Lachen, auch der Hund freut sich, gähnt und wedelt mit dem Schwanz, ich muss mal, Schwiegertochter, ich muss mal, die Haushälterin öffnet die Tür und steht verloren da, es beginnt nach sauren Aprikosen zu riechen, sie hat kein Benehmen, seine schwarzhaarige Ehefrau schneidet auf dem Hof Rosen ab, der Hüftspeck quillt über den Bund des Rockes, auf dem Stuhl weint Yonghi, sie schreit so heftig, dass ihr beinahe die Luft wegbleibt, soll sie doch heulen, keiner tröstet sie, die älteste Tochter in ihrer Matrosenschuluniform sagt zu seiner Frau: „Mutter, wir wollen auch einen Fliederstrauch pflanzen, bitte!" „Machen wir", antwortet die Mutter selbstbewusst, „Wir pflanzen einen, was sollte uns denn daran hindern? Egal was, wenn wir uns etwas vornehmen, machen wir es auch", die alte Hausbedienstete geht an der Hofmauer entlang, seine Frau fragt: „Wohin willst du denn?" und plötzlich zuckt die alte Frau zusammen und murmelt irgendetwas, ich muss mal, Schwiegertochter, ich muss mal, die Mutter mit ihren schwarzen Haaren ist auf den Maulbeerbaum hinaufgestiegen, der frische Geruch seiner Blätter steigt in die Nase, die Sonne über den westlichen Bergen ist riesig groß, „Mutter, sieh mal, die Sonne!", die Mutter tut so, als habe sie nichts gehört, „Mutter, sieh mal, die Sonne, guck dir mal die Sonne an!" Die Sonne wirkt viel näher, als wenn sie mittags im Zenit steht, sie wird immer größer, Arme und Beine wachsen aus ihr heraus und mit großen Schritten scheint sie auf das Haus zuzukommen. Der Schatten der westlichen Berge kommt in rasendem Tempo näher, und die Gerste, die unter der Sonne kraftlos den Kopf hängen ließ, erhebt sich wieder, das Elsternnest auf dem Ginkobaum glitzert, der Vater umarmt die tote Mutter und weint, er tritt auf den Hof hinaus und weint wieder, das gelöste Haar der Mutter ist so lang, dass sie ganz fremd wirkt, ein Mann mit schwarzem Bart steigt auf das Dach des Hauses und stößt merkwürdige Schreie aus. Von allen Seiten hallt das Echo zurück, unten hört der Vater auf zu weinen und sieht zu ihm hinauf, die Dorfbewohner laufen aufgeregt zusammen, die Männer tragen Hüte von Rosshaar und weiße Mäntel, sie verbeugen sich der Reihe nach, das Haus ist erfüllt von einem intensiven Geruch nach Nudelsuppe, die kleine Tochter freut sich einerseits, weil das Haus voller Menschen ist, andererseits ist sie traurig, weil die Leute sagen, die Mutter sei gestorben, der Vater weint immer wieder, hör doch auf zu weinen, Vater, nach zwanzig Jahren trägt er zum ersten Mal wieder einen Anzug, er weint schon wieder, hör doch auf zu weinen, Vater, Schwiegertochter, ich muss mal, ich muss mal ... Nun ja, so ist es nun mal.

Yonghi öffnete die Tür.

„Songsik, schläfst du?", fragte sie. „Du bist doch wach, nicht? Du schläfst doch gar nicht."

Songsik lag quer im Bett und sah Yonghi an. Er hatte keine Brille auf und wirkte noch schmaler als sonst. Der bläuliche Lichtschein strahlte eine Kühle aus wie die Wassermassen des Meeres. Das Zimmer war ziemlich geräumig, und so gewann man den Eindruck, als sei die Decke höher als in den anderen Räumen. Yonghi saß auf dem Bettrand und rief ihn mit ruhiger Stimme: „Songsik!"

Er sah sie nur an.

„Songsik!"

Sein Blick wurde konzentrierter.

„... wie sehe ich aus?", fragte Yonghi, um auf der Stelle fortzufahren: „Songsik, ich habe geheiratet. Heute Nacht, gerade eben ... Na?"

Songsik suchte nach seiner Brille. Seinem Blick ausweichend reichte Yonghi sie ihm. Auch als er sie aufgesetzt hatte, schien es ihm schwerzufallen, den Körper aufrecht zu halten.

„Weißt du, wenn ·es nun mal so gekommen ist, was soll's?",
meinte Yonghi. „Ohnehin läuft so was heutzutage nur noch auf
diese Weise. Jeder hat doch jetzt nur noch mit seinen eigenen
Problemen zu tun. Ist es nicht so? Warum sind wir bloß alle so
komisch geworden?"

Songsik sah zur Decke hinauf.

„Songsik, willst du mir nichts sagen? Was muss ich denn noch
alles anstellen, damit du mal ein bisschen in Fahrt kommst, damit du endlich mal was sagst, verdammt!"

Ohne ein Wort zu erwidern, starrte Songsik nur zur Decke.
Yonghis Lippen verzogen sich zu einem kaum wahrnehmbaren
bitteren Lächeln.

Kwang, kwang.

Schon wieder dieser grelle, metallische Laut. Erschrocken
zuckte Yonghi zusammen: „Ach, dieser verfluchte Lärm."

Inzwischen hatte sich der Bruder eine Zigarette angesteckt.

Je weiter die Nacht voranschritt, desto heller wurde es im Haus.
Das Licht im Raum nahm an Intensität zu, und der greise Hausherr betastete unverändert die Warze auf seiner Nase. Sonjae
und die Haushälterin waren in ihren Zimmern eingeschlafen,
ohne sich vorher auszuziehen. Yonghi trug einen zart rosafarbenen Schlafanzug und war damit beschäftigt, ihre Sonnenbrille
unablässig auf- und wieder abzusetzen. Chongae saß ordentlich
an ihrem Platz und betrachtete die Decke.

Kwang, kwang.

Das Hämmern wurde immer penetranter. Es setzte sich inzwischen nicht mehr mit Unterbrechungen fort, sondern ging
ungestüm weiter. Es schien so, als hielte dieses Hämmern hinter
sich einen kräftigen Haupttrupp versteckt und führte einen Er-
kundungskrieg. Yonghi setzte die Sonnenbrille auf, nahm sie
wieder ab und sagte: „Chongae, was ist das bloß für ein Gehämmer?"

„Tja, wer weiß?"

„Hier in der Nähe gibt es doch gar keine Gießerei oder so
was."

Chongae schwieg. Yonghi klappte die Bügel ihrer Sonnenbrille zusammen: „Wenn du so was hörst, kommt dir das nicht seltsam vor?"

„Wieso seltsam?"

„Na ja, das kann ich auch nicht so genau sagen, aber es ist ein Gefühl, als blähte sich irgendwas Frisches und Lebendiges, so ganz anders als wir, langsam auf und drohte uns zu verschlingen. Klingt albern, nicht?" Als Chongae schwieg, begann Yonghi leise vor sich hin zu summen. Ihr Fuß wippte im Takt dazu. Kaum wahrnehmbar runzelte Chongae die Stirn. Als erschrecke sie schon wieder, fuhr Yonghi plötzlich auf: „Wieso sitzen wir eigentlich hier und schlafen nicht? Wenn wir hier alle zusammenhocken, kostet das bloß unnütz Kraft. Und wenn jeder allein in seinem Zimmer sitzt, ist das auch gruselig. Da erschrickt man schon, wenn der Wind die Blätter ein bisschen rascheln lässt. Immer wenn man ins Empfangszimmer runterkommt, sitzen mitten in der Nacht ein paar Leute zusammen. Und dazu das grelle Licht. Wie schön wäre es, wenn ich schlafen könnte."

Yonghi schien geneigt, über alles Mögliche zu plappern.

„Sag mal, hast du so was auch schon mal erlebt? Ich meine, als ich klein war, da drängten sich doch am Abend der Ahnenzeremonie in der Küche aufgeregt die Frauen aus der Nachbarschaft, es wurde viel geheizt, und im Wohnzimmer war es sehr warm. Als Kinder haben wir zusammen gespielt, und irgendwann bin ich einfach eingeschlafen. Nach einer Weile wachte ich wieder auf, und das Zimmer war immer noch warm; auf dem Hof, in der Küche, auf der Veranda, überall waren furchtbar viele Leute und die Zimmer hell erleuchtet. Ich bin einfach allein eingeschlafen. Freilich so wie ich war, ohne erst die Schlafsachen anzuziehen. Als ich aufwachte, war das ganze Haus voller Menschen, die aufgeregt miteinander sprachen, nur in dem Zimmer, in dem ich lag, war ich ganz allein. Ich hatte furchtbare Angst und wollte den andern sagen, dass ich allein hier sei, aber ich brachte kein einziges Wort heraus. Bedrückend war das, sehr bedrückend."

Chongae schwieg.

„Hatte nicht irgendjemand behauptet, in solch einer merkwürdigen Nacht würde man gern grotesken Gedanken nachhängen? Es solle gut sein, wenn man sich einbilde, Anna Karenina zu sein oder Jean Valjean. Soll ich so was auch mal versuchen? Ach, du meine Güte, es ist ja schon Viertel vor zwölf."

Wenn der Greis seine Warze auf der Nase betastete, sah er aus wie ein kleines, mürrisches Kind. Auf seiner Hand stand der Schweiß, und im Laufe des Abends war er immer unruhiger geworden. Bisweilen riss er die Augen weit auf und ließ seinen Blick zwischen Yonghi und Chongae hin und her wandern. In diesem Blick lag eine fremdartig anmutende, schneidende Schärfe. Inzwischen hatte Yonghi aufgehört zu reden und war dem Blick des Vaters gefolgt. Chongae tat es ihr nach. Der Greis stellte noch immer das Oberhaupt der Familie dar.

„Ach, Chongae, wie konnte es mit unserer Familie bloß so weit kommen? Manchmal liege ich im Bett und kann nicht einschlafen, und mit der Zeit kommt mir dieser Gedanke immer stärker zu Bewusstsein. Dann versuche ich gründlich darüber nachzudenken. Zum Beispiel so: In einem stillen Winkel meines Herzens zähle ich ganz monoton, ohne großen Kraftaufwand: eins, zwei, drei, vier, fünf, sechs, sieben … So immer weiter und dabei den Blick auf den Nachthimmel draußen gerichtet. Gleichzeitig rufe ich mir in einem anderen Winkel meines Herzens vorsichtig Erinnerungen wach, wie es vor einem Jahr um unsere Familie stand, um den Vater, den Bruder und dich. Und vor zwei Jahren. So versuche ich immer weiter zurückzudenken und stelle fest, dass es in unserer Familie gar nichts Merkwürdiges gibt. Aber wie war es vor zehn Jahren? Und vor zwanzig? Wenn ich das mit heute oder vor einem Jahr vergleiche, dann fällt mir der Unterschied sofort auf, und zwar ein ganz deutlicher, weißt du?"

Yonghis Stimme klang sanfter und angenehmer als sonst. Chongae hörte ihr zu, senkte ruhig den Kopf und legte sich eine Hand auf die Stirn. Während sie sprach, stützte Yonghi das Kinn in beide Hände und starrte an die Decke, bis sie plötzlich mit großen Augen Chongae ansah und meinte: „Mein Gott, weinst du jetzt?"

Kwang, kwang.

Das spitze Klirren gegeneinanderschlagender Metallteile.

Schritte. Sie kamen die Treppe herunter. Vorsichtig nahmen sie Stufe für Stufe, und doch hatte man den Eindruck, als versetzten sie das gesamte Haus in Schwingungen. Von einem sehr, sehr weit entfernten Ort schienen sie herabzusteigen.

‚Da habe ich das Licht im Hausflur ganz umsonst ausgemacht‘, sagte Yonghi zu sich selbst unter Anspannung aller Kräfte, und dabei bebte sie am ganzen Leib. Es wäre besser, an jemanden zu denken, während er im Licht herunterkommt als in der Dunkelheit. Egal, wer es auch sein mag. Sicher, es wird der Bruder sein. Die Tür ging auf und Songsik trat ein. Kalt funkelten seine Brillengläser. Allem Anschein nach hatte auch er es allein dort oben nicht ausgehalten. Die Begegnung mit Yonghi schien ihn in Verlegenheit zu bringen. Doch es war immer noch besser, als allein zu sein, und so war er heruntergekommen.

„Songsik, schläfst du immer noch nicht?", fragte ihn seine Schwester liebevoll. Er neigte fragend den Kopf zur Seite und wusste nicht, wie er reagieren sollte. Seine ausweichende Geste wirkte ungeduldig, und dabei sah er abwechselnd die beiden Frauen an. Genervt sagte Yonghi: „Songsik, nun hör mal, Chongae weiß es auch. Ich hab' ihr alles erzählt. Was ist denn daran bloß so weltbewegend?"

Das war schon sonderbar. Saß sie mit ihrer Schwägerin zusammen, klang ihre Stimme sanft, als berührte man ein Seidentuch, doch sobald der Bruder mit von der Partie war, schwang in ihrem Ton eine kalte, schneidende Schärfe. Hinter seinen Brillengläsern schien Songsik kraftlos zu lächeln. In diesem Moment kniete Yonghi auf dem Fußboden nieder, als wollte sie sogleich in großen Jubel ausbrechen, und setzte sich auf den Boden. Auf den Knien rutschte sie zu ihrem Bruder heran und fragte: „Lächelst du?"

Als er nicht antwortete, wiederholte sie ihre Frage: „Songsik, lächelst du? Hast du eben gelächelt?"

Auf das Schweigen des Bruders hin kam sie auf den Knien immer näher an ihn heran. Sie umschlang Songsiks Knie und rüttelte sie.

„Songsik, hast du jetzt wirklich gelächelt?"

Er antwortete nicht, sondern verzog das Gesicht, und als wollte er sich entfernen, machte er Anstalten, ihrem Griff nach hinten auszuweichen. Entgeistert sah Chongae die Schwägerin und ihren Mann an.

In diesem Moment begann die Wanduhr zwölf zu schlagen. Die drei jungen Leute richteten die Blicke zur Uhr. Im Zimmer wurde es unruhig. Dann sahen sie zum Vater hinüber. Die Hand noch an der Warze ließ der Greis seinen verwirrten Blick von seinem Sohn zur Schwiegertochter und dann zur Tochter wandern.

Die Tür zum Flur öffnete sich, und das helle Licht aus dem Zimmer ergoss sich über die weiße Flurwand. Der zwölfte Schlag der Wanduhr war verklungen. Jetzt blickten alle vier zum Flur. Es war ruhig. Von links näherte sich langsam die Haushälterin. Sie kicherte eigenartig.

Ihr Kichern musste eine Art Entschuldigung sein.

„Ich war auf der Toilette", sagte sie.

Als hätte sie einen Anfall bekommen, sprang Yonghi auf und eilte auf den Vater zu. Mit einer Hand wies sie auf die Haushälterin, mit der anderen stützte sie den Vater, half ihm hoch und rief laut: „Vater, komm! Unsere Schwester ist gekommen. Die Älteste. Jetzt hat es Mitternacht geschlagen, und sie ist wirklich gekommen. Die wahre Herrin unseres Hauses ist da. Nun ist alles in Ordnung, nicht wahr, Vater? Na, was sagst du nun? Jetzt ist sie da."

Die Haushälterin lachte laut.

„Wirklich, Vater. Die Schwester ist gekommen. Deine Älteste, auf die wir so lange gewartet haben."

Während sie laut auf den Vater einredete, loderte in dem Blick, mit dem sie auf die Haushälterin hinabsah, erbitterte Feindschaft auf. Mit Yonghis Hilfe richtete sich der Greis auf und schwenkte eine Hand durch die Luft, wobei nicht ganz klar war, ob diese Geste sagen wollte: „Geht mir aus dem Wege!" oder „Komm herein!" Auch Songsik und Chongae erhoben sich zögernd von ihren Plätzen.

Kwang, kwang.

Das Hämmern würde wohl die ganze Nacht über anhalten.

(1962)

Vermasselter Amtsamtritt

Als sich das Tor öffnete, erhob sich seine Frau rasch und trat aus dem Haus. Sie nahm das leere Bündel entgegen, in welchem das Mittagessen verpackt gewesen war, und fragte aufgeregt: „Ist in der Schule nichts vorgefallen?"

Aus dem dunklen Zimmer, in dem noch kein Licht brannte, drangen Stimmen aus dem Radio. Er warf einen flüchtigen Blick in das kleine Zimmer mit dem erhöhten Fußboden und der niedrigen Decke.

„Was meinst du?"

„Da sind welche gekommen, um dich mitzunehmen."

„Was? Wer denn?"

„Drei Soldaten."

Mehr brauchte Kyuho nicht zu hören. Plötzlich wurden ihm die Knie weich, und er fühlte sich kraftlos. Durch seine Kordhose ließ er laut einen fahren. Normalerweise hätte sie jetzt mit den Fäusten die Schultern ihres Gatten bearbeitet, laut gelacht und sich die Nase zugehalten, heute Abend jedoch verhielt sie sich anders und meinte stattdessen: „Du musst sofort fliehen."

Unentschlossen ließ sich Kyuho erst einmal auf die schmale Holzveranda hinter dem Haus sinken. Von unten drang aus der Ferne Straßenlärm herauf, jenseits der Straße lag, im Nebel dieses Maiabends versunken, das weite Meer. Die Lichter der Kaistraße schienen im Nebel anzuschwellen, ein jedes sah aus, als schwebte es in der Luft, und heute Abend – so kam es ihm vor – stiegen aus der Hafensilhouette ununterbrochen eigenartig schwere und dumpfe Laute herauf. Es hörte sich an, als schleudere jemand aus einem Korb, hoch und weit wie der Himmel, in regelmäßigen Abständen Steine zur Erde. Wie diese Geräusche zustande kamen, wusste er nicht. Oder lag es vielleicht am Nebel? Es musste dieser Lärm sein, den er heute Abend so intensiv wahrnahm und der ihn die Revolution[*] besonders konzentriert spüren ließ – wie kleine Spieße, die ihn von allen Seiten her bedrängten.

„Du sollst schnell verschwinden, sagte ich. Was sitzt du denn hier noch so stumpfsinnig rum?"

Barfuß stand seine Frau vor ihm, sie nahm das Kind vom Rücken in die Arme und legte es an die Brust. Kyuho kramte in seinen Jackentaschen und zündete sich einen Zigarettenstummel an.

„Wann ungefähr waren sie denn hier?"

„Kurz bevor du kamst. Vielleicht vor einer halben Stunde", meinte sie und versuchte, mit der Hand den Zigarettenrauch zu vertreiben.

„Hör doch auf zu rauchen! Womöglich halten die sich hier in der Nähe versteckt." Wie ein Wasserfall sprudelten die Worte aus ihr heraus, während ihr behänder Blick unablässig die Umgebung des Hauses absuchte.

„Was? Hier in der Nähe?", entfuhr es Kyuho, schnell drückte er die Zigarette aus und war mit einem Satz von der Veranda aufgesprungen.

„Ein bisschen Geld ist doch noch da, oder?", fragte er, und sein Magen gab ein lautes Knurren von sich.

Die Frau verschwand im dunklen Zimmer, ein lautes Knarren verriet das Öffnen einer Schublade, und dann trat sie mit einer Handvoll Geldscheine wieder heraus. Mit fahrigen Bewegungen verteilte Kyuho die Scheine auf seine beiden Jackentaschen und trat auf das Tor zu.

„Willst du dich irgendwo verstecken?"

„Muss ich wohl. Aber ich weiß noch nicht wo. Muss noch mal drüber nachdenken."

„Ich hab' denen gesagt, du bist nach Cholla, in die Provinz, gefahren, um dort in der Landwirtschaft zu helfen."

Kyuho schwieg.

„Jedenfalls musst du mich anrufen! Da vorn im Laden, die haben ein Telefon. Die Nummer weißt du doch, oder?"

„Ja."

„Gibt's sonst noch was zu besprechen? Du musst mich aber unbedingt anrufen!", nervte sie in seinem Rücken.

Kyuho hastete die Böschung hinab und drehte sich an der Ecke noch einmal nach seiner Frau um. Undeutlich sah er sie im Dunkel verblassen und hinter ihr sein niedriges Haus. Vor dem kleinen Kramladen erhellte eine Lampe die Umgebung. Als wollte er ihren Lichtschein überspringen, eilte er davon. Er begann zu rennen.

Gestern hatten sie den Geografielehrer mitgenommen. Der war im Grunde ein ungeselliger Mensch, doch sobald er trank, lockerte sich seine Zunge mit jedem Schluck, und er schimpfte, dieser und jener verdammte Mistkerl verdiente es, erschlagen zu werden, bald gab es – abgesehen von seinen Trinkkumpanen – niemanden mehr, der nicht erschlagen werden sollte. Mit finsterer Miene kippte er ein Glas nach dem anderen in sich hinein, und war er dann schließlich völlig betrunken, ergriff er mit beiden Händen einen Teller und begann unter merkwürdigen Verrenkungen zu tanzen. Er hasste die Roten wie die Pest, doch kam die Sprache auf die Rechte und Interessen der Lehrer, führte er Statistiken aus aller Herren Länder an und verteidigte die Ansprüche der Pädagogen bis aufs Messer. Als er gestern im Lehrerzimmer die Aufforderung erhielt, bei der Behörde zu erscheinen, ging er hinaus und sagte kein Wort zum Abschied, sondern biss sich vor Zorn nur auf die Lippen. Er machte ein Gesicht, als habe sich an seiner Überzeugung nichts geändert.

Kyuho war auf ihn zugegangen und hatte geflüstert: „Herr Pak, passen Sie gut auf sich auf!" Da hatte dieser ihn flüchtig angeblickt, sich brüsk abgewandt und erwidert: „Passen Sie lieber auf sich auf, Herr Kang!"

Vorgestern Abend wurden dann der Biologielehrer und der Mathelehrer der Oberstufe festgenommen. Als der Biologielehrer die Vorladung bekam, lächelte er, und als erfüllte es ihn mit großem Stolz, nun auch an der Reihe zu sein, sagte er zu den Kollegen: „Na ja, nun scheinen sie mich wohl auch als Menschen zu behandeln. Wir sollten ein Glas auf den Abschied trinken. Tut mir leid, tut mir leid. Verzeihen Sie mir bitte!"

Er winkte den Kollegen sogar zu und machte insgesamt doch einen recht durchtriebenen Eindruck.

Mathelehrer Kwon bedachte den Biologielehrer mit einem Blick, als erwecke dieser Mann Ekel in ihm, und räumte dabei seinen Schreibtisch und die Schubladen fein säuberlich auf.

Kyuho trat auf ihn zu und fragte: „Ach, Herr Kwon, Sie auch?", woraufhin der Angesprochene leicht aufgebracht höhnisch entgegnete: „Warum denn nicht? Ich bin ja nicht mal Kriegsinvalide wie Sie, Kollege Kang."

Spottete er etwa über Kyuhos Anerkennung als Kriegsinvalide? In gewissem Sinne konnte man bei Kwon schon von einer linken Orientierung ausgehen, und er sah auch leicht verdächtig aus. Anders als der Geografielehrer, der manchmal seinem gerechten Zorn freien Lauf ließ, schien Kwon irgendetwas zu verbergen. Er hatte etwas Hinterhältiges an sich.

Und heute Abend nun war Kyuho an der Reihe. Dass sie nicht in die Schule, sondern zu ihm nach Hause gekommen waren, musste einen Grund haben. Vermutlich hatten sie im Hinblick auf die Heiligkeit der Institution Schule eine technisch ausgeklügeltere Methode angewandt.

Aufs Geratewohl hetzte er die Böschung hinunter. Es war finster und der Weg zudem sehr uneben, weshalb es ihm schwerfiel, schnell zu laufen, dennoch konnte er einen Sturz vermeiden. Unter seinen Schritten bebte der trockene Boden, als hastete ein großer Bär darüber.

Im Lauf trat ihm der Schweiß aus allen Poren, und das Gefühl, verfolgt zu werden, ließ ihn immer nervöser und seine Schritte immer schneller werden. Innerlich fauchte er: Schweinehunde, verdammte Schweinehunde, ohne dass seine Beschimpfungen einer konkreten Person gegolten hätten.

Er hastete an einigen kleinen Läden vorbei, am Büro des Immobilienmaklers, und als er den Hügel ganz hinuntergelaufen war, da erst verlangsamte sich sein Schritt, und er wischte sich den Schweiß von der Stirn.

In der Nähe tönte es gerade laut aus einem Radio: „Wir betrachten den Antikommunismus als oberstes Prinzip unserer Politik …" Ein Schreck durchzuckte ihn, und schon hastete er wieder los. Recht haben sie, ja, das ist doch richtig, murmelte er im Laufen vor sich hin, als wollte er es sich aufs Neue bestätigen. Dann verfiel er abermals in einen gemäßigteren Schritt und wischte sich den Schweiß diesmal mit einem Taschentuch von der Stirn, flüchtig sah er sich um. Abwechselnd mal im Schritttempo, mal rennend gelangte er ans Ende der dunklen Gasse. Seine Gedanken konzentrierten sich auf etwas Bestimmtes.

Er trat auf die Hauptstraße hinaus und verharrte einen Moment. Auf den abendlichen Straßen wimmelte es von Menschen. In den schweißdurchnässten Jackentaschen befingerten seine Hände die Geldscheine, wahllos zog er den einen oder anderen heraus, und mit einem Mal war er wieder bei klarem Verstand, und ein bitteres Lächeln umspielte seine Mundwinkel. Normalerweise veranstaltete seine Frau immer großes Geschrei, wenn er sie um Geld anging, und für einen Moment versank er in müßigen Erinnerungen, dann kaufte er eine Schachtel Zigaretten und zündete sich eine an. Waren sie wirklich zu ihm nach Hause gekommen?

Oder hatte sich seine Frau schon im Voraus zu sehr geängstigt und irgendwas falsch verstanden? Die Lage direkt nach der Revolution war zugegebenermaßen sehr kritisch, aber warum wollten sie ausgerechnet ihn, den Oberleutnant des Heeres a. D., festnehmen, grübelte er. Trotzdem, seine Frau wird sich schon nicht geirrt haben; denn was ihn anging, den Oberleutnant a. D., hatte sie niemals gezweifelt. Ihm kam der Gedanke, es könnte womöglich ein Fehler gewesen sein, das Haus zu verlassen, ohne sich zuvor über die genauen Umstände informiert zu haben.

Die Zigarette im Mundwinkel wollte Kyuho seinen Hut zurechtrücken, doch als seine Hände die bloßen Haare berührten, musste er lächeln. In der Eile hatte er den Hut auf der Veranda liegen gelassen. Es musste ziemlich albern ausgesehen haben, wie er barhäuptig die Böschung hinuntergehetzt war. Aber auch mit Hut wäre es nicht weniger lächerlich gewesen. Der beinahe Vierzigjährige, wie er durch die Dunkelheit den holprigen, schmalen Weg hinunterrast und dabei wie wild mit den Armen schlenkert. Kyuho sah sich vorsichtig nach allen Seiten um und betrat eine Telefonzelle. Die schwach glimmende Glühbirne verbreitete ein fahles Licht, das ihm ein Frösteln über den Leib trieb. Hastig wählte er die Nummer.

„Hallo?", meldet sich am anderen Ende der Leitung die Besitzerin des Kramladens.

„Ich bin's, Yonghaks Vater. Bitte? Ob ich in der Kneipe bin? Nein, wohin denken Sie! Könnten Sie bitte Yonghaks Mutter rufen?"

Sie hatte keine blasse Ahnung, in was für einer Lage er sich befand, und ging davon aus, er sei ein glücklicher Mann. Sie wusste nicht, dass die so genannte Revolution direkt durch das Nachbarhaus verlief, und redete immer nur von glücklichem Schicksal.

Kurz darauf hörte er seine Frau am Apparat. Ihr Atem ging kurz, dennoch flüsterte sie: „Wo bist du?"

„Auf der Straße."

„Wie sieht's aus?"

„Sag mal, waren die wirklich da?"

„Sie waren da, wie ich dir sage."

„Ich habe keine Ahnung, was sie mir anhängen könnten. Ist das nicht merkwürdig?"

„Na ja, ich kann mir da auch keinen Reim drauf machen."

„Außerdem bin ich Oberleutnant und zudem kriegsversehrt."

Sie schwieg.

„Erzähl doch mal ganz genau! Was wollten die?"

„Ach, das ist alles so deprimierend", begann sie und senkte die Stimme. „Es waren drei."

„Und?"

„Einer war Major, der trug eine Uniformjacke und tat so, als würde er dich kennen, aber er trat schon ziemlich schneidig auf. Die anderen beiden hatten Armbinden der Militärpolizei um und ein Gewehr über der Schulter."

„Und woher, meinte der, würde er mich kennen?"

„Na ja, er kannte dich eben. Da bin ich mir ziemlich sicher. Meinst du vielleicht, das merkt man nicht? Ach, übrigens, es fiel mir erst ein, als du schon weg warst: Geh doch heute Abend zu deiner Schwägerin ins Pomil-Viertel!"

Kyuho trat aus der Telefonzelle heraus und warf den Zigarettenstummel in den Rinnstein. In Pomil lebte seine Schwägerin, die ältere Schwester seiner Frau. Der Schwager arbeitete bei einer Seefrachtfirma und war jünger als er. Kreuzte er in seiner jetzigen Lage dort auf, müsste der Schwager als der Jüngere ihn zwar eine Nacht beherbergen, aber das Gesicht, das der ziehen würde, hatte Kyuho schon deutlich vor Augen. Gab es denn keine einfachere Lösung? Seine Uhr zeigte bereits acht. Aus einem Radio schallte schon wieder Marschmusik und heizte die revolutionäre Stimmung an.

Er wusste weder, was los war, noch was er machen sollte; in seinem Kopf hämmerte es nur immer schneller und schneller. Inzwischen hatten sich die schweren, dumpfen Laute vom Hafen, die er eben noch vor seinem Haus sitzend vernommen hatte, in ein unglaublich hastiges Hämmern verwandelt. Ohne lange zu überlegen, kehrte er in einem nahe gelegenen japanischen Restaurant ein und bestellte Sake sowie einen gebratenen Sperling. Eilig kippte er drei, vier Schälchen Sake hinunter und trat wieder auf die Straße hinaus. Da erst durchströmte ihn die wohlige Alkoholstimmung langsam.

In einem nahe gelegenen Laden kaufte er eine Flasche Soju[*] und zwei getrocknete Tintenfische, dann stieg er in die Straßenbahn. Die alte Bahn schaukelte hin und her. Ihm gegenüber saß eine Frau mittleren Alters, die wie eine Japanerin aussah, und las Zeitung. Flüchtig sah sie Kyuho an und senkte den Blick dann wieder auf die Zeitung. Aus der schwankenden Straßenbahn heraus sah er die Straßen in einer Ruhe versunken, wie es eben Straßen in revolutionären Situationen eigen ist. Bisweilen krächzte der Lautsprecher im Straßenbahnwagen laut, doch meistens gingen die Laute, die er von sich gab, im Quietschen der Bahn unter.

Der junge Koreanischlehrer, Herr Sŏ, erschien in japanischen Holzpantinen und einem traditionellen Gewand aus Seide. In der Dunkelheit bemerkte Kyuho das Lächeln in Sŏs Augen hinter den in Silber gefassten Brillengläsern.

„Ach, sind Sie es, Herr Kang? Wie kommt's denn, dass Sie uns noch so spät am Abend beehren?"

„Zu mir sind sie auch gekommen. Oder um es mit den Worten des Biologielehrers auszudrücken: Nun scheinen sie auch mich als Menschen zu behandeln."

Die Gesichtsfarbe des Hausherrn änderte sich abrupt. Er stand in der Tür und sagte mit gedämpfter Stimme: „Sie sind gekommen? Was soll das heißen?"

„Sie waren bei mir und wollten mich festnehmen."

„Aber was haben Sie denn verbrochen?"

„Holen die nur Leute ab, die was verbrochen haben? Was die Leute wirklich gemacht haben, untersuchen sie später. Zuerst verhaften sie alle, bei denen sie nur den geringsten Verdacht haben."

Kyuho hatte das Gefühl, hier nicht eben erwünscht zu sein. Herr Sŏ stand im Türrahmen, warf einen flüchtigen Blick nach drinnen, um festzustellen, was seine Frau gerade machte, und wirkte ziemlich verlegen. Wäre Kyuho Gleiches bei seiner Schwägerin in Pomil widerfahren, hätte er auf der Stelle kehrtgemacht, aber bei Herrn Sŏ kam ihm zunächst der müßige Gedanke, er würde sich später vermutlich mit Freude an das Verhalten seines Kollegen erinnern. Eigentlich war Sŏ ein Mann, dessen Auftreten zu vielen solcher Erinnerungen Anlass bot. Seine Haut schimmerte ausgesprochen blass, der Körper war schmächtig und sein Herz so winzig und zaghaft wie das eines Säuglings. In diesem Moment kam Kyuho der Gedanke, dass die Entscheidung, hierher zu kommen, gut gewesen war. Dem ängstlichen Herrn Sŏ gegenüber löste sich seine Anspannung ein wenig. Noch bevor sich der Hausherr eine neue Ausrede würde einfallen lassen, ergriff Kyuho schnell die Initiative: „Gehen wir erst mal rein! Ich bin doch kein Fremder, den Sie nicht reinlassen könnten. Oder wollen Sie mich etwa wie einen Verbrecher behandeln?"

Da erst trat Herr Sŏ mit widerwilligem Gesicht einen Schritt aus der Tür heraus und fragte: „Wollen Sie hier übernachten?"

„Na ja. Da ich nun schon mal hier bin, gewähren Sie mir doch eine Nacht Ihre Gastfreundschaft!", lallte er, als sei er betrunken, und trat als Erster ins Haus. Der Geruch getrockneter Kräuter, wie man sie für die Zubereitung traditioneller Medizin verwandte, schlug ihm entgegen. Der Vater von Herrn Sŏ war ein bekannter Arzt der traditionellen koreanischen Heilkunst und verkaufte auch Kräuter zur Heilbehandlung. Herr Sŏ war sein einziger Sohn.

In der Tat unterschied sich das Innere des Hauses recht augenfällig von der Einrichtung in Kyuhos Wohnung, der sich alles durch eigener Hände Arbeit hatte erwirtschaften müssen. Das Zimmer war mit seinen drei, vier Pyong* schon recht geräumig und bestach zudem durch seine imposante Einrichtung: der mit Ölpapier beklebte Fußboden und die hohe Decke, der Schrank für die Schlafdecken, verziert mit den gerade modernen Perlmutteinlagen, der Kleiderschrank und all die anderen Einrichtungsgegenstände, die in dem Raum den ihnen gebührenden Platz einnahmen.

Die Hausfrau, Kyuho kannte sie flüchtig, ließ nicht lange auf sich warten und erschien in eleganter Garderobe. Das musste die Kleidung sein, die sie gewöhnlich im Haus trug. Womöglich hatten ihre feinen Gewänder sie angemessen als junge „Lehrergattin" zu repräsentieren.

Sie stellte ein Tablett mit Kaffeetassen ab, streifte ihren Mann mit einem kurzen Blick und erfasste die Lage sofort. Sie wandte den beiden Männern den Rücken zu und ging hinaus.

„Was denn? Kaffee? Trinken wir lieber einen Schnaps!", schlug Kyuho vor. „Ich hatte eigentlich vor, diese Flasche Soju mit Ihnen zu leeren; dazu können wir das hier essen, das reicht", sagte er und packte die Schnapsflasche und die Tintenfische aus.

Gegenseitig schenkten sie sich ein, und allmählich rötete sich das Gesicht des Koreanischlehrers, dessen Anspannung sich sogleich löste und der nun zunehmend den Eindruck eines naiven Kindes machte.

„Ich hab's gewusst", plapperte er drauflos. „Die sind jetzt alle irre geworden. Aber das wundert mich nun wirklich. Wie sind die denn ausgerechnet auf Sie gekommen?"

„Tja, wer weiß? Wird wohl mit dem Jähzorn des Geografielehrers zusammenhängen, aus dieser Sicht könnte ich die Maßnahme schon verstehen", meinte Kyuho, woraufhin sich Herr Sŏ wie ein kleines Mädchen eine Hand vor den Mund hielt und merkwürdig kicherte.

„Da haben Sie recht, genau. Am Jähzorn dieses Herrn wird's liegen. Wie der schon so merkwürdig umherhüpft bei seinem komischen Buckeltanz." Er lachte laut. „Genau. Das wird's sein, dieser Jähzorn."

„Der Biologielehrer ist extrem leichtsinnig, und außerdem schwatzt er zu viel. Der hat doch schon ein paar Mal eine Rede gehalten. Das muss auch der Grund für seine Verhaftung gewesen sein. Der gibt sich doch gern als der Beleidigte und gefällt sich in seinem großkotzigen Gehabe. Daran wird's wohl gelegen haben."

„Genau", pflichtete ihm Herr Sŏ bei, „der sollte die Gelegenheit nutzen und sein Benehmen mal ein bisschen korrigieren."

Der Biologielehrer war ungefähr so alt wie Herr Sŏ, weswegen die beiden sich wie Rivalen bekriegten und einer den anderen bei jeder Gelegenheit verleumdete. Kyuho grinste und setzte die Aufzählung fort: „Und der Mathelehrer, na, das ist doch ein echter Kerl. Dem braucht man nur mal in die Augen zu schauen. Der lässt sich nicht so einfach die Butter vom Brot nehmen, und kräftig ist er auch, wie ein Revolutionär."

„Genau."

Kyuho hatte seinen Satz kaum zu Ende gesprochen, da stimmte ihm Herr Sŏ auch schon erfreut zu. Dem mangelte es in jeder Beziehung an eigener Meinung, er war noch ein Milchbart, der ohne seinen Vater, der mit dem Kräuterhandel eine Menge Geld verdiente, schon lange verhungert wäre.

„Aber warum suchen die jetzt nach Ihnen?"

„Ich nehme an, es wird sich wie bei den anderen auch um den Lehrerverband handeln."

„Was haben Sie denn verbrochen? Soweit ich weiß …."

„Na ja, in der ersten Zeit habe ich ein paar kleine Reden gehalten. Aber schon damals kam mir irgendwas verdächtig vor und ich war eigentlich immer auf der Hut. Diesen Lehrerverband könnten auch unlautere Elemente ausnutzen, und dann besteht die Gefahr, dass Missverständnisse aufkommen. Deswegen müssen wir in dieser Hinsicht höchste Wachsamkeit walten lassen. Allerdings gibt es keine Sitzungsprotokolle, das heißt, wenn später Probleme auftreten, hätten wir keine Beweise. Also habe ich mich nur in der ersten Zeit der Organisation ein wenig engagiert, und als sich die Sache nachher verdächtig entwickelte, habe ich sofort die Hände davon gelassen."

Herr Sŏ schien wieder an den alten Geografielehrer (er könnte so alt wie sein Vater sein) zu denken, denn er lächelte: „Damals, ich meine den Geografielehrer ... Das Verhältnis zwischen den Kennziffern der Prokopfeinkommen verschiedener Länder und unseren Lehrergehältern in Dollar umgerechnet, wo hat er das bloß alles zusammengesucht? Wirklich bemerkenswert. Und in der Tat hat er recht mit seinen Worten. Leute, die irgendwelche Geschäfte machen, verdienen sich dumm und dämlich, so viel verdient ein Lehrer in hundert Jahren nicht."

Unmerklich plätscherte das Gespräch dahin, ohne dass es zwischen ihnen zu Unstimmigkeiten kam. Kyuho empfand es als angenehm, sich etwas grob zu benehmen, wenn er bei solch feinen Leuten zu Gast war. Doch diesmal gab er sich absichtlich noch pöbelhafter. Morgen würde der Kräuterhändler gegen Abend seinen Sohn zu sich rufen und ihn ausfragen: „Der ältere Mann gestern, was unterrichtet der eigentlich?" „Er lehrt Sozialkunde." „Sozialkunde also. Hieß das nicht früher Moral oder Tugendlehre?" „Ja." „Wohin soll das alles nur noch führen?" Und selbst wenn der andere so willkürlich über ihn urteilte, ohne seine Situation zu kennen, musste Kyuho wehrlos alles über sich ergehen lassen.

Gegen halb zehn an diesem Abend wurde es vor der Zimmertür unruhig. Das war das Signal zum Aufbruch, die Tür öffnete sich langsam und schloss sich wieder. Schließlich verließ Herr Sŏ den Raum für einen Moment und kehrte mit verlegenem Gesicht zurück. „So, Zeit zum Schlafen!", meinte er.

Obwohl Sŏ erst vor kurzem geheiratet hatte, ging Kyuho dennoch davon aus, er würde mit ihm zusammen in diesem Zimmer schlafen, und begann sich auszukleiden. Sein Kollege aber holte aus dem Schrank eine Decke und sagte Kyuho, er solle sich noch nicht ausziehen, sondern ihm in die erste Etage folgen.

Dort ließ er ihn schließlich in einer kleinen Kammer allein zurück. Die Einrichtung dieses winzigen Raumes, der nicht mehr als zwei, drei Pyong maß, beschränkte sich auf ein Holzbett. Obwohl er betrunken war, befand sich Kyuho in einer lustlosen, unbehaglichen Stimmung. Die erste Nacht jedenfalls verbrachte er hier.

Als er am nächsten Morgen erwachte, stützte er das Kinn in beide Hände und rief sich noch einmal die Geschehnisse des gestrigen Tages ins Gedächtnis zurück, wobei ihm die ganze Geschichte ausgesprochen töricht vorkam und er keinen blassen Schimmer hatte, wie es dazu hatte kommen können.

Mit Herrn Sŏ zusammen nahm er ein appetitlich zubereitetes Frühstück ein und trat dann auf die Straße hinaus. In der Nähe der Schule trennte er sich von Herrn Sŏ und setzte sich in sein Stammteehaus, in dem er nach Feierabend oft eingekehrt war. Er überflog die Morgenzeitungen und verließ das Teehaus wieder. Der allmorgendliche Berufsverkehr war bereits vorüber und auf den Straßen Ruhe eingekehrt.

Er vermochte sich absolut keinen Reim darauf zu machen, wie das alles gekommen war; aus dem einen oder anderen Haus schallte ihm nur unverändert die Stimme des Radiosprechers entgegen: „Wir betrachten den Antikommunismus als oberstes Prinzip unserer Politik …" Und jedes Mal murmelte er vor sich hin, das sei in der Tat richtig, genau richtig. Aber er merkte, wie sich ein schmeichelnder Unterton in dieses Murmeln mischte, und fühlte sich erbärmlich. So am helllichten Tage allein auf der Straße zu stehen, war wirklich schlimm. Jeweils für kurze Zeit kehrte er in drei, vier Teehäuser ein, wo er als Erstes stets die Toilette aufsuchte, denn vom Alkohol der letzten Nacht hatte er Durchfall bekommen. Dann trank er alles durcheinander: Mineralwasser, Kaffee, schwarzen Tee, und als er wieder zu seinem Stammteehaus zurückkehrte, war es erst elf Uhr. Die Lücken zwischen den Gebäuden der Stadt ließen den Blick auf das Meer offen, das Meer in seinem tiefdunklen Blau, dessen Färbung genau der Jahreszeit entsprach. Kyuho rief noch einmal in dem Laden neben seinem Haus an.

Über Nacht hatten sich Sehnsucht und Besorgnis in die Stimme seiner Frau gemischt: „Wo bist du denn?"

„Im Teehaus."

„Warst du letzte Nacht bei meiner Schwester?"

„Nein, ich war bei unserem Koreanischlehrer, Herrn Sŏ."

„Du, heute früh war schon wieder einer hier."

„Was?" Ein Schauer lief ihm den Rücken hinunter, und im gleichen Moment entfuhr ihm geräuschvoll ein feuchter Darmwind. Das war nicht einfach nur eine Blähung. In seinem Bauch rumorte es gewaltig, und der Durchfall machte sich erneut bemerkbar. Er fühlte sich äußerst unbehaglich.

„Der heute früh kam allein und wollte wissen, wann in etwa du wieder nach Hause kommst."

„Was war denn sein Dienstrang?"

„Gefreiter."

„Und was hast du gesagt?"

„Dass ich es nicht wüsste."

„Gut."

Auf jeden Fall hatte sie gut geantwortet. Als er den Hörer auflegte, raste sein Herz wie wild, doch ein anderes Bedürfnis war noch heftiger. Er rannte zur Toilette. Zu allem Unglück war sie besetzt. Ohne jede Scham hämmerte er pausenlos gegen die Tür. Als die Kellnerin kam, sah er sie genervt an. Doch der Druck im Darm hatte sich bereits in seine Hose entladen, er bückte sich und versuchte das Schlimmste zunächst mit Papier abzuwischen. Für einen Moment wurde ihm die Erbärmlichkeit seines gegenwärtigen Zustandes bewusst. Er hockte sich über das Klobecken und gab sich große Mühe, aber alles, was er zustande brachte, war ein feuchter Darmwind, der mit lautem Knall entwich. Mehr brachte er nicht zuwege. Plötzlich plagten ihn Bauchschmerzen. Er blieb in der Hocke und zog die Stirn in Falten.

In einer nahe gelegenen Apotheke kaufte er ein Mittel gegen Durchfall und nahm es auf der Stelle ein. Dann trat er wieder auf die Straße hinaus. Oberflächlich schienen sich seine Gedanken nach wie vor auf etwas Bestimmtes zu konzentrieren, aber insgesamt fühlte er sich irgendwie benommen. Die linke Seite seines Bauches durchfuhr ein ziehender Schmerz.

Gegen zwei Uhr nachmittags schlenderte er wieder in der Nähe der Schule umher. Unter den wärmenden, hellen Strahlen der Maisonne machten die Schüler der dritten Klasse in ihrer weißen Sportkleidung Gymnastik. Der Szene haftete eine gewisse Frische an. Der Sportlehrer trug eine grüne Schirmmütze, stand, um sein Gleichgewicht ringend, auf einem kleinen Podest und gab in seinem Bariton den Takt an: eins, zwei, drei, eins, zwei, drei. Während er interessiert zusah, dachte Kyuho, dass dieses Bild einfach schön sei. Bis dahin war er auch an dieser Schule gewesen, doch niemals hatte er den Anblick so wahrgenommen. Das kam ihm recht merkwürdig vor.

Er lief den Hügel wieder hinab und kehrte in irgendein Teehaus ein. Diesmal rief er in der Schule an. Der Soldat sei auch dort gewesen, erfuhr er, und man habe ihm gesagt, Herr Kang sei heute unentschuldigt der Schule fern geblieben. Gut, die Antwort war gut.

Irgendetwas musste passiert sein. Er wusste nur nicht, was es war, und so nahm das Hämmern in seinem Kopf an Intensität zu, wurde lauter und schneller. Mit einem Mal saß er in der Straßenbahn und kaute laut schmatzend auf einem Kaugummi herum, was einem Mann in den Vierzigern nun wahrlich nicht gut anstand. In Choryang stieg er aus, und da schallte es ihm auch schon aus einem Radiogeschäft auf der gegenüberliegenden Straßenseite entgegen: „Wir betrachten den Antikommunismus als oberstes Prinzip unserer Politik …" Die Stimme erschreckte ihn, er nahm die Beine in die Hand und flüchtete in eine der Gassen. „Recht haben sie. Ganz richtig", murmelte nach einer Weile ehrfürchtig eine Stimme in ihm, und als er das Ende der einsamen Gasse erreicht hatte, zog er sein Taschentuch heraus und wischte sich den Schweiß von der Stirn.

Gegen fünfzehn Uhr saß Kyuho gottverlassen neben einer Mülltonne. Die Seitenstraße war ziemlich breit, sodass zwei Autos aneinander vorbeifahren konnten. Ruhe umfing die Umgebung; zu beiden Seiten der Straße erhoben sich mächtige Mauern, auf denen spitze Eisensplitter steckten, die wie kleine Pfeile in die Höhe ragten. Unschwer war zu erraten, welcher Schicht die Menschen angehörten, die hier wohnten. An den wuchtigen, zu den Anwesen führenden Eingangstoren waren Warnschilder angebracht, auf denen in chinesischen Zeichen „VORSICHT, BISSIGER HUND!" stand, was bei den Häusern der Reichen nichts Außergewöhnliches war. Die Tore waren geschlossen, und was sich hinter dieser hermetischen Abriegelung verbarg, konnte er sich nicht vorstellen. Aus seinem Inneren vernahm er öfter ein Knurren, begleitet bisweilen von einem ziehenden Schmerz, der ihn jedes Mal veranlasste, das Gesicht zu einer gequälten Grimasse zu verzerren. Plötzlich öffnete sich das Tor des letzten Anwesens in der Gasse, und ein dicker Mann um die sechzig kam in Begleitung eines struppigen Hundes heraus. Zunächst setzte er sich zusammen mit dem Tier vor das Tor und strich ihm übers Fell, als kämmte er es, dann ließ er sich ihm gegenüber auf dem Boden nieder und begann mit ihm zu spielen. Das Spiel war merkwürdig. Der Alte packte den Hund bei den Ohren und zwang ihn, ihm direkt in die Augen zu sehen. Komisch. Verwirrt weiteten sich Kyuhos Augen. Als sei es elend und unschicklich, einem Menschen lange in die Augen zu sehen, wich der Hund dem Blick aus und wandte sich ab. Daraufhin wurde der Alte noch energischer, drehte den Kopf des Tieres hin und her und versuchte, dessen Blick direkt auf sich zu lenken. Sein Lächeln hatte etwas Groteskes. Einer Sinnestäuschung erliegend bemerkte Kyuho plötzlich in den Zügen des Hundes etwas Menschliches, die Miene des Alten mit dem bestialischen Lächeln schien hingegen eher von einem Tier zu stammen. „Was ziert sich der Köter denn so?", stammelte der Alte und gab ein krächzendes Lachen von sich, während er sich weiter bemühte, den Hund zu zwingen, ihm in die Augen zu sehen. Doch das Tier knurrte und wand sich unablässig, um seine Ohren dem Griff des Mannes zu entwinden. Schließlich wurde der Alte wütend, ließ die Ohren los und schlug dem Tier auf die Lefzen. Der Gewalt seines Peinigers entronnen, sprang der Hund von einem Ende der Gasse zum anderen, bis er mit einem Mal Kyuho neben der Mülltonne sitzen sah und sich ihm langsam näherte. Vor ihm stehend musste er den Kotgeruch wahrgenommen haben, denn er starrte Kyuho unverwandt an. Kyuho sah dem Tier in die Augen und wich dem Blick dann aus. Er wandte sich ab. Der Alte hatte Kyuho hinter der Mülltonne noch nicht entdeckt und rief seinen Hund. Unverzüglich rannte der zu ihm. Kyuho verzog das Gesicht und streckte seinen Kopf vorsichtig hinter der Mülltonne hervor. Winselnd stand das Tier vor dem Alten und setzte sich wieder gehorsam hin. Wahrscheinlich war der Hund jetzt traurig, weil der Alte seine Ohren losgelassen hatte, und die Schläge, die er eben von ihm bezogen hatte, mussten ihn nun im Nachhinein betrüben, denn er beobachtete den Alten aufmerksam, versuchte sich bei ihm einzuschmeicheln und legte sich schließlich vor dessen Füße. Da erst glättete sich die Miene des Alten und strahlte Zufriedenheit aus. Sanft tätschelte er den Rücken des Hundes. Kyuho war überzeugt, der Lärm dieser so genannten Revolution würde in diese Häuser, deren Bewohner sich ihre Langeweile auf diese Weise vertrieben, niemals eindringen.

Als sich sein Blick mit dem des Alten traf, erhob sich Kyuho wie von selbst. Da erschrak der Mann und richtete sich auf, der Hund erhob sich ebenfalls. Er bellte und wollte sich auf Kyuho stürzen. Der hatte eine Hand auf seinen Bauch gedrückt und bat mit schmerzverzerrtem Gesicht: „Könnte ich vielleicht einmal Ihre Toilette benutzen?"

Der Alte blickte Kyuho böse an, und den Fremden von oben bis unten musternd, antwortete er: „Nein."

Damit war das Gespräch für ihn beendet, er packte den Hund und ging wieder ins Haus. Das Tor fiel ins Schloss, und Kyuho fehlte jede Vorstellung, wie die hermetisch abgeriegelte Welt dahinter wohl aussehen mochte.

Mit einem Mal raste er die Gasse entlang. Auf der Suche nach einer öffentlichen Toilette oder einem Teehaus.

Am Abend fuhr er mit dem Bus nach Kupo. Als er das breite Flussbett des Naktong sah, verringerte sich der Druck auf seine Brust ein wenig. Auf einem Deich stehend machte er gymnastische Übungen, so wie es heute Mittag der Sportlehrer in der Schule getan hatte, und atmete dabei kräftig durch.

An diesem Abend verliebte sich Kyuho in einer heruntergekommenen Kneipe Kupos in ein dort angestelltes junges Weib, dessen Körper nur ein paar Fetzen durchsichtigen lilafarbenen Stoffes bedeckten, sodass die nackte Haut überall hervorschien. Das Weib sah sehr wollüstig aus. Zusammen tranken sie bis zum Umfallen, und dann bekannte er ihr überzeugend, er sei ein verfolgter Revolutionär, legte seine Arme um sie und schlief mit ihr.

Die ganze Nacht über lebte Kyuho mit dieser Frau seine wildesten Sexfantasien aus, und am frühen Morgen meinte sie, ein derart unmöglicher Kerl sei ihr noch nie begegnet, und war sichtlich genervt. Sein Gerede vom Revolutionär, das sie zunächst einigermaßen beeindruckt hatte, konnte sie nun nicht mehr glauben. Die Revolution war ausgebrochen, und der Revolutionär lag hier herum? Das kann doch nicht wahr sein, dachte sie. Der hier war nur ein vom Sex besessener Wüstling. Bei diesem Gedanken fühlte sie sich scheußlich. Auf das Geld für die Nacht könne sie verzichten, schrie sie ihn an. Er solle sich nur schleunigst aus dem Staub machen. Kyuho schaltete die funzelige rote Glühbirne ein und lächelte erschöpft.

Was war bloß los, dass es so weit kommen konnte? Unverändert konzentrierten sich seine Gedanken auf einen bestimmten Punkt, aber alles war unklar, und obwohl er ansetzte, dieses und jenes rational zu hinterfragen, tappten seine Gedanken schon bald wieder im Dunkel, sein Bewusstsein jedoch befand sich noch immer in einem merkwürdigen, fieberhaften Zustand. Er konnte sich nur daran erinnern, wie er aufgestoßen hatte und dann in den Hof getreten war, seine Frau hatte daraufhin die Tür geöffnet und er seinen Hut zu Hause vergessen, weshalb er dann auch barhäuptig in die Finsternis hinausgelaufen war. Von da an lag über allen Begebenheiten ein seltsam dunkler Schleier, und als ob sie ohne jeden Zusammenhang im dichten Nebel hier und da emporragten, kamen ihm verschiedene Erinnerungen in den Sinn – Herr Sŏ und seine Frau, die Toilettentür, gegen die er wie verrückt trommelt, da er es kaum noch aushalten kann, der Sportlehrer mit seiner grünen Schirmmütze, der Alte im Nobelviertel, der Hund, die Stimme aus dem Radio, die in den von Menschen voll gestopften Gassen widerhallt: „Wir betrachten den Antikommunismus als oberstes Prinzip unserer Politik …". Er begriff noch immer nicht, wie es überhaupt so weit hatte kommen können.

Aus der Hosentasche zog er die Geldscheine hervor, und schon verzog sich sein Mund zu einem schlichten, naiven Lächeln.

Er aß eine Suppe gegen den Kater, ging zur Toilette, trank in irgendeinem Teehaus von Kupo einen Kaffee und ging wieder zur Toilette. Das Rumoren in seinem Bauch hielt an. Das Teehaus nahm sich recht schäbig aus, und da es noch früh am Morgen war, hatte man keine Schallplatte aufgelegt, sondern das Radio angeschaltet. Laute Marschmusik erklang und dann die Stimme einer Ansagerin: „Wir betrachten den Antikommunismus als oberstes Prinzip unserer Politik …" Kyuho schrak zusammen, ließ den Kaffee stehen, zahlte hastig und raste die Treppe hinunter, während er die Sprecherin im Radio verfluchte: Verdammte Schlampe! Der Antikommunismus verfolgte ihn. Ich habe als Soldat tapfer gekämpft. Ich bin Kriegsinvalide. Ich bin Oberleutnant des Heeres a. D. und habe in der 9. Division unter Divisionskommandeur Kim Chongo den Kampf um Paengma mitgemacht. Wer will da was sagen? Wer wagt es, etwas gegen mich zu sagen? Hastig murmelte er die Worte vor sich hin und

sprang die Treppenstufen hinab, von denen leicht Staub aufwirbelte.

Im Osten ging die Maisonne auf.

Inzwischen stieg Kyuho, dessen Gesichtszüge nun wieder
Ruhe ausstrahlten, erneut die Stufen zu dem Teehaus hinauf, das
er vor kurzem verlassen hatte. Mit zuversichtlicher Miene, als
habe er seine Lage nun einigermaßen begriffen, nahm er den
Telefonhörer in die Hand.

„Ach, du meine Güte, wo bist du denn?" Die Stimme seiner
Frau klang, als sei sie schon halb irre.

„In Kupo."

„Wieso denn in Kupo?"

„War bei einem Freund", sagte Kyuho, und dabei spielte ein
verlorenes Lächeln um seine Mundwinkel. „Alles in Ordnung?"

„Gestern Abend war wieder einer hier."

Bei den letzten Worten standen ihm die Haare zu Berge, und
sein Herz pochte heftig. Den Hörer in der Hand warf Kyuho
einen prüfenden Blick in die Umgebung. Seine Brauen zuckten,
und er kniff die Augen zusammen: „Und, was hast du gesagt?"

„Dass du noch nicht wieder da bist."

„Gut. Ja, die Antwort war in Ordnung."

„Aber gestern, das war ein Kriminalbeamter in Zivil."

„Mit Sonnenbrille?"

„Was? Was hast du eben gesagt?"

Kyuho riss sich zusammen: „Nein, nein, es war nichts."

„Ein Kriminalbeamter in Zivil, er war allein und benahm sich
richtig zuvorkommend."

Ja, das verstand er gut. Sehr gut verstand er das. Auf diese
Weise werden sie es versucht haben. Er sagte noch ein paar
Worte, hängte ein und raste aufs Neue die Treppe hinunter, dass
der Staub aufwirbelte.

So, und was nun? Obwohl er mit seinen Nerven am Ende
war, verzog er den Mund zu einem bitteren Grinsen.

Planlos stieg er in den Bus nach Kimhae. Das Rattern ließ ihn
für einen Moment einnicken. Bisweilen schreckte er aus seinem
Schlummer auf, öffnete die Augen und sah einen Linienbus nach
Pusan vorbeifahren, dem eine dicke Staubwolke folgte. Die Ebe-
nen beiderseits des Naktong erweckten den Eindruck frischer
Maigärten. Ein lauer Wind strich ihm übers Haar. Das war schon

kurios. Erst hier in diesem klapprigen Bus erfüllte ihn ein gewisses Gefühl von Sicherheit. Besser noch wäre zu sagen: Der unruhige Bewusstseinszustand, da sich seine Gedanken bis dahin nur auf einen einzigen Punkt konzentriert hatten, verflüchtigte sich wie von selbst, und er fühlte sich frei wie ein plätscherndes Bächlein, als ob er mit dem Bus einfach so dahinfloss. Er fiel in einen tiefen Schlaf. Flüchtig sah er im Traum, wie der Hund auf ihn zu rannte. Dann riss er jedes Mal verdutzt die Augen auf und sah in einer Staubwolke einen Bus vorbeirasen, der ihnen in Richtung Pusan entgegenkam. Wie die Geräusche des vorüberfahrenden Busses, dessen Motor laut aufjaulte und dann wieder leiser wurde, machte sich auch der Hund, der eben noch auf ihn zu gerannt kam, wieder aus dem Staub.

Als er in Kimhae ausstieg, umfing ihn sofort wieder diese kalte, grauenhafte Stimmung, die ihn wie ein scharfes Messer zu bedrohen schien, und auf der Stelle konzentrierten sich seine Gedanken abermals auf einen bestimmten Punkt und versetzten ihn in einen Zustand nervöser Erregung. Erneut blähten sich seine Gedärme, und mit lautem Knall ließ er einen fahren. Sein Bauch schmerzte. Anders als in Pusan fand er in Kimhae die öffentlichen Toiletten ganz leicht. Während er in dem geräumigen Toilettenhäuschen saß, lachte er in sich hinein. Zwar hatte er noch immer keine Ahnung, wie alles gekommen war, aber er musste ununterbrochen lachen. Freilich, dieses Gefühl überkam ihn nur, wenn er auf der Toilette hockte, draußen auf der Straße hatte ihn die fieberhafte Erregung wieder fest im Griff.

Als er mittags punkt zwölf von Sirengeheul aus dem Schlaf schreckte, fand er sich allein in einem Hotelzimmer wieder. Er setzte sich auf und schluchzte eine Weile wie ein kleines Kind. Dann stand er auf, betrachtete sein Gesicht in einem großen Wandspiegel und wischte sich die Tränen ab. Ruhig nahm er sein Spiegelbild in Augenschein, stellte sich mal seitlich, mal frontal vor den Spiegel und betrachtete sich auch von hinten, dann verzog er das Gesicht bald auf die eine, bald auf die andere Weise und grinste: „Warte mal … Wär' doch an der Zeit, mal wieder zum Friseur zu gehen."

Er aß zu Mittag und saß gegen zwei Uhr nachmittags in einem Friseursalon von Kimhae. Während der Friseur seine Arbeit tat, nickte Kyuho ein. Rasiert und mit pomadeglänzendem Haar betrachtete er sich in einem breiten Spiegel von allen Seiten, sogar von hinten, und nahm dann auf einem Schemel vor dem Friseursalon Platz, um sich die Schuhe putzen zu lassen.

Der kleine Schuhputzer war auf seine Weise ein liebenswürdiges Kerlchen. Lächelnd richtete er ein paar schmeichelhafte Worte an Kyuho: „Soll ich mal raten, was Sie machen?"

„Na, los, rate mal!

Mehr oder weniger war Kyuho wieder in einen Zustand der Normalität zurückgekehrt. Das Einzige, was ein wenig anders war als sonst, waren seine geschwollenen Augen und das aufgedunsene Gesicht.

„Sie sind bestimmt Händler. Nicht wahr? Händler sind Sie."

„Quatsch. Sehe ich vielleicht aus wie ein lumpiger Händler?"

„Na, weil Sie mitten am Tage zum Friseur gehen, stimmt doch, oder? Sind Sie kein Händler?"

Kyuho sah das Kind mit großen Augen an und sagte: „Ich bin Revolutionär, Mensch!"

Der Kleine hielt im Schuhputzen inne und verzog das Gesicht: „Ach, Sie flunkern doch."

„He, was ziehst du denn für eine Grimasse?"

„Ach, Sie flunkern doch bloß."

Seine Behauptung, Revolutionär zu sein, empfand der Kleine also als Schwindel. Ob das bedeuten sollte, der Revolutionär an sich sei Schwindel, oder aber seine falsche Behauptung, Revolutionär zu sein, stellte für das Kind eine Lüge dar, das wusste Kyuho nicht genau, aber er erwiderte: „Es ist wahr, Bürschchen."

Als er abends in einen Bus stieg, übermannte ihn wieder der Schlaf. Er übernachtete in einem Hotel in Tongnae und schlief abermals mit einem Mädchen im Arm ein. Sie war vielleicht fünfzehn oder sechzehn.

Am Abend des dritten Tages seit Kyuhos Flucht erschien Oberstleutnant Choe, ein ehemaliger Kamerad, der mit Kyuho gemeinsam gedient hatte und nun bei den Landstreitkräften war, bei ihm zu Hause. Natürlich kannte Kyuhos Frau ihn gut, denn seit ihrer gemeinsamen Armeezeit pflegten der Oberstleutnant und Kyuho einen vertrauten Umgang miteinander. Der Offizier lebte eigentlich in Seoul, und Kyuhos Frau glaubte, er sei auf die Nachricht von der Flucht ihres Gatten hin sofort nach Pusan gekommen, um ihm zu helfen.

Sie war außer sich vor Freude und vergoss ein paar Tränen. Sein Besuch rührte sie so tief, dass es ihr glatt die Sprache verschlug. Sie hielt das Kind in den Armen und schluchzte bloß.

Oberstleutnant Choe sah mit leicht argwöhnischem Blick zu ihr hinüber: „Aber wo ist er denn hin?"

Da explodierte sie: „Jetzt fragen Sie mich das auch noch? Verdächtigen Sie ihn vielleicht auch? Oh mein Gott!"

Ein wenig verlegen meinte Oberstleutnant Choe: „Verdächtigen? Das ist doch Unsinn. Aber wo ist er denn?"

Erst jetzt sah ihn die Frau zerstreut an. „Nein", murmelte sie hastig. „Sie wollten ihn festnehmen, und da ist er geflüchtet."

„Was?"

Augenblicklich zuckte der Oberstleutnant erschrocken zusammen, jäh rötete sich sein Gesicht, und er sah aus, als wollte er sogleich jemanden erschlagen. „Diese Idioten! So erledigen die also ihre Arbeit. Verdammte Idioten", schimpfte er und fügte hinzu: „Aber wohin ist er denn geflohen?"

„Und was passiert nun mit ihm?"

„Die Stelle des Vizebürgermeisters von Masan soll neu besetzt werden, deswegen suchen wir ihn."

Kraftlos sank die Frau zu Boden und schluchzte. „Ach, du meine Güte, alles ist schief gelaufen, nur weil ich solche Angst hatte."

(Das ist nicht zum Lachen.) Wie sollte sie da nicht in Tränen ausbrechen?

„Also, wo zum Teufel ist er nun?"

„Vorgestern Morgen hat er zum letzten Mal angerufen, seitdem nicht mehr. Er wird einen Haufen Geld ausgegeben und nur gesoffen haben."

Sie war bereits froh gestimmt, was sie jedoch noch zu verbergen suchte.

„In seiner Kordhose ist er los, hat sogar den Hut hier liegen gelassen. In diesem unmöglichen Aufzug wird er jetzt wohl immer noch herumlaufen. Und wo wollen Sie ihn suchen?"

„Verdammt, wo gibt's denn so was! Diese Mistkerle, wie machen die bloß ihre Arbeit?" Oberstleutnant Choe hörte gar nicht wieder auf, gegen seine Untergebenen vom Leder zu ziehen.

Wie hatte sich die ganze Angelegenheit nur so verquer entwickeln können? Aber verzichten wir auf die Suche nach den Ursachen. Zunächst müssen wir ihn suchen, den stellvertretenden Bürgermeister von Masan in spe.

Unversehens hatte sich Kyuhos Frau die Allüren einer Vizebürgermeistersgattin zu eigen gemacht, stand vor dem Kramladen und wartete auf einen Anruf ihres Mannes. (Das ist auch nicht zum Lachen.)

Kyuho verbrachte in seinem Hotel in Tongnae eine weitere Nacht mit dem Mädchen im Bett, ging am nächsten Tag gegen elf Uhr mit ihr gemeinsam ins Thermalbad, rief einen Masseur und ließ sich massieren, nahm dann einen Bus und fuhr nach Kupo zurück. Dort kehrte er in die Kneipe ein, wo er zwei Tage zuvor bereits gewesen war. Die Frau, mit der er dort die Nacht verbracht hatte, spielte gerade Karten und eilte ihm freudestrahlend entgegen. Theatralisch begrüßte sie ihn mit großem Trara, und dann strömten ihm auch schon die anderen Frauen des Etablissements entgegen. Er lag ausgestreckt in einem Zimmer, das ein penetranter Geruch von billigem Parfüm erfüllte, und fühlte sich nicht gerade unbehaglich. Die billigen Scherze der billigen Frauen missfielen ihm keineswegs. Auf der Stelle konnte er alles vergessen, sogar seine Frau. Er dachte auch daran zu telefonieren, doch der Sinn stand ihm eher danach, die damit verbundenen Erinnerungen möglichst schnell aus seinem Kopf zu verbannen. Schon der Gedanke an ein Telefongespräch mit seiner Frau ließ ihn erzittern. „Ist was Besonderes vorgefallen?" „Sie waren wieder da." „Verdammt." Angstschauer, laute Blähungen und dann wieder Durchfall. Womöglich kam seine Frau schon gar nicht mehr ans Telefon, wenn er sie jetzt anrief, da sich die Angelegenheit so furchtbar schnell ausgeweitet hatte und sie schon verhaftet worden war. Oder vielleicht warteten sie in seiner Wohnung und lauschten neben ihr, wenn sie im Laden mit ihm telefonierte.

So begab es sich, dass Kyuho zwischen Kupo und Kimhae hin und her fuhr. Einen Tag trank er in Kupo, und am nächsten Abend kehrte er in Kimhae ein. Die Animiermädchen in der Kneipe schwelgten wie an einem Festtag und schwatzten, was das Zeug hielt. Inzwischen wusste Kyuho schon gar nicht mehr, was Sache war und wieso er sich auf einmal in dieser Lage befand, stattdessen schwebte er in einem Zustand sorgloser Zufriedenheit, obschon ihm langsam das Geld ausging. Er trank Reis-

wein und Kaffee, litt unter Durchfall und hämmerte heftig gegen
Toilettentüren, wenn besetzt war.

Eine Woche war bereits vergangen, ohne eine Nachricht vom
Verbleib des zukünftigen Vizebürgermeisters. Schließlich durchkämmten Beamte alle Straßen nach ihm. So viele Leute, dass man
aus ihnen ein Armeekorps hätte zusammenstellen können, wurden
mobilisiert. In jedem Hotel, jeder drittklassigen Absteige hing sein
Foto und lagen Informationen über seine Kleidung aus. Schließlich
kamen noch Streifenwagen zum Einsatz. Gesucht wurde ein Mann
um die Vierzig in Kordhose und ohne Kopfbedeckung, dessen
Schultern ein wenig nach vorn gebeugt waren. Doch warum nur
liefen so viele Männer herum, auf die diese Beschreibung passte? In
jeder Straße, jeder Gasse fand man sie zuhauf.

Alle, auf welche die Beschreibung zutraf, wurden befragt,
bekamen es plötzlich mit der Angst, wurden abgeführt und umgehend wieder freigelassen. An verschiedenen Orten richtete die
Polizei spezielle Wachen ein, und als wäre die Revolution ausgebrochen, konzentrierte sich der gesamte revolutionäre Eifer auf
einen einzigen Punkt, auf die Suche nach Kyuho. Seine Frau war
es derweil leid geworden, weiter auf einen Anruf im Laden zu
warten, und nach dem Motto: Solle doch kommen, was wolle,
trat sie bereits wie die ehrwürdige Gattin des stellvertretenden
Bürgermeisters auf. Die Nachbarsfrauen hatten von den neuerli-
chen Ereignissen Wind bekommen und kamen in Scharen her-
beigeeilt. Gerade Nachrichten dieser Art wuchsen gleichsam
Flügel, und sie verbreiteten sich in Windeseile. Auch die
Schwägerin und ihr Mann im Pomil-Viertel hörten davon, kauf-
ten ein paar teure Kekse und besuchten Kyuhos Frau. Die Schule
geriet gleichfalls in großen Aufruhr. Das „unentschuldigte Fehlen" wurde in ein „Fehlen infolge besonderer Vorkommnis-
se" umgewandelt, und an alle Schüler erging die Aufforderung,
den Lehrer für Sozialkunde, falls sie ihm zufällig auf der Straße
begegneten, auf der Stelle freundlichst in die Schule zu begleiten.
Während der Mittagspause rief eine der Lehrerinnen, deren
Stimme sich durch einen angenehmen Klang auszeichnete, ins
Mikrofon: Herr Kang, Herr Kang, Herr Kang … Und die Schüler, die eben noch auf dem Schulhof herumgealbert hatten,
lauschten plötzlich andächtig und mit verzückten Gesichtern der
Lautsprecheransage. Abwechselnd tauchten Männer in Zivil und

in Armeeuniform in der Schule auf, und auch die Gattin des Sozialkundelehrers frequentierte das Lehrerzimmer.

Schließlich fanden sie ihn. Als drei Militärpolizisten unangekündigt eine Herberge im letzten Winkel einer Gasse in Chungmu durchkämmten, entdeckten sie ihn am helllichten Tage in einem der heruntergekommenen Zimmer mit einer Frau im Arm auf dem Boden liegend, eine Situation, die so gar nicht zum ehrenvollen Namen der Stadt Chungmu passen wollte, die nach dem großen General Chungmu Yi Sunsin benannt war.

In seiner verschmutzten Unterwäsche trat Kyuho aus dem Zimmer und lächelte bitter. Nun waren sie schließlich gekommen.

„Sind Sie Herr Kang Kyuho?", fragte einer der Militärpolizisten, woraufhin Kyuho ihn anbrüllte: „Ja, der bin ich."

„Wir sind hier, Ihnen freundlichst unsere Begleitung anzutragen."

„Was? Freundlichst Ihre Begleitung anzutragen? Verdammt noch mal, sagt doch genau, was ihr wollt! Wenn ihr gekommen seid, um mich festzunehmen, dann sagt das auch! Was soll der Quatsch mit der ,freundlichen Begleitung'?"

„Gehen wir erst mal!"

„Moment. Meint ihr vielleicht, ich würde jetzt noch abhauen? Wartet mal eine Sekunde!", sagte Kyuho, zog sich im Zimmer an und trat wieder heraus. Und in der Tat war er barhäuptig, trug eine Kordhose, und seine Schultern hingen ein wenig nach vorn.

In dem Jeep, der durch die Straßen raste, ohne sich an die Verkehrsregeln zu halten, saß Kyuho auf dem Beifahrersitz, und laut pfeifend entluden sich seine Darmwinde. Das Gemenge aus Reiswein und Kaffee in seinem Darm erzeugte einen widerwärtigen Gestank, der den beiden Polizisten auf dem Rücksitz die Sprache verschlug, doch sie verzogen nur angeekelt die Nasen.

„Um mich freundlichst zu begleiten? Wieso könnt ihr nicht offen sagen, was Sache ist, und spielt bis zum Ende dieses bescheuerte Spiel? Wenn ihr mich festnehmen wollt, könnt ihr das doch auch direkt sagen", faselte Kyuho vor sich hin, während seinem Mund unablässig ein übler Alkoholgeruch entströmte.

Als Kyuho aus dem Jeep stieg, war er baff. Lächelnd kam Oberstleutnant Choe auf ihn zu und streckte ihm zum Gruß die Hand entgegen, doch Kyuho starrte ihn nur aus blöden Augen an und reichte ihm widerwillig die Hand. Auch als er später im Büro die erklärenden Worte des Oberstleutnants hörte, blieb sein Gesicht ausdruckslos. Doch schließlich verzog sich sein Mund zu einem Grinsen, und dieses Grinsen ging allmählich in ein Lachen über. Wie ein Wahnsinniger lachte er unablässig. Geräuschvoll entluden sich seine Blähungen, er spürte Übelkeit aufkommen und einen ziehenden Schmerz im Leib. Noch während er auf der Toilette hockte, lachte er weiter. Als er zurückkam, fragte er den Oberstleutnant: „Stimmt das? Ich bin nun stellvertretender Bürgermeister von Masan?"

Und als der Oberstleutnant schwieg, fuhr er fort: „Das kann ich nicht. Das kann ich nicht mit meinem Gewissen vereinbaren. Weißt du, wie ich die letzten Tage und Nächte verbracht habe? Weißt du das?"

Wenn er jetzt weiterredete, würde er sich womöglich zu beleidigenden Worten über ranghohe Würdenträger hinreißen lassen, ging es ihm durch den Kopf, und er verstummte.

Schließlich verließ er das Gebäude – barhäuptig und in Kordhosen – und machte sich völlig entkräftet auf den Heimweg. Für einen Moment hatte ihn die Revolution in Verwirrung gestürzt und kam ihm irgendwie sinnlos vor. Da erschallte aus einem Laden am Straßenrand schon wieder ein laut quäkendes „Wir betrachten den Antikommunismus als oberstes Prinzip unserer Politik ...". Kyuho wollte schon zu laufen ansetzen, dachte kurz nach, grinste und zog dann ein schmutziges Taschentuch aus der Tasche, in das er sich hineinschnäuzte.

(1965)

Geburtstagsparty

„Notgedrungen mussten wir nun eine Grube ausheben. Die Grube, in der wir dann verscharrt werden sollten, schaufelten wir also selbst. Das war so was von ungeheuerlich!", begann Wangyu zu erzählen. Er konnte es jetzt nicht mehr genau sagen, aber er meinte sich zu erinnern, es sei in der Nähe von Yoju in der Provinz Kyonggi gewesen. Die Sache musste sich nach Erlass jenes strengen Armeebefehls zugetragen haben, der verfügte, jeden zu erschießen, der die Frontlinien durchbrach und sich auf die andere Seite schlug, sofern seine Identität nicht zweifelsfrei geklärt war; denn in einem solchen Fall war nicht mit Sicherheit auszuschließen, ob es sich bei dem Betreffenden nicht doch um einen von der Gegenseite entsandten Spion handelte. Die Lage war äußerst gespannt, und die beiden Männer verfügten über keinerlei Beweise, die ihre Identität hätten bestätigen können, außerdem sprachen Wangyu und sein älterer Bruder noch immer diesen starken nordkoreanischen Dialekt der Provinz Pyongan, und damit standen ihre Chancen schlecht, der gefährlichen Lage zu entrinnen.

„Ach, du meine Güte!" Frau Kim runzelte bewegt die Stirn und schnalzte mit der Zunge. Auch die anderen Anwesenden ergriff ein feierlicher Ernst.

Heute hatte Wangyus älterer Bruder Songgyu Geburtstag, und die offiziellen Gäste, wie beispielsweise die Kollegen aus der Firma, hatten sich im großen Zimmer bereits bedient; im Raum gegenüber waren etwas verspätet ein paar alte Bekannte aus der Heimat eingetroffen, die Songgyu telefonisch noch schnell erreicht hatte. Er war Vorstandsmitglied eines Bauunternehmens und behauptete immer, es fiele im Leben ohnehin nichts Besonderes vor, weswegen man lieber gut essen und das Leben genießen solle, solange noch genug Geld da sei. Aus diesem Grund lud er zu Anlässen wie seinem Geburtstag, ohne lange nachzudenken, leitende Angestellte seiner Firma und alte Bekannte aus der Heimat ein.

„Wie ist denn das passiert? Wieso wart ihr beide so spät dran?", fragte Kyuho, ein schmallippiger Mann, der mit Begeisterung stets dazwischenredete.

„Na, wegen Songgyu", erzählte Wangyu weiter. „Der war schon immer so. Damals arbeitete er als Funktionär im Jugendverband Nordwest*. Er ließ zu, dass sich die anderen Mitglieder einer nach dem anderen einfach so aus dem Staub machten, und blieb selbst bis zum Schluss. Aber merkwürdig war die ganze Sache schon. So plötzlich. Wirklich, ganz plötzlich trat überall Stille ein. Alle hatten sich davongemacht, und diejenigen, welche die Stadt bald einnehmen sollten, waren noch nicht da. Das heißt, wir befanden uns in einem Vakuum. Das war echt sonderbar. Es lief uns kalt den Rücken runter. Es muss am Abend, vielleicht so gegen sechs gewesen sein. Im Winter ist es da schon einigermaßen dunkel. Nirgendwo brannte Licht, keine Menschenseele weit und breit, nur Finsternis. Ab und zu hörten wir in der Ferne vorbeifahrende Autos. Von ganz weit her war ein ständiges Hupen zu hören. Da ahnten wir, dass diese Autos versuchten, die Stadt so schnell wie möglich zu verlassen. Sie entfernten sich in Windeseile. Alles entfernte sich in Windeseile, nur wir beide, mein Bruder und ich, blieben in diesem Vakuum zurück. Songgyu, habe ich ihn gefragt, wieso sind wir eigentlich immer noch hier? Da erst merkte er, wie ernst die Lage war. Er meinte, wir sollten rennen. Und dann sind wir losgelaufen nach Süden, bis wir mit einem Mal ein Krachen hörten und uns die Gewehrkugeln um die Ohren sausten. Das war kurz bevor die andern einmarschierten. Also war dieses Feuer wahrscheinlich eine Art Vorwarnung, das ihre Ankunft in der Stadt ankündigte. Es krachte so laut, dass sich der Himmel zu spalten schien. Hals über Kopf stürzten wir in Richtung Tuksom*. Gott sei Dank war der Hangang zugefroren."

Frau Kim und alle Anwesenden lauschten, umgeben von angespannter Stille.

„Die ganze Nacht lang sind wir gerannt, wieder langsamer gelaufen oder einfach nur umhergeirrt. Damals trugen wir beide amerikanische Parkas, und vom Schweiß waren unsere Rücken klitschnass. Inzwischen wurde es schon wieder hell und wir hatten keine Ahnung, wo wir uns befanden. Um uns herum sahen wir nur einige kleinere Hügel. Wir liefen in ein Tal hinunter. Der Morgenstern über uns leuchtete besonders hell, und mir kam er merkwürdig traurig vor. Im Morgengrauen dieses Wintertages, um die Stunde des Tagesanbruchs, strahlte sein Glitzern eine gewisse Kälte aus. Wir waren auf dem Weg nach Süden, doch noch immer irrten wir durch Niemandsland. Totenstille um uns herum. Weit und breit war nicht mal das Krähen eines Hahnes zu vernehmen, geschweige denn Hinweise auf menschliche Behausungen. Würde man in solchen Momenten wenigstens einen Hahn krähen hören, hätte man bestimmt das Gefühl: Ja, wir werden überleben. Das war in der Tat alles äußerst kurios."

Wangyu warf einen Blick auf die Anwesenden. Wie von selbst schien er Gefallen am Reden gefunden zu haben und meinte nach kurzer Pause: „He, Intae, gib mir mal eine Zigarette!"

Daraufhin schob ihm Intae gleich die ganze Schachtel hin und legte dabei eine Beflissenheit an den Tag, als erfüllte ihn Wangyus Bitte mit großer Befriedigung und Ehrfurcht. Der hatte die Zigarette kaum aus der Schachtel genommen, als ihm Intae auch schon ein brennendes Feuerzeug hinhielt.

So waren die Brüder schließlich in ein steiniges Tal hinuntergelaufen. Der Weg führte immer weiter nach unten, und zwischen Kiefernhainen lagen vereinzelt ein paar kleine Trockenfelder und terrassenförmig angelegte Reisfelder. Gerade bogen sie auf einen Damm zwischen zwei Reisfeldern ein, als plötzlich aus dem linker Hand gelegenen Kiefernhain ganz in ihrer Nähe ein schriller Ruf ertönte: „Hände hoch!"

„Da haben wir erschrocken die Arme hochgerissen. Mit erhobenen Händen wagten wir einen Blick zur Seite und erblickten Soldaten unserer südkoreanischen Truppen mit tief ins Gesicht gezogenen Fellmützen und Karabinern im Anschlag, die vorsichtig auf uns zukamen. Während sie sich zögernd näherten, fragten sie plötzlich: ‚Woher kommt ihr?' ‚Wir kommen aus Seoul', sagte Songgyu mit senkrecht nach oben gestreckten Armen und versuchte die Soldaten abzulenken: ‚Da fällt uns echt ein Stein vom Herzen, endlich auf die eigenen Truppen zu stoßen. Wir hatten noch ein paar Sachen zu erledigen, deshalb sind wir etwas spät weggekommen', erklärte er in seinem nordkoreanischen Dialekt. ‚Sei still, Mensch!', fuhr der Soldat ihn an, ‚Ihr sprecht wie Nordkoreaner. Woher kommt ihr?' ‚Na ja, das kam so', sagte Songgyu, ‚1947 sind wir aus Sinuiju in den Süden geflohen, und jetzt wohnen wir in Seoul, am Großen Osttor im Changsin-Viertel. Normalerweise arbeite ich beim Jugendverband Nordwest in der Informationsabteilung, und in der Bezirksorganisation Großes Osttor bin ich außerdem noch stellvertretender Vorsitzender.' ,Was redest du da?', meinte der Soldat. ,Woher sollen wir denn wissen, ob du nicht lügst? Umdrehen! Und jetzt lauft ihr vor mir her!'"

Nach einer kurzen Pause fuhr Wangyu fort: „Schließlich führten sie uns in ein Kiefernwäldchen ab. Die Leute müssen von einem Frontaufklärungstrupp gewesen sein. Wie hätten sie uns auch glauben sollen? Wir hatten ja nicht mal Ausweise dabei, gar nichts hatten wir. Nun sollten wir für unsere Unvorsichtigkeit büßen. Wir dachten, der Jugendverband Nordwest würde wie in Seoul auch anderswo geachtet, schließlich standen in der Hauptstadt vor uns alle stramm. Doch von dem Prestige, das wir dank der Anerkennung des Verbandes durch unseren Präsidenten Rhee Syngman in Seoul genossen hatten, war hier in der Provinz natürlich nichts mehr zu spüren. Die Soldaten führten uns recht tief in das Kieferndickicht hinein, und dann nahm einer von ihnen über sein Funkgerät Kontakt zu einem Vorgesetzten auf, während uns der andere weiter bewachte. Was wir da zu hören bekamen, ließ uns echt schwindlig werden. ,Hallo? Einfach beseitigen, sagen Sie?' ,Der eine meint, er habe im Jugendverband Nordwest gearbeitet.' ,Die spechen einen ziemlich starken nordkoreanischen Dialekt. Außerdem tragen sie amerikanische Parkas.' ,Jawohl, habe verstanden.' Vermutlich war der Befehl ergangen, uns ins Quartier der Truppe zu bringen. Inzwischen musste wohl auch Songgyu zu der Einsicht gelangt sein, dass wir uns in einer echt unangenehmen Lage befanden, er atmete tief durch und machte ein ziemlich besorgtes Gesicht."

Schließlich verband man den Brüdern mit einem Tuch die Augen – die Soldaten erklärten, dies sei eine Anordnung von oben –, und zwei von ihnen führten sie ab. Grob geschätzt liefen sie dann um die zehn Minuten.

„Dann stießen wir auf ein paar Dutzend Soldaten. Ein Offizier kam raus, ein bisschen jünger als Songgyu. Auch hier gelang es uns nicht, das Missverständnis aufzuklären. Das war echt merkwürdig. In unserer Lage konnten wir erzählen, was wir wollten, alles wirkte sich nachteilig für uns aus. In so einer Situation dient Sprache nicht dazu, die Gegenseite von dem zu überzeugen, was man sagt, nein, sie ist im Gegenteil ein Mittel, um alle Aussagen ganz willkürlich zu interpretieren, um einen in

Misskredit zu bringen und dabei selbst gut dazustehen. Ich war baff. Die Behauptung, Songgyu sei Kader im Jugendverband gewesen, könne jeder Spion hervorbringen, meinten sie, und wenn Spione entsandt würden, hätten die schon eine Ausbildung absolviert, die sie mindestens zu solchen Lügenmärchen befähigte. Das verschlug uns die Sprache. Aber wie sollten wir das Gegenteil beweisen? Die Ausweglosigkeit der Situation veranlasste uns sogar zu folgenden Gedanken: Selbst wenn es unter den Soldaten jemanden gäbe, der uns kennt und unsere Unschuld zweifelsfrei beweisen könnte, würde der womöglich auch schweigen und so tun, als kenne er uns nicht, weil er ja gar nicht weiß, ob er damit nicht selbst Verdacht erregen könnte. Bei kleinmütigen Leuten wäre das durchaus möglich. Songgyu war der Meinung, es würde reichen, ein paar Offiziere zu treffen, denn unter denen gebe es mit Sicherheit einen, der auch mal im Jugendverband Nordwest gearbeitet hätte und Songgyus Identität beweisen könnte. Er war immer noch optimistisch, wir würden jemandem begegnen, der uns hilft. Doch die Offiziere an der Front sahen das anders. Auch ohne Anweisung von oben waren sie befugt, jeden unverzüglich aus dem Weg zu räumen, dessen Identität unklar war, dieses Recht hatte ihnen der Chef des Generalstabs im Rahmen einer Sonderverfügung bereits eingeräumt. Dass sie per Feldtelefon trotzdem bei ihrer übergeordneten Dienststelle nachgefragt hatten, diente allenfalls dazu, die Absichten der Vorgesetzten zu sondieren. Und wenn die sagten: ‚Einfach beseitigen!‘, so war das unser Ende, und wir standen kurz vor dem Tod.“

So oder so, das Schicksal musste es gut mit ihnen meinen, denn nochmals verband man den beiden die Augen und führte sie ins Hinterland ab. Sie mochten etwa zwanzig Minuten gelaufen sein, als es um sie herum ziemlich laut wurde.

„Das ist uns echt sauer aufgestoßen. So mit verbundenen Augen, das war schon ein Horror. Abgesehen davon, dass dieses Gefühl, vom Tod nur einen Katzensprung entfernt zu sein, sehr bedrückend war. Dann haben sie uns das Tuch wieder abgenommen, und für einen Moment blendete das Licht. Songgyu stand neben mir und musste wohl auch den Mut verloren haben. Angst zeigte er noch nicht, aber seine Miene wirkte doch etwas benommen. Soll doch kommen, was will, schien sie zu sagen. Diesmal wies alles darauf hin, dass wir es hier mit den Soldaten einer Batterie zu tun hatten. Wir sahen viele recht geschäftig umherlaufende Uniformierte. In der Nähe entdeckten wir strohgedeckte Bauernhäuser. Soweit ich den Gesprächen um uns herum entnehmen konnte, war der Kompaniechef gerade abwesend. Aus heutiger Sicht befand sich die Truppe damals eher in einer defensiven Position, da weniger ein Kampf auf ganzer Linie im Vordergrund stand, sondern die Strategie vielmehr dahin ging, sich bis zu einer bestimmten Linie geordnet zurückzuziehen. Welche Strategie die Kommandierenden damals konkret im Auge hatten und welche Stellung sie da hielten, weiß ich nicht, jedenfalls sah es so aus, als hätten sie nicht besonders viel zu tun. Nichts sprach dafür, dass es sich um eine Truppe auf dem Rückzug handelte. In diesem Niemandsland, zwischen den nach Süden vorstoßenden feindlichen Truppen und unserer sich zurückziehenden Nationalarmee, befand sich die Front nicht unbedingt auf einer gerade verlaufenden Linie, sondern es gab Stellen, da war der Feind schon weiter nach Süden vorgedrungen, und andere Gebiete, wo sich der Rückzug unserer Armee verzögerte. Es war also eine Zickzacklinie. Meiner Meinung nach musste zwischen allen Truppenteilen ein streng hierarchisches Befehlssystem bestehen, und da sie vermutlich alle sehr eng miteinander in Verbindung standen, wussten sie über die feindlichen Stellungen bestens Bescheid. Das war womöglich auch der Grund für die dort herrschende recht ausgelassene Stimmung, die Truppen auf dem Rückzug eigentlich gar nicht anstand. Ich erinnere mich noch, es war ein Oberleutnant. Er setzte in Abwesenheit des Kompaniechefs als dessen Stellvertreter das Verhör fort, aber es kam auch nichts anderes dabei heraus. Nichts konnte unsere Identität beweisen, und unter den mehr als hundert Soldaten der Einheit entdeckten wir kein einziges bekanntes Gesicht. Der Oberleutnant war so groß wie Songgyu, und seine dunkle Haut unterstrich die imponierende Männlichkeit, die von ihm ausging. Er sprach den Dialekt der nördlichen Provinz Hamgyong. Uns fragte er nicht viel, sondern warf einem Untergebenen wie beiläufig nur ein paar Worte hin: ,Bring sie bis zur Dorfeinfahrt und lass sie dort jeden für sich ein Loch ausheben! Wenn der Kompaniechef zurück ist, werden wir ihm die Lage schildern und seinen Befehl abwarten, und sollte er im Bataillonsstab nicht abkömmlich sein, dann sag mir Bescheid, sobald die beiden mit dem

Graben fertig sind! Vierzehn Uhr ist Abmarsch. Übermittle das den anderen und trefft dann eure Vorbereitungen!' Das waren seine Worte und unser unvermeidliches Todesurteil. Da verlor dann auch Songgyu die Nerven. ,He, das ist zu hart', murmelte er. ,Ist es denn so schwierig, jemanden aufzutreiben, der uns kennt?' Doch der Typ mit dem Rangabzeichen eines Oberleutnants warf uns nur einen flüchtigen Blick zu, und seine Miene schien zu sagen: ,Ihr stammt doch eh nur aus Pyongan.' Zudem machte er ein ziemlich verdrießliches Gesicht. ,He, Sergeant Kim, führ die Kerle hier ab! Und lade dein Gewehr. Unsere Wachsamkeit darf nicht nachlassen.' Dann führte er uns bis zum Dorfeingang. Diesmal ohne uns die Augen zu verbinden."

„Damals war das doch nicht ungewöhnlich. Wie viele Menschen sind in dieser Zeit unschuldig umgebracht worden", stellte der schmallippige Kyuho nachdrücklich fest.

„Na ja, so denkt man heute. Aber stell dir doch mal die Situation vor, wie es die beiden damals beinahe erwischt hätte! Wie kannst du darüber bloß so gleichgültig reden?", warf Intae, der neben Kyuho saß, genervt ein. Doch nicht nur er war aufgebracht. Alle Anwesenden bedachten Kyuho mit verachtenden Blicken. Aber ganz wie es seine Art war, störte der sich nicht daran und brabbelte weiter wie im Selbstgespräch vor sich hin: „Das muss man schon nach den heutigen Maßstäben beurteilen. Weil die beiden nämlich überlebt haben. Meint ihr vielleicht, wir könnten uns einfach so in die damalige Lage der beiden zurückversetzen? Das ist mit Sicherheit unmöglich. Und ihr macht eben einen Fehler, wenn ihr meint, ihr könntet es."

„He, verdammt, was soll der Unsinn? Kannst du nicht endlich still sein?", fuhr ihn Intae beinahe bebend vor Zorn an, als wollte er gleich mit den Fäusten auf ihn losgehen. Da meldete sich Frau Kim zu Wort: „Stopft dem doch endlich mal das Maul! Er soll verdammt noch mal still sein und quatscht trotzdem immer weiter."

Wangyu setzte seine Erzählung fort: „Überlegt euch das mal! In was für einer erbärmlichen Lage wir uns befunden haben. Das wäre doch ein total sinnloser Tod gewesen. Auf diese Weise zu sterben, das ging doch nun wirklich nicht an. Aber nirgendwo ein Ausweg. Das Winterwetter, die schwachen Strahlen der Sonne, die sich mild durch eine dünne Wolkendecke hindurch auf uns ergossen, das alles verstärkte unsere miserable Stimmung noch. Der Unteroffizier führte uns also etwa einen Kilometer weiter bis zur Dorfeinfahrt. Er war von kleinem Wuchs, trug sein Gewehr über der Schulter und lief hinter uns. Aber irgendwie war das alles merkwürdig. Er wies uns eine Stelle zu, und wir begannen mit unseren Spaten zu graben – aber genau neben uns befand sich eine tiefe, ausgeleerte Jauchegrube. Auf dem Land gibt es an Straßen oft solche Gruben. Während der Ackerbausaison sind sie randvoll mit Jauche gefüllt, und dann sieht die Oberfläche ganz komisch aus, weil sie angetrocknet ist. Aber damals war Winter und die Grube leer. Wenn sie uns also beseitigen wollten, was wäre da besser geeignet gewesen als diese Grube? Nach dem Erschießen hätten sie uns einfach da hineinstoßen können. Mehr wäre nicht nötig gewesen. Aber was sollte das nun? Auch unser Begleiter mit dem Rangabzeichen eines Sergeanten musste doch diese Grube direkt vor sich sehen und ließ uns daneben eine neue ausheben. War das auf einen in der Armee durchaus üblichen blinden Befehlsgehorsam zurückzuführen, oder wollte der Soldat unser Leben noch einen Augenblick verlängern? Ich wusste es nicht, aber vielleicht lagen seiner Entscheidung beide Momente zugrunde. Wäre er aus der Stadt gewesen und ein bisschen cleverer dazu, dann hätte er die Angelegenheit vermutlich so gelöst: Anstatt uns in der Kälte draußen zu bewachen, während wir die Grube aushoben, hätte er uns zu seiner Truppe zurückgeführt und seinem Vorgesetzten gemeldet: ‚Wir brauchen keine neue Grube, es befindet sich dort bereits eine Jauchegrube. Was ist nun zu machen?‘ Und dann hätte dieser Vorgesetzte mit großer Wahrscheinlichkeit einfach die Anweisung gegeben: ‚Ach so. Na, dann ist ja alles in Ordnung. Unteroffizier Choe, Unteroffizier Lee, ihr folgt Sergeant Kim, erledigt die Sache und kommt wieder zurück!‘ So in etwa hätte sein Befehl wahrscheinlich gelautet. Dieser Sergeant aber stand neben uns, und obwohl er die leere Grube direkt vor sich sah, schenkte er ihr keinerlei Beachtung. Ich aber hatte furchtbare Angst, denn ich dachte: Gleich sieht er die Jauchegrube und wird auch auf diesen Gedanken kommen. Und jedes Mal, wenn sein Blick die Grube streifte, gefror mir vor Angst die Brust. Ich wäre beinahe irregeworden. Nach einer Weile wurde ich dann etwas ruhiger. Das Bauerngesicht dieses Soldaten beruhigte mich. Ich meine, sein Gesicht zeugte von so einer naiven Ehrlichkeit.

Angenommen, er wäre ein Stadtmensch gewesen, dann hätten wir mit Sicherheit große Probleme bekommen. Solche Stadtmenschen meinen ja immer, in der Armee müsste man viele Kniffe draufhaben. So einer hätte sich anders benommen. Wenn der zum Beispiel keine Lust gehabt hätte, ewig in der Kälte rumzustehen, wäre ihm bestimmt was Besseres eingefallen. Daher regte sich in mir sogar ein wenig Sympathie für ihn. Songgyu hatte für solche Situationen überhaupt kein Gespür und grub wie wild weiter. An der Oberfläche war der Boden gefroren und mit dem Spaten nur schwer zu bearbeiten, aber ein wenig tiefer erwies er sich als ziemlich sandig und ließ sich gut abgraben. Selbst das – die Leichtigkeit, mit der es sich hier graben ließ – empfand ich irgendwie als ungerecht. Songgyu hatte große Mühe, den gefrorenen Boden mit seinem Spaten zu zerschlagen, dann warf er die gefrorenen Erdklumpen beiseite; den losen Sandboden darunter, sagte er mir dann, solle ich ausheben. Das war kein großes Problem mehr, denn er ließ sich leicht schaufeln. Manchmal stieß Songgyu seinen Spaten tief in die sandige Erde und murmelte mit trübsinniger Miene: ‚Ach, vielleicht ist es so auch besser. Wenn wir ohnehin sterben müssen, dann doch lieber durch die Hand der eigenen Leute.‘ Als habe er es darauf abgesehen, dass der bewaffnete Sergeant, der neben uns rauchte, seine Worte hörte, warf er einen flüchtigen Blick in dessen Richtung. Der jedoch verzog keine Miene. Ich weiß von nichts, ich führe hier nur einen Befehl aus, schien sein Gesichtsausdruck zu sagen. Aber Songgyu muss sich doch gequält haben, denn er bat ihn: ‚Wenn ich hier verdammt schon sterben muss, dann lass uns vorher noch eine zusammen rauchen!‘ Das verwirrte den Sergeanten etwas, und er warf einen Blick in Richtung Stabsquartier. ‚Ihr könnt vorsichtig eine rauchen, aber ohne dass es die anderen merken, und dabei macht ihr eure Arbeit weiter.‘ Das waren die ersten Worte, die er an uns richtete. Als er uns kurz zuvor angewiesen hatte zu graben, war dies ohne Worte, nur durch eine Geste mit der Hand geschehen. Er entnahm seiner Schachtel zwei Zigaretten, steckte sie an und warf sie uns zu. In dieser Situation wirkte das etwas komisch. ‚Unsere Arbeit‘ sollten wir weiter machen während des Rauchens. War das auch eine Art ‚Arbeit‘, die Grube auszuheben, in die man nach dem Tod geworfen wurde? Irgendwie absurd war das schon und hinterließ einen faden Nachgeschmack.“

Die Umstehenden musste das Mitgefühl ergriffen haben, denn sie atmeten tief durch, als müssten sie erst einmal Luft holen. Doch ließen sie bei diesem Durchatmen äußerste Vorsicht walten. Da stieß Kyuho ein kurzes Lachen aus und meinte: „Alle seufzen. Die Geschichte muss wohl recht zu Herzen gehen."

Intae fuhr ihn an: „Du sollst endlich still sein! Hör doch auf mit deiner Großtuerei. Das ist ja echt nicht auszuhalten."

Kyuho sah Intae an und erwiderte: „Das ist doch alles längst vorbei. Warum nehmt ihr das eigentlich immer noch so ernst? Alle seufzen furchtbar ergriffen. Ist das nicht irgendwie albern? Die beiden sind doch am Leben, wie ihr alle sehen könnt."

„Ja, und du sollst jetzt endlich den Mund halten."

„Wir wissen ja, dass du ungemein schlau bist", meinte jemand anderes. „Und darum unsere Bitte: Hör jetzt auf damit!"

So wies jeder der Anwesenden Kyuho zurecht, und in den ausnahmslos auf ihn gerichteten Blicken spiegelte sich ihre Abneigung noch deutlicher. Inzwischen hatte Wangyu den Mund zu einem breiten Lächeln verzogen und ließ seinen Blick über die Anwesenden schweifen, als wollte er sagen: Na, seid ihr jetzt fertig? Kann ich weiter erzählen? Mit gelassener, toleranter Miene fuhr er fort: „Jedenfalls habe ich weiter gegraben und dabei geweint. Nach ein paar Spatenstichen ließ ich mich immer wieder auf den Boden fallen und sagte zu meinem Bruder: Songgyu, können die uns hier einfach so verbuddeln? Das geht doch nicht! Ich war kurz davor, wahnsinnig zu werden. Da der Boden recht sandig war, ließ er sich leicht graben, aber in Wirklichkeit kamen wir nicht sehr schnell voran. Der Sand rieselte nämlich immer wieder in die Grube zurück. In gewisser Hinsicht konnten wir das auch als vorteilhaft für uns betrachten. Der Soldat mit dem Gewehr sprach noch immer kein Wort. Etwa einen Kilometer entfernt, wo sich die Führung der Kompanie befand, waren ein paar Häuser zu sehen. Befänden wir uns dort, wäre es sicher anders, aber von hier, aus dieser Entfernung machte alles einen ziemlich beschaulichen Eindruck. Nichts sah nach Krieg aus. Die Häuser verdienten eigentlich gar nicht diese Bezeichnung, denn es handelte sich um nichts weiter als strohgedeckte Katen, deren Dächer bereits nachgedunkelt waren. Ach, jetzt fällt es mir wieder ein. Nur eines der Häuser war neu gedeckt, und sein Strohdach leuchtete gelb. Das schien mir schon recht sonderbar, wie sie in diesem Durcheinander, inmitten der

Kriegswirren, das Haus hatten neu decken lassen. Ich glaube, als die Nationalarmee nach Norden vorstieß, da werden sie gedacht haben, der Krieg sei nun vorüber. Jetzt waren die Häuser natürlich alle verlassen und die Bewohner abermals nach Süden geflohen. Zwischen diesen Häusern stieg gerade weißer Rauch auf. Es dürfte nicht mehr als ein halbes Dutzend Höfe gewesen sein, und ob nun nur bei einem Teil dieser Häuser Rauch aus dem Schornstein aufstieg oder aus allen, daran kann ich mich nicht mehr erinnern, jedenfalls war die Feldküche gerade dabei, das Abendessen für die Soldaten vorzubereiten. Die ruhige, gelassene Atmosphäre dieses Bauerndorfes unter den Wintersonnenstrahlen des Spätnachmittags, ich wäre beinahe irregeworden."

Unter den Anwesenden machte sich allmählich Langeweile breit. Auf den Gesichtern war zu lesen, Wangyu möge doch etwas schneller erzählen und auf die weitschweifige Beschreibung von Stimmungen oder umständliche Erklärungen lieber verzichten und zum Wesentlichen kommen, trotzdem konzentrierten sich aller Blicke noch auf ihn, was ihn mit Zufriedenheit erfüllte.

„Eine ganze Weile habe ich geheult, dann ging es mir wieder ein wenig besser, und ich beruhigte mich. Der Himmel war immer noch blau, die Sperlinge zwitscherten, die schneebedeckten Berge in der Ferne übertrugen ihr geheiligtes Fluidum auf die ganze Umgebung, und seltsamerweise verspürte ich auch keinen Hunger. Der Umstand, dass ich bald sterben würde, war etwas in den Hintergrund getreten, irgendwie war ich abgestumpft. Ich nahm den sandigen Boden in die Hände und rieb ihn immer wieder zwischen den Handflächen. Komischerweise trieb uns auch unser Bewacher nicht zur Arbeit an. Kein Wort kam über seine Lippen, dass wir schneller graben sollten oder so. Um uns herum herrschte Stille. Diese ungeheuer tiefe Totenstille, wie man sie von den Winternachmittagen auf dem Land kennt. Ich hatte das Gefühl herabzusinken. Songgyu wischte sich noch immer mit dem Handrücken den Schweiß von der Stirn. Der Sandboden grub sich zwar leicht, weil er aber immer wieder in die Grube zurückkrieselte, kamen wir mit der Arbeit nicht recht voran. Wir vergeudeten bloß unsere Kräfte."

„Das kann ich mir vorstellen" Frau Kim schnalzte mit der Zunge und zog sogar die Stirn in Falten.

Diese Gelegenheit nutzte Kyuho und mischte sich wieder ein: „Dann hättet ihr doch nur diesen Sergeanten niederschlagen brauchen. Die anderen waren doch einen Kilometer weit weg, die hätten gar nichts gemerkt. Das wäre doch nicht schwer gewesen, die richtige Gelegenheit abzupassen, den Kerl niederzuschlagen und sich davonzumachen. Habt ihr gar nicht an so was gedacht? Songgyu ist doch kräftig."

„So ein Unsinn, was du da redest", entgegnete Frau Kim und warf einen Seitenblick voller Abscheu auf Kyuho, als würde sie allein schon die Vorstellung dieses Vorschlags ängstigen. Intae sah auch aus, als wollte er Kyuho scharf zurechtweisen, er strafte ihn mit einem strengen Blick und hielt dann an sich. Wangyu aber fuhr in gelassenem Ton fort: „Das ist schon seltsam, aber daran haben wir gar nicht gedacht. Songgyu wahrscheinlich auch nicht."

Da erschien auf Frau Kims Gesicht ein selbstzufriedenes Lächeln. Ach, so war das, schien es zu sagen, gut habt ihr das gemacht.

„Jedenfalls grub Songgyu wie irre weiter. Die Erde, die er aushob, trocknete sofort. Geistesgegenwärtig fragte ich den Sergeanten mit ruhiger Stimme und so gelassen wie möglich: ‚Wenn wir schon auf diese Weise sterben müssen, möchte ich gern mal wissen, was Sie darüber denken. Glauben Sie wirklich, wir sind Feinde? Oder meinen Sie nicht auch, dass uns hier in der Tat Unrecht geschieht?' Einen Moment lang sah er mich zerstreut an und gab dann eine etwas merkwürdige Antwort: ‚Wenn man so wie Sie in Gefangenschaft gerät, dann ist es egal, ob Sie zur feindlichen Armee gehören oder zu unserer. Wer soll denn hier wessen Feind sein? Wir sind doch alle ein Volk.' Wollte der Kerl, obwohl er so bescheuert aussah, irgendwas Philosophisches quatschen? Ich fand ihn ein bisschen arrogant. ‚Was soll das heißen?', fragte ich. ‚Letzten Sommer', meinte er, ‚habe ich an der Front meinen Cousin getroffen. Er lag schwer verletzt zwischen den Leichen der Volksarmee. Er hat mich nicht erkannt und ist gleich gestorben. Das war ungerecht. Was euch widerfährt, ist vielleicht auch ungerecht. Den Menschen hier in diesem Land, widerfährt denen nicht allen Unrecht? Sicher glaube ich Ihnen. Sie lügen nicht, ich denke schon, dass Sie sich nur verspätet auf die Flucht begeben haben. Aber was soll ich machen? Ich kann nur die Befehle von oben ausführen. Wer weiß, wenn Sie Glück haben, werden Sie überleben. Lassen Sie sich doch Zeit beim Graben!' Solange er geschwiegen hatte, war es mir nicht möglich gewesen, mir ein Bild von ihm zu machen, aber jetzt, nachdem er ein paar Worte gesprochen hatte, kam es mir vor, als hätte ich in ihm doch eine recht beeindruckende Persönlichkeit vor mir, obwohl er nur Sergeant war. ‚Ich kann nichts für euch machen. So ist halt das Militär, so sind die Kriege‘, wollte er sagen. Deswegen fragte ich weiter, nun in etwas entspannterem Ton: ‚Wie ich höre, stammen Sie auch aus dem Norden?‘ So war es. Er kam aus Sonchon. ‚Wir sind aus Sinuiju‘, sagte ich, woraufhin er mich erneut ansah. Er musste in meinem Alter sein. Diesen Eindruck hatte ich zumindest. Da ließ auch Songgyu seinen Spaten ruhen, stützte sich mit beiden Händen auf den Stiel und sah den Mann an. ‚Wo sind Sie denn zur Schule gegangen?‘, fragte der Sergeant. Als ich ihm antwortete, wir hätten die Mittelschule Ost in Sinuiju besucht, meinte er: ‚Die war gut im Fußball, Tischtennis und Rugby.‘ Das war ja unglaublich. Mit gedämpfter Stimme sagte ich: ‚Mein Bruder war damals, als die Schule diesen Erfolg beim Fußball hatte, Mannschaftskapitän.‘ Der Sergeant warf einen verstohlenen Blick auf Songgyu und meinte: ‚Wirklich?‘ Das war alles. Mehr sagte er nicht. Songgyu schnalzte gereizt mit der Zunge und machte sich weiter mit Verbissenheit ans Graben. Er war wütend wegen unseres dummen Geredes.“

„Oh Gott“, verlieh Frau Kim ihrem Erstaunen Ausdruck.

„Das war alles?“, wollte Kyuho wissen.

„Ja, das war alles. Worüber sollten wir uns denn noch unterhalten? Der Sergeant verzog kaum merklich den Mund und sagte: ‚Hören wir mit diesen Geschichten auf! Damit belasten wir uns nur gegenseitig.‘ Ich hatte auch keine Lust mehr, darüber zu sprechen. Nicht wegen meiner Selbstachtung, ich weiß nicht warum, jedenfalls fühlte ich mich gedemütigt. Überall herrschte tiefe Stille, als hätte der Wintertag alles unter sich begraben. Nur von dort, wo die Truppe lag, drangen bisweilen wie in einem Traum menschliche Laute bis zu uns. Nirgendwo auch nur der leiseste Anschein von Krieg, weit und breit gab es nur uns drei, keinen Menschen sonst. Ich konnte mir absolut nicht vorstellen, dass wir bald sterben würden.“

„Wahrlich", stimmte Frau Kim bei.

„Und? Was ist dann passiert? Wie habt ihr denn überlebt?", mischte sich Kyuho erneut ein, als wollte er den Erzählenden zum Fortfahren antreiben, und die Anwesenden hatten nur den einen Wunsch, diesen Kyuho auf der Stelle zu erschlagen. Die beiden hatten schließlich überlebt, das wussten doch alle. Kyuhos Verhalten ging ihnen derart gegen den Strich, dass sie ihn am liebsten windelweich geprügelt hätten, denn er verdarb ihnen diese aufreizende Faszination der unheimlichen Gefahr. Einer wie der andere wollten sie diesen Augenblick der absoluten Gefahr auskosten und ganz und gar darin eintauchen. Wenn nicht jetzt, wann könnten sie sonst das Sterben so hautnah erleben? In der Tat war das Sterben selbst die letzte Erfahrung und verdiente diese Bezeichnung eigentlich gar nicht mehr, denn es war zugleich das Ende aller Erfahrung.

Wangyu zögerte einen Moment. Noch länger jedoch konnte er es nicht hinauszögern, und dass er seine Erzählung nun bald zu einem Ende bringen musste, schien ihm ziemlich leid zu tun. Letztlich einfach so banal zu berichten, wie sie so oder so überlebt hatten, stimmte ihn traurig, ja, er schien es direkt zu bedauern.

„Etwas später wandte ich mich wieder mit einer Frage an ihn: Wann er in den Süden übergelaufen sei. 1948, meinte er. Wir waren ja 1947 gekommen. In welchem Monat, wollte ich wissen. Im Juni. Wir waren im März übergelaufen. Ob er nicht Mitglied im Jugendverband Nordwest gewesen sei. Doch schon, allerdings in der Stadtbezirksorganisation Yongsan, dann sei er aber gleich eingezogen wurden. Welche Schule er denn im Norden besucht habe. Auch die Mittelschule Ost in Sinuiju, aber nach der ersten Klasse habe er sie abgebrochen. Ob er meinen Bruder nicht mal gesehen habe. Mag sein, vielleicht während des Schüleraufstandes in Sinuiju, aber jetzt könne er sich daran nicht mehr genau erinnern. Während unserer Unterhaltung hatte ich das kuriose Gefühl, als würde ich ihn vernehmen und er mir Rede und Antwort stehen. Dann wollte er nicht mehr antworten."

Die Umstehenden wussten, die Geschichte würde gleich ihren Kulminationspunkt erreichen, und wurden, wie es wartenden Menschen zu eigen ist, immer stiller. Wangyu fuhr fort:

„Wir haben immer weiter gegraben. Die Grube war bald mehr als knietief. Da kamen vom Dorf her schließlich vier, fünf Soldaten in einer Reihe hintereinander auf dem Felddeich in unsere Richtung gelaufen. Alle waren mit Gewehren bewaffnet, der Anführer trug eine Pistole an der Seite und war schon von weitem als Offizier zu erkennen. Nun war er schließlich da, der Augenblick unseres unausweichlichen Endes. Ich sank auf der Stelle zusammen. Auch Songgyus Gesicht verzerrte das Entsetzen. Ich wusste nicht, wie viele Minuten inzwischen vergangen waren. Ich zitterte am ganzen Körper, mein Herz raste und in meinem Kopf hämmerte es. Ich war außer mir. Der Sergeant salutierte. Songgyu grub mit doppelter Verbissenheit, als machte er die letzten Spatenstiche vor seinem Tod. Der Offizier fragte unseren Sergeanten mit lauter Stimme: ‚Alles vorbereitet?‘ ‚Jawohl, es ist alles vorbereitet‘, antwortete der in sonderbarem Tonfall, wie es oft bei Menschen zu beobachten ist, die sich verzweifelt bemühen, ihren nordkoreanischen Akzent zu überwinden und den glatten Seouler Zungenschlag nachzuahmen. Da sprach uns der Offizier von hinten an: ‚So, dann kommt mal beide raus! Genug gegraben.‘ Jetzt will er vermutlich sein letztes Verhör mit uns anstellen, dachte ich. Ich blieb einfach sitzen und sah mit leerem Blick zu diesem Offizier hinauf, Songgyu stieß den Spaten tief in den Boden hinein, schlug die Handflächen gegeneinander, um sie von Erdresten zu befreien, und stieg aus der Grube hinaus. So als wollte er damit sagen: Mist, verdammter, jetzt ist alles gelaufen. Just in dem Augenblick passierte es.“

Mit fragenden Blicken starrten die Umstehenden Wangyu stumm an. Alle waren aufs äußerste gespannt. Er lächelte, warf einen Blick in die Runde und fuhr dann mit gedämpfter Stimme fort: „Da meinte einer der Leute: ‚He, wer ist denn das? Bist du nicht der Schwarze von der Mittelschule Ost? Was machst du denn hier?‘“

„Wer?“, fragte Intae ungeduldig. Frau Kim und Kyuho, alle waren erschrocken und auf ihren Gesichtern spiegelte sich dieselbe Frage: Wer? Schon erstrahlte auf Frau Kims Gesicht ein freudiges Lächeln.

„Der neue Offizier, na, wer wird das wohl gewesen sein? In seinem nordkoreanischen Dialekt sagte er: ‚So, ich wollte euch beide mal mit eigenen Augen sehen. War zu einer Beratung im

Bataillonsstab und bin gerade zurück. Offiziere bräuchten nicht dabei zu sein, meinten alle, ein paar Soldaten könnten die Angelegenheit hier auch erledigen. Aber ich wollte mir das vor Ort ansehen.'"

„Und was hat denn nun Songgyu gesagt?", wollte Intae wissen.

„Songgyu? Um dessen Mundwinkel zuckte es eine Weile lang. Dann schlug er wieder die Handflächen gegeneinander und sagte: ‚Ach, mein Gott.' Er war total baff. Der Mann war sein Freund aus Sinuiju."

„Und?"

„Ich sank wieder zu Boden und fing an zu heulen. Schließlich haben wir doch überlebt."

„Und?"

Da brachen die Anwesenden in Gelächter aus, in das sich irgendwo auch ein wenig Enttäuschung mischte. Eine Art Enttäuschung, wie man sie vielleicht empfindet, weil die beiden Brüder damals nicht starben, sondern überlebten. Allerdings hätten sie diese Geschichte niemals gehört, wenn die beiden damals ums Leben gekommen wären. Aber abgesehen davon hatten sie sich jedenfalls gern von dieser Geschichte berieseln lassen, um dem langweiligen Alltag einmal kurz zu entfliehen. Na ja, heutzutage ist das Verhalten der Menschen zueinander womöglich in der Tat so gehässig.

Schließlich wurde das Essen aufgetragen, so reichlich, dass sich beinahe die Tischbeine bogen, und zuletzt erschien der dickleibige Songgyu in seinem watschelnden Gang. Frau Kim begrüßte ihn: „Ach, da kommt ja endlich die Hauptfigur unserer Geschichte!", doch Songgyu verstand ihre Bemerkung falsch und dachte, sie meinte damit, er sei heute das Geburtstagskind. Gedankenlos erwiderte er: „Ich war bis jetzt mit den Gästen im Nebenzimmer beschäftigt und habe mich ein bisschen verspätet. Also, langt kräftig zu! Guten Appetit! Moment mal … Was soll denn das? Hier ist ja nicht mal was zu trinken. He, he, mach den Reiswein ein bisschen warm, bevor du ihn bringst!"

Die letzten Worte schrie er in Richtung Diele.

Die Anwesenden brachen erneut in schallendes Gelächter aus.

Da erst bemerkte Songgyu die ungewöhnliche Atmosphäre.

„Was ist denn los? Warum lacht ihr überhaupt und seid so aus dem Häuschen?", fragte er und sah mit entsetzten, weit aufgerissenen Augen in das eine oder andere Gesicht.

„Ich habe gerade von damals erzählt", erklärte ihm Wangyu. „Was uns während des großen Rückzugs vom 4. Januar* passiert ist." Daraufhin riss Songgyu seine großen, runden Augen, die ein bisschen hervorgetreten waren, weit auf.

„Hm, von damals. Wäre wirklich besser gewesen, ich wäre seinerzeit draufgegangen, ach, dann wäre mir die Mühsal dieses Lebens erspart geblieben", sagte er. Was von ihm als Scherz gemeint war, empfanden die anderen in diesem Moment jedoch als ernsthafte Äußerung, der sie durchaus zugestimmt hätten. Ob es nicht vielleicht doch besser gewesen wäre, er wäre damals gestorben, als dass er jetzt fett wie ein Schwein dahinlebte.

Songgyu warf beide Arme in die Luft und rief: „So, nun setzt euch schnell an den Tisch! Ihr werdet Hunger haben. Langt zu! Rippchen und Hühnerbeine. Verdammt, was treiben die bloß? Es ist ja noch immer kein Sake da. Los! Nun bringt doch endlich den Wein! Zu heiß dürft ihr ihn auch nicht werden lassen."

Wie beiläufig erzählte er: „Was damals passierte – wenn wir schon mal dabei sind – will ich euch heute verraten. Als wir zum Kompaniestab kamen, sah ich ein paar bekannte Gesichter. Einer meiner Bekannten war sogar Offizier. Aber alle wichen uns aus. Keiner trat hervor, um unsere Identität zu bezeugen. Denn keiner wollte in irgendwelche unangenehmen, problematischen Angelegenheiten hineingezogen werden. Das war eine Art passiver Selbstschutz. In gefahrvollen Zeiten handeln alle so. Je gefährlicher die Zeiten, desto schlechter die Menschen. Und je schlechter die Menschen, desto gefährlicher werden auch die Zeiten. Das eskaliert sozusagen in gegenseitiger Wechselbeziehung immer mehr. Wangyu, ich glaube, du hörst das heute auch zum ersten Mal, aber damals war es so. Der Sergeant, der uns bewachte, hat mich natürlich gekannt. Und trotzdem hat er nichts gesagt. Aber war nicht die Situation auch so, dass er uns gar nicht aktiv hätte zur Seite stehen können? Das war einfach eine Tragödie … So, nun langt doch zu! Guten Appetit. Obwohl ich euch zu meinem Geburtstag eingeladen habe, kann ich nichts Besonderes anbieten. He, was macht ihr denn da in der Küche? Ihr solltet doch den Wein bringen."

Songgyu schob die Teller mit den Rinderrippchen und den zwei gekochten Hühnern in die Mitte des Tisches, damit die Gäste besser zugreifen konnten, dann wandte er sich in Richtung Küche und brüllte weiter.

Daraufhin brachte man eine Kanne mit wohl temperiertem Sake, alle setzten sich zu Tisch und begannen gierig zu essen. Sie waren gute Esser und langten kräftig zu. Die Schnapsschälchen wanderten hin und her. Es dauerte nicht lange, und sie hatten beim Essen alles andere vergessen.

Unter der 60-Watt-Birne ging von ihnen ein unangenehmer, an fette Säue erinnernder Geruch aus.

„So, ihr werdet sicher mächtigen Hunger haben, aber trinkt erst mal einen! He, Intae, du bist doch ein richtiger Säufer. Los, trink aus!"

Songgyu hatte schon getrunken, sein Gesicht glänzte rot, während er unablässig herumschrie.

(1965)

Der große Berg

Als ich am Morgen erwachte, fielen die ersten dicken Schneeflocken dieses Winters, und auf der aus Betonquadern errichteten Mauer neben dem Eingangstor lag ganz bescheiden ein merkwürdig anmutender einzelner Männerschuh aus weißem Gummi. Er schien noch kaum getragen und musste fast neu sein. Meine Frau und mich überkam das gleiche bange Herzklopfen.

„Was ist denn das für ein Schuh? Da hat sich wohl jemand einen Scherz erlaubt?", murmelte ich vor mich hin, bemüht, die Sache als nicht der Rede wert abzutun.

„Was, das soll ein Scherz sein?", erwiderte meine Frau und schürzte verdrießlich die Lippen. Als moderne Frau begegnete sie derartigen Vorkommnissen gewöhnlich sehr gelassen, doch in letzter Zeit schien sie mir ähnlich geworden zu sein. Denn ich legte in dieser Hinsicht wesentlich mehr Kleinmut an den Tag, reagierte darauf geradezu überempfindlich, ein Charakterzug, den meine Frau stets missbilligt hatte.

In der vergangenen Nacht hatte in der Nachbarschaft jemand eine Schamanenzeremonie abgehalten, und der schrille Klang des kleinen Bronzegongs war in der ganzen Umgebung zu hören gewesen. In unserem Viertel ragen die Fernsehantennen dicht an dicht empor, hier wohnen viele junge Akademiker, und trotzdem ist bisweilen mitten in der Nacht mal von weitem, mal ganz aus der Nähe der Bronzegong zu vernehmen, wie er zu schamanistischen Geisterbeschwörungen geschlagen wird. Nein, nicht ausschließlich in der Nacht. Nur dann verdirbt er einem die Stimmung besonders intensiv und verbreitet einen düsteren, kalten Klang. In unseren Gesprächen erwähnten wir diese Angelegenheit bisher jedoch nicht einmal beiläufig, denn schon das bloße Ansprechen dieses Themas hätte uns mit Unruhe erfüllt.

„Schon wieder", bemerkte meine Frau bisweilen, ohne sich dessen recht bewusst zu sein. „Irgendwo machen sie schon wieder eine Geisterbeschwörung." Dann lenkte ich sie gewöhnlich durch eine belanglose Äußerung ab und tat, als hätte ich ihre Bemerkung nicht gehört.

Mich packte in solchen Fällen jedes Mal die Furcht, und ich vermied jede Erwiderung, wie aus Angst, meine Fingerspitzen könnten etwas Unheilvolles berühren. Seitdem meine Frau um meinen Kleinmut wusste, betrachtete sie mich als ziemlich borniert, obwohl sie so viel Takt besaß, mir das nicht direkt zu zeigen. Trotzdem wurden wir in dieser Hinsicht mit der Zeit immer sensibler.

Ich nahm den kuriosen Gummischuh in die Hand und musterte ihn von allen Seiten. Offensichtlich war es nicht mehr und nicht weniger als ein Männerschuh aus Gummi. Er wies auch keine abnormen Maße auf. Wenn an ihm etwas auffällig war, so sein glänzendes, ungetrübtes Weiß, als sei er erst vor kurzem gewaschen worden. Das leistete meiner Angst weiteren Vorschub und verdarb mir die Stimmung vollends.

„Vielleicht ein Dieb?"

„Wenn es ein Dieb gewesen wäre, müssten doch wenigstens seine Fußspuren hier zu sehen sein. Ist ein Dieb vielleicht so verrückt, uns den Schuh einfach so hübsch hierherzulegen?"

„Weiß man's? Womöglich will er uns psychisch zermürben?"

Meine Frau lächelte bitter, und in diesem Lächeln las ich eine leichte Rüge. ‚Du regst dich bei solchen Sachen jedes Mal über Gebühr auf, und gerade deswegen passiert dann auch immer was. Mit der Psyche ist es dasselbe. Sobald da jemand Schwäche zeigt, nutzen die anderen das aus‘, schien es mir sagen zu wollen, und wirklich bemerkte sie dann leise: „Vielleicht haben sich die Müllmänner einen Scherz erlaubt? Der Jüngere von den beiden ist doch so ein Spaßvogel. Wahrscheinlich hat er in irgendeiner Mülltonne diesen Schuh gefunden und ihn …"

„Ja, mag sein", tat ich ihre Bemerkung ab und hörte schon gar nicht mehr richtig hin, was sie weiter sagte.

Dieser weiße Männerschuh war ganz offensichtlich über seinen einfachen Gebrauch als Gummischuh mit einem Schlag um mehrere Dimensionen hinausgewachsen und hatte mich, ohne dass ich es verhindern konnte, im Innersten getroffen. Meine Frau legte die Stirn in Falten, als wollte sie sagen: ‚Dieser Mann, nun ist er schon wieder krank vor Angst‘, und meinte dann: „Gestern Nacht beschallte schon wieder irgendein Bronzegong die ganze Zeit lang unser Viertel. Irgendwo muss da eine Geisterbeschwörung im Gange gewesen sein."

Woraufhin ich sofort konterte: „Hör doch auf mit dem Unsinn!", und sie dabei sogar aus weit aufgerissenen Augen wütend anstarrte.

Nun hatte der Schuh auch sie in Angst versetzt.

Es war zu jener Zeit, als ich die vierte Klasse der Grundschule besuchte. Auf einem Feld sah ich einen weggeworfenen Schuh und begann vor Angst zu zittern. Es war ein schwarzer Jikadabi-Schuh, ein japanischer Arbeitsschuh, er lag im Regen auf einem Feld, dessen Rand eine dichte Schicht Rettichblätter bedeckte. Meine Erinnerung daran, dass im hinteren Teil des Schuhs sogar die drei Haken noch gänzlich unversehrt waren, ist ungewöhnlich lebendig und jagt mir noch heute einen Schauer über den Rücken.

Es muss ein Jahr nach Ausbruch des Pazifikkrieges gewesen sein und damals waren Jikadabi-Schuhe groß in Mode. Ursprünglich wurden sie nur von Bergarbeitern getragen, denn angefangen von ihrer schwarzen Farbe und der eigentümlichen Form passte alles zu einem Bergarbeiterschuh. Etwa fünf Ri[*] von unserem Dorf entfernt befanden sich ein Eisenbahnwerk und eine Lederfabrik. Wer in diesen Betrieben arbeitete, so sagte man, könne dem Armeedienst entgehen, und daher drängten sich die Leute aus dem Dorf, um dort eine Anstellung zu finden. Das war auch der Grund, weswegen es in jedem Haus mehrere Paar Jikadabi-Schuhe gab.

Warum nur hatte ich mich damals vor dem Schuh im Rettichfeld so sehr gefürchtet? War es deswegen, weil dieser Jikadabi die Dimension seines gewöhnlichen, einfachen Gebrauchs überschritten hatte und nun sonderbarerweise im Rettichfeld lag, womit er seiner Bestimmung als Jikadabi untreu geworden war oder die Regeln seines eigentlichen Schuh-Daseins verletzt hatte? So könnte man zunächst denken. Doch war das wirklich der einzige Grund? Wäre er es gewesen, so würde mich dieses Problem schon längst nicht mehr belasten. Weil damals die Sohlen aller Schuhe nur wenig Gummi enthielten, waren sie weder weich noch sonderlich elastisch, und so war durchaus denkbar, dass die Sohle eines Schuhs in der Mitte durchgebrochen und dieser somit unbrauchbar geworden war, woraufhin sein Besitzer das Paar einfach auf dem Feld entsorgt hatte. Den einen hatte er weit auf den Acker hinausgeworfen und den anderen hier an den Feldrand. Mit diesem Jikadabi wird es wohl so gewesen sein. Es bestand also kein Grund für mich, ängstlich oder verstimmt zu sein.

Ach, jetzt fällt es mir wieder ein. An diesem Tag fiel ein kühler Herbstregen, durch den ich gegen Abend allein nach Hause lief. Wie intensiv ich mein Gedächtnis auch durchforste, ich kann mich absolut nicht mehr daran erinnern, weshalb ich an diesem Abend erst so spät heimkehrte. Das Einzige, an das ich mich noch deutlich erinnere, ist der Umstand, dass ich mich auf dem Heimweg von der Schule befand und mich schon da die Vorstellung, ich würde den Großen Berg nicht sehen können, traurig stimmte. Wenn es so in Strömen goss wie an diesem Tag, war er gewöhnlich völlig von Wolken verdeckt.

Im Allgemeinen ist es doch so: An Tagen, da sich der Himmel von seiner düsteren Seite zeigt, befindet man sich in schlechterer Stimmung als an hellen, heiteren Tagen, an trüben Tagen ist man übler gelaunt als an leicht bewölkten, an regnerischen Tagen wiederum weniger gut als an trüben, und auch hinsichtlich des Regens gibt es Unterschiede: Ein Regen gegen Abend über den abgeernteten herbstlichen Feldern stimmt uns besonders schwermütig. Doch zu jener Zeit gab es für mich etwas, dessen Einfluss noch augenscheinlicher war. Und das war das Phänomen, dass der Große Berg an verregneten Tagen von Wolken umhüllt war. Dann hoben sich die kleineren Hügel der näheren Umgebung, die normalerweise seinen Schutz genossen und in aller Bescheidenheit aufeinander Rücksicht zu nehmen schienen, plötzlich schwarz und überdeutlich hervor und nahmen groteske Formen an. Auch auf den Feldern lastete eine einsame, tiefe Stille. Unversehens war das ganze Umland aus dem Gleichgewicht geraten, und alle Dinge schienen sich in ureigener Willkür behaupten und einen Streit vom Zaun brechen zu wollen. War es das, was meine trübselige Stimmung heraufbeschworen hatte?

Westlich unseres Dorfes zog sich in der Ferne das bläulich schimmernde Bergmassiv des Masik-Gebirges hin, das die Dorfbewohner einfach Großer Berg nannten. Für mich verband sich dieser Große Berg stets mit dem Ursprung meiner Existenz und war zugleich der Garant eines ausgeglichenen Daseins aller mich umgebenden Dinge. Das Erste, an das ich mich nach meiner Geburt gewöhnte, war die Brust meiner Mutter, das Zweite der Große Berg. Wir sahen ihn vom Morgen bis zum Abend von unserem Haus aus; sobald wir nur die Tür öffneten, schimmerte er bläulich und thronte in majestätischer Würde westlich des Dorfes. Hügel und Täler schienen einst von ihm herabgefallen zu sein und sahen aus, als hätten sie sich dabei mehrfach überschlagen; einige Täler zogen sich ziemlich langgestreckt durch die Landschaft, und ein breiter Bach floss aus dem Gebirge herab, als entfaltete dasselbe plötzlich den weißen Saum seines Rockes; an seinem Ufer wucherte ein dichtes Pappelwäldchen, und genau dort befand sich unser Dorf. Von da aus erstreckte sich ein schmales Feld, das sich ins Tal hinein verbreiterte, und einer der beiden Bergkämme, die unser Dorf schützten, flachte nicht weit entfernt in Richtung Wonsan ab, der andere berührte das nördliche Ende der fruchtbaren Anbyon–Ebene.

Ohne dass sich auch nur ein Lüftchen regte, goss es gegen Abend dieses Tages wie aus Kannen, verwaist lag das Feld und leer. Auf die Weggabelung zu, wo einer der Wege nach Ober-Pomaegi hinaufführte und der andere in unser Dorf hinein, fuhren drei, vier leere Ochsenkarren, weshalb ich mich über Langeweile nicht beklagen konnte. Die Fuhrleute auf den Karren waren schon etwas älter, steif saßen sie hinter ihren Ochsen; das Kreuz gebeugt und mit Hüten von Buschkleestroh auf dem Kopf, brummelten sie ununterbrochen vor sich hin. Wohl hätte es ihnen angestanden, mich – ein Kind, das allein durch den Regen lief – auf ihren leeren Karren mitfahren zu lassen, doch aus irgendeinem Grund waren sie an diesem Tag einer wie der andere frostig abweisend. Doch auch ich sah ausgerechnet an diesem Tag in ihrem Verhalten nichts Unangemessenes, ja, es kam mir gar nicht in den Sinn, sie zu bitten, mich mitzunehmen.

Als sich die Fuhrwerke entfernt hatten und ich allein den Weg zum Dorf einschlug, erst da wurde ich mir des Regens, der abendlichen Felder und der Verlassenheit, da ich den Großen Berg nicht mehr sehen konnte, mit aller Deutlichkeit bewusst. Ach, wie untrüglich war mir das damals zu Bewusstsein gekommen! Und dazu diese Einsamkeit.

Im strömenden Regen und ohne dass sich ein einziges Lüftchen regte, war die ganze Welt nur düster und kühl. Zwischen Himmel und Erde nur ein einziges Geräusch – der Regen. Oh, diese Verlassenheit. Der Regen. Wer bereit war, ihm aufmerksam zu lauschen, konnte ganz deutlich ein Rauschen wahrnehmen, das den auf dem Feld aufgeschichteten Haufen von Kauliang-Stangen entwich. In unsensiblen Ohren mochte er sich anhören wie die schwerfälligen Klänge einer gleichmütigen, leisen Melodie zwischen Himmel und Erde, wie ein Geräusch im leeren Raum, aus dem der Große Berg verschwunden war.

Da der Berg hinter den Wolken nicht zu sehen war, wirkte das schmale Feld noch mehr in sich versunken, und die Hügel, die es zu beiden Seiten säumten, muteten im Regen noch dunkler und herausfordernder an. Auch unser Dorf, das ich von meinem Weg aus deutlich erkennen konnte und wo aus allen Schornsteinen der feuchte allabendliche Rauch emporstieg, machte einen unvergleichlich einsamen Eindruck.

Die Tatsache, dass der Große Berg nicht zu sehen war, verstärkte dies womöglich diese einsame, erdrückende Stimmung, die auf dem Feld und der ganzen Umgebung lastete? Bewirkte seine Abwesenheit, dass die Hügel nicht mehr dieselben Hügel waren, der Fluss nicht mehr derselbe, das Feld nicht mehr dem Feld glich, das es sonst darstellte, und unser Dorf, das mir jetzt so deutlich vor Augen lag, nicht mehr unser Dorf war, dass die einstige Harmonie, die alles miteinander verbunden hatte, verschwunden war?

Gerade da streifte mein Blick den Jikadabi, diesen Schuh, den jemand unachtsam an den Rand des Rettichfeldes geworfen hatte. Im selben Augenblick zuckte ich zusammen, und eine Angst, die mir die Haare zu Berge stehen ließ, erfasste mich. Hals über Kopf rannte ich durch den Regen davon.

Wie ich erst später erfuhr, hatte meine Frau noch an dem Tag, da wir morgens den Schuh entdeckten, diesen am Abend genommen, war die Gasse entlanggelaufen, hatte einen langen Hals über fremde Mauern gemacht und den Schuh schließlich auf irgendeinen Hof geschleudert. Die Selbstachtung meiner Frau verbot es ihr freilich, mir auch nur die leiseste Andeutung darüber zu machen, geschweige denn mir davon zu erzählen. Ich hatte den Gummischuh zuvor in die unansehnliche Mülltonne aus Beton vor unserem Eingangstor geworfen, womit die Angelegenheit für mich erledigt war. So hatte ich das Problem auf doch recht bedenkliche Weise gelöst, und gerade dies bereitete nun wiederum meiner Frau Probleme. Während ich tagsüber unterwegs war, verbrachte sie die ganze Zeit zu Hause, und daher kamen ihr wohl viel stärkere Zweifel als mir. Und so musste sie sich sehr intensiv mit der Logik dieses Gummischuhs beschäftigt haben. Als es dunkelte, wird sie wohl allein hinausgegangen sein und ihn aus der Mülltonne herausgefischt haben. Den Schuh in der Hand war sie dann auf der Suche nach einem geeigneten Platz die Gasse auf- und abgegangen. Und schließlich muss sie ihn über irgendeine Mauer geworfen haben. So bildete sie sich ein, Unheil von unserem Haus fernzuhalten.

Einige Zeit später, es mussten etwa zehn Tage vergangen sein, erwachte meine Frau am Morgen vor mir, stand auf und ging hinaus.

„Schnee! Es hat geschneit", rief sie aufgeregt. Auch ich erhob mich flink, und ohne mich erst anzuziehen lief ich ihr nach.

Im Schlafanzug stand sie mitten auf dem Hof und lächelte. Eine dicke Schneeschicht bedeckte alles. Der Himmel war wolkenlos, und die Sonne schickte sich gerade an aufzugehen.

„Es muss wohl in der Nacht geschneit haben, oder?", fragte meine Frau.

„Was redest du bloß für Unsinn! Natürlich in der Nacht. Wann denn sonst?"

„Ach, wie herzlos du immer bist. Könntest du mir nicht einfach mal zustimmen?"

„Ich bin ein rationaler Mensch und kann solch unvernünftiges Gerede nicht ertragen."

„Hm, du stehst also auf Vernunftgründe" Meine Frau verzog den Mund zu einem Lächeln, und ihre Augen wurden schmal, als musterte sie mich streng, doch dann sprach wieder der Schalk aus ihrer Miene, und sie fragte: „Wenn der gesamte Himmel von Wolken bedeckt ist, was meinst du, wie lange würde es wohl mindestens dauern, bis er wieder ganz wolkenlos wäre?"

Im ersten Moment begriff ich nicht, was sie meinte, und starrte sie nur unwillig an. „Das wird der Himmel machen, wie er will."

„Wie er will, meinst du?"

„Es gibt doch einen weiten Himmel, und im Gebirge zum Beispiel einen schmalen. Na, jedenfalls, weißt du es denn?"

„Nein, deswegen frage ich ja dich", sagte meine Frau mit ihrer hellen, klaren Stimme und lachte schon wieder.

Der Wintermorgen, der frisch gefallene Schnee und ihr helles Lachen. Dieses Lachen steigerte die herrliche Stimmung an diesem Morgen im Schnee. Und umgekehrt machte der klare, wolkenlose Wintermorgen ihr Lachen noch fröhlicher.

Aber irgendetwas fehlte. Ich schüttelte den Kopf, um die Erinnerungen an den Großen Berg in meiner Heimat zu vertreiben, die mit einem Mal in mir hochkamen. Und in Gedanken noch mit der Frage meiner Frau beschäftigt, fiel mir ein, dass der Himmel meistens nach Regen und Schneefall unmerklich aufklarte, wenn der Wind blies, und ehe man sich versah, strahlte er hell und klar. Wehte ein leichter Wind und bohrte ein blaues Loch mitten in die dicken Wolken, verschwanden sie unmerklich. Im nächsten Augenblick klarte der ganze Himmel unversehens auf. Ja, es passierte immer „unversehens". Mit Hilfe des kleinen Wortes „unversehens" wird die Sache kurz und bündig abgehandelt. Ob je ein Mensch diesen ganzen Prozess des aufklarenden Himmels von einem Ende bis zum anderen einmal verfolgt hat? Hat je einer beobachtet, wie jede einzelne Wolke am weiten Himmelszelt mit einem Mal verschwand? Selbst wenn es jemand gesehen hätte, käme er zu keinem anderen Ergebnis. Sogar bei konzentrierter Beobachtung wird sich der Himmel auf einmal „unversehens" entwölken.

Es hatte geschneit, das Firmament zeigte sich wieder klar und wolkenlos, und das war es, was meine Frau so schnell in gute Laune versetzte. Ihre Fußstapfen in den Schnee setzend rannte sie leichtfüßig zum Eingangstor. Da blieb sie plötzlich an der Hofmauer stehen. Ihr Rücken, eben noch so geschmeidig und sanft, versteifte sich plötzlich, als sei ihr ein Schreck in die Glieder gefahren.

„O, mein Gott, was ist denn das?" Sie beugte sich nach unten und sah zur Mauer am Schuppen hin.

„Was ist denn?"

Ich erschrak ebenfalls, denn plötzlich fiel mir diese Sache, die sich vor etwa zehn Tagen zugetragen hatte, wieder ein, und ich eilte zur Mauer. Im selben Moment legte sich über den lichten, klaren Wintermorgen jäh eine düstere Stimmung.

„Der Gummischuh. Schon wieder dieser Schuh."

Deutlich bemerkte ich das Zittern in ihrer Stimme. Sie vermochte kaum zu atmen. Ja. Es war der Schuh. Dieser blendend weiße, säuberlich geputzte Männerschuh aus Gummi.

Wir schwiegen.

Die Vorstellung, es gäbe in irgendeinem entfernten Winkel meines Kopfes ein einsames, leeres Feld, das plötzlich auf mich zu gerannt käme, versetzte mich in Angst und Schrecken. Auch das Gesicht meiner Frau war starr vor Entsetzen.

„Wie zum Teufel kommt der schon wieder hierher?", fragte ich.

128

„Wieder zurückgekommen. Der Schuh. Wie eine Seuche", entgegnete sie, und ihre Lippen bewegten sich so schnell, dass sie beinahe nach Luft zu schnappen schien. Ich starrte sie an, und in meinen Blick mischte sich Befremden, als würde ich gerade eine in Ekstase geratene Schamanin ansehen.

„Zurückgekommen. Was soll denn das heißen?"

„Von uns zu jemand anderem und von dort wieder hierher."

„Den Schuh habe ich doch in die Mülltonne geworfen. Da bin ich mir ganz sicher."

„Aber ich war so beunruhigt, und da habe ich ihn am Abend, bevor du nach Hause kamst, wieder rausgeholt und weggebracht."

„Was? Dann hast du ihn also auf irgendein Grundstück geworfen?"

„Ja", sagte sie, und als sei das alles ganz selbstverständlich, verzog sie ihre Gesichtsmuskeln dabei sogar zu einer etwas unwirschen Miene.

„Warum?"

„Warum? Fragst du mich das jetzt?"

„Bei wem hast du den Schuh denn reingeworfen?"

„Weiß nicht."

Und so wird es sich wohl abgespielt haben: Die Eheleute, auf deren Hof der Schuh gelandet war, werden ihn morgens in aller Frühe entdeckt haben. Das erweckte ein ungutes Gefühl in ihnen, die Klänge des Gongs während der Schamanenzeremonie letzte Nacht fielen ihnen ein, und dann tyrannisierte sie die Angst. Da brauchten sie sich nicht lange den Kopf zu zerbrechen, ganz sicher hatte am Tage oder in der Nacht irgendein Nachbar den Schuh über die Mauer geworfen. Entweder ein Mann ohne Wissen seiner Ehefrau oder die Frau ohne Wissen ihres Mannes. Denn so viel Selbstachtung würde schon jeder haben. Auf diese Weise schickte man das Unheil in ein anderes Haus und konnte im eigenen wieder beruhigt zur Tagesordnung übergehen. So werden die Bewohner jenes Hauses den Schuh auf ihrem Grundstück entdeckt, sich jedoch nicht in der Lage gesehen haben, das damit auf ihrer Familie lastende Unheil weit genug zu vertreiben, also warfen sie ihn noch am gleichen Tag oder in der folgenden Nacht auf eines der Nachbargrundstücke. Von dort gelangte der Schuh wieder in ein anderes Haus und so weiter zum nächsten Nachbarn, von Suns Haus zu Yongs Haus, von Yong zu Ung, von dort zu Kon und immer so weiter. Da sie alle in den Genuss moderner Bildung gekommen waren, besaßen sie natürlich Selbstachtung. Jeder möchte als rational denkender Mensch behandelt werden. Aber eine Behandlung ist das eine, was einem widerfährt, ist etwas anderes. Für sie war die Angelegenheit erledigt, wenn sie – ohne selbst Schaden genommen zu haben – den Schuh einfach über die Mauer zum Nachbarn geworfen hatten.

So dachten sie rational und lachten ebenso rational darüber, doch meiner Frau war gerade nicht zum Lachen zumute. Was verdammt sollte das? Wieso war dieser Schuh nun schon zum zweiten Mal zu uns gekommen? Das Selbstvertrauen, alles Unheil allein auf uns zu nehmen, hatten wir bereits verloren.

„Was soll man damit machen?", nörgelte ich und bedachte den Schuh mit einem schiefen Blick, denn ich hatte keine Lust, ihn anzufassen, wo ihm doch das Unheil nun bereits in Unmengen anhaften musste.

„Wie auch immer, lass ihn liegen! Ich erledige das", murmelte meine Frau, als beharrte sie nun unnachgiebig darauf, der Sache endlich ein Ende zu setzen, und machte dazu eine giftige Miene.

„Erledigen? Wie denn?"

„Ich werde ihn sehr weit fortbringen, nachher, heute Abend noch." Ob sie ihn in die Berge mitnehmen und dort wegwerfen wolle, fragte ich. „Warum soll ich ihn denn in die Berge schaffen? Wir sollten uns nicht einfach so geschlagen geben", entgegnete sie etwas gereizt. „Heute Abend nehme ich den Bus und fahre richtig weit weg. Den verdammten Schuh nehme ich mit. Wir haben keine andere Wahl. Ich könnte ihn zum Beispiel ins Tongbingko-Viertel schaffen", schlug sie vor.

„Was sagst du …"

Ich bekam den Mund nicht wieder zu und starrte in ihr gerötetes Gesicht, das stur zu allem entschlossen schien. Gleichzeitig kamen mir wieder die Bilder aus jener Zeit in den Sinn, als ich in die vierte Volksschulklasse ging: der Jikadabi und die grotesk anmutende Landschaft, als die Wolken den Großen Berg verdeckten.

„Weil der Große Berg nicht zu sehen ist, deswegen benehmen sich alle so seltsam", murmelte ich wie im Selbstgespräch vor mich hin, und meine Frau sah mich an, als sei ich nicht mehr ganz bei Sinnen.

„Was hast du da eben gesagt? Was ist mit dem Großen Berg?"

Der Große Berg schimmerte bläulich. Westlich des Dorfes zog er sich dahin, majestätisch in seinen Ausmaßen. Morgens, abends oder auch im Laufe der vier Jahreszeiten veränderte er sein Aussehen, doch sein Wesen blieb unverändert. Am Morgen, noch bevor die Sonne aufging, verbreitete er um sich einen erfrischenden, bläulichen Glanz, ergossen sich die ersten Sonnenstrahlen über ihn, schimmerte er vom Gipfel herab in Platingrau, und im Sonnenschein des Tages zog er sich in der Ferne zu einem dunklen Blau zurück. Abends, um die Zeit des Sonnenuntergangs, kam seine schwarze Silhouette zum Vorschein, so deutlich, als könnte man die Täler der Umgebung eines nach dem anderen mit Händen fassen, und begann sich dann allmählich in einen Lilaton zu verfärben. Im Frühjahr schien er um den Gipfel herum sanfter zu werden, im Winter hoben sich die weißen Felswände noch schroffer vor dem Hintergrund ab. Im Herbst thronte er gelassen etwas weiter zurückgesetzt, und im Sommer wirkte er höher als sonst. Bei Ostwind regnete es; wehte der Wind aus der entgegengesetzten Richtung, vom Berg zum Meer, so hörte der Regen auf, und der Himmel heiterte sich auf. In den Herzen aller Dorfleute wohnte der Große Berg stets in seiner ganzen grenzenlosen Fülle. Wie er dort in majestätischer Würde unverrückbar die Stellung hielt, gereichte uns immer zu Erleichterung.

Verhalf uns immer zu tiefer Erleichterung.

Ach, dieser Berg, der Große Berg!

An diesem Abend schien meine Frau in ihrem Starrsinn zu allem entschlossen; mit gerötetem Gesicht wickelte sie den Schuh in Zeitungspapier und machte sich auf den Weg. Es war schon nach neun Uhr abends, als sie lächelnd zurückkehrte. In der Tat war die grimmige Miene, mit der sie das Haus verlassen hatte, aus ihrem Gesicht verschwunden, in frischer, heiterer Stimmung trat sie ein, als hätte sie sich gerade von einer schweren Last befreit.

Ich fragte nicht, und sie gab sich ebenfalls Mühe, die Angelegenheit mit keinem Wort zu erwähnen. So weit verstanden wir, uns gegenseitig zu respektieren.

(1970)

Die Immobilie

Schon wieder neue Nachrichten aus dem C-Viertel. Genervt verzog meine Frau das Gesicht: „Was machen wir, wenn die ausziehen wollen? Dann wird doch wieder Courtage fällig."

„Die aus C?", vergewisserte ich mich noch einmal und zog gleichfalls die Stirn in Falten. „Nachrichten, sagst du? Hat sie angerufen?"

„Ja. Oder denkst du vielleicht, sie hätte uns per Eilsendung informiert?"

„Wenn die ausziehen wollten, hätte sie dir das doch am Telefon gesagt."

„Ja, natürlich. Aber sie hat es mit keiner Silbe erwähnt", erwiderte meine Frau und warf mir einen flüchtigen Blick zu. „Ist doch ziemlich unverfroren, wenn die als Mieter dauernd verlangen, wir sollten bei ihnen antanzen. Na ja, ich werde denen bei dieser Gelegenheit nahelegen auszuziehen."

„Wenn die ausziehen, kommen nur wieder Kosten für den Immobilienmakler auf uns zu und wir müssen zahlen."

„Nicht nur das. Da sind auch noch die über 20.000 Won für Reparaturen. Die wären dann auch fällig."

„Da hast du recht."

„Wenn wir jetzt ohnehin neu vermieten müssen, könnten wir eigentlich noch 50.000 Won mehr verlangen. Denn im Grunde sind 350.000 Won Kaution* zu wenig."

Mit der Zeit hatte ich beobachten können, wie sich in den Ton meiner Frau ein gewisser Hochmut mischte, sobald von dem Haus in C die Rede war.

Da es sich um Eigentum handelte, ein Haus, finanziert aus überschüssigem Vermögen, war die Verwaltung desselben schon mit einiger Mühe verbunden. Wenn ich es recht bedachte, schien sich meine Frau wegen dieses Hauses ziemlich große Sorgen zu machen, andererseits beobachtete ich ein völlig neuartiges Interesse bei ihr. In dieser Hinsicht bildete übrigens auch ich keineswegs eine Ausnahme. Wenn beispielsweise im Frühjahr und Herbst die Vermögenssteuer fällig wurde, ging es mir ähnlich. Diese Immobilie, die wir uns dank eines kleinen, ungenutzten Vermögens zugelegt hatten, geriet im Alltag normalerweise völlig in Vergessenheit, bis uns ein Anruf von den Behörden aufschreckte, die Vermögenssteuer sei fällig, woraufhin wir uns Gedanken machten, wie wir das Geld aufbringen sollten. Trotzdem verband sich für uns diese Zahlungsaufforderung immer mit einer gewissen Freude. Wir sollten das Haus schnell verkaufen, denn jedes halbe Jahr dafür Steuern zu zahlen, ist das nicht hinausgeworfenes Geld? Wenn die Mieter wechseln, belastet uns das bloß, und außerdem müssen wir dann wieder Courtage an den Makler zahlen. Würden wir auf dem gut hundertzehn Pyong großen Grundstück ein Ziegelhaus in europäischem Stil von zirka fünfzehn Pyong bauen lassen, könnten wir das selbst zum Marktpreis ohne weiteres für gut zweieinhalb Millionen verkaufen. Aber selbst wenn wir alles so ließen, wie es ist, wird unweigerlich die nächste Konjunktur kommen und der Preis steigen. Oder besser, wir verkaufen es, bringen das Geld zur Bank, und wenn wir es in eine vertrauenswürdige Sache investieren, könnten wir sogar noch an den Zinsen verdienen. So wurde das Haus immer wieder zum Gegenstand unserer Gespräche.

An das investierte Vermögen – normalerweise war es bereits völlig in Vergessenheit geraten – aufs Neue erinnert zu werden, aufs Neue darüber nachzusinnen – welch ein Hochgefühl! Und die Miene meiner Frau dazu. Aus ihrem Gesicht sprach der Dünkel der Immobilienbesitzerin, sobald sie sich nur bewusst machte, dass dieses von uns gegen Kaution vermietete Haus ohne jeden Zweifel unser Eigentum war, und dann hatte ihre Miene nichts mehr gemein mit dem ihr eigenen unbekümmerten Wesen. Zum Schluss schämte ich mich sogar ob meines jämmerlichen Charakters, doch den Trieb, mir dieses Haus in C wieder und wieder als Vermögen bewusst zu machen, teilte ich mit meiner Ehehälfte.

Die Immobilie indes bereitete mit der Zeit immer mehr Verdruss. Würde das darin angelegte Geld nur einfach bescheiden und unverändert als Vermögen existieren, so wäre das sicher am besten, nur leider war das nicht möglich.

Die derzeitige Mieterin war im vergangenen Frühjahr eingezogen. Es war eine Frau um die dreißig, die auf dem Markt in C einen Papierwarenhandel betrieb. Nein, um es genauer zu sagen, weiß ich nicht, ob diesen Handel nun die Frau selbst oder aber ihr Mann betrieb. Vom Aushandeln des Mietvertrages an bis zur Zahlung der Kaution hatten wir immer nur mit der Frau zu tun, und im Grunde blieb unklar, ob es sich bei dem Namen auf dem Mietvertrag nun um ihren oder aber den ihres Mannes handelte. Sie schien nicht verwitwet zu sein, allein das war ziemlich sicher, obwohl wir auch das nicht genau wussten. Wenn eine junge Witwe einem Mann begegnet, verhält sie sich im Allgemeinen anders als beispielsweise eine verheiratete Frau. Und diese junge Frau war für eine Witwe viel zu sehr aufs Geld aus und zeigte in dieser Hinsicht ein ziemlich ungestümes Engagement. Heiratet ein normaler Mann so ein Energiebündel von Frau, das in dieser Richtung ambitioniert ist, so wird er oft vom Schatten seiner Frau verdeckt und sinkt selbst zur Bedeutungslosigkeit herab, dass bisweilen gar seine Existenz bezweifelt wird. Schon auf den ersten Blick war dieser Typ von Frau in ihr erkennbar.

Gleich am Tag nach ihrem Einzug hatte am Morgen das Telefon geklingelt. Die Verbindung war schlecht, und wir mussten sehr laut in den Hörer sprechen, ja, uns beinahe anschreien. Sie beanstandete, der Fußboden im Schlafzimmer sei defekt. Auch die Wohnungstür sei nicht in Ordnung und quietsche beim Öffnen und Schließen, eine Fensterscheibe fehle, die auch wieder eingesetzt werden müsse, außerdem bräuchten die Außenwände einen neuen Anstrich, und im Badezimmer seien zudem einige Ausbesserungsarbeiten nötig. Sie zählte alles auf und meinte dann: „Es wäre schön, wenn Sie gleich morgen kommen könnten. Ja, kommen Sie bitte unbedingt! Ja? Auf jeden Fall. Der Herr Vermieter sollte bitte selbst vorbeikommen."

„Als sie die Kaution zahlte, hat sie nichts gesagt, warum macht sie denn jetzt auf einmal so ein Theater? Verrücktes Weib. Die hat doch schon vorher gesehen, dass die fehlende Glasscheibe durch ein Stück weißes Papier ersetzt war. Was stellt die denn für Forderungen als lausige Mieterin? Streichen, Badezimmer, und, und, und. Ignorieren wir das einfach", entschied meine Frau definitiv.

Danach ließ die Mieterin eine Zeit lang nichts mehr von sich hören und schien sich mit der Wohnung abgefunden zu haben, da flatterte nach etwa einer Woche ein Eilbrief ins Haus. Hastig riss meine Frau den Umschlag auf.

„Ach, du meine Güte, was soll denn das? Das ist ja der Gipfel!", sprudelte es aufgebracht aus ihr hervor.

Im Brief befanden sich Rechnungen und eine schriftliche Zahlungsaufforderung an die Vermieter. Die Kosten für Zement und Farbe, die Arbeitskosten, die bei der Ausbesserung des Schlafzimmers und beim Streichen angefallen waren, alles war sorgfältig aufgelistet, und wie ein Postskriptum fand sich in der Ecke noch ein Zusatz über die Kosten fürs Tapezieren und Neuauslegen des Fußbodens, die die Mieter jedoch wie allgemein üblich selbst übernehmen wollten. Es blieb also insgesamt eine Summe von 22.055 Won, abgerundet 22.000 Won, welche die Vermieter bis morgen zu zahlen hätten.

„Das ist ja brachiale Gewalt!"

„Verdammt noch mal, was bildet die sich überhaupt ein, sich so was rauszunehmen? Selbst wenn wir das Geld hätten, würden wir das nicht bezahlen", erklärte meine Frau, und auf der Stelle brach wieder ihr Hochmut durch; wütend ging sie hinaus. Als sei nun die Gelegenheit gekommen, ein Exempel zu statuieren und zu zeigen, was es bedeutete, Vermieter zu sein, verließ sie unverzüglich die Wohnung. Doch ich traute meinen Augen nicht: Als sie spät abends nach Hause kam, war von ihrer Wut und Kampfeslust nichts mehr zu spüren.

„Zum Mittag- und zum Abendessen hat sie mich eingeladen. Die war vielleicht nett! Und die Kimchi-Suppe* mit Schweinefleisch war einfach hervorragend. Wir haben den ganzen Tag lang Hwatu* gespielt. Hab' zweihundertdreißig Won gewonnen", erzählte sie, als verblüffe sie das alles selbst, während sie – noch in ihren Ausgehsachen – erschöpft an der Wand lehnte.

„Wir haben ausgemacht, dass wir das Geld später bezahlen. Also, das Haus ist jetzt richtig schick geworden."

Ich verzog den Mund zu einem süßsauren Lächeln. Als hätte sie nichts ahnend in einer gefährlichen Spielhölle mitgemischt und nicht nur alles Geld verloren, sondern auch alles, was sie sonst noch bei sich hatte, so kraftlos war sie nach Hause zurückgekehrt.

Dann ließ die Mieterin wieder einige Monate lang nichts von sich hören, bis sie sich heute abermals meldete.

„Was wollte sie denn?"

„Weiß nicht."

„Wenn sie ausziehen will, müssen wir ihr doch die 22.000 Won geben, oder? Und dann noch die Gebühr für den Makler."

„Erhöhen wir die Kaution einfach auf 400.000 Won."

„Geh doch morgen noch mal hin. Und lass dich nicht wieder von Kimchi-Suppe und Schweinefleisch erweichen!"

„Hör auf!", sagte sie, und eine leichte Schamröte überzog ihr Gesicht. „Ich habe es ihr klipp und klar gesagt: Die Renovierung der Wohnung übernehmen wir."

„Aber was soll das dann? Hast du am Telefon nicht gefragt, was sie will?"

„Dazu hätte ich erst mal eine Gelegenheit haben müssen. Die hat aus einer Telefonzelle angerufen, nur ihre Angelegenheit vorgebracht und sofort wieder aufgelegt."

Das passte zu ihr.

Als wir uns entschlossen hatten, in die Stadt umzuziehen, wollten wir das Haus zunächst verkaufen, doch damals hatte gerade der Zwischenfall des 21. Januar* die Gesellschaft erschüttert, und der Immobilienhandel lag auf Eis. Trotzdem vermittelte uns der eine oder andere Makler Interessenten, die jedoch schnell Abstand nahmen, da das Haus nicht wenige Mängel aufwies. Ein Haus in Südlage mit der Eingangstür nach Norden hin, der Hof nicht genau rechteckig, sondern etwas schief in Form eines gleichschenkligen Dreiecks, das letzte Haus in einer Sackgasse, das Grundstück zwar breit und die Aussicht nicht schlecht, doch an einer Seite durch eine Schutzmauer gegen einen Felsen begrenzt – alles in allem also ein Haus, an dem es Vieles zu bekritteln gab.

So blieb uns keine andere Wahl, als weiter zu vermieten. Daraufhin drängten sich die Bewerber, Tag für Tag fünf oder sechs, um das Haus in Augenschein zu nehmen. Der erste Bewerber, der uns sozusagen ins Netz ging, war ein beherzt dreinschauender älterer Mann, der aus Sagchu in der Provinz Nord-Pyongan stammte.

„Mein Sohn war Mittelschullehrer in Inchon. Jetzt wurde er versetzt. In eine Mädchenschule nach Wangsimni. Deswegen müssen wir in die Stadt ziehen. In Incheon haben wir auch zur Miete gewohnt. Für die Kaution, die wir dort gezahlt haben, bekommen wir natürlich in der Stadt keine Wohnung, deswegen haben wir keine andere Wahl, als hier in diesen Vorort zu ziehen", meinte er, um uns dann plötzlich mitzuteilen, wie er –

obschon nur Mieter – dieses Haus besser als sein Eigentum behandeln wolle, und wiederholt beteuerte er, wie er es hegen und pflegen würde. Sie sollten nur mal sehen.

„Meine Schwiegertochter", fuhr er in seinem nordkoreanischen Dialekt fort, „ist auch Lehrerin. Ach, das ist schon eine verzwickte Lage. Sie ist an einer Grundschule in Pyokche, so ein Nest im Kreis Koyang. Da jeden Tag hin- und herzufahren ist keine Kleinigkeit. Das ist das Problem", sagte er. Man müsse ja aber trotzdem eine Wohnung suchen, die für das eigene Kind günstig gelegen sei, oder solle er vielleicht was suchen, das näher am Arbeitsplatz der Schwiegertochter liege, scherzte er sogar. Zumindest dem Anschein nach musste er als Mieter passen.

So vermieteten wir ihm das Haus, und nur im Frühjahr und Herbst, wenn die Vermögenssteuer fällig wurde, sah meine Frau kurz bei den neuen Mietern vorbei. (Um diese Zeit etwa musste sie auf den Geschmack gekommen sein, was es hieß, Vermieterin zu sein.) Im Frühjahr darauf muss es gewesen sein, dass die Mieter mitteilten, sie würden nun weiter in die Stadt hineinziehen, und den Mietvertrag kündigten.

Unverzüglich machte sich meine Frau damals zum Immobilienmakler auf, um Nachmieter für das Haus suchen zu lassen. Und es dauerte auch nicht lange, und ein neuer Bewerber fand sich. Der Mann war gerade aus Chongju in der Provinz Nord-Chungchon in die Hauptstadt gekommen. Am Rande des Viertels besaß er eine Fabrik für Betonquader, und sein ältester Sohn betrieb auf dem Markt einen Elektrogeräte-Laden. Es gab keine weiteren Probleme, und für sechs, sieben Monate hatten wir das Haus völlig vergessen, bis uns ein dringender Telefonanruf erreichte, auf den hin meine Frau rasch das Haus verließ und nach einiger Zeit sehr aufgebracht wieder zurückkehrte. Inzwischen waren neue Mieter eingezogen. Noch dazu hatte der Mann das Haus in zwei Hälften geteilt, sodass jetzt zwei Familien darin wohnten. Eigentlich wurde eines der Zimmer vom Keller aus beheizt, doch den Ofen hatte er zugemauert, die Veranda vor dem Zimmer eigenmächtig weggerissen und dort zum Hof hin eine neue, hässlich aussehende Küche angebaut. So lagen die Dinge nun. Der Eigentümer der Betonstein-Fabrik war nach ein paar Monaten Pleite gegangen, hatte zudem sein gesamtes Geld vergeudet und daher wahrscheinlich flugs das Haus zur Vermietung angeboten. Ihm war nur daran gelegen, schnell seine Kaution wiederzubekommen, und so lockte er in betrügerischer Absicht zwei Mietparteien ins Haus. Den Hauptteil des Hauses vermietete er für 250.000 Won an eine verwitwete Greisin, die gerade vom Lande in die Stadt gekommen war, und den kleineren Teil mit dem Nebenzimmer an ein älteres Ehepaar, das sich als Tagelöhner sein Brot verdiente, für 100.000 Won. Auf diese Weise hatte er seine Kaution von 350.000 Won wieder drin und machte sich aus dem Staub. Die neuen Mieter dachten natürlich, er wäre der Vermieter. Er hatte auch zugelassen, dass die Veranda abgerissen und an dieser Stelle eine zweite Küche errichtet wurde. Als Mietverträge dienten Seiten aus einem Schreibheft, worauf die neuen Mieter nur ihren Daumenabdruck hinterlassen hatten. Wie bei Menschen, die von der Hand in den Mund lebten, nicht anders zu erwarten, zog das Tagelöhner-Ehepaar plötzlich aus dem Zimmer aus. Aber es war nicht leicht, einen Nachmieter zu finden, und so saßen sie wie auf glühenden Kohlen. Nicht dass es keine Interessenten gegeben hätte, doch die wollten alle einen rechtskräftigen Mietvertrag sehen.

Die alten Leute hatten gedacht, es sei damit getan, Kaution zu zahlen und einzuziehen; dass hier auch rechtliche Fragen mit im Spiel waren, damit hatten sie nicht gerechnet. In ihrer Verwirrung machten sie sich nun auf die Suche nach dem anderen Vertragsunterzeichner, dem bankrotten Betonstein-Fabrikanten. Der hatte sich bei seinem ältesten Sohn, dem Elektrogeräte-Händler, einquartiert. Zwischen ihnen war es wegen dieser Sache vermutlich zu einem Streit gekommen.

Nun geriet auch jene ältere Frau in Bedrängnis, die für 250.000 Won den Hauptteil des Hauses gemietet hatte und nun plötzlich erfuhr, dass die wirklichen Vermieter in der Stadt wohnten. Sie fragte sich, ob ihr Geld nicht ebenso veruntreut wurde.

Meiner Frau musste unsere Immobilie inzwischen vorkommen, als hätte das Vermögen im Suff unmögliche Schandtaten begangen. Letztlich aber hatten wir keine großen Probleme und konnten das Haus als Ganzes wieder zur Vermietung anbieten.

Bei dieser Gelegenheit dachte ich über einen Verkauf nach, aber meine Frau hielt mich energisch davon ab und meinte, in Kwangju solle demnächst ein großer Industriekomplex entstehen und im Zusammenhang damit würde sich die Umgebung von C schon bald wie ein Warenumschlagplatz entwickeln, weshalb die Perspektiven vielleicht nicht schlecht wären, wenn wir es behielten. Womöglich war es aber auch so, dass meine Frau in Wirklichkeit Geschmack daran gefunden hatte, eine Immobilie zu besitzen, und darauf nicht mehr verzichten wollte. Selbst wenn es nicht viel war, aber zukünftig auf das Bewusstsein, über Reserven zu verfügen, verzichten zu müssen, wird ihr leid getan haben. Und so war schließlich diese Frau eingezogen, die den Papierwarenhandel betrieb.

An dem Abend ließ ich mir die Sache mit dem Haus in C noch einmal durch den Kopf gehen. Diese Immobilie war zweifellos unser Eigentum, erworben mit überschüssigem Geld, derer wir uns nur zweimal im Jahr bewusst wurden, und zwar im Frühjahr und im Herbst, wenn die Vermögensteuer zu zahlen war, in Wirklichkeit jedoch befand sich dieses Haus im Lebensmittelpunkt anderer Menschen und hatte mit uns gar nichts zu tun.

Die Familie des Alten aus Sagchu wird wohl in der Zeit, da sie das Haus bewohnte, fleißig gespart haben, um schließlich etwas weiter in die Stadt hineinzuziehen, damit auch die Schwiegertochter einen bequemeren Arbeitsweg hatte.

Und dann darauf der Mann, der auf dem Land alles Geld zusammengekratzt und im Vertrauen auf irgendein Gerücht in die Stadt gekommen war; er hatte dieses Haus zum Ausgangspunkt für die Gründung seiner Betonstein-Fabrik gemacht und war Pleite gegangen.

Und zum Schluss die alte Witwe, die den Hauptteil des Hauses bezog, und die beiden Tagelöhner, die das Nebenzimmer mieteten. Auch sie wohnten nur kurze Zeit dort, und dennoch hatten sie viel engeren Kontakt zu diesem Haus als ich, der dem Namen nach sein Besitzer war. Die Bezeichnung Hausbesitzer gilt im Grunde nur für diejenigen, die das Haus auch als solches nutzen.

Als die Mieter den Ofen im Keller zumauerten, als sie die Veranda, die einst als eine Art Aussichtsplattform angelegt worden war, abrissen und an ihrer Stelle eine Küche errichteten, da diente es ihnen als Haus, insoweit war es ihr Haus. Ich bin mir nicht sicher, aber womöglich hat das Tagelöhnerpaar den Umbau mit eigenen Händen durchgeführt, ohne fremde Arbeiter anzustellen. Sie werden die Fliesen herausgerissen haben und die Ziegelsteine ebenso.

Die Befriedigung, die sie damals verspürt haben müssen, verglich ich mit meinen Empfindungen, als ich einst, allein um die herrliche Aussicht zu genießen, die Veranda hatte anbauen lassen. War das bloß Gefühlsduselei? Nur eine sentimentale Gemütsbewegung? Wenn man will, kann man es so sehen. Denn in der Tat leben alle Menschen einfach nach ihren Gewohnheiten. Die Ursachen dieser Gewohnheiten hinterfragen sie nicht weiter. Im Hinterfragen liegt doch schon eine gewisse Arroganz, und es ist im Grunde überflüssig. Wirklich? War es das wirklich? Aber so lagen die Dinge nun mal: Trotz aller Grübeleien war ich ohne jeden Zweifel nach wie vor der rechtmäßige Eigentümer des Hauses, auch alles Hinterfragen konnte daran nicht rütteln. Im Augenblick entsprach diese Tatsache einer massiven Stahlplatte, einem festen, unumstößlichen Gesetz. Doch wie stahlhart und absolut dieses Gesetz im Hinblick auf die Eigentumsverhältnisse des Hauses auch sein mochte, wenn dessen Bewohner die Veranda zertrümmerten und dort über Nacht eine Küche errichteten, so gehörte das Haus in diesem Augenblick ihnen ...

Mit meinen Grübeleien an dieser Stelle angelangt, musste ich lächeln. War das alles nur ein arrogantes Gedankenspiel? Es gab auch Leute, die auf einem Haufen Geld hockten und problemlos das Leben genossen, aber ich, der ich gerade mal ein zweites Haus besaß, hatte schon allein damit solche Probleme. Was für ein jämmerlicher Typ war ich eigentlich? Andererseits, über ein paar Reserven zu verfügen, was für ein Gefühl der Sicherheit verleiht dies in der Tat! Ach, wenn wir es nicht hätten. Wenn wir es nicht hätten ... Kurz und gut, das Haus in C bedeutete für mich so etwas wie ein starkes Fort meines Lebens, meines gegenwärtigen Lebens. Hätte ich es nie besessen, wäre es womöglich anders, doch es zu besitzen und wieder zu verlieren, war eine beunruhigende Vorstellung. Im Notfall konnte man es immer noch verkaufen und wäre sofort wieder bei Kasse.

Am Morgen erwachte ich erst spät, und als ich die Augen aufschlug, hatte meine Frau bereits Vorkehrungen getroffen, das Haus zu verlassen. Ich dachte, sie würde wie gewöhnlich allein losgehen, und drehte mich im Bett noch einmal um.

140

„Hast du heute was vor? Vertrödel doch deine Zeit nicht wieder sinnlos! Komm einfach mal mit! Dann kannst du ein bisschen frische Luft schnappen. Also, wasch dich schnell und iss was!", sagte sie in tadelndem Ton.

„Meinst du?" Etwas verschämt beeilte ich mich, aus dem Bett zu kommen. Wohl ohne jeden Hintergedanken hatte sie mich aufgefordert mitzukommen, dennoch war ich ganz schön zusammengezuckt. Dieses „sinnlos vertrödeln" steckte wie ein Dolch mitten in meiner Brust. Hatte sie vielleicht von meinen Grübeleien letzte Nacht Wind bekommen? Aber nein, das war es nicht. Meine Frau war eigentlich recht freimütig, weder spann sie sonderbare Intrigen, noch machte sie komplizierte missverständliche Andeutungen. Darüber war ich immer recht froh. Auch heute würde das nicht anders sein.

Als wir in den Bus nach C eingestiegen waren, lächelte meine Frau glücklich, als erfreute sie etwas. Diese freimütige Miene! Aber sprach daraus wirklich nur Freimütigkeit? Ihr war jetzt erneut zu Bewusstsein gekommen, dass dieses Haus in C ihr Eigentum war, und ihre Position als Hausbesitzerin beflügelte sie zu dieser freudigen Erregung.

„Gehen wir erst mal beim Makler vorbei! Wenn er es für drei Millionen Won loswird, verkaufen wir es bei dieser Gelegenheit, hm?"

„Meinst du? Na ja, möglich wär's", erwiderte ich.

„Vielleicht ist es sogar besser so. Wir könnten die Summe als Festgeld anlegen oder in irgendeine sichere Sache investieren."

Wieder dasselbe Lied. Jedes Mal schlug sie so etwas vor, und wenn ich ihr dann zustimmte, das Haus wirklich zu verkaufen, zögerte sie wieder.

„Bei einer guten Anlage reichen drei Jahre, und wir könnten die Summe verdoppeln. Wir müssen es nur richtig anlegen."

„Aber wie du sagst, könnten wir auch Pech haben, und das Geld ist futsch."

„Ach was. Das kann dir bei der Bank auch passieren. Aber wenn du nur irgend so ein schlappes Heftchen von Konto in der Hand hast, das ist doch ein trauriger Anblick. Ein normales Sparbuch ist zwar schon ein bisschen dicker, aber so ein Sparbuch mit festen Einlagen ist zu dünn und wiegt bald gar nichts mehr. Dünne Sachen mag ich nicht. Am besten ist, wir bleiben bei dem

Haus, bei einer Immobilie. Damit fühlt man sich am besten", sagte sie.

„Auf jeden Fall gehen wir mal beim Makler vorbei und erkundigen uns nach dem derzeitigen Marktwert."

Kaum waren wir in C angekommen, hastete meine Ehehälfte auch schon Hals über Kopf als Erste aus dem Bus. Als zöge sie einen Dorftrottel hinter sich her, schleppte sie mich zu dem Makler, den wir seit langem kannten. Er saß in seinem Büro und ließ, als wir eintraten, seinen Blick zwischen uns hin- und herwandern, dann fixierte er ihn auf meiner Frau: „Ach, richtig, Sie sind das! Sie waren ja schon ziemlich lange nicht mehr hier", begrüßte er sie mit seinem nordkoreanischen Akzent. „Wissen Sie, was ich Ihnen noch sagen wollte, Ihr Haus, die 490, wird infolge der Stadtplanung beeinträchtigt. Eine Straße soll gebaut werden."

„Was? Die Stadtplanung?"

Entsetzen entstellte für einen Moment ihre Züge, und sie starrte mich an. Auch mir war der Schreck in alle Glieder gefahren.

„Stadtplanung, sagten Sie?"

„Na, was denn! Das pfeifen doch schon die Spatzen vom Dach."

„Nein, davon habe ich noch nichts gehört. So plötzlich?"

„Na ja, so läuft die Stadtplanung eben. Was dachten Sie denn?" Er grinste höhnisch.

‚Ach', ging es mir durch den Kopf, ‚deswegen der Anruf gestern.'

Der Makler stand auf: „Verkaufen Sie bei dieser Gelegenheit! Ich besorge Ihnen einen guten Käufer. Wenn Sie mit 1,35 Millionen zufrieden sind, können Sie das Geld noch heute bar auf die Hand bekommen."

„1,35 Millionen? 1,35 Millionen, sagten Sie?"

„Genau. 1,35 Millionen."

„Das ist doch Unsinn! Ich weiß, wie viel ein Pyong dort kostet! Das ist ja wirklich die Höhe!"

Und ebenso wirklich war die Wut meiner Frau.

„Reden Sie doch nicht über Dinge, von denen Sie keine Ahnung haben! Ja, das ist der so genannte Marktpreis. Wenn ich es nach diesem Marktpreis berechne, sind das pro Pyong 20 000

Won, für hundert Pyong also schon zwei Millionen, und dann noch der Wert des Hauses dazu. Aber wenn man es denn wirklich verkaufen will, funktioniert das so? Das Haus dahinter zum Beispiel. Das steht derzeit auch zum Verkauf. Die Eigentümer verlangen anderthalb Millionen, und seit einem halben Jahr hat sich kein Interessent gefunden ...“

„Aber das Haus dahinter ist doch kleiner.“

„Das spielt keine große Rolle, wenn die Häuser der Stadtplanung zum Opfer fallen.“

Auf dem Nasenrücken meiner Frau standen schon die ersten Schweißperlen, als sie sich kraftlos auf einen Hocker sinken ließ. Sie machte ein Gesicht, als wollte sie sagen: ‚Was für ein Unglück! Das trifft einen ja wie ein Blitz aus heiterem Himmel.‘

Einem Seufzer gleich ging mir abermals der Anruf von gestern durch den Kopf. Bis dahin war ich mit meinem gesunden Menschenverstand davon ausgegangen, man würde uns im Falle einer Straßenbaumaßnahme unverzüglich informieren. So läuft das normalerweise. Also hatte die derzeitige Mieterin eine Benachrichtigung erhalten und uns zu sich gebeten, da sie darüber am Telefon nicht sprechen wollte. Was soll ich jetzt machen, überlegte ich und ließ mich ebenfalls in trübsinniger Stimmung kraftlos auf einem Stuhl neben meiner Frau nieder.

Allmählich jedoch änderte sich ihre Miene. Sie beruhigte sich ein bisschen und erkundigte sich dann bei dem Mann nach einer Sache, die auch mir recht seltsam vorkam: „Wir wollen das Haus doch gar nicht verkaufen, was erzählen Sie uns denn da, Sie hätten schon einen Käufer? Stadtplanung hin oder her, erst mal müssen wir doch verkaufen wollen, bevor sie uns einen Käufer anbieten, oder? 1,35 Millionen oder weiß der Teufel was, wie kommen Sie denn darauf?“, fuhr sie ihn an, was den Makler ein wenig in Verlegenheit brachte, er setzte ein Lächeln auf und meinte: „Ich hab’ Ihnen das nur so angeboten. Da Ihr Haus von der Stadtplanung beeinträchtigt wird, könnten Sie ja die Absicht haben zu verkaufen, und dabei würde ich Sie unterstützen. Das war alles, was ich sagen wollte. Warum erregen Sie sich denn gleich so? Das ist doch die Aufgabe eines Maklers, das ist sein Geschäft.“

„Wer will das Haus denn kaufen? Was ist das für einer?“

„Er betreibt hier auf dem Markt einen Tuchhandel. Sie könnten vielleicht auch 1,4 Millionen bekommen. Wenn wir es gut anpacken, brauchen wir keinen Vertrag oder so was. Er könnte Ihnen die gesamte Summe sofort bar auszahlen."

„Von der Verkehrsplanung weiß er doch, oder?"

„Natürlich. Deswegen sind's ja nur noch 1,35 Millionen." Einerseits dachte ich: Ja, gut machst du das, Eheweib, und zugleich sagte ich: „Schluss jetzt! Gehen wir! Was trifft den Makler schon für eine Schuld, dass du ihn so abkanzelst?" Schon begann mich die ganze Sache unangenehm zu berühren.

„Also gut. Das kommt mir zumindest alles ein bisschen verdächtig vor. Wir kommen auf jeden Fall noch mal vorbei", erklärte meine Frau resolut und erhob sich.

Abermals strich ein Hauch von Verwirrung über die Züge des Maklers. Der Misserfolg stand ihm deutlich ins Gesicht geschrieben.

Trat sie immer so auf, wenn sie nach C kam? Meine Frau hetzte umher wie ein Kämpfer auf dem Schlachtfeld. Dass unser erspartes Vermögen, dem sie mit ganzem Herzen zugetan war, über Nacht der Stadtplanung zum Opfer gefallen sein sollte, konnte sie irgendwie nicht glauben. Doch der Umstand, etwas nicht glauben zu können, reicht noch nicht hin, die Angelegenheit zu verhindern. Meine Frau schleppte mich zu einem anderen, ihr bekannten Makler. Doch es bestand kein Zweifel mehr. Unser Haus, die Nummer 490, das Haus daneben und noch ein weiteres waren von der Stadtplanung betroffen. Ach, dieses Gefühl, welches die Worte „unser Haus" vermittelte! Es war schon ziemlich stark und bewegend. Bis dahin hatte ich es immer als finanzielle Reserve angesehen, vage als etwas, das ein Leben in Wohlstand suggerierte und mir insoweit nicht sehr nahestand, aber jetzt, in diesem Moment, da das alles mit einem Mal zerstört werden sollte, belebte sich mein Realitätssinn aufs Neue, der Sinn dafür, dass es wirklich unser Haus war. Von dem anderen Makler erhielten wir die gleiche Antwort. Das Haus würde durch die Verkehrsplanung in Mitleidenschaft gezogen, daran bestand kein Zweifel mehr. Nun wurde meine Frau zu einem Gift speienden Leoparden.

Vorsichtig setzte ich an: „Das werden wir doch erfahren, wenn wir vor Ort sind. Wenn es an dem ist, wird dort eine Benachrichtigung vorliegen."

„Was erzählt dieser Mann bloß für Quatsch?", fuhr sie mich genervt an, als wäre ich ein Fremder. „Wenn du keine Ahnung hast, dann sei still!"

„Wenn ich wovon keine Ahnung habe?"

„Was für eine Benachrichtigung denn? Und wo soll die sein?"

Schweigend gab ich klein bei.

„Da ist doch mit Sicherheit irgendeine Intrige im Spiel. Das mit der Stadtplanung mag wohl richtig sein, aber da ist noch etwas im Busche. Hast du gesehen, was der Makler eben für ein Gesicht gezogen hat? Ist dir nicht aufgefallen, wie verwirrt er war? Und der Tuchhändler vom Markt, ist es nicht sehr merkwürdig, dass der gleich das Haus kaufen will? Und dann will er auch noch die gesamte Summe bar auf die Hand zahlen? Wenn er kein Haus hat, wieso will er dann unbedingt eins kaufen, das von der Stadtplanung betroffen ist? Und außerdem sind diese Händler doch Leute, die ganz genau rechnen, wenn's ums Geld geht. Wir haben nur keine Ahnung, aber irgendwas ist da zweifellos im Gange. Gehen wir erst mal ins Teehaus und ruhen uns ein bisschen aus! Ach, habe ich einen Durst."

Ich machte ein mutloses Gesicht. Was sie sagte, war mir schon plausibel. Mir schien die ganze Sache auch merkwürdig, nur konnte ich es nicht so gut in Worte fassen wie sie.

Wir betraten das Teehaus, und meine Frau trank einen Orangensaft, dann zog sie unvermittelt zweitausend Won aus ihrer Handtasche und reichte sie mir.

„Fahr erst mal zum Bezirksamt! Nimm ein Taxi! Wir lassen uns einen Auszug aus dem Grundbuch geben. Und dann wissen wir genau Bescheid", sagte sie, und in ihr Gesicht kehrte unversehens ein wenig Lebensfreude zurück. Dann fügte sie, mehr zu sich selbst, hinzu: „Das Haus dahinter ist etwa siebzig Pyong groß und steht für anderthalb Millionen seit einem halben Jahr zum Verkauf? Und es ist auch von der Verkehrsplanung betroffen, aber keiner will es haben. Aber warum haben sie dann nur auf unser Haus ein Auge geworfen?"

Dem Befehl meiner Frau folgend, eilte ich zum Bezirksamt. Das Viertel C befand sich am Stadtrand, weshalb es hier nur eine Zweigstelle des Bezirksamtes gab. Inzwischen hatte die Erregung auch mich fest im Griff, nervös und beunruhigt harrte ich der kommenden Dinge. Am Informationsschalter erkundigte ich mich atemlos, wohin ich zu gehen hätte, und wurde ins Schreibbüro vor dem Amt geschickt. Wie gewöhnlich befanden sich vor dem Amtsgebäude die winzigen, schäbigen Schreibstuben, nebeneinander aufgereiht dicht an dicht in einer Reihe. Ich eilte zu einem Büro, über dem ein etwas größeres Schild hing. Ob ich den Auszug aus dem Grundbuch hier bekäme, erkundigte ich mich, und man bejahte. Auf meine Frage, ob es fünf oder gar zehn Minuten dauern würde, erhielt ich die Antwort: Drei bis vier Stunden. Ob es nicht eine Möglichkeit gäbe, den Prozess ein wenig zu beschleunigen. Ja, wenn ich dreihundert Won zusätzlich zahlte. Wie lange würde es dann dauern? Etwa eine halbe Stunde.

Eine halbe Stunde!

Zunächst beruhigte ich mich ein wenig, dann schrieb ich Namen und Adresse auf ein Formular und ließ mich auf einem schäbigen Sofa nieder. Die Federn desselben stachen wie Knochen durch den Stoff. In einer Ecke dieses unansehnlichen Möbelstücks, dessen Inneres sich auf diese Weise entblößte, saß ich nun und wartete.

Neben mir spielten ein paar Leute Go. Das Spielbrett, dessen Farbe bereits abgewetzt war, sah von der Seite betrachtet ziemlich abgenutzt aus. Die Spielsteine reichten auch nicht, und so mussten die Spieler zum Schluss die Steine, die sie einander abgenommen hatten, wieder zurückgeben, und dennoch fehlten welche, weshalb sie dieselben durch zerbrochene Streichhölzer oder Zigarettenstummel aus dem Aschenbecher ergänzten. Sollten sie sich doch ein neues Go-Brett und Steine beschaffen oder ganz aufs Spielen verzichten, dachte ich gereizt. Aber warum mussten sie denn auf diese Weise spielen? Doch dann hatte ich wieder das Gefühl, dass ein solches Go-Brett im Grunde irgendwie schon zu diesem Laden passte.

Ich beobachtete die Spieler und wandte mich bisweilen an einen Jungen, der an einem Lichtpausegerät beschäftigt war: „Dauert es noch lange? Müsste doch bald fertig sein, oder?"

Zunächst meinte der Junge: „Nein. So schnell geht das nicht."

Doch als ich zum wiederholten Mal fragte, schien ihm das auf die Nerven zu gehen, und er sagte: „Wenn Sie es so eilig haben, dann warten Sie doch bitte im Bezirksamt vor der zuständigen Abteilung! Wenn es fertig ist, können Sie es gleich dort in Empfang nehmen."

Ich hastete in das Gebäude des Bezirksamtes zurück.

Der unter großen Mühen erstandene Auszug aus dem Grundbuch erwies sich nach einem ersten flüchtigen Blick als nichts Besonderes. Bis dahin hatte ich gedacht, ein Grundbuchauszug würde für jedermann sofort verständlich das Gelände sowohl des Gebäudes, für das er ausgestellt war, als auch der umliegenden Häuser abbilden und die betreffenden Straßen in ihrem genauen Verlauf nachweisen, doch es war nicht an dem. Auf einem Kartenausschnitt von C war nur die Lage unseres Hauses gekennzeichnet und auch nur dort die Straßen eingezeichnet. Die eine war acht Meter breit, die andere als schmalere Gasse markiert und mit rotem Kugelschreiber beschriftet. Der Ausschnitt hatte einen Maßstab von 1:1200, ein Eintrag mit blauem Stift in der Ecke informierte darüber.

Als ich das Dokument genauer betrachtete, fuhr mir aufs Neue ein Schreck durch alle Glieder. Die eine Straße führte mitten über den Hof, und die kreuzende, acht Meter breite Straße verlief direkt durch das ganze Haus. Dass die Stadtplanung das Haus in Mitleidenschaft zöge, davon hatte ich ja schon gehört, doch als ich nun sah, wie die beiden Straßen kreuz und quer über das Grundstück verliefen, wurde ich ganz melancholisch. Wie versteinert blieb ich stehen und studierte das Papier wieder und wieder mit der allergrößten Aufmerksamkeit. Hinter dem Haus befand sich ein steiler Abhang, auch dieser sollte abgetragen werden, und die acht Meter breite Straße kroch dann wie eine Schlange den Hügel hinauf. So würden unser Haus und die beiden angrenzenden Häuser platt gemacht, und die Straße führte mitten über das Gemüsefeld dahinter. Die schmalere Gasse träfe auf die acht Meter breite Straße, und beide bildeten eine Kreuzung, direkt auf unserem Hof.

Vollkommen erschlagen kehrte ich zum Teehaus zurück. Die Ohren gespitzt, lauschte meine Frau den Erläuterungen und machte dann ein überraschtes Gesicht.

„Also, das ist nun erst mal sicher: Die Sache mit der Stadtplanung stimmt, und die Folgen sind sogar beträchtlich. Sieh mal!", sagte ich, während ich mich auf den Stuhl neben ihr fallen ließ und in einem Anflug von grimmiger Wut die Karte auf den Tisch warf. Hastig fingerte meine Frau danach. Sie betrachtete sie eine ganze Weile eingehend und sagte dann: „So liegen die Dinge also. Deswegen sind die Kerle so scharf drauf, unser Grundstück zu kaufen."

Sie lächelte. „Unser Hof wird eine Kreuzung, und diese Kreuzung teilt das Grundstück. Und nun sieh mal her, so wird das dann aussehen: Die Gesamtfläche des Grundstücks beträgt doch hundertzehn Pyong. Die acht Meter breite Straße führt über den Abhang hinter dem Haus und berührt das Grundstück nur an einer Ecke. Also, lass uns das mal genauer ansehen! Diese beiden Vierecke hier, die dann an der Straße lägen, die könnten jeweils um die fünfundvierzig Pyong groß sein. Vergleich das mal mit der gesamten Fläche! Fünfundvierzig Pyong, das reicht, da machen wir doch aus der Not eine Tugend."

Ich machte ein verdutztes Gesicht und starrte auf den Kartenausschnitt. Wenn ich es recht bedachte, müsste es so gehen. Ich hatte angenommen, infolge der Stadtplanung sei mit dem Grundstück nichts mehr anzufangen, nicht im Traum hätte ich geahnt, dass damit sogar ein Glücksfall verbunden war. Schließlich geriet meine Frau in helle Aufregung.

„Ach, habe ich einen Durst. Wegen dieses Heinis habe ich mich ganz umsonst gegrämt. Na, Gott sei Dank hatte der Kerl wenig schauspielerisches Talent. Das hätte auch schief gehen können. Wir sollten ihm vielleicht einen ausgeben. Und wir trinken noch einen Orangensaft", sagte sie, und angesichts der veränderten Lage legte sie mir nun hunderttausend neue Vorstellungen dar.

„Was habe ich dir gesagt? Wenn wir alles so lassen, kommt irgendwann eine günstige Gelegenheit."

Zwei Dreigeschosser lassen wir bauen, die sich an der Kreuzung gegenüberstehen, meinte sie, und dort eröffnen wir einen Damen- und einen Herrenfriseursalon und noch ein Teehaus dazu, ein Gemischtwarenhandel wäre auch nicht schlecht, und in dem anderen Gebäude könnten wir auch ein paar Läden eröffnen. Ohne Punkt und Komma sprudelten aus ihrem Mund die leichtfertigsten und absurdesten Pläne. In der Malchuk-Straße und in der Umgebung der Dritten Hangang-Brücke hätten die auch mal so angefangen.

Bald darauf verließen wir das Teehaus und schlugen frischen Mutes den Weg zum Makler ein. In der Gaststätte hinter dem Maklerbüro, die Hamhunger Nudelgerichte anbot, wimmelte es um die Mittagszeit von Gästen. Der Makler war gerade von dort zurückgekommen, und während er mit einem Zahnstocher seine

Zähne bearbeitete, sah er in aller Gemütsruhe zu meiner Frau hinüber, die gerade eben Hals über Kopf in sein Büro gestürmt war.

„Na, gut, Sie bekommen Ihre drei Millionen für das Haus. Drei Millionen, das garantiere ich. "

„Ach, du liebe Güte! Wann war das doch gleich, als Sie uns noch empfahlen, für 1,35 Millionen zu verkaufen?", fragte meine Frau, wobei sie lächelnd ihren Goldzahn entblößte.

Die Mieterin begrüßte meine Frau erfreut und ergriff ihre beiden Hände. Als sie mich sah, ließ sie meine Frau auf der Stelle stehen und begrüßte mich: „Warum sind Sie denn noch nie hier gewesen? Jedes Mal schicken Sie nur Ihre Frau."

Sie tat sehr vertraut. Für einen Augenblick war ich ein wenig verwirrt und sah mein Eheweib an. Die Mieterin kam mit einem Enthusiasmus auf mich zu geeilt, dass ich sogar befürchten musste, meine Frau könnte eifersüchtig werden, dann stellte sie sich dicht neben mich und begann ohne jeden Zusammenhang irgendetwas zu schwatzen. Das Abflussrohr sei verstopft, und das Wasser laufe nicht ab. Vor ein paar Tagen sei infolge des starken Regens Wasser in den Keller gelaufen, und sie habe kein Auge zutun können. Natürlich habe die Küche auch unter Wasser gestanden, und beinahe sei das Wasser auch noch ins Zimmer gelaufen. Am nächsten Tag habe der Regen dann glücklicherweise aufgehört, und sie habe das Wasser aus dem Keller schöpfen können, doch seitdem laufe das Abwasser nicht mehr richtig ab. Konfus plapperte sie weiter: „Wahrscheinlich hat sich Erde im Rohr abgelagert und es verstopft. Die Nachbarn haben jedenfalls kein Problem. Nur in unserem Haus, nur hier bei uns."

Dieses „in unserem Haus" nervte mich in diesem Moment etwas. Aber die Frau klebte eigenwillig an meiner Seite und wich keine Sekunde von mir. Sobald ich mich ihr zu entziehen gedachte, folgte sie mir. Inzwischen war meine Frau an den Rand des Hofes getreten und musterte uns etwas skeptisch.

Schließlich beeilte ich mich, zu ihr zu kommen, und stellte mich neben sie. Die Mieterin stutzte für einen Moment, kam nicht näher an mich heran und blieb stehen. Ihre Blicke wanderten zwischen meiner Frau und mir hin und her, ein wenig Unzufriedenheit spiegelte sich darin. Doch schnell fand sie wieder zu ihrem Ton zurück und schwatzte über dieses und jenes.

Kurz und gut, die Abwasserleitung mussten wir reparieren lassen. Diese verdammte Leitung hatte uns schon damals, als wir das Haus noch selbst bewohnten, Verdruss bereitet, und nun machte sie schon wieder Schwierigkeiten. Die Häuser in der Umgebung hatte ursprünglich ein Immobilienmakler bauen lassen, und damals war hier nichts als eine weite Ebene gewesen, weshalb auch ordentliche Abwasseranlagen fehlten. Aber dann hatten Bauarbeiter nicht sehr tief unter der Erde provisorische Abflussrohre für jedes dieser so genannten Kultur-Wohnhäuser legen lassen, um sie besser an den Mann zu bringen.

Unser Haus stand am unteren Ende des Wohnkomplexes, weshalb es keine größeren Komplikationen gab, doch die Häuser weiter oben auf dem Hügel hatten nicht nur einen sehr steilen Anfahrtsweg, sondern auch Probleme, wenn es stark regnete und das Abwasserrohr, das sich direkt unter diesem Weg befand, von herabfließendem Sand und Erdreich freigespült wurde.

Es musste wohl an der unmöglichen Verlegung des Rohres liegen, denn bei Regen lief mehr Wasser direkt den Weg hinab als durch das Abwasserrohr. In einem solchen Fall informierten sich die Anwohner gegenseitig, und es kam stets zu großem Gedränge, wenn Erde herangeschafft und Säcke besorgt werden mussten. Doch das war noch nicht alles. Die Abwasserleitung mündete nicht in ein größeres Rohr, sondern ihr offenes Ende hing schamlos über einem Kartoffelacker und sperrte dort ihr riesiges Maul auf. Das musste dem Besitzer dieses Feldes nicht wenig Kopfzerbrechen bereiten. In Trockenzeiten konnte er das Abwasser sicher als eine Art Düngung betrachten, doch wenn es viel regnete, verwüsteten die Abwassermassen sein Feld. Er begann zu protestieren. Doch wie dieser Streit ausgehen würde, war von vornherein klar.

Als die Häuser gebaut wurden, hat er sich nicht gewehrt, warum fängt er erst jetzt an zu streiten?, dachten die Bewohner. Aber umgekehrt wird es dem Besitzer des Kartoffelackers nicht wesentlich anders ergangen sein. Die bauen doch nur ein paar Häuser, wird er wahrscheinlich gedacht haben, aber dass sich das Abwasser dieser Häuser auf seinem Feld sammeln würde, auf diese Idee war er nicht gekommen. Auch als sich das graue Abflussrohr aus Beton schließlich über dem Rand seines Ackers öffnete, wird ihn das als belanglose Alltäglichkeit nicht weiter interessiert haben.

Nun nörgelte der Bewirtschafter des Feldes ungehört vor sich hin. Irgendwann einmal musste ihn etwas tief gekränkt haben. Eines Nachts hatte er die Öffnung des Rohrs mit einem großen Stein und Erde zugestopft. In den Häusern beklagten sich die Anwohner wegen des widerwärtigen Gestanks und wunderten sich, wieso das Wasser nicht mehr ablief. Es musste einen Grund geben, weshalb das Problem in allen Häusern gleichzeitig auftrat. Bald diskutierten alle Anwohner wild durcheinander, und nach etwa vier Tagen entdeckte man das verstopfte Ende des Abflussrohres. Einige Anwohner gingen daran, es wieder frei zu machen, und dann ergoss sich das seit Tagen im Rohr angesammelte Schmutzwasser auf das Kartoffelfeld und verbreitete einen widerlichen Gestank. Damals schimpfte der Alte, dem das Feld gehörte und der in einem strohgedeckten Haus auf der anderen Seite wohnte: „Schurken, verdammte Schurken! Solche Mistkerle hab' ich noch nicht gesehen. Diese alten Dreckschweine!"

Und während er seinem Ärger laut Luft machte, fuchtelte er mit den Armen herum. Wahrscheinlich traute er sich nicht, näher an die Leute heranzukommen, die dort arbeiteten.

Um diese Abwasserleitung handelte es sich auch jetzt. Nichts hatte sich seitdem geändert. Der Alte war im vergangenen Jahr vor Ärger gestorben, und nun stand sein Sohn nörgelnd am Rande des Kartoffelfeldes und war seinem Vater darin unglaublich ähnlich.

„Die muss repariert werden. Ja, das werden wir in Ordnung bringen lassen", sagte ich etwas zögernd und beobachtete dabei verstohlen die Reaktion meiner Frau. Ich ging in den Keller. Zunächst schien meine Frau mir folgen zu wollen, doch dann machte sie flink wieder kehrt.

Als ich wenig später aus dem Keller kam, fand ich sie mit der Mieterin in einen intensiven Schwatz vertieft, wobei keine der anderen an Geschwätzigkeit nachstand: „Na, so was! Da haben Sie ja Glück. Selbstverständlich, vierzig, fünfzig Pyong, das reicht doch vollkommen."

„Für ein dreigeschossiges Gebäude ist das mehr als genug."

„Natürlich. Und wenn man das Fundament tief genug aushebt, könnten es auch vier oder fünf Etagen werden."

„Solche Räuber, meinten, ich solle für 1,35 verkaufen."

„Diese Makler, habe ich gehört, lauern nur darauf, auf derart krumme Tour ihre Geschäfte zu machen. Die nehmen sich die Zeichnungen für die Stadtplanung vor und beschäftigen sich ganz professionell damit."

„Ach, du meine Güte, da werden Sie recht haben. Tja, was es nicht alles für Berufe gibt. Wenn man sich da richtig hineinkniet, ist es wahrscheinlich auch kein schlechtes Geschäft."

„Und ob! Wenn die das billig kaufen und sofort wieder verkaufen, zahlt da vielleicht einer Steuern oder sonst was? Wenn sie's kaufen, faseln sie was von Stadtplanung und so und nehmen's für einen Spottpreis, und wenn sie es dann wieder verkaufen, legen sie's darauf an, optimal abzukassieren. Mistkerle sind das."

„Ich habe gehört, dass solche Geschäfte derzeit äußerst gut laufen. Davon kann man ja auch bestens profitieren."

„Da haben Sie recht."

Die beiden Frauen waren sich absolut ebenbürtig. Nur in einem Punkt unterschieden sie sich: Meine Frau prahlte mit dem Dünkel der Hausbesitzerin, und die Mieterin biederte sich mit ihrer Kriecherei an. Ansonsten jedoch ähnelten sie einander sehr.

Die Reparatur der Abwasserleitung arrangierte meine Frau allein. Sie stellte ein paar Tagelöhner aus dem Viertel an. Allein der Gedanke an das Haus schien sie jedes Mal aus ihrer Langweile zu reißen, und jäh erwachte dann in ihr unbändiger Wille und entschlossener Mut. Der Traum von zwei mehretagigen Gebäuden keimte in ihr auf, nahm gewaltige Ausmaße an, und unverzüglich schien sie sich an die Realisierung dieses Traums machen zu wollen.

Doch kürzlich hörte ich von verschiedener Seite Gerüchte, der ursprüngliche Plan zur Stadtentwicklung würde aufgegeben. Das beträfe ausschließlich die Vororte der Stadt. Wenn es an dem war? Ich tat so, als hätte ich nie etwas davon gehört, und verriet meiner Frau kein Wort.

(1972)

In schwarzer Nacht erzählt

Als wir im Dorf ankamen, freuten sich die Kinder mehr noch als
die Erwachsenen. Die Kinder, das waren mein Sohn und Chunos
Sohn; beide gleichen Alters, besuchten sie die vierte Klasse der
Grundschule.

Chunos jüngerer Bruder war Bauer, und schon seit einigen
Jahren hatte ich geplant, ihn einmal zu besuchen. Also brachen
wir im vergangenen Sommer während der Ferien auf, um mit
den beiden Kindern hier ein paar erholsame Tage zu verbringen.
Ich hatte gehört, der landwirtschaftliche Betrieb von Chunos
Bruder sei nicht sehr groß: eine kleine Obstplantage am Hang
neben einem Kiefernwäldchen und ein Feld mit Wassermelo-
nen, auf dem sich ein winziger Aussichtspavillon erhob; neben
dem Obstgarten floss ein Bächlein, alles wie geschaffen, ein paar
Sommertage zu genießen. Gegen Mittag liefen wir barfuß, mit
Hüten aus Weizenstroh auf dem Kopf und im Unterhemd, den
kleinen Bach auf und ab und ergötzten uns daran, winzige Fische
zu fangen, während die Kinder außer sich vor Freude in ihr Spiel
vertieft waren.

Besonders des Nachts genossen wir die ländliche Atmosphäre. Der Himmel von Sternen übersät, versetzte uns pechschwarze Finsternis, in der man die Hand vor Augen nicht mehr sah, in
eine behagliche Stimmung, als wären wir völlig mit der Dunkelheit verschmolzen, und dennoch war uns ein wenig bang zumute. Jede Nacht zündeten wir neben der Bank auf dem Hof Räu-
cherstäbchen an, um die Insekten zu vertreiben, dann setzten
sich die Erwachsenen zusammen, unterhielten sich leise miteinander, und die Kinder taten es ihnen gleich. Auf diese Weise
hatten wir schon zwei Abende verbracht, als uns etwas bewusst
wurde: Unversehens waren wir restlos eingetaucht in den Lauf
der Natur namens Weltall mit ihren unendlich verschlungenen
Wegen und erlagen dem Drang, uns in dieser Ordnung einfach
willenlos treiben zu lassen.

Bei den allabendlichen Gesprächen unserer Kinder ging es
hauptsächlich um Geister und Gespenster. Und das in den absurdesten Bildern. Eine Situation, wie wir sie in Seoul niemals
erlebt hatten. Aber bei näherem Hinsehen ging es den Erwachsenen ähnlich. Abend für Abend erzählten sie sich die unsinnigs-
ten Geschichten. Ob sich diese Stimmung von den Kindern auf

153

die Erwachsenen übertragen hatte oder umgekehrt, weiß ich nicht mehr genau. Dennoch glaube ich eher, dass Letzteres der Fall gewesen war. Die Nacht auf dem Land und die totale Finsternis ohne jegliche elektrische Straßenbeleuchtung ließ uns die Milchstraße am nächtlichen Firmament auf einmal viel näher erscheinen. Und nicht nur das. Ein kühler Wind rauschte durch das Geäst der mächtigen Edelkastanien und brachte sie zum Erzittern, was uns unversehens in die Stimmung versetzte, an solch widersinnigen Fantastereien Gefallen zu finden.

Eigentlich hatte ich die Absicht, mich im Dorf intensiv mit dem Leben seiner Bewohner vertraut zu machen, die harte Realität des Landlebens kennen zu lernen; doch nun waren nicht einmal zwei Tage vergangen, und ich war von meiner ursprünglichen Idee bereits völlig abgekommen und diskutierte stattdessen die absurdesten Themen.

Chunos Bruder bildete dabei keine Ausnahme. Kein Wort verlor er über die Schwierigkeiten und Probleme des ländlichen Lebens, nein, er ließ sich lieber von der Stimmung der Seouler Verwandten anstecken und wollte mit ihnen gemeinsam einige sorglose Tage verbringen. Seine Miene spiegelte das ganz offen wider.

Am letzten Abend vor unserer Rückfahrt schliefen die Erwachsenen in dem Pavillon im Wassermelonenfeld. Wenn ich von Erwachsenen spreche, so waren das letztlich nur Chuno und ich, denn sein jüngerer Bruder hatte sich von uns ein wenig zurückgezogen. Unsere Unterhaltung drehte sich wieder einmal um den Weltuntergang und das Ende unseres Sonnensystems, also in der Hauptsache um die Natur und das Weltall. Hinsichtlich der Ursache, weshalb sich unsere nur wenige Tage andauernden Gespräche diesem Thema zuwandten, waren wir – wenn auch ein wenig verschämt – doch stillschweigend übereingekommen. Kurz gesagt: Zurückgezogen in diesen Winkel der Natur ließen wir uns auf einmal nur noch so widerstandslos treiben, was nichts anderes bedeuten konnte, als dass es uns im täglichen Leben an der nötigen Festigkeit mangelte.

Aus unserem alltäglichen Leben, bestimmt von so vielen Komponenten in ihren Wechselwirkungen, hatten wir uns unter dem Vorwand, Urlaub zu machen, einige Tage zurückgezogen, und nun befanden wir uns plötzlich in einem Pavillon, der von unserem Alltag so unglaublich weit entfernt war. Das erquickte schon ein wenig, aber so, wie manch einer behaupt, empfanden wir es weder als Befreiung noch als Freiheit.

Ich möchte eine Geschichte erzählen, die ich in jener Nacht in dem Pavillon von Chuno hörte. Dass er mir diese Dinge erst so spät enthüllte, mochte ihn beschämt haben, und so meinte er zunächst: „Aberglaube – ob nun stark oder schwach – resultiert daraus, dass man sich selbst leichtfertig für einen Teil der Natur hält. Das ist eine Art Nervenkrankheit.“

Alles nahm an einem Sonntag zu Beginn des Frühlings, drei, vier Monate nach Chunos Hochzeit, seinen Anfang. Für die ersten Knospen der Weinrebe an der Hofmauer war es noch zu früh, denn die kühle Witterung hielt noch an. Stille umfing die gesamte Umgebung, nirgendwo menschliche Laute, als plötzlich die Stimme von Chunos Schwiegervater vor dem Eingangstor ertönte.

„Hallo, ist niemand zu Hause?“

Chuno befand sich gerade im Zimmer und eilte auf den Ruf hin erschrocken hinaus. Da zog sein Schwiegervater vor dem Eingang auch schon ein wuscheliges Etwas aus einem großen Karton, auf dem noch ganz deutlich der rot aufgedruckte Markenname eines elektrischen Geräts zu erkennen war – einen kleinen Welpen. Den habe er von einem Bekannten bekommen, meinte er. Erst jetzt kam Chunos Frau aus dem Schlafzimmer gehastet, sie war noch im Pyjama. Der Schwiegervater sah seine Tochter an: „Siehst ein bisschen abgemagert aus“, und in vertraulichem Ton fügte er hinzu: „Der kleine Kerl muss ein paar Schläge bekommen. Ich habe ihm gesagt, er soll sich ruhig verhalten, aber im Bus hat er dauernd gequengelt, und die Schaffnerin wollte uns schon rausschmeißen. Ich hab' sie gebeten, noch mal ein Auge zuzudrücken, wir haben uns eine Weile gestritten, aber Gott sei Dank haben die anderen Fahrgäste nichts gesagt, und wir konnten weiterfahren.“

Mit fragendem Blick, als wollte er sagen: „Na, was meinst du, ist doch in Ordnung, oder?“, beobachtete er die Reaktion seiner Tochter.

Gerade aus dem Karton gekommen, blinzelte das wuschelig weiße Hündchen, als blendete es das Tageslicht, und Chunos Frau – gegen Mittag immer noch im Schlafanzug – meinte: „Ach, ist der süß.“ Sie griff nach dem Hund, nahm ihn hoch und sagte:

„Du kleiner Kerl musst eine Strafe bekommen. Warum hast du denn im Bus so ein Theater gemacht und den Vater geärgert, hm, du Bösewicht?"

Mit der Hand deutete sie eine Bewegung an, als wollte sie auf sein Hinterteil schlagen. Das Mädchenhafte und die Geschicklichkeit, mit der sie den kleinen Kerl auf den Arm nahm, waren zwar ganz niedlich, aber nicht frei von einer gewissen Koketterie. Es war zwar ihr Vater, aber ihn gegen Mittag im Pyjama zu empfangen, beschämte Chuno doch ein wenig.

Bei diesen neumodischen Frauen kommt es ja nicht selten vor, dass sie mit ihrem mädchenhaften Charme kokettieren, sobald der Vater sie besucht. Ein derart eigensinniges Benehmen gehört sich aber nicht, wenn sie in der Familie des Mannes leben, und ebenso wenig schickt es sich für den Schwiegervater, seiner Tochter einfach einen Hund mitzubringen. Chuno lebte mit seiner Frau allein, deswegen konnte sie ihrem Vater, wann immer der sie besuchte, ganz entspannt begegnen und sich wie eine verwöhnte Erstklässlerin aufführen. Das Betragen seiner Frau, die im Schlafanzug ihr freundschaftliches Verhältnis zum Vater demonstrierte, erfüllte Chuno mit Scham.

Trotz des kühlen Wetters zog der Schwiegervater Chunos Handwerkszeug hervor – Hammer, Säge und Nägel – und breitete alles auf dem Hof aus, den noch eine dünne Eisschicht überzog, dann ging er in den Keller und holte eine leere Apfelkiste aus Holz, alte Bretter und Holzstücke hervor und begann zu hämmern. Hauchzarte Wolken schwebten am Himmel und dämpften die ohnehin spärlichen vorfrühlingshaften Sonnenstrahlen. Dem Schwiegervater schien die Kälte doch unerwartet streng zu sein, denn obwohl er leichte Arbeitshandschuhe aus Baumwolle trug, rieb er sich dauernd die Hände. Chunos Frau hatte sich inzwischen einen dicken Pullover übergezogen, einen Schal umgebunden und schleppte schließlich mit großem Trara auch noch einen Petroleumofen nach draußen.

„Kalt hier auf dem Hof, nicht? Wärm dich ein bisschen am Ofen!", sagte sie zu ihrem Vater, und das nicht etwa, weil sie vielleicht die besondere Würde ihrer Beziehung zu ihm hervorkehren wollte oder weil sie gar ihre Höflichkeit als wohlerzogene Tochter zu demonstrieren gedachte, nein, sie sagte es mit einer Leichtigkeit, die ihrer engen und herzlichen Beziehung zum Vater entsprach. Dann machte sie viel Aufhebens, indem sie die

Haushälterin zum Fleischer schickte und verkündete, sie selbst würde auf den Markt gehen.

Nach einigen Stunden, aus der Küche drang der angenehme Duft von Rindfleischsuppe auf den Hof, stand dort eine fertige Hundehütte, die sich sehen lassen konnte. Sie hatte sogar eine niedliche Tür, durch die der Hund hinein und hinaus konnte; innen war sie mit reichlich Reisstroh ausgelegt, damit es nicht zu kalt wurde.

„O, ist die hübsch! Die ist ja richtig niedlich geworden."

„Na, bist du zufrieden?", fragte der Vater.

„Ja. Aber wo verrichtet er denn sein Geschäft?"

„Das wird er schon selbst wissen."

„Ob er uns gut bewacht? Na ja, das Mittagessen ist fertig. Komm schnell rein zum Essen!"

„Bring mir erst mal ein bisschen Wasser! Ich will mich waschen."

„Ach, natürlich. Das hatte ich ganz vergessen."

Unbeschwert floss das Gespräch zwischen Vater und Tochter dahin und der an der Hütte festgebundene Welpe riss die Vorderpfoten hoch und bellte. Er beklagte sich, weil er angebunden war.

„Richtig, richtig! Och, sieh mal, wie er bellt!" Chunos Frau klatschte vor Freude in die Hände. Ihr Vater lachte laut und herzlich.

Aber gerade dieser kleine Hund gab schon bald Anlass zu allgemeinem Verdruss. Es waren vielleicht zwei Tage vergangen, Chuno hatte gerade gefrühstückt und traf Vorbereitungen, das Haus zu verlassen, als seine Frau aus der Küche, wo sie gerade abgewaschen hatte, mit leicht verschreckter Miene ins Zimmer trat.

„Oh Gott, dieser verdammte Hund buddelt überall Löcher. Das ist nicht gut", flüsterte sie kaum hörbar. „Wenn er unter der Veranda gräbt, das bedeutet doch, dass in diesem Haus bald jemand sterben wird", plapperte sie leichtfertig daher. Dieses Gerücht musste sie irgendwo aufgeschnappt haben.

Chuno lief ein Schauer über den Rücken. Zwar hörte er so was zum ersten Mal, dennoch kam es ihm irgendwie vertraut vor, als wüsste er davon schon seit langem.

„Der kleine Köter muss weg. Was schleppt dein Vater auch dieses Tier an ...", fuhr Chuno wütend auf, doch seine Frau entgegnete ebenso unfreundlich: „Was regst du dich denn grundlos so auf? Ist das vielleicht die Schuld meines Vaters, nur weil er ihn hergebracht hat? Er wollte uns eine Freude machen mit dem Hund, aber du kennst ja nicht mal Dankbarkeit."

„Ich meine ja nur, weil er so viel Ärger macht", sagte Chuno.

„Wir können ihn ja zurückgeben, wenn er Ärger macht, oder?", entgegnete die Frau.

„Selbst wenn wir ihn jetzt zurückgeben, haben wir am Ende Scherereien. Wenn du nicht davon gesprochen hättest, gäbe es überhaupt kein Problem, aber nun habe ich es ja schon gehört", sagte Chuno.

„Wovon habe ich gesprochen?"

„Na, dass jemand stirbt, wenn der Hund unter der Holzveranda die Erde aufwühlt."

„Mein Gott, was brüllst du denn so?"

Erneut entstellte Angst die Züge seiner Frau, doch dann lächelte sie plötzlich ohne ersichtlichen Grund, und ihre Stimme wurde sanfter: „Ach, du aber auch! Hast du das für bare Münze genommen? Er gräbt doch gar nicht unter der Veranda."

„Unter der Veranda ist die Betondecke des Kellers, da kann er sowieso nicht graben. Heute Morgen habe ich jedenfalls gesehen, dass er neben dem Rauchabzug die Erde aufgewühlt hat."

„Neben dem Rauchabzug? Neben welchem Rauchabzug denn?", fragte seine Frau, abermals kreidebleich vor Angst. Einen Rauchabzug gab es am Schlafzimmer und auch an dem anderen kleinen Zimmer, in welches das ganze Jahr über kein Sonnenstrahl fiel.

„Neben dem vor unserm kleinen Zimmer."

„Ach, dann wusstest du es also auch schon!" Seine Frau schrie beinahe und machte dazu ein Gesicht, als bereute sie es, überhaupt mit diesem Thema angefangen zu haben. Dann beruhigte sie sich wieder, und als wollte sie vom Thema ablenken, meinte sie: „Das ist alles Quatsch. Früher war das so, aber heutzutage soll es auch Hunde geben, die nicht die Erde aufwühlen. Die Hunde sind eben auch moderner geworden. Viele Hunde graben nur noch so zum Spaß in der Erde. Der Schäferhund von Herrn Kim, eurem Abteilungsleiter, der gräbt doch auch alles um."

Herr Kim war Chunos Freund, er liebte Schäferhunde über alles. Ob sein Schäferhund wirklich in der Erde buddelte, konnte Chunos Frau gar nicht wissen. Bestenfalls hätte es Chuno gewusst, denn seine Frau und die Gattin von Herrn Kim trafen sich nur selten und konnten sich gar nicht gut kennen. Sie wird es nur einfach so zu ihrem eigenen Trost gesagt haben. Natürlich hätte Chuno boshaft zurückfragen können: „Woher willst du denn wissen, ob der Hund von Herrn Kim unter der Veranda buddelt oder den Hof umgräbt?", aber wenn er so hartnäckig nachfragte, könnte sie sich in die Enge getrieben fühlen und sich schämen, dachte er und schwieg.

„Ach, weißt du, das ist ja nicht das einzige Problem. Er muss weg. Es geht nicht anders", sagte sie und stand auf.

Aber mit dem Aufstehen allein war es natürlich nicht getan. Das Problem war noch nicht vom Tisch.

Am nächsten Morgen standen Chuno und seine Frau zeitig auf und überprüften noch einmal den Boden neben dem Rauchabzug am kleinen Zimmer. Beiden stockte der Atem.

Chuno hatte kaum die Augen aufgeschlagen, als er auch schon hinausgeeilt war. Als er dann keuchend ins Zimmer zurückkam, ahnte seine Frau schon, was passiert war. Schnell stand sie auf, und dann liefen beide zusammen im Schlafanzug nach draußen.

Der Hund hatte nicht nur unter dem Rauchabzug gegraben, sondern auch hinter der Küche, im Blumenbeet unter dem Fenster und vor der Eingangstür, überall war die Erde aufgewühlt.

„Hier hat er auch gegraben."

„Oh Gott, und dort!"

„Was machen wir nun?"

„Tja, was machen wir da?" Chunos Frau schien sich jetzt doch ein bisschen schuldig zu fühlen, flüchtig warf sie einen Seitenblick auf ihren Mann und fuhr fort: „Und du hast es also gestern schon gewusst, noch bevor ich es dir erzählt habe?"

Das war richtig. Gestern Morgen noch vor dem Frühstück hatte Chuno zufällig gesehen, wie die Erde unter dem Rauchabzug aufgewühlt war. Zunächst hatte er an Mäuse gedacht. Dann war ihm der Gedanke gekommen, dass es auch der Welpe gewesen sein könnte, und er sah zu dem Tier hinüber, das an der Hofmauer saß. Als versuchte der Hund Chunos Absichten zu erkunden, blickte er ihn aufmerksam an. In dem Moment war sich Chuno jedoch noch nicht bewusst, dass es Leid, Krankheit oder gar den Tod eines Angehörigen bedeutete, wenn ein Hund die Erde aufwühlte, und dennoch hatte ihn die vage Ahnung beschlichen, dass es irgendwie mit Unheil verbunden sein musste. Und als dann seine Frau davon sprach, dachte er: Genau. Als ich klein war, habe ich so was schon mal gehört. Er erinnerte sich sogar, dass die beiden Hunde, die seine Familie damals hatte, plötzlich über Nacht verschwunden waren. Das geschah gerade zu jener Zeit, als sein Großvater starb. Damals hatten die Hunde eines Tages in der Erde zu graben begonnen, und zwar genau unter der Holzveranda des Bauernhauses. Ohne diesen Vorfall hätte es ja keinen Grund gegeben, beide Hunde auf einmal zu beseitigen. Ja, das war es, dachte er, und es dauerte nicht lange, bis ihn dieses Ereignis aus längst vergangenen Tagen – da es den aktuellen Ereignissen so ähnlich war – zu der Überzeugung gelangen ließ, dass seine Frau recht hatte.

Allmählich gewann die ganze Angelegenheit immer mehr an Bedeutung. Auch der Blick des Hündchens wurde immer merkwürdiger. Als ihn der Schwiegervater am ersten Tag aus dem Karton gezogen hatte, war Chunos Frau noch mit den Worten: ‚Ach, ist der süß‘, auf das Tier zugegangen und hatte es in die Arme geschlossen, da war es noch ein unverdorbener, naiver, einfach nur niedlicher Hund gewesen, doch innerhalb weniger Tage war in das Wesen des Tieres etwas Düsteres eingekehrt, verstohlen beobachtete es die Menschen. Seine Augen wirkten ein wenig blutunterlaufen. Und je mehr sein Anblick an den eines schuldbeladenen Menschen erinnerte, desto übelgelaunter wurde Chuno. Der Hund sah aus, als sei er von einem bösen Geist besessen.

Genau, davon habe ich schon mal gehört. Wenn eine wohlhabende Familie untergeht, werden selbst die Schweine im Stall verrückt. Ich glaube, irgendwer hat mal erzählt, die Tiere würden blutunterlaufene Augen bekommen, wenn sie irre werden, dachte Chuno und verschwendete keinerlei Gedanken mehr daran, ob seine Erinnerungen wirklich die damaligen Ereignisse korrekt widerspiegelten, er ging einfach von ihrer Echtheit aus. Was allein seiner Fantasie entsprungen war und was den Tatsachen entsprach, hatte sich in seinem Kopf schon zu einem wüsten Durcheinander vermengt.

Aber wie sollten sie den Hund nun wieder loswerden? Sie könnten ihn ja einfach aussetzen und dann die Hundehütte zerhacken. Damit wäre es getan. Doch wenn sie sich des Tieres so entledigten, würde sie im Nachhinein bestimmt das schlechte Gewissen plagen. Die Hundehütte erschien ihnen jetzt alles andere als hübsch und niedlich, sie glich einem krepierten Tier, das sein Maul weit aufriss, und wenn gegen Abend die Sonne unterging, bot sie sogar einen ausgesprochen erbärmlichen Anblick.

So vergingen vier, fünf Tage. Während dieser Zeit war der Hund Tag und Nacht an seiner Hütte angebunden und jaulte ununterbrochen, er magerte immer mehr ab, und wenn Chuno morgens hinausging, sah er das Malheur: Vor seiner Hütte hatte der Hund ein großes Loch gegraben. Das Tier schien zu wissen, dass es wegen seines Verhaltens so vernachlässigt wurde, denn jedes Mal, wenn sich Chuno und seine Frau ihm näherten, musterte es sie prüfend mit einem Seitenblick, und bisweilen sah es die beiden mit einem um Nachsicht flehenden Blick an, als wollte es sagen, es wisse wohl um sein Vergehen, könne aber nichts dagegen tun.

Schließlich fasste Chuno einen Entschluss. Er würde dem Hund eine Schnur um den Hals legen, ihn wegbringen und irgendwo aussetzen.

An diesem Tag machte er ein wenig früher Feierabend. Als er nach Hause kam, nahm er den Hund und zog ihn an einer Schnur auf die Straße hinaus. Das Hündchen freute sich und folgte ihm. Es glaubte wohl, sie würden zusammen spazieren gehen, und wedelte fröhlich mit dem Schwanz. Sie traten aus der Gasse hinaus und bogen in eine belebte Marktstraße ein, wo sich der Hund neugierig für alles interessierte, was er sah. Als sie an einer stinkenden Mülltonne vorbeiliefen, machte das Hündchen einen langen Hals nach deren Inhalt, als täte es ihm leid, einfach so daran vorbeizugehen, und als sie an einer Gaststätte vorübergingen, schnupperte es aufgeregt und warf einen Blick zur Tür hinein. Es blieb ein Stück hinter Chuno zurück, und jedes Mal, wenn der an der Schnur zerrte, wäre es wohl gern noch geblieben, lief aber dennoch unbeschwert seinem Herrchen hinterher. Das Glöckchen an seinem Hals bimmelte fröhlich, und der Spaziergang schien ihm zu gefallen. Sie liefen die Marktstraße entlang und bogen dann in eine große Straße ein, da hob der Hund unter einem der Alleebäume das Bein. Als sich Chuno umsah, wandte sich das Tier verstohlen ab, als schämte es sich. Es wich Chunos Blick aus, und dabei spiegelte sich in seinen Augen so viel Reife, wie sie ein Mensch vielleicht mit dreizehn oder vierzehn Jahren hatte. Über die abendliche Hauptstraße fegte ein trockener, staubiger Wind, im Nu hatte sich der graue Staub an den Augenlidern des Hundes festgesetzt und ließ ihn ein bisschen älter aussehen. Auch sein weißes Fell war ein wenig gelblich verfärbt. Als sie an einem Briefkasten vorübergingen, sah das Tier an diesem hinauf, und als wollte es sagen: ‚Was ist denn das für ein großes rotes Ding?', stieß es ein Mal leicht mit seiner Hinterpfote dagegen. Chuno achtete nicht besonders darauf, was der Hund hinter ihm machte, dennoch bemerkte er, dass er sich zu dem Tier – anders als zu Hause – irgendwie vertraut hingezogen fühlte. Lag das daran, dass sie ein paar Tage zusammengelebt hatten? Der Hund wusste nicht, wohin sein Herrchen ihn führte, und Chuno empfand Mitleid, weil das Tier so nichts ahnend und unbeschwert neben ihm herlief.

Schließlich erreichte er den Hangang, das Ziel seines Ausflugs. Vor dem Deich, auf dem das vertrocknete Gras des letzten Jahres festgefroren war, blieb er stehen und streckte sich einmal. Er betrachtete den Fluss von einem Ende zum anderen. Das Hündchen stand neben ihm und sah mit weit aufgerissenen Augen zum Wasser hinab, das sich da plötzlich vor ihm ausbreitete. Schon wollte es ins Gebüsch springen.

Chuno zögerte. Sollte er den Hund erwürgen und ihn dann mit einem Stein um den Hals in den Fluss werfen? Aber das musste vielleicht nicht sein. Es ging ja nicht darum, einen Menschen umzubringen, und um einen Hund zu töten, war es nicht notwendig, ihm noch einen Stein um den Hals zu binden. Ihn einfach zu erwürgen, war auch keine gute Idee. Das konnte er doch nicht mit einem Hund machen, der in naiver Vorfreude auf einen Spaziergang mitgekommen war. Das Tier hatte doch nichts verbrochen, wofür es mit dem Tod bezahlen müsste, dachte Chuno. Wenn er – die Lippen fest aufeinandergepresst – die Kehle des Hundes mit aller Kraft zudrückte, sodass er mit allen vier Gliedmaßen um sich stieße und so sein Leben aushauchte, würde dieser Anblick für ihn auch keine Freude sein. Inzwischen war das Tier zu Chuno gekommen und sah zu ihm hinauf, als wollte es fragen: ‚Was ist denn? Woran denkst du? Wieso stehst du hier und rührst dich nicht vom Fleck?' Das Hündchen folgte Chunos Blick und starrte zum gegenüberliegenden Flussufer. Dann riss es das Maul weit auf und gähnte, wobei sich seine Augen ein wenig röteten und feucht wurden.

Letztlich erschien es Chuno am besten, das Tier am sandigen Ufer des Hangang auszusetzen. Aber dazu musste er ihn irgendwo festbinden, an einem Baumstamm vielleicht, doch weit und breit sah er nichts Geeignetes. Er zögerte und machte unbewusst ein paar Schritte nach hinten. Da bemerkte er etwas, woran er bis dahin noch gar nicht gedacht hatte. Was war das? Stand nicht der Hund, als ob er die Situation genau durchschaute, unbeweglich da und starrte mit ängstlichem Blick wie gebannt auf ihn? Plötzlich bekam Chuno eine Gänsehaut. Das vom Wind aufgebauschte Fell ließ das Hündchen noch bemitleidenswerter erscheinen. Vorsichtig machte Chuno ein paar Schritte nach hinten. Der Hund blieb stehen, den starren Blick auf ihn gerichtet.

Hinter dem Tier floss das Wasser des Hangang dunkel dahin und bildete einen monotonen, von einem melancholischen Nachklang erfüllten Hintergrund, und je weiter der Abstand zwischen Chuno und dem Hund wurde, desto intensiver vermischten sich die Landschaftsbilder, einschließlich des gegenüberliegenden, tief im Schatten liegenden Ufers.

Zitternd stand das Hündchen da. Es machte keine Anstalten, zu Chuno zu kommen.

Gut so, dachte Chuno und machte kehrt, um davonzulaufen. Er setzte an, über das sandige Ufer zu rennen. Aber er kam nicht sehr schnell voran, weil seine Füße im Sand stecken blieben. Er wurde nervös und unruhig. Da hatte er mit einem Mal das Gefühl, als habe es sich der Hund soeben anders überlegt und würde ihm nun hinterherspringen. Unversehens waren Chunos Stirn und Rücken schweißnass, doch er konzentrierte alle Kräfte darauf, so schnell wie möglich zu rennen, wobei er sich dann und wann umsah und zu seinem Erstaunen feststellte, dass der Hund noch immer an derselben Stelle stand und sich nicht vom Fleck rührte. Er machte einen sorglosen Eindruck. Irgendwie schien er befremdet von Chunos Verhalten. *Was ist denn mit dem los? Spinnt er? Ist er verrückt? Das ist doch unverkennbar mein Herrchen. Der spinnt,* schien es zu sagen. Noch vor ein, zwei Minuten hatte es so ausgesehen, als verstünde der Hund die Situation und habe alle Hoffnung aufgegeben, da er doch Chunos Absichten durchschaute. So klug hatte er ausgesehen, doch wenn sich Chuno jetzt im Laufen nach ihm umwandte, machte das Tier gar nicht mehr diesen Eindruck. Es war wieder das naive, unbedarfte Hündchen von einst.

In dem dunklen Schatten hinter Chuno bildete der Fluss ein schmales Band und floss ungerührt wie eh und je. Über den

steilen Hügel am anderen Flussufer senkte sich ein rotes Abend-
licht, das an einen Herbstabend erinnerte. Die Umgebung war
ruhig, kühl und einsam.

Erst als das sandige Flussufer hinter ihm lag, stieß Chuno einen
Seufzer der Erleichterung aus und sah sich um. Plötzlich konnte er
das Hündchen nicht mehr entdecken. Erschrocken blickte sich
Chuno nach allen Seiten um. Er ließ seinen Blick über den breiten
Uferstreifen schweifen, und für einen Moment packte ihn ein
leichtes Grauen, denn er dachte, das Hündchen könnte wie durch
einen Zauber plötzlich hinter seinem Rücken sitzen und ihn verschmitzt ansehen. Aber das Tier war nicht hinter ihm. Wie sollte
es auch? Chuno atmete erleichtert auf und suchte das Ufer noch
einmal mit den Augen ab. Da entdeckte er ihn. Nahe am Wasser
sah er etwas, das sich bewegte. Es wagte sich dicht an den Fluss
heran, sprang auf die dünne Eisschicht und warf auch einen Blick
unter die Eisschollen. Ganz allein lief es über das Eis.

Als Chuno zu Hause ankam, wischte er sich erst einmal den
Schweiß von der Stirn und versetzte der Hundehütte ein paar
Fußtritte, um sie zu zerschlagen. Mit dem ersten Tritt war sie
beinahe völlig zusammengebrochen. Als sein Schwiegervater sie
aufbaute, war er einige Stunden damit beschäftigt gewesen, die
Zerstörung hingegen dauerte nicht lange.

Chunos Frau trat auf die Holzveranda hinaus, sie trug eine
mit zwei niedlichen Kaninchen bestickte Schürze. „Hast du ihn
ausgesetzt?", fragte sie. „Ist er dir auch nicht auf dem Rückweg
gefolgt?"

Chuno antwortete nicht. Er wollte die Erinnerung an die Bilder vom Flussufer nicht wieder heraufbeschwören.

„Wir hätten ihn lieber jemandem schenken sollen, wenn wir
ihn schon loswerden wollten."

Ja, dachte Chuno, und diese Einsicht kam ihm erst jetzt, das
wäre besser gewesen. Irgendwo an einer Kreuzung hätte er den
Hund einem kleinen Mädchen geben können: „He, du, willst du
das Hündchen haben? Da, nimm's mit!", und er hätte der Kleinen den Strick mit dem Hund in die Hand gedrückt. Es wäre
auch möglich gewesen, das Tier an der Einfahrt zum Markt einfach freizulassen, irgendjemand hätte es sicher mitgenommen.
Nun bereute er, das Hündchen bis zum Hangang gezerrt zu haben. Dieses ergreifende Bild, wie es vor dem Hintergrund des
dunkel dahinfließenden Wassers wie gebannt auf ihn gestarrt

hatte, saß in einem Winkel seines Kopfes fest wie die Szene aus einem dieser eigenartigen Hitchcock-Filme und wollte nicht wieder verschwinden. Und das, obwohl Chuno eigentlich nur mit Verachtung auf solche Filme herabsah.

Am nächsten Morgen, einem Sonntag, trat Chunos Frau auf den Hof hinaus und schrie plötzlich erschrocken auf. Sie kam wieder herein.

„Du glaubst es nicht! Komm raus und sieh dir das an! Der Hund ist wieder da", rief sie mit angsterstickter Stimme.

„Was? Was sagst du da?" Im Nu war Chuno aufgesprungen und hastete hinaus. Da stand er zitternd vor dem Eingangstor. Das zerzauste Fell feucht vom morgendlichen Tau, sah er Chuno und seine Frau forschend an, und sein Winseln hörte sich an wie das Jammern eines Kindes.

Chuno war verzweifelt.

Um die Mittagszeit an diesem Sonntag schlug ein Nachbar – er musste Chunos Lage irgendwie erfasst haben – vor, ihm den Hund zu verkaufen. Chuno und seine Frau sahen sich an und waren höchst erfreut. Hätte er ihnen einfach angeboten, ihm den Hund zu geben, hätten sie das Tier ohne Bedauern weggegeben. Das Nachbargrundstück lag etwas höher als Chunos Haus, und daher konnten sie es über die Mauer hinweg immer sehen, dennoch pflegten sie keinen Kontakt mit diesen Nachbarn. Ursprünglich waren die Häuser dieses Viertels nicht im Rahmen einer Stadtplanungsmaßnahme errichtet worden, sondern jeder hatte irgendwie nach Gutdünken sein Häuschen errichtet, weshalb die Gassen nun kreuz und quer verliefen und auch das soziale Gefüge der Anwohner keine homogene Struktur aufwies; hier wohnten kleine Angestellte wie Chuno, der Redaktionsmitglied eines winzigen Verlags war, und ebenso einfache Lastenträger oder Tagelöhner wie Chunos Nachbarn. Deswegen kam es zwischen den Anwohnern selten zu persönlichen Kontakten. In dieser Hinsicht war es in einem wohlhabenden Viertel wesentlich schlimmer. Jedenfalls lebten hier alle bunt zusammengewürfelt. In der illegal errichteten Bretterbude auf dem Nachbargrundstück zum Beispiel wohnte eine Familie; der Mann arbeitete vermutlich als Tagelöhner und trug einen ungepflegten Bart, seine Frau hatte stets ein Tragegestell mit Wassereimern über den Schultern und lief mit unsicheren Schritten die steilen Wege zwischen den Häusern auf und ab. Sie verkaufte Brunnenwasser an die Häuser ohne eigenen Wasseranschluss, wenn die öffentliche Wasserleitung nicht genügend Wasser hergab, und auch an jene, die eine Wasserleitung im Haus hatten, wenn es dort mit der Trinkwasserversorgung nicht klappte. Für zwei Eimer bekam sie zehn Won. Wenn es sehr kalt war oder viel Schnee lag und die Wege glatt waren, oder auch bei Regen, wenn sich die schmalen Pfade zwischen den Häusern in kleine schlammige Rinnsale verwandelten, mussten ihre Stammkunden bisweilen ohne Wasser auskommen, denn dann scherte sie sich nicht darum, ob die Kunden Wasser hatten oder nicht, und blieb meistens zu Hause. Manchmal konnte man sehen, wie die Anwohner zu ihr kamen und sie dringend ersuchten, ihnen Wasser zu bringen. Vor ein paar Tagen hatte es heftig geschneit und der Boden war zugefroren, als ein vornehm gekleideter Herr zu ihr kam und halb drohend, halb flehend um Wasser bat.

„Sie können doch nicht einfach nur an Ihre Bequemlichkeit denken", meinte der Mann.

„Wie bitte? Meine Bequemlichkeit? Mir schmerzt die Hüfte wie verrückt, und mein Rücken tut auch weh."

„Ja, das kann ich schon verstehen, aber wir haben uns doch mit dem Trinkwasser ganz auf Sie verlassen."

„Ach, ich werd' verrückt. Ich kann mich doch ausruhen, wann ich will. Sie haben doch auch zwei Hände und können sich selbst mal Wasser holen ... Mein Gott!"

„Wo ist denn Ihr Mann?"

„Na, wo schon? Auf Arbeit natürlich."

„Bei dieser Kälte heute, wo gibt's denn da Arbeit?"

„Also jetzt reicht's ..."

Sie verkniff sich die Bemerkung: Das gibt's doch nicht. Was interessiert's denn Sie, ob wir Arbeit haben oder nicht. Weshalb kümmern Sie sich denn um Sachen, die Sie überhaupt nichts angehen? Ihre Miene zeigte jedoch, dass ihr diese Worte auf der Zunge lagen. Da trat der Mann mit einem Mal etwas herrischer auf: „Los, aufstehen! Hoch jetzt! Was denn, können Sie nicht aufstehen?"

„Jetzt hören Sie doch auf, hier rumzukommandier'n!", fuhr sie ihn an. „Was stoßen Sie mich denn so? Schluss jetzt mit der Schubserei!"

Während sie näselnde Laute von sich gab, hängte sie sich mit trägen Bewegungen die Riemen des Tragegestells über die Schultern und trat hinaus.

Ihrem Dialekt nach musste sie aus den südlichen Provinzen stammen und noch nicht lange hier wohnen, ansonsten wusste Chuno nichts über sie. Ihr Gesicht war aufgedunsen, und von der Statur her wirkte sie ziemlich kräftig. Wenn sie bisweilen mit ihrem Mann einen Ehestreit hatte, saß sie einfach vor der Tür, und man hörte sie nur immer wieder das Gleiche sagen: „Ich halt' das wirklich nicht mehr aus."

Und ausgerechnet die wollten den Hund kaufen. Wenn man doch wenigstens ein bisschen Kontakt miteinander gehabt hätte, aber nein, wie von ungefähr war ein Kopf hinter der Mauer erschienen und hatte gefragt: „Wollen Sie das Hündchen nicht verkaufen?" Dabei lächelte die Frau und trug ihre Bitte sogar in einwandfreier Seouler Hochsprache vor, was gar nicht zu ihr passte.

Chuno kam das seltsam vor, und eine unheilvolle Ahnung beschlich ihn, trotzdem sagte er: „Verkaufen? Wenn Sie ihn haben wollen, können Sie ihn so bekommen." Und dachte dabei: Gott sei Dank. Wie viel sollte man denn auch von einer Frau verlangen, die für zwei Eimer Wasser zehn Won bekam? Doch sie beharrte eigensinnig darauf, für den Hund fünfhundert Won zu bezahlen. Wenn das ihr Wunsch war, musste er es akzeptieren. Als er den Fünfhundertwonschein in Empfang nahm und das Hündchen über die Mauer reichte, fing seine Frau auf einmal laut an zu lachen, als ob sie etwas erheiterte.

Obwohl sich das Problem mit dem Hund nun auf ganz einfache Weise erledigt hatte, quälte Chuno im Nachhinein doch ein ungutes Gefühl. Die Angelegenheit war nun vom Tisch, aber der Hund befand sich ja nur hinter der Mauer auf dem Nachbargrundstück. Er musste immer noch an ihn denken, und jeden Morgen spähte er heimlich über die Mauer. Ob der Hund nicht auch dort an der Mauer buddelte? Doch das schien nicht der Fall zu sein, und Chuno beruhigte sich wieder. Nach weiteren zwei Tagen jedoch überlegte er es sich anders. Als der Hund noch in seinem Haus lebte, war er so eifrig am Graben gewesen, doch kaum befand er sich bei den Nachbarn, hatte er dieses Verhalten wie eine alte Haut einfach abgestreift. Plötzlich bestürmten Chuno Gedanken dieser Art.

Doch nicht nur wegen des Hundes lugte er jetzt anders als früher jeden Morgen und jeden Abend über die Mauer. Manchmal saß das Tier vor der Tür der ärmlichen Kate und starrte zu Chunos Grundstück hinüber. Sein Blick schien gleichgültig, als würde er seinen früheren Herrn nicht mehr kennen, irgendwie hatte es aber auch den Anschein, als erkannte er ihn doch, und bisweilen lag in seinem Blick etwas Vorwurfsvolles.

Es vergingen drei, vier Tage, als der Hund plötzlich mir nichts dir nichts verschwunden war. Ob die Nachbarn ihn aus den gleichen Gründen wie Chuno verkauft hatten oder ihn anderweitig losgeworden waren, wussten sie nicht, jedenfalls war das Hündchen weg, und damit versiegten nun auch die kurzen Gespräche zwischen den Nachbarn über die Mauer hinweg. Seit der Hund über die Mauer ins Nachbarhaus gekommen war, hatten sich die beiden Nachbarinnen, wenn sie sich langweilten, bisweilen über die Mauer hinweg unterhalten. Selbstverständlich machte Chunos Frau ihrem Mann gegenüber darüber keinerlei Andeutungen. Vielleicht hatten die Nachbarn ja auch von Anfang an beabsichtigt, das billig erstandene Hündchen später teuer weiterzuverkaufen.

Dennoch schien Chuno die ganze Sache irgendwie lächerlich. Er konnte sich des Gefühls nicht erwehren, dass sie weit über das Alltägliche hinausging. Seine Frau sah aus, als habe sie sich von ihren Bedenken noch nicht vollständig befreit, nun jedoch atmete sie erleichtert auf und meinte leicht übertrieben: „Ach, was es nicht so alles gibt … Der Hund hat auch ein hartes Schicksal."

Sie lachte. Chuno war nicht nach Lachen zumute.

Als er das Hündchen nun nicht mehr sehen konnte, zeigten sich bei Chuno allmählich Symptome einer Krankheit. Es waren Symptome, denen er mit klarem Verstand und Willenstärke schon nicht mehr beizukommen wusste.

Vor allem suchten ihn jede Nacht wilde Träume heim.

Mitten auf dem Hof war ein großes Loch gegraben, das aussah wie ein riesiges Grab, darin lag das tote Hündchen, alle Viere von sich gestreckt, den weißen Bauch nach oben, und bot einen jämmerlichen Anblick. Oder vier fremde Männer kamen mit einer Totenbahre von weit her und blieben vor dem Eingangstor stehen. Oder er träumte, wie sich in einer hellen Mondnacht plötzlich das Tor öffnete, er hochschreckte und hinaustrat, wo er jemanden von der Holzveranda springen und zum hinteren Teil des Hofes flüchten sah, und dann lag der leere Hof verlassen im hellen Mondlicht. Seine Träume waren so deutlich und lebendig, dass sie ihm noch den Angstschweiß auf den Rücken trieben, wenn er sich jetzt daran erinnerte. Jedenfalls quälten sie ihn jede Nacht, bis er es kaum noch aushielt. Eines Nachts hörte er plötzlich, wie irgendwo im Haus Wasser lief. Und selbst das ließ ihn auf unerklärliche Weise erschaudern.

Die Albträume fielen jede Nacht über ihn her, schließlich verbanden sie sich mit merkwürdigen Tagträumen. Es gelang ihm kaum noch, diesem grauenvollen Zustand zu entkommen. Letztlich blieb nur die Möglichkeit, das Haus zu verkaufen. Nachdem er sich dazu entschlossen und auch seine Frau erfreut zugestimmt hatte, wurde er immer nervöser. Nun wollte er dieses Haus so schnell wie möglich verlassen.

Dem Makler seines Viertels versprach er eine besonders großzügige Courtage und ließ das Haus dort zum Verkauf ausschreiben, doch es fand sich so leicht kein Käufer. Der Militärputsch des 16. Mai 1961 war noch nicht lange vorüber und der Immobilienhandel in der Hauptstadt zusammengebrochen.

Eingedenk dieses neuen Tatbestandes betrachtete Chuno nun alles als schicksalhaft. Und dementsprechend wuchs auch seine Nervosität. Jetzt hatte er keine Wahl mehr. Er dachte, er müsse das Haus letztlich aufgeben, selbst wenn er es nicht verkaufen konnte, und wollte es zunächst über den Makler vermieten lassen. Während der Immobilienhandel stagnierte, florierte die Vermietung von Wohnungen, und die Immobilienmakler der Umgebung kamen mehrmals täglich mit Interessenten zur Wohnungsbesichtigung vorbei. Chuno verlangte eine im Verhältnis zum Marktpreis sehr niedrige Kaution, zudem bot seine Frau jedem Besucher, der das Haus sehen wollte, Kaffee an, schälte ihm einen Apfel oder bewirtete ihn auf andere Weise. Das aber verursachte bei den Interessenten eher Zweifel. Sie dachten, womöglich laste irgendein fatales Unheil auf dem Haus.

Nach etwa fünf Tagen hatte sich endlich ein Mieter gefunden, und ohne Verzug wurde ein Vertrag unterschieben. Nach weiteren zehn Tagen mieteten Chuno und seine Frau in der Nähe des Chaha-Tors eine andere Wohnung und zogen um.

Nach dem Umzug vergaßen sie die Probleme, die sie einst in ihrem früheren Haus gequält hatten, bis sie etwa ein Jahr später eines Tages im Frühjahr ein alter Mann besuchte. Zunächst erkannten sie ihn nicht, doch dann stellte sich der Mann vor: „Ich bin der Mieter Ihres Hauses." Da erst erinnerte sich Chuno an ihn.

Bitterkeit lag in der Stimme des Alten, als er erzählte: „Vor ein paar Tagen habe ich meine Frau verloren. Die Trauerfeier fand im Städtischen Krankenhaus statt, im Haus wollte ich sie nicht machen. Ich möchte dort ausziehen."

Chuno und seine Frau sahen sich an.

Auch nachdem der Alte gegangen war, erwähnten sie die Angelegenheit nicht mehr. Chunos Frau meinte nur kurz: „Was machen wir nun? Wollen wir das Haus wieder vermieten?"

„Bei dieser Gelegenheit könnten wir es gleich verkaufen."

„Ja, das wär' nicht schlecht."

Damit hatte sich die Sache für sie erledigt.

Am nächsten Tag ging Chunos Frau zum Makler und ließ das Haus dort zum Verkauf ausschreiben. Nach zehn Tagen kam die Nachricht, es habe sich ein Käufer gefunden, woraufhin sie sich noch einmal zum Makler aufmachte. So wurde das Haus umgehend verkauft.

Das war Chunos Geschichte.

Die Nacht war weit vorangeschritten, und wir saßen im Pavillon; das Rauschen des über die kahlen Felder streifenden Nachtwindes war noch unheimlicher geworden. In der nächtlichen Dunkelheit verschmolz alles miteinander, und die Hügel in der Ferne wirkten wie schwarze Klumpen, nur die geschmeidigen Linien der Bergkämme berührten den sternenglänzenden Himmel.

Auch die noch vereinzelt leuchtenden Lichter des Dorfes hinter dem Bach hatten sich inzwischen restlos in der Nacht aufgelöst.

(1972)

Zwiedenker[2]

Da rief doch dieser Song heute schon wieder an. Mit einer Hand hielt Hyonus Frau den Hörer zu und wandte sich mit angstvoll verzerrter Miene an ihren Mann: „Das ist wahrscheinlich wieder der. Soll ich sagen, du bist nicht da?"

„Der, sagst du?"

„Genau, den meine ich."

„Den? Song?"

„Ja."

„Gib her!", entgegnete Hyonu aufgebracht und nahm ihr den Hörer aus der Hand.

Der Anrufer gehörte zu jener Spezies von Menschen, die – als sei es ihr Beruf – sofort zum Hörer griffen und anriefen, sobald es in den Beziehungen zwischen Nord- und Südkorea irgendeine neue Entwicklung gab. Dann schlug er Hyonu vor, zusammen in die Kneipe zu gehen. Sie tranken bestenfalls Soju oder Makkolli, und die Kosten hielten sich in Grenzen, dennoch musste immer Hyonu bezahlen. Wie er später erfuhr, besaß dieser Song nicht einmal genug Geld, diese kleinen Zechen zu begleichen. War er allerdings betrunken, spuckte er große Töne.

Vor zwei Jahren hatten die Vorverhandlungen für die Rot-Kreuz-Gespräche zwischen dem Süden und dem Norden Koreas begonnen. Die Zeitungen überschlugen sich in ihrer tagtäglichen Berichterstattung darüber, und so hatte auch Hyonu auf die Bitte einer Zeitung hin in derselben einen kurzen offenen Brief an seinen jüngeren Bruder im Norden veröffentlicht. Der öffentlichen Stimmung Rechnung tragend war er sehr gefühlvoll ausgefallen.

Am folgenden Tag nahm er an einer Gesprächsrunde im Fernsehen teil, bei der es um ähnliche Fragen ging, und empfing dafür ein kleines Entgelt in Höhe von dreitausend Won. Unbeschwert leistete er sich daraufhin im Anschluss an die Veranstaltung ein Bier und fuhr am frühen Abend mit dem Taxi nach Hause. Er hatte gerade den Flur betreten, als seine Frau in ihrer Küchenschürze auf ihn zu gestürmt kam.

---

2 Im Originaltext ist dem Titel eine „4" beigefügt, da es sich dabei um die vierte von insgesamt fünf Kurzgeschichten handelt, die Lee Hochol unter diesem Titel schrieb.

„Eben war da so ein merkwürdiger Anruf", berichtete sie atemlos und fuhr, ohne ihrem Gatten überhaupt Zeit für eine Reaktion zu lassen, sogleich fort: „Er meinte, er sei dein Bruder …"

„Was? Was ist denn das für Unsinn? So ein Quatsch." Hyonu war gerade dabei, seine Schnürsenkel aufzumachen, entsetzt ließ er die Hände sinken und starrte seine Frau entgeistert an. Im Kopf verspürte er einen dumpfen Schmerz, als habe ihn soeben der Schlag einer Eisenstange getroffen.

„Hallo, Papa", kam die dreijährige Tochter auf ihn zu und wollte ihn umarmen, doch er entgegnete nur trocken: „Warte! Geh mal zur Seite!"

Er zog die Stirn in Falten und fragte noch einmal: „Was soll der Unsinn? So wie ein Blitz aus heitrem Himmel?"

„Wem sagst du das! Ich dachte auch, mich trifft der Schlag", entgegnete seine Frau ziemlich mürrisch. Beunruhigt drehte sie sich um, ging zu ihrer schmollend in der Ecke stehenden Tochter und schloss sie in die Arme.

„Wann hat er denn angerufen?"

„Kurz bevor du kamst", antwortete sie und setzte zögernd, als erfüllte sie etwas mit Sorge, hinzu: „Er meinte, er wolle gleich noch mal anrufen."

Merkwürdig. Irgendetwas lastete schwer auf Hyonu, und argwöhnisch streifte sein Blick den schwarz glänzenden Hörer, als sei er ein böser Geist. Wenn das wahr ist, ging es ihm durch den Kopf, was soll ich machen? Das kann doch nicht sein.

Er wünschte sich, alles möge sich als Irrtum erweisen. Und dann kam er sich selbst erbärmlich vor.

‚Vielleicht ein Spion, den die Nordkoreaner geschickt haben?', überlegte er, und sogleich packte ihn eine nervöse Unruhe, als würde über seine ganze Familie plötzlich schreckliches Unheil hereinbrechen.

‚Da draußen herrscht wildes Freudengeschrei, Süden und Norden würden sich einander öffnen, aber warum gerade hier bei mir?', grübelte Hyonu und rauchte dabei eine Zigarette nach der anderen. Da rief er wirklich an. Hastig griff Hyonu nach dem Hörer. Ohne einleitende Worte kam der andere sofort auf den Punkt: Es könnte sein, dass er dieser jüngere Bruder aus dem

Norden sei, an den Hyonu den offenen Brief in der Zeitung geschrieben habe, und ob sie sich nicht einmal treffen könnten.

Hyonu war baff. *Ach so?,* dachte er und tat unbewusst einen Seufzer der Erleichterung, ein Leser meines offenen Briefes also. Und laut sagte er: „Das kann doch aber nicht sein.“

„Es könnte vielleicht doch sein.“

„Dann … sind Sie also mein Bruder?“

„Wenn Sie mich das so knallhart fragen, bringen Sie mich ein wenig in Verlegenheit, aber wir sollten uns auf jeden Fall einmal treffen.“

Hyonu fragte ihn, woher er stamme und wie alt er sei. Sein Alter stimmte mit dem des Bruders überein, doch er kam aus einem Dorf namens Kilmyong, das sich um die zehn Ri vom Geburtsort des Bruders entfernt befand. Sein Familienname war Song. Na, das dachte ich mir schon. Hyonu stieß einen Seufzer der Erleichterung aus, der andere hingegen redete aufgeregt weiter, gerade so, als hätte er Angst, Hyonu könnte auflegen: „Nein, Moment bitte! Eigentlich heiße ich auch Kim, aber als ich in den Süden kam und mich hier registrieren ließ, haben die mich aus Versehen unter dem Namen Song registriert. Genauer gesagt, ist das damals bei der Armee passiert.“

„Trotzdem, Ihr Geburtsort stimmt doch auch nicht überein. Sie sagten doch, Sie kämen aus Kilmyong. Dort lebte eine Tante von mir“, erwiderte Hyonu und dachte: So ein bescheuerter Typ. Dann legte er auf.

Seine Frau war im Zimmer, trotzdem hatte sie aufmerksam gelauscht, was ihr Mann am Telefon draußen sagte, weshalb sie nun gleichfalls erleichtert einen Seufzer von sich gab und ihn fragte: „Und was sagt er?“

„Ach, das war nur so ein alberner Heini.“

„Oh Gott, hatte ich eine Angst. Wenn das wahr gewesen wäre, was hätten wir denn dann gemacht?“

Verwirrt sah Hyonu zu seiner Frau hinüber. Sie spürte seinen Blick auf sich, allmählich entspannten sich ihre Gesichtszüge und schon gefasster meinte sie: „Auf jeden Fall ist das eine Tragödie, eine Tragödie. Wäre er wirklich hier, müsste das doch ein Grund zur Freude sein, aber stattdessen fürchtet man sich, hm, meine Kleine?“ Sie drückte das Kind an sich und versuchte vom Thema abzulenken.

Hyonu ging auf den Hof hinaus und setzte sich auf die an einem dichtbelaubten Fliederbaum hängende Kinderschaukel. Irgendwie war ihm sehr melancholisch zumute. Vor mehr als zwanzig Jahren hatte er sich von seinem Bruder getrennt, und die Erinnerung an diese Zeit holte ihn nun erneut ein.

Die Wolken hingen tief, vom Himmel tänzelten einzelne Schneeflocken herab, die Ernte war eingebracht, und die Felder lagen verlassen. Hing es mit der erdrückenden Wolkendecke zusammen, dass die sich Wandschirmen gleich um die Raine gruppierenden Hügel an diesem Tag so merkwürdig aussahen und der einzige in die Stadt führende Weg so menschenleer in der Landschaft lag? Die Weiler im Hintergrund zeigten sich in ihrer eigentümlich ausgetrockneten Wintergestalt und sahen aus, als seien sie tief in die Erde hineingesunken. Sie vermittelten den Eindruck, als würden sie hartnäckig dort hocken bleiben, selbst wenn ein ungeheurer Krieg die Welt erschütterte, und jedes Haus schien seine Türen fest von innen verriegelt zu haben. Keine einzige Menschenseele auf dem Weg. Kein Anzeichen menschlichen Lebens, nicht einmal ein ganz alltäglicher Ochsenkarren war zu sehen. Jetzt hatte Hyonu dieses Bild wieder vor Augen und spürte abermals das Unbegreifliche daran. Damals hatte er den Kragen seines Mantels hochgeschlagen und war mit zusammengezogenen Schultern eilig in die Stadt gelaufen. Er war ganz allein. Ja. Erst jetzt empfand er das in aller Deutlichkeit. Dass er damals, genau in jenem Moment, seinem Dorf und seiner ländlichen Herkunft Adieu gesagt hatte. Die Berge und Felder um ihn herum umfing abweisende Kälte, in den Weilern an den Berghängen waren die Eingangstore der Gehöfte fest verriegelt, doch durch die Fenster spähten deren Bewohner hinaus und verfluchten ihn, der sein Heimatdorf verließ und allein wegging. „Na, sieh mal da, er haut ab, der Lump!"

Sobald man den Deich überwunden hatte, öffnete sich einem der Blick auf Kori. So war es immer gewesen. Der Hochwasserdeich bildete die so genannte Grenzlinie zwischen der schnippischen, leichtlebigen Stadt und dem einsam und verlassen liegenden, friedlichen Dorf, und seit seiner Grundschulzeit besaß er ein sensibles Gespür für die Unterschiedlichkeit dieser beiden Räume, die sich beiderseits des trennenden Deiches befanden.

Schon die ersten Schritte auf der anderen Seite des Deiches nach Kori hin ließen ihn den fremden Wind spüren, der hier wehte, und das Herz rutschte ihm in die Hose. Kehrte er aber aus der Schule heim und überschritt den Deich in entgegengesetzter Richtung, so fühlte er sich mit einem Mal wohltuend entspannt und von friedvoller Ruhe umfangen. So ging es nicht nur Hyonu. Alle, die in dieser Gegend zu Hause waren, empfanden es so. Deswegen liefen die Dorfkinder nach Schulschluss eilig bis zum Deich, doch wenn sie ihn überquert hatten, begannen sie zu trödeln, setzten sich mitten auf den Weg und spielten. Zur Stadt hin fiel das Land jäh ab, Reisfelder breiteten sich aus und etwa dort, wo die Schule stand, begann die Siedlung. Diesseits des Deiches befanden sich nur Gemüsefelder. Nach der Ernte verbreiteten die Felder gewöhnlich einen üblen Gestank von Alaska-Seelachs, der aus der Stadt geliefert worden war und dann den ganzen Winter über zum Trocknen über den Feldern hing.

Dieser unangenehme, leicht bittere Geruch, dazu die Ochsenkarren, die Lastwagen und die städtischen Straßenhändler – stets herrschte großes Gedränge. Zu Beginn des Frühlings, wenn die getrockneten Fische auf Karren geladen und weggefahren wurden, schlich er sich mit den anderen Kindern zwischen den Dorfweibern hindurch, die die Fische mit Buschkleegerten zusammenbanden, sammelte Fischaugen auf und stopfte sie zunächst in die Hosentaschen und später in den Mund. In Öl gebraten nahm er sie auch als Imbiss mit zur Schule.

Auch in jenem Jahr war der Winter gekommen, aber über den leeren Gemüsefeldern am Fuße des Deiches hingen keine Fische zum Trocknen, nur die schwarz gefrorene Erde lag öde in der Landschaft.

Auf der Dorfseite des Deiches befand sich in einer schäbigen Bretterbude ein kleiner Kramladen, jenseits des Deiches ein einfacher Friseur. Die Bezeichnung ‚einfacher Friseur‘ sollte jedoch nicht darüber hinwegtäuschen, dass die Außenwand des Hauses ordentlich weiß gefliest war und der Laden selbst einen sehr guten Eindruck machte. Wenn sich die Dorfbewohner in ihrem Sonntagsstaat in die Stadt aufmachten, so gingen sie häufig zu diesem Friseur und ließen sich dort herausputzen.

Als Hyonu am Deich anlangte, war die Brettertür des Kramladens von außen verriegelt, doch drei, vier Kinder standen davor. Sie mussten gerade aus der Schule gekommen sein. Wie gewöhnlich, begannen sie zu trödeln und sich mit anderen Dingen zu beschäftigen, sobald sie den Deich überquert hatten. Na ja, dachte Hyonu, jeden Tag das gleiche Bild, und den Kopf in dem hochgeschlagenen Kragen vergraben, wollte er einfach vorbeigehen, als er einen flüchtigen Blick auf die Kinder warf und erschrocken stehen blieb. Er hatte das Gesicht seines Bruders erkannt. Vor dem Hintergrund des Dorfes und der umliegenden Berge und Felder, die man von hier aus gut einsehen konnte, musste der Bruder ihn schon eine ganze Weile beobachtet haben. Irgendetwas schien ihn zu betrüben, er sah den Älteren traurig an.

,Ach, du gehst? Nun verlässt du uns also doch', sagte sein Blick. Doch das verstand Hyonu erst später.

Damals hatte er ihn barsch angefahren: „Was treibst du denn hier? Mach, dass du schleunigst nach Hause kommst!"

Der Bruder schwieg, sah Hyonu direkt in die Augen und wandte sich dann verstohlen ab, als habe er was anderes vor. Er machte aber keinerlei Anstalten, sich in Bewegung zu setzen.

„Mach dich nach Hause!", befahl Hyonu und ging einfach weiter. Als er den Deich überschritten hatte, drehte er sich noch einmal um, doch den Bruder sah er nicht mehr, nur die öde und kalte Rückseite des Kramladens.

In Kori angekommen, tauchte er ein in die gänzlich andere Atmosphäre. Überall wimmelte es von Menschen, allerorten herrschte großes Wirrwarr, und durch die Straßen zogen Kolonnen von Flüchtlingen. Wie selbstverständlich mischte sich Hyonu unter sie. Damals sah er seinen Bruder das letzte Mal.

In dem offenen Brief, den die Zeitung veröffentlichte, schrieb er:

„... *In der üblichen Manier älterer Brüder den jüngeren gegenüber hatte auch ich dir diese Worte barsch und kühl hingeworfen und war hastig davongeeilt. Heute, nach mehr als zwanzig Jahren, schmerzt mich noch immer die Erinnerung, wie ich dir damals so leichtfertig nur ein paar unfreundliche Worte an den Kopf warf. Dieses eine Mal wenigstens hätte ich ein wenig sanfter zu dir sein sollen. Aber wer konnte denn wissen, dass es so kommen würde? Ich hatte gedacht, wir blieben zusammen als Brüder, die sich manchmal liebten und manchmal hassten. Ich dachte seinerzeit, wir würden uns eben gerade mal anekeln. Wer hätte in jenen Tagen auch nur im Traum daran gedacht, dass wir nunmehr für immer voneinander getrennt leben müssten? Damals warst du vierzehn, ich achtzehn. Heute bin ich vierzig, also bist du sechsunddreißig. Ja, du bist sechsunddreißig, sechsunddreißig Jahre alt. Wie sehr ich mich auch anstrenge, vor mir sehe ich nur dein Gesicht von damals, das Gesicht des Vierzehnjährigen. Mir die Züge des Sechsunddreißigjährigen vorzustellen, will nicht gelingen. Mich quält unsägliche Traurigkeit, weil diese schreckliche Zeit nun schon so lange andauert. Dich, den Sechsunddreißigjährigen, zu treffen, dir das Gesicht des Vierzigjährigen zu zeigen, das wird zunächst furchtbar und schmerzvoll sein, bevor es jemals Freude bereiten kann. Die Zeit floss an uns vorüber, Schulter an Schulter hätten wir alt werden müssen, und nun sehen wir uns auf einmal wieder und schauen in die um zwanzig Jahre gealterten Gesichter. Was soll das überhaupt? Aber wäre es nicht trotzdem unglaublich schön, könnten wir uns wenigstens auf diese Weise wiedersehen? Ich lief in den Süden über und wurde hier Schriftsteller. Aber was ist das schon für ein Schriftsteller, dem es verwehrt blieb, gerade diesen einen Brief zu schreiben, der ihm so sehr am Herzen lag und in dem er nach einem Lebenszeichen von dir fragen wollte? Mehr als ein Dutzend Jahre war ich nicht viel mehr als das Phantom eines Schriftstellers. Jetzt, wo ich diese Zeilen schreibe, werde ich wieder melancholisch. Es ist ein offener Brief, und nur deshalb darf ich ihn schreiben, einen Brief direkt an dich zu schreiben, ist mir noch immer verboten. Das sind die Verhältnisse, unter denen wir leben. Wo auf dieser Welt gibt es denn so etwas? Ich weiß immer noch nicht, wieso dieser Zustand bei uns zur Normalität werden musste.*

Als ich damals fortging, war der Großvater dreiundsiebzig, wahrscheinlich wird er diese Welt schon verlassen haben. Lebte er noch, wäre er über neunzig. Vater und Mutter waren noch nicht fünfzig (Moment, lass mich noch mal nachrechnen), sie müssten jetzt um die siebzig sein. Die älteren Schwestern und die Jüngste, unser kleiner Liebling, ach, sie müsste jetzt schon dreißig sein! Ob es ihnen allen gut geht? Zwar schreibe ich diesen Brief nicht aus freien Stücken, sondern auf die Bitte einer Zeitung hin, aber während des Schreibens schnürt mir der Schmerz die Kehle zu, und ich bin wirklich traurig. Lass mich meine Zeilen hier beenden …"

„Papa, das Abendessen ist fertig. Es gibt leckere Gurkensuppe", rief seine Frau, und in die angenehm warm klingende Stimme schien sie ihr ganzes Familiengefühl gelegt zu haben, woraufhin Hyonu aus seinen Grübeleien in die Realität zurückkehrte.

Mit gelangweiltem Gesicht ging er ins Zimmer.

Am nächsten Morgen rief der andere wieder an.

Auf jeden Fall sollten sie sich mal treffen, schlug er vor. Als die Nationalarmee und ihre Verbündeten am 4. Januar 1951 den Rückzug antraten, sei er ganz allein in den Süden übergelaufen, und seit mehr als zwanzig Jahren lebe er nun hier ohne einen einzigen Verwandten. Das sei ein sehr einsames Leben, und vielleicht könnten sie sich, da ihre Schicksale einander doch so ähnlich waren, einmal treffen. Außerdem lägen ihre Heimatdörfer nur zehn Ri voneinander entfernt, und im Grunde seien sie Nachbarn. Er sei im gleichen Alter wie Hyonus Bruder, und womöglich seien sie ja sogar in die gleiche Grundschulklasse gegangen...

„So sehe ich die Sache", fuhr er fort, „aber ich habe da irgendwie ein komisches Gefühl. Sobald wir uns treffen, werde ich wissen, woher das rührt. Als ich Ihren offenen Brief las, hatte ich so eine merkwürdige Ahnung, Sie könnten doch mein Bruder sein. Auf jeden Fall werde ich dabei nichts verlieren, selbst wenn ich mich geirrt habe. Es ist ja nicht so, dass einer Begegnung zwischen uns beiden etwas im Wege stünde, oder?"

Das mag wohl so sein, hätte ihm Hyonu gern gesagt, aber wie Sie hier so einfach behaupten, mein Bruder zu sein, das scheint mir doch recht verwegen. Merkwürdige Typen gibt es, dachte er, und andererseits ängstigte ihn das alles ein wenig.

„Da haben Sie Recht, ein Treffen ist natürlich nicht unmöglich", gab er zurück.

„Bei mir war es wirklich so. Das letzte Zusammentreffen mit meinem älteren Bruder hat sich so ähnlich abgespielt, wie in Ihrem offenen Brief geschildert. Diese Szene am Deich ist mir noch in lebhafter Erinnerung. Dort haben Sie Ihren Bruder doch zum letzten Mal gesehen, oder? Bei mir war das genau so. Und gleich am nächsten Tag habe ich mich auch aufgemacht und bin meinem Bruder gefolgt, dann bin ich in den Süden gegangen und habe Nachforschungen in alle Richtungen angestellt, aber ergebnislos. Könnte das Ihr Bruder nicht auch so gemacht haben? Kurz nachdem Sie weggegangen waren, hätte er Ihnen doch folgen können und auch in den Süden ... In meinem Fall erfuhr ich erst einige Jahre später, dass mein Bruder im Sommer einundfünfzig am östlichen Frontabschnitt gefallen war. Aber die Bestätigung seines Todes ist einigermaßen problematisch. Da könnte es sich durchaus um ein Missverständnis handeln. Wo sie an der Front zu Tausenden gefallen sind, kann doch niemand genau wissen, wer nun wirklich zu Tode kam? In meinem Fall zum Beispiel wurde ja auch aus Versehen ein falscher Familienname eingetragen. Da sich nun vielleicht das Tor zwischen Süden und Norden öffnet, bin ich richtig aus dem Häuschen. Treffen wir uns einfach mal! Und dann werden wir ja sehen. Einem Treffen steht ja nichts entgegen."

Nach seiner Redeweise zu urteilen, musste er von ziemlich hektischem Temperament sein, vielleicht hatte er schon eine Flasche Soju intus, jedenfalls sprach aus seinen Worten sehr viel Emotionalität.

„Zurzeit kenne ich keinen einzigen Menschen, mit dem ich mal frisch von der Leber weg reden könnte. Treffen wir uns einfach mal, hm?"

Bei den letzten Worten war er in seinen heimatlichen Dialekt verfallen, was Hyonu sehr berührte, und er hatte das Gefühl, die Lebensumstände des anderen könnten noch erbärmlicher als seine eigenen sein. Er verabredete einen Treffpunkt und legte auf.

Komplizierte Gedanken schwirrten ihm durch den Kopf, und er steckte sich eine Zigarette an, als seine Frau mit angstvoller Miene fragte: „Willst du den wirklich treffen? Lass besser die Finger davon!"

Ungestüm erhob sich Hyonu von seinem Stuhl und fuhr sie mürrisch an: „Misch dich nicht ein! Was soll schon passieren, wenn ich hingehe?"

Seine Frau zuckte zusammen: „Oh mein Gott, warum bist du denn so gereizt!" Daraufhin verschwand sie in der Küche.

Sie ließ sich vermutlich die ganze Angelegenheit noch einmal durch den Kopf gehen, und es schien ihr ein wenig leid zu tun, dass er so gereizt reagiert hatte. Im Rücken ihres Gatten, der sich gerade anschickte, das Haus zu verlassen, flötete sie mit verstellter Stimme, in die sich wie immer so viel Familiengefühl mischte: „Guck mal, Papa geht jetzt! Sag ihm tschüss! Wünsch ihm viel Spaß, wenn er sich mit dem Onkel trifft!"

Als Hyonu aus der Gasse auf die Straße heraustrat, brannte die Wut in ihm, und er versuchte den Unmut über das blöde Gehabe seiner Frau zu unterdrücken.

Der Ort ihrer Verabredung war nur zwei Busstationen entfernt, und um noch ein wenig über dies und jenes nachzudenken, entschloss sich Hyonu zu laufen. Seit gestern hielt seine melancholische Stimmung an, im Hals, auf der Brust, überall spürte er einen Druck. Wenn er heute auf sein Leben zurückblickte, so hatte er genau eine Hälfte dort und die andere hier verbracht. Zwanzig Jahre dort, zwanzig Jahre hier. Aber jene zwei Jahrzehnte und diese hatten bei ihm ganz unterschiedliche Emotionen hinterlassen, die miteinander kaum vergleichbar waren. Dort war sein Leben viel reichlicher geflossen. Es kam ihm vor, als bildeten die zwanzig Jahre dort die Quelle seines Daseins. Vor dem Hintergrund dieser Quelle kam ihm sein derzeitiges Leben leichtfertig und oberflächlich vor wie ein unfertiges, provisorisches Gebäude.

Wenn er an seine Familie im Norden dachte, spürte er umso weniger Sehnsucht nach einem Familienmitglied, je älter der Betreffende war. Desto heftiger zog es ihn hingegen zu jenen Angehörigen, die jünger waren. Der Großvater, wenn er denn noch lebte, würde sich seit Hyonus Weggang aus dem Dorf kaum verändert haben, dachte er. Er würde heute mit seinen neunzig Jahren nicht viel anders aussehen als damals mit siebzig. Was den Vater und die Mutter betraf, empfand er schon ein wenig mehr Neugier. Sie waren damals, als er aufbrach, noch nicht fünfzig, würden jetzt also um die siebzig sein, und er fühlte sich ihnen gegenüber schon ein wenig fremd. Gern hätte er gewusst, wie sie alt geworden waren, und vermochte sich ihre Gesichtszüge nicht mehr deutlich vorzustellen. Die Ungewissheit, wie es dem jüngeren Bruder und der jüngsten Schwester wohl ergangen sein mochte, ging ihm am meisten zu Herzen. Der Gedanke an sie ließ ihn in einem Meer von Traurigkeit versinken, unsägliches Bedauern schnürte ihm die Kehle zu.

Kaum saß Hyonu dem Mann gegenüber, als er auch schon feststellte: „Nein, … Sie sind es nicht."

Verlegen errötete er ein wenig. Der Mann sah älter aus, als Hyonu erwartet hatte. Um die unnatürliche Spannung zu lösen, sagte er leise: „Bestellen wir doch was zu trinken!", und seine Augen suchten die Umgebung nach einer Kellnerin ab.

„Nein … auch Sie sind nicht mein Bruder", bemerkte Song nun seinerseits ein wenig spitz. „Wissen Sie, ich bin ein bisschen pathetisch geworden. Die Suche nach der Familie macht die Menschen irgendwie pathetisch."

Hätte ich dem gar nicht zugetraut, dachte Hyonu. Der kennt ja sogar dieses Fremdwort. Und erst jetzt sah er seinem Gegenüber aufmerksam ins Gesicht. Dessen Blick irrte nun zerstreut durch das Teehaus, als suchte er ebenfalls eine Kellnerin.

„Von denen, die aus dem Norden rübergekommen sind, gibt es nicht wenige, die hier Karriere gemacht haben", sagte Song, und als verwirrte ihn der spöttische Ton seiner Bemerkung selbst, rötete sich sein Gesicht leicht. Im Vergleich zu dem stämmigen Körperbau hatten seine geschwollenen Augen in dem dunkelhäutigen Gesicht etwas Naiv-Kindliches. „Ja, wirklich, Sie auch", fuhr er fort. „Aber Sie unterscheiden sich in gewisser Weise von den anderen Leuten, die es hier zu was gebracht haben."

„Sind Sie der Einzige aus Kilmyong, der in den Süden gegangen ist?"

„Da sind noch ein paar andere, aber denen geht es allen nicht besonders. Wer schon damals irgendein Geschäft hatte, der hat es hier auch zu was gebracht, aber wir waren nur Bauern ..."

Hyonu schwieg, und der andere fuhr fort. „Dieser Deich damals, wissen Sie, der war doch ziemlich lang und ging von unserem Dorf bis zu Ihrem. Der hatte doch gut seine fünfzehn Ri Länge."

An diesem Abend ließ sich Hyonu bis zum Stehkragen volllaufen, und als er nach Hause kam, empfing ihn seine Frau wieder in demselben geschwätzigen Tonfall: „Guck mal, der Papa hat wahrscheinlich mit dem Onkel getrunken. Aber wo ist denn der Onkel? Der Papa ist ja ganz allein nach Hause gekommen."

„Sei still", fuhr Hyonu sie laut an. „Wenn du hier noch einmal was von Onkel faselst! Denkst du vielleicht, der ist zu eurer Belustigung da?"

Seitdem wollte seine Frau mit diesem Song nichts mehr zu tun haben. Zunächst war sie vorsichtig und ließ sich nichts anmerken, doch dann gab sie ihm klipp und klar zu verstehen, dass sie es nicht gern sah, wenn er nach jedem Telefonat mit Song das Haus verließ, um ihn zu treffen. Doch Hyonu verspürte keine große Lust, Song mit nach Hause zu nehmen und womöglich gar den Hausfrieden zu gefährden. Er glaubte, Song betrachte seine Familie als eine Art Treibhaus, von der Außenwelt hermetisch abgeriegelt, und seine Frau und das Kind als schwächliche Treibhauspflänzchen; das beschämte und belastete ihn von Anfang an.

Nachdem er sich drei-, viermal mit Song getroffen hatte, kam ihm mit aller Deutlichkeit zu Bewusstsein, das diese Treffen allmählich über seine Kräfte gingen. Obwohl sie selbst kaum so viel hatten, sich jeden Tag satt zu essen, ging es ihnen vermutlich doch noch besser als Song, und so bekam Hyonu vor ihm mit der Zeit weiche Knie.

Bei gewissenhaften, gutmütigen und furchtsamen Menschen kann es durchaus vorkommen, dass sie sich vor anderen Leuten, die noch weniger haben als sie selbst, schuldig oder beschämt fühlen. Eine kritische Hinterfragung dieses Verhaltens kommt letztlich zu dem Schluss, dass dieses Phänomen vor allem bei kleinbürgerlichen Charakteren verstärkt auftritt. Allerdings ist das immer noch besser, als wenn jene, die Geld haben, rücksichtslos vor den Ärmeren den großen Mann markieren. Im Fall von Hyonu konnte niemals die Rede davon sein, er gehöre zu den Gutbetuchten. Denn er besaß gerade so viel, um ein kleines Haus für zwei oder drei Millionen Won zu kaufen, und zudem mit Ach und Krach seine Familie zu ernähren, damit sie nicht hungern musste. Bildete er sich unter diesen Umständen ein, bereits ein Vermögen erwirtschaftet zu haben, würden ihn die Seouler bloß auslachen.

Im Hinblick auf die Absicherung des Lebens und unabhängig von irgendeiner Geldmenge, über die man verfügt, unterscheidet sich das Gefühl von Sicherheit qualitativ nicht wesentlich — ob man nun gerade so viel verdient, dass es für ein kleines Häuschen und ein paar Schüsseln Reis für die Familie reicht, oder ob man eine Eigentumswohnung für zwanzig Millionen Won und mehrere Autos sein eigen nennt.

In dieser Hinsicht wies Hyonus Verzagtheit in der Tat unbedarfte Züge auf. Verängstigt fragte er sich, ob seine Lebenswaage sich in jüngster Zeit nicht gerade dahin neigte, dieses schäbige Sicherheitsgefühl um jeden Preis bewahren zu wollen, und er somit unbewusst bereits im Sumpf der Kollaboration mit den Wohlhabenden versunken war.

Ihre Treffen wurden häufiger, und allmählich schien auch Song auf den Geschmack gekommen zu sein und ein boshaftes Vergnügen daran zu haben, wenn er Hyonu mit dieser Problematik belästigte.

Da sie sich nun unter diesen Umständen getroffen hätten, meinte Song, wolle er ihn in Zukunft „älterer Bruder" nennen und mit ihm in Kontakt bleiben. Hyonu war einverstanden. Danach rief Song jedes Mal an, sobald es neue Entwicklungen in den Beziehungen zwischen Süden und Norden gab, und animierte Hyonu, ihn zum Trinken einzuladen. Und obwohl er inzwischen vom höflichen „Herr" zum vertraulichen „älterer Bruder" übergegangen war, schwang in seinem Ton noch immer ein wenig Spott. Und in diesen spöttischen Unterton mischten sich zugleich Abscheu und Neid angesichts des Umstandes, dass Hyonu – wenn auch auf bescheidenem Niveau – so doch zumindest ein gesichertes Leben führte. Song behauptete, er wäre auch so weit wie Hyonu gekommen, wenn sein Anliegen gewesen wäre, hier im Süden die Grundlage seines Lebens aufzubauen. Aber von Anfang an habe er das nicht gewollt. Der falsche, im Provisorischen Familienregister eingetragene Familienname hatte sein Selbstwertgefühl verletzt, und daher lehnte er es ab, hier ein Universitätsstudium aufzunehmen. Er wollte nur einfach als Flüchtling leben und in die Heimat zurückkehren, sobald die Wiedervereinigung käme. Dann würde er seinen richtigen Familiennamen wieder annehmen und ein ehrbares Leben beginnen. Vor diesem Hintergrund hatte er sich völlig planlos dem Flüchtlingsleben ergeben und befand sich nun trotz seines Alters wirtschaftlich in einer weniger zufriedenstellenden Situation; weder ärgerte ihn das noch bereute er es, denn jetzt, da der Dialog zwischen Süden und Norden endlich in Gang kam, schien ihm das vielmehr ein glücklicher Umstand zu sein, ja, er fühlte sich sogar ein wenig erleichtert. Hätte er sich inzwischen im Süden bereits eine feste Lebensgrundlage geschaffen, würde es schwer werden, wieder in die Heimat zurückzukehren.

Stets wenn er redete, verdarb er Hyonu die Laune. Da er sich mit keinem einzigen Wort zur harten realen Lage der Dinge äußerte, wie sie zweifellos bis zur Wiedervereinigung andauern würde, dachte Hyonu zuerst, Song sei ein Naivling, doch je mehr er ihn kennen lernte, desto klarer wurde ihm, dass sich Songs Leben im Süden nicht so oberflächlich beurteilen ließ.

Selbst lobende Worte gehen einem Menschen auf die Nerven, wenn er sie zu oft hört, wie sollte da Hyonu bei guter Laune bleiben, wenn ihn Song bei jedem Treffen – direkt oder indirekt – angriff und kritisierte?

„Ach, das ist alles so deprimierend. Was habe ich von Anfang an gesagt? Du hättest diese Treffen von vornherein absagen sollen. Dann hättest du jetzt kein Problem. Weil du dich dauernd mit diesem Menschen unterhältst, deswegen zermürbst du dich nun mit deinen Grübeleien", meinte seine Frau.

Ohne ein Blatt vor den Mund zu nehmen, kritisierte sie sein ewiges Hin und Her, und bei jedem Anruf von Song überkam sie jetzt ein Zittern, als legte sich eine schwarze Teufelshand über das Haus. Erst jetzt fanden die Worte seiner Frau bei Hyonu Gehör, doch nun war es zu spät, und er konnte den Kontakt zu Song nicht mehr abbrechen, ohne sich schuldig zu fühlen. Denn viel zu lange hatte er dessen schlechtes Benehmen großzügig toleriert. Zunächst musste sich ihre Beziehung verbessern, und dann konnte er entscheiden, ob er ihn weiter traf oder nicht. Das schien ihm die einzige Möglichkeit, sich Erleichterung zu verschaffen.

Vor einigen Monaten nun hatte das Telefon geklingelt, und seine Frau – in der Annahme, es sei Song – wollte schon sagen, Hyonu sei nicht zu Hause, doch er stand neben ihr und riss ihr schnell den Hörer aus der Hand. Es war indes ein Anruf einer Zeitungsredaktion, die jemanden zur Bewertung von Prosatexten ihrer Leser suchte. Es handelte sich dabei um Texte von zirka zehn Seiten Umfang. Die Redaktion hatte die Auswahl bereits auf zwanzig Texte beschränkt, die sie Hyonu nun schicken wollte und von denen er vier, fünf gelungene Texte aussuchen sollte. Als Honorar für die Begutachtung sollten ihm monatlich zehntausend Won gezahlt werden.

Bereitwillig sagte Hyonu zu, und kaum hatte er aufgelegt, als seine Frau, die die ganze Zeit neben ihm gestanden hatte, auch schon meinte: „Das ist gut. Jeden Monat zehntausend Won, das ist nicht wenig." Sie machte eine zufriedene Miene, als stimmte sie ihrem Mann zu, der das Angebot erfreut angenommen hatte.

„Beinahe hätte ich einen großen Fehler gemacht", sagte sie.

„Wieso?"

„Fast wären uns zehntausend Won jeden Monat durch die Lappen gegangen …"

„Ja, fast." Hyonu lächelte bitter. In diesen Dingen war sie immer aktiver als er, und das verbitterte ihn.

In letzter Zeit waren auch Einkünfte wie diese für den Haushalt sehr wichtig, und insofern zeigte natürlich auch seine Frau unmittelbares Interesse für die doch relativ unbedeutenden Geschäfte, durch die ihr Mann mit der Außenwelt in Verbindung stand. Sie wusste jetzt ganz genau, bei wem sein äußerst fragiler, so genannter Dichterruhm Anerkennung fand, und sie hatte – obwohl sie es nicht offen tat – für diese Leute nur Spott übrig.

Es musste zwei Tage später gewesen sein, als er sich auf einen Anruf Songs hin abermals anschickte, das Haus zu verlassen, was seine Frau mit einem verächtlichen Zungenschnalzen quittierte. Er solle lieber die Manuskripte von der Zeitungsredaktion lesen und seine zehntausend Won verdienen, als die Zeit bei diesen von vorn bis hinten sinnlosen Treffen zu vergeuden.

Song wohnte im Seouler Stadtviertel Yonsinnae. Niemals war Hyonu auf die Idee gekommen, ihn zu besuchen. (Mit anderen Worten, er zog eine strenge Grenze und wollte die Familien nicht einbeziehen.) Doch er vermutete, Song würde zur Miete in einem einzigen Zimmer leben. Was er beruflich machte, war unklar. Mit ziemlicher Sicherheit ging Hyonu jedoch davon aus, dass er keinem bestimmten Beruf nachging, also vielleicht als Tagelöhner arbeitete, und bisweilen benahm er sich auch so grob wie ein solcher. Oft führte er sich recht unkultiviert auf, und nicht selten schlug er zu den unterschiedlichsten Gelegenheiten anderen Menschen gegenüber einen spöttischen Ton an. Ging es jedoch um seine eigenen Interessen, trat er alles andere als gleichgültig auf. Wenn Song – obwohl er mit Sicherheit Tagelöhner war – niemals einen solchen Eindruck vermittelte, lag das vermutlich an seinem spöttischen Ton.

Mal übernahm er vielleicht die Aufgaben eines Maklers, dann half er beim Tapezieren oder dem Einbau einer Fußbodenheizung und verdiente sich auf diese Weise seinen Lebensunterhalt, wie es gerade kam. Über die innen- und außenpolitische Lage jedoch wusste er stets genau Bescheid.

Ihre erste Begegnung war in eine emotionsgeladene Zeit gefallen, die infolge der Politik für die Zusammenführung getrennter Familien das gesamte Land erfasst hatte. Als sich die Vorbereitungsgespräche zwischen dem Norden und dem Süden ergebnislos in die Länge zogen, meldete sich Song überhaupt nicht mehr. Sobald jedoch die unerwartete *Gemeinsame Erklärung des 4. Juli*[*] herauskam und im August und September 1972 die erste und die zweite Verhandlungsrunde der Rot-Kreuz-Gespräche in Pyongyang beziehungsweise Seoul stattfanden, loderte sein ungestümes politisches Interesse sehr schnell wieder auf. Er begann die eigene Sentimentalität zu kritisieren, von der er sich noch vor einem Jahr bei ihrem ersten Zusammentreffen hatte leiten lassen. Das verwirrte Hyonu ein wenig.

„Bei dieser Sache geht es doch jetzt nicht mehr nur darum, ob man sich trifft oder nicht. Die getrennt lebenden Familien sehen sich wieder – und was soll das? Dann quälen sie sich doch nur umso mehr und sind noch deprimierter. Die Leute behaupten zwar, sie wollten nur wissen, was aus ihrer Familie geworden ist. Aber wenn sie erst erfahren haben, dass die Familie noch lebt, dann wird sie die Neugier erst recht packen, und die Ungeduld wird sie auffressen. Auf derart sentimentale Weise kann man das Problem eben nicht lösen. Ob nun Norden oder Süden, zuerst müssten diejenigen, die genug zu essen haben und gut leben, ihre Einstellung ändern. Du zum Beispiel. Da liegt das Problem."

Ein bitteres Lächeln spielte um Hyonus Lippen, als er erwiderte: „Wieso denn ich zum Beispiel? Es gibt doch genug Leute, denen es wirklich gut geht."

„Gut leben oder nicht genug zum Leben haben, ist keine Frage des Vergleichs. Es gibt viel zu viele Dinge, von denen du dich trennen müsstest. Das weißt du selbst am besten. Hören wir doch auf, weiter darüber zu diskutieren. Was soll der ganze Blödsinn?"

In dem Maße, wie ihr Gespräch an Heftigkeit zunahm, sprach aus Songs Miene sogar etwas Feindseliges und Aggressives.

„Seien wir doch mal ganz ehrlich, älterer Bruder! Willst du denn wirklich den Dialog zwischen Süden und Norden? Ganz im Ernst? Es geht doch jetzt nicht mehr bloß um die getrennten Familien. Wer sich dieser Angelegenheit annehmen will, muss das Ganze betrachten."

„Und dann? Läuft das nicht wieder auf eine Debatte über das System hinaus?"

„Debatte über das System? Hinsichtlich des Systems mag es vielleicht so aussehen, als reduzierte sich in unserem Land der Konflikt zwischen Süden und Norden auf ein einziges Problem, aber in Wirklichkeit ist es nicht an dem. Sobald die Diskussion auf die Frage des Systems hinausläuft, führt das in eine Sackgasse. Ich meine, dann befinden wir uns wieder auf dem Stand der fünfziger Jahre. Zuerst sollten sich die einzelnen Individuen mit dieser Frage befassen und ihre Meinungen austauschen. Das ist es, was ich mit „das Ganze" meine. Genau so oft wie Menschen bei uns mit den unterschiedlichsten Lebenssituationen konfrontiert sind, so oft existiert das Süd-Nord-Problem tatsächlich. Einige Hunderttausend, einige Millionen, nein, genau fünfzig Millionen Mal. Und darunter sind Leute, die sich eine Wiedervereinigung wünschen, und auch nicht wenige, die dagegen sind. Jeder Mensch ist anders, und alle diejenigen, die eine Vereinigung zwar wünschen, aber nur unter der Bedingung, unverändert alles weiter wie bisher genießen zu können, sind in Wirklichkeit Vereinigungsgegner. Verstehst du, was ich meine? Unabhängig von Nord oder Süd, wer nur seine eigenen Grundsätze im Kopf hat oder die Sache in eine bestimmte Richtung lenken will, der macht alles nur noch komplizierter. Das Problem des geteilten Landes beziehungsweise die Wiedervereinigung muss auf die fünfzig Millionen Individuen bezogen werden. Und am effektivsten ist es in dieser Hinsicht, wenn sich Süden und Norden einander öffnen. Was ich sagen will, heutzutage sind wir an diesem Punkt angelangt, und deswegen müssen die Republik Korea und der Norden ihre Verfassungen aufgeben, vollständig aufgeben."

„Was du da sagst, beweist nur deine naive Unschuld. Richtig ist es schon, aber nicht mehr als eine idealistische Träumerei."

„Vielleicht klingt es etwas merkwürdig, aber merkwürdiger als die Situation, in der wir uns gegenwärtig befinden, ist es wiederum auch nicht. Ich verlange nicht mehr und nicht weniger, als die aktuelle Lage erfordert."

„Trotzdem, so …"

„So? Was ist ‚so'? Genau das ist nämlich der Punkt. Du betrachtest die Süd-Nord-Beziehungen nur aus dem begrenzten Blickwinkel deines sozialen Hintergrundes. Aber dein sozialer Stand, was ist das denn für ein Stand?"

„Da sind wir wieder beim Ausgangspunkt unserer Diskussion. Es gibt doch so etwas wie eine allgemeine gesellschaftliche Stimmung, und ohne Rücksicht auf diese Stimmung irgendwas Unmögliches zu behaupten, das ist eben unzulässig. Da kommt es leicht zu Missverständnissen."

„Nein, das stimmt nicht. Ich bin im Recht. Das ist sicher."

„Na gut, ich bin ja deiner Meinung. Ich will nur sagen, man sollte nicht zu radikal reagieren. Es ist besser, die eigene Meinung nur so weit zu äußern, wie es der gesellschaftliche Konsens erlaubt."

„Ja, und gerade da liegt der Hase im Pfeffer: ‚Wie es der gesellschaftliche Konsens erlaubt.' Wohin schaust du denn? Zurück oder nach vorn? Ich sehe nach vorn. Das Zukünftige muss man im Auge haben."

„Ich denke auch an die Zukunft."

„An eine radikal veränderte Zukunft?"

„Na ja, dieser Punkt ist …"

„Du denkst zu kompliziert. Warum machst du die Dinge denn immer so unnötig kompliziert? Du scheinst eine Menge Probleme zu haben. In Wirklichkeit ist die Gesellschaft schon viel weiter als wir. Beweist das nicht die Situation selbst, mit der wir gerade konfrontiert sind?"

„Aber du darfst nicht nur die eine Seite betrachten, du musst auch die Gegenseite sehen. Es ist doch letztlich so, dass die Leute vollkommen konfus sind, weil sich die Ereignisse überschlagen. Derzeit sind im Vergleich zu uns die Vereinigungsgegner noch … Über kurz oder lang werden die uns womöglich allesamt verschlucken."

Es war kurz nach sieben Uhr abends am 29. August 1973, gerade an jenem Tag, als das Interview stattfand.

Hyonu saß im Unterhemd in der Diele und sah fern, als er von draußen Lärm vernahm und seine Frau mit dem Marktkorb in der Hand völlig aufgelöst zum Eingangstor hineingestürmt kam und dasselbe sofort hinter sich verschloss. Hyonu beugte sich ein wenig vor, um den Eingangsbereich der Tür im Blick zu haben, und fragte: „Was ist denn los? Wieso schließt du denn jetzt schon zu?"

Seine Frau eilte durch den Flur auf ihn zu und sagte: „So ein Besoffener übergibt sich gerade direkt vor unserer Tür. Total verdreckt ist der Kerl, starr vor Schmutz. Scheint mir nicht aus unserem Viertel zu sein."

Im gleichen Moment schnellte Hyonu hoch. Er zog sich ein Hemd über und stürzte hinaus. Seine Befürchtungen hatten ins Schwarze getroffen. Da stand Song an der gegenüberliegenden Mauer, in verschmutzter Kleidung und hin und her schwankend, stützte sich mit einer Hand gegen das Mauerwerk ab, unter sich eine große Pfütze von Erbrochenem. Seine Hose war zerschlissen, und am Gesäß sah bereits die blanke Haut hervor, den Oberkörper verhüllte dürftig ein durchlöchertes Unterhemd, und barfuß war er auch.

„Mensch, was machst du denn hier?"

Er trat auf ihn zu. Song stützte sich weiter an der Mauer ab und zeigte mit der anderen Hand hinter sich.

„Dieses Viertel ist schlecht", meinte er. „Ein mieses Viertel. Du bist also zu Hause. Dir ist das Schicksal hold. Ich wollte zu dir."

Erst jetzt wandte er sich zu Hyonu um und lachte laut.

„Gehen wir erst mal rein", sagte Hyonu und ergriff Songs Arm, um ihn ins Haus zu ziehen. „Es ist doch noch früh am Abend, und du bist schon vollkommen zu."

Doch Song widersprach: „Nein, ich will nicht rein. Warum sollte ich denn? Ich mache mich wieder davon. Lass mich!" Er machte Anstalten, sich von Hyonu loszureißen, nahm die Hand von der Mauer und torkelte ein paar Schritte weiter. Dabei brabbelte er vor sich hin: „Das hier ist auch eine miese Gegend."

Aber er kam nicht weit. Als er sich abermals an der Mauer abstützen wollte, fiel er auf die Betonplatten des Weges. In den anliegenden Häusern öffneten sich sie Eingangstore, Frauen schauten hinaus, und die Kinder, die gerade draußen spielten, liefen zusammen und beobachteten den Betrunkenen.

Da er sich eigensinnig widersetzte hineinzugehen, schob Hyonu den Widerspenstigen mit Gewalt von hinten durch das Eingangstor. Seine Frau stand am Ende der Diele und stürzte nun Hals über Kopf ins Haus.

Dann kam sie wieder heraus, die Gesichtsmuskeln in einem Anflug von Widerwillen verkrampft, und brachte eine große Schüssel, danach holte sie einen Eimer Wasser. Sie verzog die Lippen zu einem merkwürdigen Grinsen, während sie murmelte: „Ach, der? Das ist Herr Song?"

Als Hyonu nickte, fuhr sie fort: „Muss ja sehr bequem sein, so zu leben. Na ja, die Männer."

Hyonu sah sie an: „Ist dir dein Eigensinn jetzt total zu Kopf gestiegen, dass du dich derart daneben benimmst?"

Genau in diesem Moment passierte es. Song, der bis dahin auf dem Hof gesessen hatte, den Kopf tief auf die Brust gesenkt, stieß einen derben Fluch aus und stand plötzlich auf.

„Ich gehe. Ich rufe dich in den nächsten Tagen an", sagte er, wandte Hyonu den Rücken zu und ging zum Eingangstor. Dort drehte er sich noch einmal um: „Bruder, ich habe auch Kinder, zwei Jungen und ein Mädchen. Eins mehr als du. Er lächelte kraftlos und fuhr fort: „Es tut mir wirklich leid. Du hast bisher so viel für mich getan."

Daraufhin torkelte er davon.

Hyonu konnte ihn nicht zurückhalten. Sein Ton war so kalt gewesen, dass es Hyonu einen Schauer über den Rücken trieb.

Eine Sache kam ihm erst jetzt mit aller Klarheit zu Bewusstsein. Song hatte drei Kinder. Wenn seine Familie so groß war, so hieß das, er war hier im Süden bereits tief verwurzelt. Also war es Hyonus so genannte soziale Stellung oder sein winziges Vermögen in Form eines kleinen Hauses oder die finanziellen Mittel für die täglichen Mahlzeiten, die er seiner Familie garantieren konnte, die Song bisweilen veranlassten, direkt oder indirekt darauf anzuspielen, spitze Bemerkungen zu machen und ihn zu verspotten.

Aber war es wirklich nur das?

Erst jetzt erkannte Hyonu ganz deutlich: Es existierte ein triftiger Grund, weshalb er vor Song immer kleinlaut wurde und sich gedemütigt fühlte. Er hatte dessen Spott ertragen, dazu die Nörgeleien seiner Frau und trotzdem den Kontakt nicht abgebrochen. Genau aus diesem Grund.

Das Problem bestand darin, wie man die Familie wahrnahm. In Songs Fall war Familie etwas, das ihn ohne irgendeinen Schutzwall direkt mit der Außenwelt verband, ihn dieser wehrlos aussetzte und ihn unlösbar mit derselben zusammenschweißte. In Hyonus Fall war die Familie ein Refugium, ein fragiler Ort der Sicherheit, kurz gesagt, es führte nur ein schmales Rohr nach draußen, wodurch ausschließlich das Geld für das tägliche Brot hineinfloss.

Zweifellos hatte Song ihn in dieser Hinsicht von Anfang an durchschaut. Zu Beginn vermutlich noch nicht ganz deutlich, aber mit der Zeit musste er immer mehr begriffen haben und reagierte darauf mit zunehmender Radikalität. Bei Hyonu war es dasselbe. Gerade in diesem Punkt fühlte er sich Song gegenüber gedemütigt. Der hatte in aller Konsequenz seine Familie und die Gesellschaft über einen breiten und soliden Verbindungsstrang zusammengefügt. Nein, er hatte sie nicht nur verbunden, sondern beides gänzlich miteinander vereint.

Etwa eine Woche später rief Song an. Er habe Hyonu in der letzten Zeit ziemlich viel Ärger bereitet und danke ihm für alles, erklärte er kurz angebunden. Noch bevor Hyonu irgendetwas erwidern konnte, hatte er schon aufgelegt. Es war ein Abschiedstelefonat.

Nun machte auch Hyonus Frau ein betretenes Gesicht, als fühlte sie sich ihrem Mann gegenüber schuldig. Ratlos blickte sie ihn an.

„Wir müssen mal zu ihm gehen. Weißt du, wo er wohnt?", fragte sie.

„Ich weiß nicht mal seinen Namen, geschweige denn seine Adresse. Ich weiß nur, dass sein Familienname Song ist."

„Ach, du meine Güte." Verdutzt stand sie da.

Am nächsten Tag machten sich die beiden Eheleute auf die Suche nach Songs Wohnung. Sie befragten den Bürgerbeauftragten des Wohnviertels, irrten einige Stunden herum und fanden schließlich Songs Haus. Es befand sich hinter einem Kino, an einer Stelle, wohin das ganze Jahr lang kein Sonnenstrahl zu gelangen schien. Dort wohnte die Familie in einem einzigen Zimmer zur Miete.

Zunächst war Song einigermaßen verwirrt, doch dann setzte sich sein lebensfrohes Temperament wieder durch. Er stellte eine Flasche Soju hin und sagte zu seiner Frau: „He, Alte, geh mal vor an die Ecke und kauf eine Schüssel Reiswurstsuppe und ein paar Reiswürste! Heute bin ich der Gastgeber. Wir haben nämlich Gäste."

Noch immer schwang in seinem Benehmen unterschwellig etwas Spöttisches. Kaum hatte er Soju getrunken, meinte er: „Ab heute sind wir andere Menschen, du und ich. Ohne Berechnung und ohne falsche Rücksichten wollen wir uns ganz offen begegnen. Ist das nicht ein Anfang?" Er lachte laut. Ein wenig unentschlossen begab sich Hyonus Frau in die enge, dunkle Küche und half der Hausfrau bei der Arbeit.

„Wir hätten es gleich so machen sollen. Wer ähnliche Ansichten hat, muss sich auch im Leben näherkommen. Das ist der Anfang. Der Anfang."

(1973)

Flucht

Es war wirklich so, wie Chong gesagt hatte. Von außen betrachtet, wäre niemand auf die Idee gekommen, dass sich hier ein Grill-Restaurant befinden sollte.

Als sie die große, knarrende Tür aufgestoßen hatten, die zwischen anderen Läden gelegen den Eingang zur Markthalle darstellte, standen sie in einer Ecke der Halle, deren Stände bald Feierabend machen würden. Aus irgendeinem Winkel kam ein Wächter auf sie zu, ein großer Mann, dessen Kleidung an einen Gefängniswärter erinnerte, und warf einen übelgelaunten Blick auf das Ehepaar. In dem ausdruckslosen Gesicht standen die großen runden Augen glotzend hervor und verliehen ihm einen ziemlich gefährlichen finsteren Eindruck, bei dessen Anblick der Mann leicht zusammenzuckte. Auch seine Frau hatte sich inzwischen verstohlen bei ihm untergehakt. Das glänzende Rot seiner Lippen legte die Vermutung nahe, dass der Wachmann, allein in seinem einer tiefen Höhle gleichenden Wächterhäuschen sitzend, gerade damit beschäftigt gewesen sein musste, scharfe Instantnudeln zu essen oder an einem Stück mageren Fleisches zu nagen, von dem noch das Blut heruntertropfte, bis er auf die unerwarteten menschlichen Laute hin eilig herausgestürzt kam.

Abends gegen zwanzig Uhr war es draußen bereits dunkel, und die Marktstände zu beiden Seiten des schmalen Durchgangs hatten ihre Eingänge verschlossen; nur in einem einzigen Laden schien an diesem Abend noch eine kleinere Reparatur im Gange zu sein, denn ein ohrenbetäubendes Hämmern erfüllte die Markthalle. Irgendwo wurden Nägel in Bretter geschlagen und mit einem Hammer Eisenplatten bearbeitet, was einen Höllenlärm verursachte. Der schien dem Mann plötzlich derart auf die Nerven gehen, dass er sich sogar leicht krümmte. Ansonsten baumelten nur noch die Plastikschilder der Läden vereinzelt in der Dunkelheit. Das war alles. Nirgends konnten sie das berühmte Grill-Restaurant *Tongchongak* entdecken. Wohin sie auch sahen, unter dem dämmrigen Licht schwach glimmender Neonröhren wirbelten einzig und allein Unmengen von Staub durch die Luft.

„Ach, du meine Güte, nirgendwo eine Spur von diesem *Tongchongak*, nicht mal eine Imbissbude! Bist du dem nicht doch auf den Leim gegangen?", flüsterte die Frau kaum hörbar. Ihr Mann erkundigte sich bei dem Wachmann: „Wo befindet sich das *Tongchongak?*"

„Gehen Sie da hinauf!", antwortete dieser, und an der Ausdruckslosigkeit seiner Miene hatte sich noch immer nichts geändert, als er mit dem Kinn eine mürrische Geste zu einer Treppe hin machte und sich dann unverzüglich in sein Wachhäuschen zurückzog. Während sie die Treppe hinaufstiegen, flüsterte die Frau: „Bei dem bekommt man ja das Gruseln."

„Du sagst es. Ich dachte zuerst, da würde mich ein Bär anfallen."

„Wie kann man nur so ein ausdrucksloses Gesicht haben? So was habe ich noch nie gesehen. Na ja, was meinst du? Ob er wirklich kommt?"

Zögernd sagte der Mann: „Tja, ob er kommt … Das kann man nicht wissen. Jedenfalls hat er es mir versprochen."

„Na, weißt du! Du bist ja echt naiv. Wer hält sich denn an solche Versprechen?"

„Nein, ich glaube er kommt bestimmt. Ein paar Tage vor seiner Entlassung war er es doch, der bei jedem Gespräch von Zelle zu Zelle mehrfach versprach zu kommen. Am Tag seiner Entlassung ist er früh um halb fünf extra vor meine Zelle gekommen, hat mich geweckt und mir wiederholt eingebläut, ich müsse die Verabredung auf jeden Fall einhalten. ‚Wie wär's, wenn wir uns draußen mal treffen würden? Nur so zur Probe halten wir diese Verabredung mal ein. Ich meine es ernst. Lassen Sie mich nicht umsonst kommen!' Das hat er gesagt."

„Das hat er dir damals erzählt, als er noch drin war."

Seit sie von Zuhause losgegangen waren, verspottete ihn seine Frau, er sei so ein Narr, an solche Versprechen zu glauben. Nun allerdings war er sich selbst nicht mehr ganz sicher, ob dieser Chong wirklich kommen würde.

Einerseits stand dessen Kommen außer Zweifel, andererseits kam ihm seine diesbezügliche Überzeugung auch wieder völlig unsinnig vor. Er wusste einfach nicht mehr, was er denken sollte. Würde es vernünftig sein zu kommen? Im Hinblick auf die enge Beziehung, die sie im Gefängnis gepflegt hatten, wäre es sicher sinnvoll, die Verabredung einzuhalten, doch nach den Normen der Welt außerhalb der Gefängnismauern, würde es vernünftiger sein, nicht zu kommen. Er und Chong befanden sich zwar jetzt in der Welt hier draußen, aber seit Chongs Entlassung waren gerade mal fünf Tage vergangen, und in dieser kurzen Zeit konnte doch die enge Beziehung zwischen ihnen beiden nicht derart abgekühlt sein. Mit dem Leben in Freiheit waren sie doch noch gar nicht so vertraut.

Normalerweise lief das so: Die Beziehung zwischen Straftätern, die zusammen ein Verbrechen begangen hatten, oder zwischen gewissen des Hochverrats angeklagten Gefangenen, deren Anklage auf ähnlichen Gesichtspunkten basierte, kamen enge persönliche Beziehungen eher nicht zustande, aber Gefangene, die sich im Gefängnis zufällig begegneten und näherkamen, pflegten dort oft sehr vertrauten Umgang miteinander. Sobald sie jedoch wieder draußen waren, empfanden sie gegenüber den Gesichtern ihrer einstigen Mitgefangenen eine Abneigung wie gegen die hohen Gefängnismauern. Solange sie beispielsweise zusammen eingesperrt waren, wollten sie gleich am Tag ihrer Freilassung die zuständigen Strafvollzugsbeamten zu sich nach Hause einladen und mit ihnen gemeinsam nach Herzenslust brutzeln, schmoren, kochen und dann kräftig zulangen, doch war es dann wirklich so weit und sie wurden entlassen, sah alles ganz anders aus. Die Gesichter einiger Gefängniswärter, mit denen sie während der langen Dauer ihrer Haftzeit so etwas wie Freundschaft geschlossen hatten, evozierten in ihnen plötzlich eine Stimmung, die sehr ans Gefängnis erinnerte, und das lag ihnen inzwischen schon äußerst fern. Daher war ihnen schon der Gedanke daran zuwider.

So gesehen war es nichts anderes als ein Versprechen, das sie sich bei jedem Zellengespräch aufs Neue gaben, nur um einfach mal zu erleben, wie sie diese Stimmung empfinden würden – sich gleich nach der Entlassung zusammen mit den Ehefrauen im *Tongchongak* gegenüberzusitzen und gegrilltes Fleisch zu genießen. Zudem lagen Chongs Entlassung und die Urteilsverkündung in zweiter Instanz des Mannes nur drei Tage auseinander, und je näher dieser entscheidende Tag kam, desto unruhiger wurde Chong, während den Mann eine Mischung aus Erwartung und Nervosität plagte, in die sich die Hoffnung mischte, ob es mit dem Vollstreckungsaufschub nicht doch klappen könnte. Bei jedem Zellengespräch bestätigten sie ihre Verabredung wie kleine Kinder wieder und wieder: „Bestimmt. Na, klar doch. Zwanzig Uhr und keine Minute später! Im *Tongchongak*. Das kennen Sie doch, oder?"

„Ja. Ich komme auf jeden Fall, aber Sie müssen Ihr Versprechen auch halten."

„Sie müssen wissen, das Fleisch im *Tongchongak* schmeckt hervorragend. Der Küchenchef ist mein Freund. Zehn zu eins, dass der noch dort ist. Sein Name ist in diesen Kreisen ziemlich bekannt. Die in den großen Hotels haben schon ein Auge auf ihn geworfen und wollten ihn abwerben, aber mit allergrößter Wahrscheinlichkeit ist er noch da wie eh und je. Ich lade Sie ein, also hauen wir mal kräftig rein! Ich werd' ihm sagen, er soll sich bei unserm Fleisch besonders viel Mühe geben."

„Wenn ich hier raus bin, kann ich auch selbst bezahlen. Ich könnte Sie also auch ohne weiteres einladen. Aber wenn Sie das Essen übernehmen wollen, dann spendiere ich das Bier."

„Na ja, aber es ist doch so: Zu Grillfleisch passt eigentlich Soju besser als Bier. Wenn man ein Gläschen Soju auf einen Zug leert und dann ein Stück Fleisch kaut, das gerade über der rot glühenden Holzkohle brutzelte. Das ist ein Genuss. Oh mein Gott, ich könnte verrückt werden. Das *Tongchongak*, das ich meine, ist übrigens nicht dieses Haus mit dem niedrigen Vordach, das ehemals an der Vierten Kreuzung Ulji-Straße stand. Das ist kein gewöhnliches Grill-Restaurant. Dort wird das Fleisch zwar auch bloß gegrillt, aber das Entscheidende ist, dass die keinen normalen Bratrost nehmen, sondern auf einer riesigen Metallplatte grillen und außerdem sind die Fleischstücke richtig groß. Das sind echte Steaks. Wie hieß das Ding doch gleich? … Ach ja, Gabel. Mit einer Gabel, mächtig lang, fast wie ein Rechen, wendet der Koch die saftigen, roten Fleischstücke. Nein, falsch, zuerst legen sie richtig viel Knoblauch drauf und lassen ihn anbraten, und schon dieser herrliche Knoblauchduft hebt die Stimmung. Wenn der Knoblauch durch ist, wird er an die Seite der Grillplatte geschoben, und das Gemüse kommt drauf und wird nur leicht angeröstet. Und erst danach das Fleisch. Dann erscheint ein Koch mit einer weniger eleganten Kochmütze am Tisch und fragt vielleicht: ‚Hätten Sie's gern durchgebraten?' Diese Köche sind nicht so besonders freundlich. Aber das ist egal. Also deswegen passt Bier im *Tongchongak* nicht unbedingt so gut. Aber ich werde draußen drei Tage lag auf Bier ver-

zichten und warten, bis Sie rauskommen, damit wir unser erstes
Bier zusammen trinken können."

„Ist gut. Geht in Ordnung."

Seit seiner Entlassung waren erst drei Tage vergangen, und
ihm war, abgesehen von dieser Verabredung, die Welt hier
draußen ziemlich ungewohnt. Und nicht nur das, er fürchtete
sich sogar davor. In dieser Welt außerhalb der Gefängnismauern
schien an allen Ecken etwas Furchtbares zu lauern. Sicher, das
Gefühl von Freiheit nach der Entlassung war überwältigend, aber
es schwebte im Grunde nur wie eine kleine Öllache auf einem
furchtbar weiten Meer; er spürte stattdessen eher, wie sich in
allen Winkeln dieser Stadt etwas Grauenvolles verbarg, das sein
Maul weit und gefährlich wie ein offenes Gullyloch aufriss. Die
Umgebung hatte sich innerhalb der letzten zehn Monate nicht
wesentlich verändert, dennoch blendete ihn alles, als wäre er die
ganze Zeit lang unter pechschwarzer Finsternis begraben gewesen und plötzlich ans helle Tageslicht geschleudert worden, alles
versetzte ihn in Erstaunen, und ohne ersichtlichen Grund ängstigte er sich. Schon im Auto, das ihn am Abend seiner Haftent-
lassung vom Gefängnis nach Hause brachte, war er nicht in der
Lage, den Abstand zu den Fahrzeugen vor sich richtig einzuschätzen, was ihn ziemlich verwirrte, und jedes Mal, wenn das
Auto plötzlich abbremste und stehen blieb, zuckte er zusammen,
er befürchtete einen Auffahrunfall und griff hastig nach dem Knie
seiner neben ihm sitzenden Frau. Angenehme Wärme durchströmte seinen Rücken, was ihm irgendwie ungewöhnlich vorkam, und wenn er daraufhin erschrocken die Augen aufschlug,
bemerkte er, dass er zu Hause war. Über sich die niedrig hängende Zimmerdecke, lag er nach zehn Monaten das erste Mal
wieder auf dem warmen Fußboden seines Schlafzimmers, was
ihm jäh Angst einflößte. In den schmalen Ritzen der dunklen
Wand lauerte das Grauen, scharf wie die Klinge eines Messers,
und funkelte ihn an. Von einem richtigen Esstischchen mit rich-
tigem Besteck zu essen, mutete ihn auf einmal fremd an, und
abermals bekam er es mit der Angst. Die Welt außerhalb der
Gefängnismauern war nicht mehr die alte, sie schien nicht mehr
in Ordnung. Diese Welt empfand er wie eine Fiktion. War nun
das Gefängnis, aus dem er vor ein paar Stunden entlassen wor-

den war, ein Phantom oder diese Welt hier draußen, die ihn so blendete? Er wusste nicht mehr, was er denken sollte.

Und nun passierte ihm das aufs Neue. Nach langer Zeit wollten sie wieder über den Markt schlendern. Vor Sonnenuntergang verließ er mit seiner Frau zusammen das Haus, und sie nahmen ein Taxi. Dieses Taxi kam an einer Ampel vor dem Regierungsgebäude mit knapper Not gerade noch an der Haltelinie zum Stehen. Zufällig hatte der Mann den Blick gerade auf das Regierungsgebäude gerichtet. Unter den sanften Strahlen der untergehenden Herbstsonne sah er eine große blonde, westlich aussehende junge Frau in eng tailliertem grauem Mantel und einen jungen Mann, ziemlich dünn mit langen Beinen in einem langweiligen gelben Pullover, ebenfalls westlich aussehend. Die beiden jungen Leute wirkten warmherzig und liebenswürdig, sie gingen um die steinerne Haetae-Figur* herum, machten ein paar Fotos, lachten bisweilen und neckten sich gegenseitig. Der Mann im Taxi lächelte und starrte gedankenlos zu ihnen hinüber. Die junge Frau hatte eine Weile lebhaft gelacht und ihre Späße getrieben hatte, nun lehnte sie sich lachend gegen die Steinfigur, als ob sie diese umarmte, lächelte und sah den jungen Mann an. Der hatte gerade den Auslöser gedrückt und eilte nun zu ihr, wobei er den Kopf ein wenig senkte, er schob sein Gesicht ganz dicht an sie heran und flüsterte ihr etwas ins Ohr. Ungezwungen lag die eine Hand des jungen Mannes auf der Schulter des Mädchens. Ja, das war beruhigend. Ein schönes Bild. Herbstabend in den Straßen, über die sich die Dämmerung senkte – nichts konnte friedlicher anmuten.

Doch plötzlich lief es dem Mann kalt den Rücken hinunter, und ohne ersichtlichen Grund fraß erneut die Angst an ihm. Vor dem Hintergrund dieser friedvollen Szene hockte das Grauen und riss sein gieriges Maul weit auf. In der Welt hier draußen verbarg es sich in allen Ecken. Wie eine Glasscheibe, in der sich zufällig das kalte Mondlicht widerspiegelte, oder wie eine scharfe Messerklinge lauerte es überall. Auch hinsichtlich dieser Sache mit Chong ging es ihm so. Irgendwie schien es ihm absurd, wenn jener die Verabredung einhielte, und die ungute Vorahnung, dass es ihm womöglich noch mehr Angst einjagen würde, falls er wirklich käme, belastete ihn schon seit einiger Zeit.

Er und Chong waren zehn Monate lang in benachbarten Zellen untergebracht, die ganze Zeit lang, ohne jemals die Zellen wechseln zu müssen; der Mann saß in Einzelhaft, während sich Chong mit anderen Häftlingen eine Zelle teilte, das war der einzige Unterschied, ansonsten befanden sie sich von Anfang bis Ende im selben Gebäude, was schon relativ selten vorkam. Als sie nun im Abstand von nur drei Tagen nacheinander entlassen wurden, waren sie die Zellenältesten unter den mehr als zweihundert Häftlingen in diesem Gebäude. Die Neuankömmlinge nannten Chong „Ältester von Zelle fünf" und den Mann „Ältester von Zelle sechs".

Es war etwa eine Woche nach seiner Einlieferung gewesen, als der Mann Chong das erste Mal traf, und zu diesem Zeitpunkt hatten die Häftlinge in den Nachbarzellen schon mitbekommen, dass sich der Mann, obwohl er zu Einzelhaft verurteilt worden war, nichts Schwerwiegendes hatte zuschulden kommen lassen. In dieser Hinsicht besaßen sie ein feines Gespür. Wenn die Einzelhaft für schwere Fälle von Spionage oder versuchter Spionage verhängt wurde, war das schon irgendwie zu den Häftlingen der Nachbarzellen vorgedrungen, und dann vermieden sie jeden Kontakt mit dem Betreffenden.

Am Morgen bekam der Mann einen Klumpen Reis mit getrocknetem Rettich in Sojasoße und dazu eine wässrige Suppe durch die Essenklappe im unteren Teil der Tür in die Zelle geschoben. Mit seinen Bambusstäbchen zerteilte er den Kloß und schob gerade ein Stück davon in den Mund, als er plötzlich durch die Wand etwas aus Zelle fünf hörte: „He, du da nebenan!" Der Mann sprang auf, trat an das vergitterte Beobachtungsfenster und fragte gerade zurück: „Was ist denn?", als er hörte, wie Essgeschirr aus Plastik gegen die Kupferabdeckung der Essenklappe stieß.

„Schieben Sie Ihre Hand mal durch die Essenklappe und nehmen Sie das hier!", sagte eine Stimme. Über den Betonfußboden des Flures liefen drei Häftlinge und verteilten das Essen; einer den Reis aus einem Bambuskorb, der nächste Suppe aus einem Blecheimer und der dritte eingelegten Rettich aus einem anderen Eimer, wobei sie ziemlichen Lärm veranstalteten. In allen Zellen herrschte wildes Durcheinander wie in einem Schweinestall kurz vor der Fütterung.

„Nehmen Sie das!" Der Mann hörte, wie das Plastikgeschirr nochmals gegen die Kupferklappe in der Türöffnung stieß und die Stimme draußen langsam unruhig wurde. „Wenn uns der Aufseher erwischt, bekommen wir eins drauf. Also schnell!" Der Mann streckte die Hand aus und nahm das Essgeschirr entgegen. Es war mit selbst gewürztem Rettich gefüllt. Als er sich später mit seinem Zellennachbarn darüber unterhielt, erfuhr er Genaueres: Den eingelegten Rettich, so wie ihn die Gefangenen bekamen, wässerten sie ein paar Stunden, um den Salzgehalt zu reduzieren, dann zerkleinerten sie ihn mit einem provisorischen Messer, das sie sich aus dem Deckel einer Medikamentenverpackung, wie es sie in der Gefängnisapotheke zu kaufen gab, selbst gebastelt hatten, und würzten ihn mit Zucker und Glutamat, die sie ebenfalls im Gefängnisladen erworben hatten.

„Vielen Dank für das Essen", rief der Mann durch die Essenklappe nach draußen, und aus der Nachbarzelle kam die förmliche Antwort: „Lassen Sie es sich schmecken! Das Geschirr können Sie nachher zurückgeben. Mein Name ist übrigens Chong. Wenn Ihnen abends die Decke auf den Kopf fällt, können Sie mich rufen, aber so, dass der Aufseher nichts davon mitkriegt. Dann vertreibe ich Ihnen die Langeweile."

An diesem Abend redeten sie das erste Mal miteinander. Nach dem Abendessen gingen die Häftlinge, die tagsüber durch die Flure geeilt waren und das Essen verteilt hatten, wieder in ihre Zellen, und der verantwortliche Vollzugsbeamte beendete ebenfalls seine Schicht; kurz darauf sammelte ein Aufseher die Schlüssel ein, woraufhin im Flur und im ganzen Gebäude für einige Zeit Ruhe einkehrte. Dann ging der Vollzugsbeamte zur Essenpause, und ein Ersatzwärter erschien zur Ablösung. Nun begann gewöhnlich das Gespräch zwischen den Insassen benachbarter Zellen oder auch zwischen ehemaligen Komplizen über den Flur hinweg; zu Beginn noch äußerst verhalten, doch allmählich immer unverfrorener. Der eine erzählte, er habe an dem und dem Tag die nächste Gerichtsverhandlung und wollte von den anderen wissen, ob das Berufungsgericht streng sei, und ein anderer, der wahrscheinlich gerade von seiner Gerichtsverhandlung gekommen war, sagte, er habe so und so viele Jahre bekommen, und ein Dritter meinte, sein Urteil sei unverändert geblieben. Alle redeten laut durcheinander, unzählige Schimpfwörter hallten über den Flur, und plötzlich erfüllte das ganze Gebäude ein Lärm, der es beinahe hinwegfegte.

Der Mann ging zum hinteren Teil seiner Zelle, wo sich die Toilette befand. Der eingesetzte Wärter hatte seine Sportmütze verkehrt herum aufgesetzt, hielt den Kopf dicht an die Vergitterung des Beobachtungsfensters und unterhielt sich mit einem Häftling auf der gegenüberliegenden Seite des Flurs. Der Mann warf einen aufmerksamen Blick auf den Wärter und rief Chong. Der kam auch sofort zur Hinterseite seiner Zelle und meinte mit gedämpfter, aber ziemlich gelassener Stimme: „Das Schwein macht doch schon wieder schmutzige Geschäfte. Sehen Sie doch mal dort drüben! Wenn der so tuschelt, plant er wieder irgendwelche krummen Geschäfte. Natürlich nur, um sich ein bisschen Kohle zusätzlich zu verdienen. Im Knast nennen sie das: Häftlingsklatsch. Soll wahrscheinlich heißen: Dem Häftling eins auf die Rübe geben. So läuft das hier. Ach, übrigens, haben Sie schon gegessen?"

„Ja, danke."

„Hat's geschmeckt?"

„Ja, danke, war wirklich gut."

„Jedenfalls ist es hier drin am wichtigsten, was Ordentliches zwischen die Zähne zu bekommen, und der angenehmste Zeitvertreib ist, wenn's was zu essen gibt. Sie werden sich jetzt auch langsam ans Häftlingsleben gewöhnen. Und wenn Sie wissen, dass Sie jederzeit an die Wand klopfen können, falls Sie mit jemandem sprechen wollen, wird Ihnen das Leben hier hinter Gittern nicht mehr so viel ausmachen."

„Entschuldigen Sie, wenn ich frage, aber warum sind Sie hier?"

„Da gibt's nichts zu entschuldigen, aber es ist ein bisschen kompliziert. Eine so genannte Verletzung des Rechtsanwaltsgesetzes. Durch die erste Instanz ist es aber noch nicht durch, und wenn die draußen zu einem Vergleich kommen, bin ich auch ohne Gerichtsverhandlung schon morgen hier raus. Heute war meine Frau zu Besuch und meinte, es könnte wohl klappen mit dem Vergleich, aber vielleicht auch nicht. Das ärgert mich."

„Was ist denn ein Rechtsanwaltsgesetz?"

„Kurz gesagt wollen die Rechtsanwälte alles, was mit dem Gericht zu tun hat, für sich monopolisieren. Wenn Richter und Staatsanwälte aus dem Staatsdienst ausscheiden, bleibt ihnen meist nichts anderes übrig, als sich als Rechtsanwalt zu verdingen. Also bilden die alle einen Klüngel und arbeiten zusammen."

Diese Erklärung verwirrte den Mann nun vollends, aber er stellte sich vor, dass Chong vielleicht wegen Betruges einsaß, und ging der Sache nicht weiter auf den Grund.

Am Nachmittag des nächsten Tages war Sport angesagt, und von Zelle eins angefangen wurden die Türen geöffnet, und die Gefangenen traten gruppenweise auf den Flur hinaus, da nutzte jemand die Gelegenheit, schob sein Gesicht vor das Beobachtungsfenster in der Zellentür des Mannes und sagte: „Ich bin Chong. Kommen Sie klar?", und dabei sprach er nicht so langsam wie bei den Gesprächen von Zelle zu Zelle, sondern stellte seine Frage schnell und lächelte dabei.

Der Mann erhob sich eilig und ging zur Tür.

Ein ovales, blasses Gesicht um die fünfzig mit schmalen Augenlidern – Chong sah leichtfertiger und umgänglicher aus, als es seine Stimme zunächst hatte vermuten lassen, seine Hände steckten in schlottrigen, weiten Ärmeln eines Winter-Hanboks, und wie er da so würdevoll stand, wirkte er etwas lächerlich, abgeklärt, ja, beinahe unverschämt. Nur Chongs Stimme war dem Mann bisher etwas vertraut gewesen, als er nun dessen Gesicht sah, kam ihm dieses etwas leichtsinnig vor und löste Befremden aus. Doch als träfe diese Einschätzung gar nicht zu, sah sich Chong vorsichtig nach dem diensthabenden Beamten um, und die Hände noch immer in den weiten Ärmeln seines Hanboks verschränkt, schaute er sich aufmerksam in der Zelle des Mannes um.

„Langweilig so allein, nicht? Aber Sie halten Ihre Zelle ja ganz gut in Ordnung: Die Gummischuhe ordentlich nebeneinander in der Ecke. Allein ist es vielleicht ein bisschen einsam, aber beim Essen und Schlafen stört Sie wenigstens keiner. Unsere Zelle ist jetzt mit neun Mann belegt. Neun. Beim Schlafen liegen wir wie die Ölsardinen in der Büchse, deshalb ist es nachts wirklich die Hölle."

Als der Mann nichts darauf erwiderte, fuhr Chong fort: „Tja, so sieht's aus. Ein Leben ist das hier. Um diese Zeit könnte man sich im Manhwa-Hotel ganz nett mit ein paar Frauen vergnügen. Wo das Wetter gerade so mies ist, wäre das gar nicht schlecht. Die Weiber dort werden sich wahrscheinlich zu Tode langweilen. Meinen Sie nicht?"

Der Mann antwortete nicht.

„Ich habe auch schon bessere Zeiten erlebt. Ich war überall dabei, hab' überall mitgemischt. Wer hätte wohl geahnt, dass ich mal hier landen würde? Sein Schicksal kennt niemand. Vielleicht mache ich ja noch das große Geld, wenn ich hier rauskomme, wer weiß? Die jetzt da draußen die große Klappe haben und ihr Leben genießen, sollen mal sehen! Die meisten von denen waren auch schon mal im Gefängnis. Die Großherzigen und Mutigen wandern normalerweise alle irgendwann in den Knast. Durchschnittstypen kommen gar nicht erst hierher. Sehen Sie, sogar Kim Ku* hat's mal erwischt."

Und er zählte die Namen all jener auf, die es nach einem Aufenthalt im Gefängnis in der Welt draußen zu Macht und Einfluss gebracht hatten, und fuhr lächelnd fort: „Sie wissen es vielleicht noch nicht, aber in unserem Trakt gibt es eine Menge einzigartiger Persönlichkeiten. Herr Kwon aus Zelle acht kam als Drogenhändler hierher, oder der alte Kang aus der Sieben, der wegen internationalen Betrugs einsitzt, dem gehört im Sogong-Viertel eine riesige Handelsfirma. Die Firma arbeitet jetzt sogar ohne ihn. In der Beamtenzelle Nummer fünfzehn ist es nicht anders. Es wimmelt hier nur so von berühmten Persönlichkeiten. Die bestellen sich jeden Abend beim Küchenchef eine Rindfleischpfanne zu fünftausend Won …"

Als sie vom Sport zurückkamen, stellte sich Chong wieder vor das vergitterte Loch in der Zellentür und fuhr mit seinen langweiligen Geschichten fort.

Aber es war gerade dieser Chong, der dem Mann mit seinen Geschichten klarmachte, dass auch hinter Gefängnismauern Menschen lebten. Um die bleiern dahinfließende Zeit Tag für Tag totzuschlagen, spielte das sinnlose Geschwätz mit Chong schon eine wichtige Rolle und verhalf seiner erstickten Kehle wieder zu freiem Atem. Wenn er sich mit dem Wecksignal am frühen Morgen erhob, rief er schon: „Hallo, Zelle fünf, Herr Chong!", und klopfte gegen die Wand. Das war das Erste, was er jeden Morgen machte.

Die Insassen der Nachbarzelle standen auf, und in dem dabei entstandenen Lärm eilte Chong zum Beobachtungsfenster seiner Zellentür und begrüßte ihn in seinem ruhigen würdevollen Ton: „Ja, wieder ein neuer Tag. Haben Sie gut geschlafen?"

„Haben Sie das heutige Datum schon aus dem Kalender gekratzt?", erkundigte er sich sodann.

„Mach' ich gleich."

„Sie müssen mit dem Daumennagel richtig fest aufdrücken und die Zahl wegkratzen."

„Na klar, mach' ich."

Darauf beschränkte sich ihr allmorgendliches, eintöniges Gespräch, trotzdem verweilte Chong immer noch eine Weile vor dem vergitterten Beobachtungsfenster, in würdevoller Haltung und die Hände in den schlottrigen Ärmeln seines Hanboks versteckt.

Der Zeitvertreib im Gefängnis, das tagtägliche Auskratzen einer Ziffer im Kalender, wenn man mit dem Daumen von einem Kalenderblatt, auf dem ein ganzes Jahr, zwölf Monate, dreihundertfünfundsechzig Tage dicht nebeneinander aufgedruckt waren, jeden abgelaufenen Tag wegkratzte, verband sich mit einer gleichbleibenden Monotonie. Noch dazu im Falle des Mannes, der zehn Monate in Einzelhaft verbrachte, bekam die eintönig wie ein Blatt weißes Papier dahinfließende Zeit vielleicht allein durch die Gespräche mit Chong ihren einzigen menschlichen Flecken.

Als sie die Treppe hinaufkamen, eine einfache Betontreppe, die sich in keiner Hinsicht von den Treppen im Gefängnis unterschied, durchflutete den Durchgang auf einmal der grelle Lichtschein eines Kronleuchters, und direkt vor ihnen tauchte die schwere Eingangstür des *Tongchongak* auf. Das laute Hämmern war beinahe verstummt, von unten irgendwo hallten noch immer leise Geräusche nach oben, die vom Nageln und Hämmern auf Metallplatten herrührten. Das brachte ihnen wieder zu Bewusstsein, dass sie sich in einer staubigen Markthalle befanden. Zudem vermochten sie das Gefühl nicht abzuschütteln, als hallten die Schläge in der gesamten Halle wider. Und hier sollte es ein Steakhaus geben? Ein Steakhaus inmitten der Verkaufsstände, deren Eingänge jetzt alle mit Metallverschlägen versperrt waren? Ein beunruhigender Gedanke, der sie unangenehm berührte.

Hinter der massiven Eingangstür, die den Anschein erweckte, als gingen die Senatoren Roms durch sie ein und aus, hingen ausladende, luxuriöse Kronleuchter wie im Elysee-Palast, und in jedem Leuchter brannten zahllose Lämpchen. Unter den drei oder vier, in regelmäßigen Abständen von der Decke herabhängenden Kronleuchtern befand sich ein gemütlicher Gastraum.

Doch der riesige Raum schien leer. Von draußen war keine Menschenseele darin zu erkennen.

In diesem Moment lief dem Mann wieder ein Schauer über den Rücken. Seine Frau drückte sich an ihn und flüsterte mit angsterfüllter Stimme: „Oh Gott, da ist ja kein Mensch zu sehen. Nur Kronleuchter."

Er antwortete nicht, und sie fuhr fort: „Irgendwie komisch. Wieso wollte er sich denn unbedingt hier treffen?"

Der Mann zögerte. Hinter der gewaltigen, bedrohlich fremd wirkenden Tür bemerkte er nur den mittleren Teil des Raums, und sich selbst zum Trost und zur Beruhigung seiner Frau meinte er: „Gehen wir erst mal rein! Ein paar Gäste muss es doch geben."

Er schob die Tür auf. Lautlos öffnete sie sich, und ein niedriger Raumteiler versperrte ihnen den Weg.

„Herzlich willkommen!"

Das kalte Grauen packte ihn, als diese Worte seinen Nacken berührten. Erschrocken wandte er sich sofort nach der Stelle um, von wo die Stimme gekommen war. Eine Puppe starrte ihn an, sie trug ein dunkelblaues koreanisches Jäckchen und dazu einen rosafarbenen Rock. Artig verbeugte sie sich. Das kalkweiße Gesicht war von abstoßender Hässlichkeit. Entsetzt fuhr seine Frau zurück und griff nach dem Arm ihres Mannes: „Mein Gott, hab' ich mich erschrocken. Die sieht ja furchtbar aus. Das ist doch eine Puppe."

Dieses „Herzlich Willkommen", als sie die Tür öffneten, klang wie eine Tonbandaufnahme, die sich durch ein elektrisches Signal bei jedem Türöffnen selbst einschaltete.

Der Frau war das Blut zu Kopf gestiegen, und verzweifelt umklammerte sie den Arm ihres Mannes, den sie nun nicht mehr losließ.

Sobald sie den Gastraum betraten, schlug ihnen ein Dunst von Geschmortem, Gebratenem und Gekochtem entgegen, aus seinem Bauch vernahm der Mann ein Knurren, und schon fühlte er sich im Licht der Kronleuchter dieses wohligen Raumes wie zu Hause.

Das Innere des Restaurants passte in seiner ausladenden Geräumigkeit genau zur wuchtigen Eingangstür, die Anordnung der Tische zeugte ebenfalls von Großzügigkeit. Zu beiden Seiten des Mittelgangs waren kleine Separees abgetrennt und alle im Kreis angeordneten Plätze umgaben nochmals niedrige Raumteiler. Auf den ersten Blick vermittelte das Restaurant einen sehr luxuriösen Eindruck. Die gesamte Wand links neben der Eingangstür dekorierte das Bild eines Ritters auf einem Schimmel, das in kräftigen Grundfarben im Stil mittelalterlicher europäischer Malerei an die Wand gezeichnet war, die rechte Wand verzierte ein ostasiatisches Gemälde, das den Mond hinter einer Kiefer darstellte und ebenfalls die gesamte Wand einnahm. Berührte man die Bilder mit der Hand, hatte man das Gefühl, einen dicken Farbklumpen zwischen den Fingern zu haben.

Das Restaurant war nicht völlig leer, wie sie zunächst angenommen hatten; an einigen Tischen saßen Gäste. Die Plätze am Mittelgang waren frei, ein paar Tische an der Wand waren belegt, an der Fensterseite ebenfalls. Als hätten sie sich verabredet, richteten alle Gäste ihre ausdruckslosen Gesichter dem soeben eingetreten Ehepaar zu und musterten es. Der Mann sah sich um, ob er Chong vielleicht entdeckte. Doch der war noch nicht da.

An zwei Tischen saßen US-Soldaten, an einem davon ein halbes Dutzend schwarze und weiße GIs in den Zwanzigern, die Hälfte trug Uniform, der Rest Zivil. Sie schienen gut gegessen zu haben, auf dem Tisch standen unzählige Bierflaschen, und auf ihren Gesichtern spiegelte sich träge Mattigkeit. Gleichgültigkeit lag in ihren Blicken, und dafür, dass sie gesellig beisammensaßen, war es unnatürlich still. Sie saßen in einer Ecke des Restaurants. Gegenüber am Fenster plauderten in gedämpftem Ton zwei ältere uniformierte GIs, während sie Messer und Gabel in den Händen hielten. Ruhig schoben sie die Fleischstücke in den Mund und kauten langsam. Der eine biss ziemlich lange auf einem Stück Fleisch herum und wischte sich dauernd mit der Serviette die Mundwinkel sauber. An einem anderen Tisch aßen zwei dicke Koreaner. Beide hatten die Jacketts abgelegt und saßen nun hemdsärmlig am Tisch, ihr Gespräch war verstummt, sie waren ins Essen vertieft. Mit vollen Backen kauend schlangen sie gierig das Fleisch hinunter. Am letzten Tisch saß eine Frau mit einem Kind, und beide nahmen sich inmitten der anderen Gäste etwas eigenartig aus. Die Mutter war furchtbar dick, ihr Sohn, vermutlich ein Grundschüler der vierten Klasse etwa, trug eine blaue Sportmütze und ein niedliches Unterhemd, auf dessen Vorderseite ein Baseballschläger abgebildet war. Der Junge war schrecklich dünn. Vielleicht hatten die beiden ein Baseballspiel gesehen, und nun wollte die Mutter auf dem Rückweg ihren mageren Sohn ein bisschen mit Fleisch füttern, doch sobald sie im Restaurant ihren Platz eingenommen hatte, schien sie das auf einmal ganz vergessen zu haben; denn sie allein stopfte gierig das Fleisch in sich hinein.

Das alles war dem Mann so ganz und gar ungewohnt, und schon packte ihn erneut das kalte Grauen.

„Na, siehst du, er ist nicht gekommen. Warum sollte er auch?", flüsterte seine Frau ihm entmutigt zu, was er mit Schweigen quittierte und sich an einen Tisch neben dem Mittelgang setzte, der durch hüfthohe Raumteiler abgetrennt war und von wo aus er die Eingangstür gut im Auge hatte. Seine Frau setzte sich nicht ihm gegenüber, sondern mit leicht verängstigter Miene direkt neben ihn.

„Es ist erst drei vor." Zerstreut warf der Mann einen Blick auf die Armbanduhr und richtete sein Augenmerk mit aufgesetzter feierlicher Würde sofort wieder auf die Eingangstür.

„Warum sollte er auch kommen? Er kommt nicht. Er wollte dich nur veralbern. Schon wie dieses Restaurant aussieht. Ein merkwürdiger Laden. Hier verkehren doch vor allem die GIs von der 8. Armee. Und du meinst, der hat wegen Betrugs gesessen?"

„Na ja, warten wir noch einen Moment!"

„Warum hat er dich denn ausgerechnet hierher eingeladen? Das ist doch schon verdächtig. Der hat dich zum Narren gehalten."

„Ich glaube nicht. Was hätte er davon?"

„Wer weiß? Vielleicht hält er sich hier irgendwo versteckt und beobachtet uns amüsiert."

„Warum sollte er?", sagte der Mann und sah sich dabei abermals beunruhigt um. Mit einem Mal kam ihm die Idee, als beobachteten zwei weit aufgerissene Augen aus einem Riss in der Wand jede einzelne seiner Bewegungen.

Der Flur vor der Eingangstür, der vom Gastraum aus gut einzusehen war und den ein einsames Licht erhellte, war leer, und sein Ende verlor sich irgendwo im Dunkel. Dieser gähnend leere Flur, den allmählich die Finsternis auffraß, hatte etwas Unheimliches, Grauenerregendes.

Plötzlich überlegte der Mann, was er über diesen Chong überhaupt wusste. Inwieweit kannte er ihn eigentlich, dass er sogar seine Frau im Sonntagsstaat hierher schleppte und nun in diesem Restaurant hockte und auf ihn wartete? Zwar hatte er zehn Monate mit ihm als Zellennachbarn verbracht, aber in Wahrheit wusste er gar nichts über ihn.

Einige Begebenheiten fielen ihm ein.

Als die Untersuchungen der Staatsanwaltschaft in seinem Fall beinahe beendet waren, wurde Chong in erster Instanz zu zwei Jahren Haft verurteilt. Das war zu Beginn des Frühlings gewesen. Morgens war er dem Gericht vorgeführt worden, die Verhandlung war am Vormittag zu Ende gegangen und gegen zwei Uhr nachmittags kam er ins Gefängnis zurück. Er schob sein enttäuschtes Gesicht vor die Zelle des Mannes und meinte in bitterem Ton: „Pech gehabt. Zwei Jahre."

Als der Mann darauf bemerkte: „Der Kläger wollte wohl keinen Vergleich?", brauste Chong wütend auf: „Was treiben die da draußen überhaupt, verdammt."

„Die werden sich bestimmt viel Mühe gegeben haben für Sie."

„Das stimmt schon, aber jetzt sitze ich doch echt in der Klemme. Wie soll ich das denn zwei Jahre aushalten?"

„Könnten Sie nicht Berufung einlegen?"

Chong war außer sich: „Was reden Sie denn da? Das ist doch keine Frage. Natürlich lege ich Berufung ein."

„Dann wird das Urteil in zweiter Instanz bestimmt besser ausfallen", tröstete ihn der Mann.

„Wär' schon zufrieden, wenn sie mir ein paar Monate erließen."

„Was meint denn der Rechtsanwalt?"

„Diese Typen erzählen gewöhnlich mal dies und mal das. Konkret werden die nie. Das schien mir schon alles ziemlich verdächtig."

Aber auch später schob Chong, wenn er von den Zusammenkünften mit seiner Familie kam, sein Gesicht vor das Beobachtungsfenster der Zelle des Mannes und erzählte immer wieder das Gleiche. Wenn die draußen nur endlich zu einem Kompromiss gelangten, brauche er keine Berufung und könne morgen nach Hause gehen, erklärte er in bestimmtem Ton. Ein paar Monate später wurde die Haftzeit im Berufungsverfahren um ein Jahr verkürzt, und da er die meiste Zeit bereits abgesessen hatte, blieben bis zu seiner Entlassung nur noch drei Monate.

Zu dieser Zeit etwa hörte der Mann eines Tages jäh dumpfe Schläge von jenseits der Zellenwand und jemand brüllte: Du

Schwein. Dreckskerl. Nebenan war ein Streit im Gange. Dass die in einer Zelle lebenden Häftlinge aneinandergerieten, war eigentlich ungewöhnlich. Begann es plötzlich in einer Zelle laut zu werden, wurden Faustschläge und Fußtritte ausgeteilt, rannte der Vollzugsbeamte sofort über den Flur und stauchte die Zelleninsassen zusammen, woraufhin die Auseinandersetzung schon beendet war und alle Beteiligten entweder mit einer blutenden Nase dasaßen oder ein blaues Auge davongetragen hatten. Doch sobald sich das Gesicht des Wachbeamten vor das Beobachtungsfester schob, saßen die Männer, die eben noch mit Fausthieben und Fußtritten aufeinander losgegangen waren, schwer atmend da und lächelten unschuldig.

Auf diese Weise verlief auch der Streit in der Nachbarzelle. Als die beiden sich gegenseitig beschimpfenden Stimmen an Heftigkeit zunahmen, bemerkte der Mann, dass die eine Stimme zu Chong gehörte, und eilte zur Essenklappe, wo er die Ohren spitzte und hörte, wie es drüben jäh zu poltern begann und Handschellen gegen etwas stießen. Gleichzeitig kam der Vollzugsbeamte den Flur entlanggelaufen und brüllte: „He, was soll das, ihr Dreckskerle?", woraufhin alle Geräusche in der Zelle sofort erstarben.

Als sich Chong kurz darauf für die Zusammenkunft mit seiner Familie fertig machte, nutzte er die Zeit, bis der Aufsichtsbeamte die anderen, ebenfalls Besuch erwartenden Häftlinge eingesammelt hatte, und kam zur Zelle des Mannes. Wegen seines blauen, geschwollenen Auges schämte er sich absolut nicht und schwatzte schon wieder drauf los: „War laut eben, hm? Tut mir leid. Das war unser Zellenältester. Wenn ich nur ein bisschen an mich gehalten hätte, wäre nichts passiert, aber ich habe es einfach nicht mehr ausgehalten."

Mit einem vorsichtigen Blick überprüfte er die Lage in seiner Zelle, dann kam er dicht an das vergitterte Fenster heran und senkte die Stimme. Seine vor Gesundheit strotzenden, frischen Lippen zeugten von einem geselligen Charakter und Vitalität und waren selbst für einen Mann so erotisch, dass sich in ihm beinahe fleischliche Begierden regten.

„Der ist wirklich arm dran. Zum Tode verurteilt, aber seine Manieren, eins a, große Klasse, sage ich Ihnen. Inzwischen ist schon mehr als ein Jahr vergangen, seit der Oberste Gerichtshof das Urteil bestätigt hat, und ihm bleibt nicht mehr viel Zeit zum

Leben. Das weiß er auch genau und ist deswegen total resigniert. Ist schon merkwürdig. Diese Leute pflegen eine echt merkwürdige Beziehung zueinander. Der Älteste von Zelle neun ist doch auch ein Todeskandidat. Wenn wir zum Sport rausgehen, stellen sich nur die beiden in eine Mauerecke und reden die ganze Zeit eifrig miteinander, manchmal habe ich den Eindruck, die anderen, die auf den Tag ihrer Entlassung warten und über den Hof laufen, springen, Arme und Beine bewegen, sehen irgendwie niederträchtig aus, wie langsam vor sich hin faulende, wilde Tiere, aus denen der Eiter tropft. Und die beiden, die nur noch kurze Zeit zu leben haben, scheinen eine viel hellere und menschlichere Würde auszustrahlen. Der kommt eigentlich aus Chinchon, und eine Zeit lang lebte er in einem Wohlstand, dass er niemanden auf dieser Welt zu beneiden brauchte. Er meint, er habe alle kommunistischen Staaten besucht. Die Sowjetunion, China, Polen, Rumänien, Albanien, Bulgarien, alle. Muss ein ziemlich hohes Tier gewesen sein. Aber darüber erzählt er gar nichts. Wenn ein Neuer kommt und er ihn begrüßt, sind seine ersten Worte immer dieselben: Meine Ideologie ist so und so. Aber davor brauchen Sie sich nicht zu fürchten, vertragen wir uns, solange wir hier zusammenleben. So ist er. Aber wie soll ich mich denn mit diesem Gesicht meiner Frau zeigen? Was soll ich ihr erzählen? Wenn ich doch bloß ein bisschen an mich gehalten hätte. Eigentlich war ich an allem schuld.

Doch was sich konkret zugetragen hatte, verriet Chong nicht. Dazu fehlte die Zeit.

Als er nach etwa einer halben Stunde vom Familienbesuch zurückkam, erzählte er laut lachend: „Heute wäre eigentlich meine Frau drangewesen, und ich dachte natürlich, sie käme so wie immer, mein Gott, aber dann kam meine kleine Frau. Ist vielleicht etwas übertrieben, wenn ich sie „meine kleine Frau" nenne, nur weil ich mich im Manhwa-Hotel ein paar Mal mit ihr amüsiert habe. Wie sie nur erfahren hat, dass ich hier bin? Und meine Nummer? Sie hatte sich ziemlich auffällig geschminkt, die Fingernägel rot lackiert, und dann hat sie mich kokett angelächelt. Sie meinte, ich solle schnell rauskommen. Dass ich hinter Gittern bin, wäre nicht weiter schlimm, aber dass mein Ding eingesperrt ist, würde sie schon sehr bedauern. Mensch, ich werd' hier noch irre. Hinter der durchlöcherten Scheibe im Besuchsraum solche anzüglichen Geschichten zu erzählen! Das habe ich auch zum ersten Mal erlebt. Der Beamte neben uns kam aus dem Lachen gar nicht mehr raus. Na ja, war schon gut so. Nur, wenn meine Frau jetzt noch kommt und bei der Anmeldung merkt, dass es umsonst ist. Was soll ich denn dann wieder machen? ‚Eben war schon jemand da zu Besuch‘, werden die ihr sagen. ‚Was? Das kann doch nicht sein. Wer soll denn hier gewesen sein?‘ ‚Sie meinte, sie sei die Ehefrau.‘ ‚Was? Das ist doch nicht möglich. Ich bin doch die Ehefrau.‘ ‚Woher sollen wir das wissen? Wenn sie behauptet, die Ehefrau zu sein, dann ist sie's eben.‘ So wird das da unten vermutlich abgehen. Vielleicht sind sie sich auch vor dem Gefängnis begegnet und haben sich gegenseitig die Haare ausgerissen und vor allen Leuten eine Szene gemacht. Wer weiß?"

Chong lachte unverschämt auf, und als er wieder in seiner Zelle verschwunden war, schien er die Geschichte noch einmal zu erzählen, denn auch von dort erklang mit einem Mal lautes Gelächter. Etwa zwei Wochen später wurden Todesurteile vollstreckt, und vier oder fünf Häftlinge traten ihren letzten Weg an. Am Nachmittag dieses Tages herrschte im gesamten Trakt gespannte Ruhe. Der Mann hatte gehört, wie an diesem Tag der Todeskandidat aus Zelle neun herausgeschafft wurde. Laut polternd wurde die Zellentür aufgestoßen, dann herrschte für einen Moment völlige Ruhe, als hätte eine Woge von Wasser alle Geräusche unter sich begraben, und danach erfüllte eine einzige, unbefangen kindlich klingende Stimme das ganze Gebäude: „Ältester von Zelle fünf, ich mach mich schon mal los." Das war alles.

Als Chong am nächsten Tag kurz aus seiner Zelle herauskam, nutzte er die Gelegenheit und kam wieder zur Zellentür des Mannes.

„Solche Tage wie gestern", flüsterte er mit erstickter Stimme, „müssen für die Todeskandidaten furchtbar sein. Wenn die Todesstrafe nun schon mal feststeht, ist es doch besser, wenn sie gleich vollstreckt wird. Aber unser Zellenältester ist ein großartiger Kerl. Mit verschränkten Armen saß er ganz gelassen direkt an der Wand neben der Tür, freilich kreidebleich, und als er hörte, wie die Tür von Zelle neun aufgestoßen wurde, löste sich sein Rücken von der Wand, und er zuckte ein Mal. Mit weit aufgerissenen Augen saß er wie benommen da. Dann hallte die laute Stimme des Todeskandidaten von Zelle neun durch den Trakt. Das haben Sie sicher auch gehört. Aber unser Zellenältester saß weiter ruhig da. Nur seine Lippen waren ganz blau angelaufen."

Da drinnen hatten sie Wand an Wand gelebt, und meistens waren ihre Gespräche auf diese Weise verlaufen, mehr hatten sie nicht übereinander in Erfahrung gebracht. Über Chongs bisheriges Leben, seinen Beruf, wo er wohnte und ob er Kinder hatte, davon hatte der Mann keine blasse Ahnung. Er wusste nicht einmal, mit welchem chinesischen Zeichen dieser Chong seinen Familiennamen schrieb. Er hatte ihn nie danach gefragt. Während sie im Gefängnis waren, hatte er solche Dinge niemals als notwendig erachtet. Aber die überaus menschliche Seite von diesem Chong, war sie nun gut oder schlecht, war ihm immer sehr nahe gewesen, und insofern hatte er Sympathie für ihn empfunden. Aber nun, an den Maßstäben der Welt hier draußen gemessen, wie viel war ihre Beziehung da noch wert? Falls Chong heute käme, wie würde er sich hier draußen kleiden, und welchen Eindruck würde er auf ihn machen? Würden sie einander nicht distanziert begegnen und sich fremd sein? Noch dazu, wenn jeder seine Ehefrau mitbrachte. War das nicht von vornherein, wie seine Frau bereits festgestellt hatte, ein unsinniges Unterfangen gewesen, an diese Verabredung zu glauben und sogar die Frau noch mitzuschleppen?

Allmählich wurde der Mann nervös und begann sich nun sogar davor zu fürchten, Chong könnte mit einem Mal die Tür aufstoßen und wirklich eintreten. Dauernd schaute er auf seine Armbanduhr und dachte, das alles sei von Anfang an eine falsche Entscheidung gewesen. Er bereute, dieser Verabredung so blind geglaubt und sie eingehalten zu haben. Das ärgerte und beunruhigte ihn zugleich.

Etwa zehn nach acht erschien ein weiteres Mal ein Kellner, um die Bestellung aufzunehmen. Als kurz zuvor ein anderer Kellner an seinen Tisch gekommen war, hatte er gesagt, sie würden auf jemanden warten und daher etwas später bestellen. Und wie der andere Kellner legte nun auch dieser beide Hände vor dem fülligen Leib ineinander, stellte sich diskret neben den Tisch, die Hüfte leicht gebeugt, und setzte eine unterwürfige Miene auf. Das war alles, ansonsten sprach er kein Wort. Oder nein, vielleicht bewegte er die Lippen ein wenig? Jedenfalls war sein Gesicht völlig ausdruckslos.

Der Mann war etwas ratlos. Er sah auf seine Armbanduhr und gab dem Kellner zu verstehen, dass er noch ein paar Minuten warten möchte. Der Kellner verbeugte sich abermals höflich,

211

setzte das dem Mann schon vertraute unterwürfige Lächeln auf und trat zögernd ein paar Schritte zurück, dann stellte er sich in eine Ecke neben dem Fenster und lehnte sich an die Wand. Die GIs erhoben sich von ihren Plätzen. Den jungen Leuten hätte man zutrauen können, dass sie dabei viel Lärm verursachen würden, doch sie standen der Reihe nach leise auf und gingen hinaus. Ihre Rechnung mussten sie schon zuvor beglichen haben. Der Mann hatte seinen Blick keinen Moment von der Tür abgewandt und nutzte nun die Chance, da die jungen Amerikaner das Restaurant verließen, zu dem Kellner hinüberzusehen, der sie kurz zuvor bedient hatte. Dessen ausdrucksloser Blick galt noch immer ihrem Tisch. Sofort wandte sich der Mann wieder von ihm ab.

Genau in diesem Moment öffnete sich die Eingangstür. Ein großer schlanker Mann mit einer James-Bond-Tasche in der Hand betrat den Raum. Er trug einen langen dunkelbraunen Mantel, eine blaue Baskenmütze und eine viereckige Sonnenbrille. Auf den ersten Blick sah er aus wie ein Zulieferer der 8. US-Armee. Das war erst mal nicht Chong. Unbewusst stieß der Mann einen Seufzer der Erleichterung aus. Doch der soeben eingetretene Mann lief mit großen Schritten in den Gastraum hinein und ließ seinen Blick darin umherschweifen, wählte dann ausgerechnet einen Platz dem Ehepaar direkt gegenüber, am Ende der rechten Seite. Kaum hatte er sich hingesetzt, stützte er die Ellenbogen auf den Tisch, legte das Kinn in beide Hände und begann durch seine Sonnenbrille hindurch unentwegt den Mann und die Frau anzustarren. Der Kellner kam und schien eine Bestellung aufnehmen zu wollen, doch mit der Hand, die soeben noch sein Kinn gestützt hatte, winkte er ab und schien damit ausdrücken zu wollen, der Kellner solle noch etwas warten. Dabei hatte er den Blick keine Sekunde von dem Ehepaar abgewandt.

Die Frau kam nahe an ihren Mann heran und wisperte ihm mit angsterfüllter Stimme ins Ohr: „Ist es nicht vielleicht der?"

Der Mann sah sich dem unbeweglichen, bohrenden Blick des neuen Gastes ausgesetzt und in einem Ton, der Gelassenheit vorzutäuschen suchte, flüsterte er schnell zurück: „Tja, ich weiß nicht …"

„Ach du meine Güte, wie kann man denn das nicht wissen?"

„Er ist doch jetzt ganz anders gekleidet, und dann hier in dieser vollkommen fremden Umgebung. Und dann trägt er auch noch diese Sonnenbrille."

„Und der Bart?"

„Chong hat keinen Bart."

„Na, dann ist er es nicht. Der da hat doch einen Bart."

„Aber das weiß ich auch nicht genau. Ich kann mich nicht mehr erinnern. Ob er wirklich keinen Bart hatte oder doch?"

„Oh mein Gott!" Seine Frau bebte vor Angst und stand auf. „Lass uns schnell verschwinden."

Ohne den Blick von dem Mann auf der gegenüberliegenden Seite zu wenden, stand der Mann langsam auf. Sobald sie sich beide erhoben hatten, strebten sie wie auf ein Kommando dem Mittelgang zu und liefen in Richtung Tür. Der Kellner lehnte noch immer an der Wand, machte große Augen und sah ihnen hinterher.

Als der Mann hastig den Mittelgang entlangschritt, erhob sich auch der zuletzt eingetretene Gast schnell von seinem Platz und folgte den Eheleuten zum Mittelgang.

Unversehens hatten sich die beiden an den Händen gefasst und eilten die Betontreppe hinunter. Die spitzen Absätze der Frau klapperten über die Treppenstufen. Durch das Erdgeschoss hallte aus einem der Läden noch immer ein Hämmern, das laut durch die Markthalle schallte. Der Mann verfolgte das Ehepaar. Der große schlanke Wachmann in der Uniform eines Gefängniswärters schreckte auf, als er das Klappern der spitzen Absätze und dazu das dumpfe Poltern der harten Sohlen des Mannes auf der Treppe vernahm, und kam aus seinem Wächterhäuschen herausgeschossen. Der Blick, mit dem er sie ansah, war noch genauso griesgrämig wie vorhin, als sie hereingekommen waren. In dem erschrockenen Gesicht traten die großen runden Augen hervor und verliehen ihm ein gefährlich finsteres Aussehen, die Lippen glänzten immer noch rot.

Der Mann und seine Frau schrien zwar nicht um Hilfe, doch als rannten sie um ihr Leben, hielten sie sich an den Händen, stießen die schwere Tür der Markthalle auf und stürzten ins Freie.

Draußen war es dunkel, doch die überall auf der Straße aufblitzenden Autoscheinwerfer und Leuchtreklamen verliehen der Stadt das Flair einer Gespensterhöhle. Auch als die beiden auf die Straße hinaustraten, hatten sie sich noch bei den Händen gefasst, dann liefen sie hastig am Straßenrand entlang, schwenkten beide die jeweils freie Hand und riefen unablässig: Taxi, Taxi. Schließlich blieb ein Taxi vor ihnen stehen. Als der Wagen anfuhr, sahen sie beide durch die Heckscheibe.

Soeben hatte der ihnen folgende Mann die Tür der Markthalle aufgestoßen und war auf die Straße hinausgetreten.

Ohne jeden Zweifel – es war Chong. Aber nein, ganz sicher war das nicht Chong. Aber das war jetzt schon egal. Dem Mann erschien die Welt hier draußen, in die er vor kurzem entlassen worden war, einfach furchtbar. Sie jagte ihm einen solchen Schrecken ein, dass er zitterte.

(1977)

Böser Geist

Als Frau Hakkol[*] auf der Totenbahre aus dem Tokpalche-Haus herausgetragen wurde, lief ihr Mann Chaehun hinterher, auf dem Kopf seinen kastanienfarbenen Filzhut und im dunkelblauen Anzug, unter dem er sogar eine Weste trug. Lange noch war dieses Ereignis Gegenstand des Dorftratsches.

Das war Anfang Dezember jenes Jahres gewesen, da er gerade aus der Mandschurei zurückgekommen war. Nur seine einzige Tochter, ein Mädchen namens Tokchu, deren Hochzeitstermin mit einem Mann aus Kaeduru vor einigen Monaten festgelegt worden war, folgte dicht hinter der Totenbahre und heulte so jämmerlich, dass es das ganze Dorf erschütterte. Einige Schritte hinter ihr liefen die Vettern und andere entfernte Verwandte. Alle trugen die hanfleinenen Mäntel der Trauernden, nur Chaehun war im Anzug und hob sich damit auf merkwürdige Weise von den übrigen Trauergästen ab.

Hinsichtlich des hohen Wuchses und der stämmigen Statur waren sich Vater und Tochter auffallend ähnlich, was hingegen ihre Kleidung betraf, konnten sie kein widersprüchlicheres Bild abgeben, und das fiel allen sofort ins Auge – die massig wirkende Haube aus Hanf und der hanfleinene Mantel der Tochter, die sich sogar auf einen Stock stützte, während sie der Bahre folgte, und im Gegensatz dazu der würdevolle Anzug Chaehuns.

„Mein Gott, ist das die Möglichkeit! So was hab ich mein Lebtag noch nicht gesehen."

„Du sagst es! Dass der sich wie ein ungeschliffener Grobian aufführt, wusste ich ja schon, aber dass es so schlimm ist …"

„Immer derselbe Anzug, die ganzen drei Tage während der Trauerzeit. An die Zeremonie während der Totenfeier hat er sich auch nicht gehalten. Na, Gott sei Dank sind nur wenige Trauergäste gekommen…"

Als Yongsik mit seiner Mutter den Lehmfußboden des Hauses Saegol betrat, saßen im Flur schon einige Nachbarsfrauen und schwatzten leise miteinander, plötzlich riss die siebenundachtzigjährige Großmutter aus dem Haus Cholgol die Augen weit auf und zeterte erbost: „Jetzt haust du noch mächtig auf den Putz, Chaehun, aber dich, gerade dich, wird schließlich der Teufel holen. Dein Ende, sage ich dir, wird furchtbar sein. Ich bin schon zu alt und sterbe bestimmt vor dir, ohne dein Ende zu sehen, aber mein Geist wird sich deinen Tod auf jeden Fall genau ansehen. Miststück, du miesester Lump, den die Welt je sah. Dich wird der Teufel holen. Pfui, pfui!"

Ein bösartiger Unterton schwang in ihrer schrillen Stimme, der nicht unbedingt nur dem Altersschwachsinn geschuldet war.

„Die Alte ist doch schwerhörig. Woher weiß sie überhaupt, dass wir gerade über den vom Haus Tokpalche herziehen?"

„Auch ohne zu hören, kann man mitbekommen, worum's geht. Manchmal ist es einfach die Atmosphäre, die zu einem spricht. So unterhalten sich doch auch die Gespenster, ganz ohne Worte."

„Na ja, die Alte vom Cholgol-Haus ist ja schon zu einem lebenden Geist geworden."

Der böse Geist der Toten, sagten die Leute, bewege sich nach Nordosten, und die Frauen aus den nordöstlich des Trauerhauses gelegenen Nachbargehöften, Yongsiks Familie, die Bewohner des Cholgol-Hauses und die der anderen Höfe, hatten sich schon früh am Morgen, als die Bahre mit Frau Hakkol noch im Haus war, ihre Kinder an die Hand genommen oder auf den Rücken gebunden und sich im Haus Saegol versammelt, das sich westlich des Trauerhauses befand. Peinlichst hatten sie darauf geachtet, dem bösen Geist auszuweichen, aber natürlich wollten sie auch sehen, wie die Totenbahre herausgetragen wurde, und daher trafen sie sich hier.

Wahrscheinlich hatte die Tote einen zu starken Groll gehegt. Die ganze Zeit über war es mild und warm gewesen, und plötzlich schlug gerade vorgestern Abend, als Frau Hakkol die Augen schloss, die Witterung um, und eine grimmige Kälte zog ein; das Wetter spielte verrückt, es war so kalt, dass die Dorfbewohner nicht einmal mehr auf dem Hof sitzen konnten, weswegen sich alle auf der Lehmdiele versammelten. Das Haus war direkt nach Norden ausgerichtet und etwas höher als die anderen gelegen, sodass der Wind hier besonders heftig wehte.

„Oh mein Gott, sprich nicht davon! Als der Alte vom Sokkuk-Haus vor einigen Jahren starb, da war es noch kälter. Richtig unheimlich. Damals war's besonders schlimm. Hab' gedacht, ich wäre die Einzige, der es so ging, aber wie ich später hörte, empfanden es die anderen auch so. Jedenfalls habe ich mich nachts nicht mal mehr allein auf den Abort getraut. So furchtbar war das damals bei dem Alten vom Sokkuk-Haus."

„Da hast du recht. Außerdem war Vollmond, das machte alles noch schlimmer. Die Vollmondnächte im Winter sind ja ohnehin schon so gruselig und unheimlich. Furchtbar war das damals, wirklich außergewöhnlich. Sogar am helllichten Tage habe ich mich nicht getraut, auch nur zum Dachfirst von diesem Haus hinaufzusehen, weil ich so schreckliche Angst hatte."

Es war zu jener Zeit auch das Gerücht umgegangen, der plötzliche Tod des ältesten Sohnes aus dem Kwanggol-Haus hinge damit zusammen, dass er auf den bösen Geist der Schwiegertochter vom Segannan-Haus gestoßen sei. Frau Hakkol war nicht weniger unglücklich als diese Schwiegertochter gewesen, und daher nahmen die Dorfleute nun an, ihr böser Geist müsse ziemliche Macht haben.

Der älteste Sohn des Kwanggol-Hauses hatte sich mit diesen neuartigen ausländischen Wissenschaften befasst und war der Meinung gewesen, der böse Geist und das ganze Gerede sei nur Aberglaube, also blieb er allein im Haus zurück, und kurz darauf durchstieß die böse Seele die Papierbespannung der Zimmertür und blieb ausgerechnet mitten in seiner Stirn stecken. Das glaubten die Leute jedenfalls. Plötzlich hatte er nämlich einen blauen Fleck auf der Stirn.

Von diesem Tag an lag er trübsinnig und krank zu Hause, eilig wurde noch eine Schamanin aus dem Unterdorf gerufen und versuchte den bösen Geist zu beschwören, doch die Wirkung blieb aus, und nach acht Tagen starb er.

Die Bewohner des Hauses Songgol flüchteten sich damals kurz zu einer anderen Familie, und als sie auf ihr eigenes Gehöft zurückkehrten, entdeckten sie in der Küche eine in zwei Teile zersprungene kleine Sojasoßenschüssel. Der böse Geist hatte sie direkt getroffen. Die schmallippige Hausherrin war nach diesem Ereignis eine ganze Weile lang außer sich vor Angst.

Die Totenbahre wurde um den Gemüsegarten des Hauses Sae herumgetragen, und Tokchus Klage erklang so schauerlich traurig, als wollte sie damit das gesamte Dorf vertreiben. Sogar das auf einem Ast im Walnussbaum nistende Elsternpaar flog erschrocken davon. Eine hinter der anderen flogen sie über das kleine Bergdorf, auf das sich gerade ein paar Sonnenstrahlen ergossen, und schwebten langsam auf den Hoyang-Hügel zu, wohin sich auch die Totenbahre bewegte.

Rinder und Schweine, ja, sogar die Hunde spähten aus ihren Verschlägen, Ställen und Hundehütten heraus und hielten den Atem an. Der Ochse aus dem Songgol-Haus blinzelte den ganzen Tag nur mit seinen großen Augen, rührte sein aus gekochten Bohnenschalen bestehendes Futter nicht an und schüttelte bloß ehrfurchtsvoll den Kopf. Auch die beiden gelben Hunde jaulten die ganze Zeit oder winselten vor sich hin, sogar die Schweine, gewöhnlich sehr gefräßig und zu jeder Fütterung sofort zur Stelle, schliefen nur, als ob sie gar nicht bemerkt hätten, wie ihnen Futter hingeworfen wurde. Davon berichtete die Hausherrin des Songgol-Hauses in ihrer ungewöhnlich schnellen Redeweise.

„Ach, das Leben ist einfach sinnlos."

„Das Schicksal ist unerbittlich, sagen die Leute oft, aber so viel Unglück wie Frau Hakkol ertragen musste, das ist schon selten. Zwei Monate ist es doch erst her, seit ihr Mann zurückkam."

„Das war doch zu Beginn des Herbstes, also sind's schon mehr als zwei Monate."

„Ich war an dem Tag bei meinen Eltern, und als ich auf dem Rückweg gerade über die Steinbrücke in den Pangha-Bergen gehe, stoße ich doch direkt auf ihn. Da war er schon völlig blau. Ich denke noch, wer ist denn das? Im Anzug und dann auf so wackligen Beinen? Da war er's. Ein komischer Zufall. Hab' ich mich vielleicht erschrocken, als ich den sah."

„Na, wenn schon? Da muss man doch nicht gleich erschrecken."

„Wenn's nur das gewesen wäre. Aber mein Herz raste ja auch wie verrückt."

„Kann ich verstehen. Das ist ja auch ein komischer Kauz."

„Jedenfalls hatte seine Frau, nachdem er heimgekehrt war, keinen einzigen ruhigen Tag mehr. Die Leute aus der Holzhütte hinter dem Bambuszaun neben seinem Hof haben es kaum noch ausgehalten. Tag und Nacht schrie er herum, als sei er allein auf der Welt. Der hat ja eine ziemlich laute Stimme. Ab und zu redete seine Mutter noch, aber die heulte auch mehr, als dass sie was sagte. Die anderen Hausbewohner waren mucksmäuschenstill."

„Die andern? Das waren doch bloß noch sein Vater, und der war schon ziemlich alt, seine Frau und Tokchu. Wer von denen sollte sich denn mit ihm anlegen?"

„Wenn sein Vater morgens die Augen aufschlug, wollte er vor allem eins vermeiden: seinem Sohn zu begegnen. Deswegen ist er auch immer gleich aufs Feld raus. Und jetzt im Winter besucht er die Männer vom Haus Kunsae und verbringt dort die ganze Zeit."

„Hätte man das alles vorher gewusst, wäre es vielleicht besser gewesen, er wäre gar nicht erst zurückgekommen. So hat er in seinem Haus doch bloß einen riesigen Streit entfacht."

„Seine Mutter hat schon immer gesagt: Ausgerechnet mein einziger Sohn ist so ein Schwein. Besser, er wäre nicht zurückgekommen."

„Aber wem ist der überhaupt ähnlich? Er sieht genau so aus wie seine Mutter. Die drei sehen sich alle sehr ähnlich: seine Mutter, er und die Tochter."

„Stimmt. Der Sohn scheint nach der Mutter zu kommen."

„Die Krankheit von Frau Hakkol, daran war doch auch nur ihr Mann schuld. Was sonst? Sein böser Geist hat sie krank gemacht. Es sollen ja nicht nur die bösen Geister von Toten so furchtbar sein, auch wenn man noch lebt, kann man vom bösen Geist besessen sein."

„Jedenfalls war ihr Leben wirklich eine einzige Qual. Kaum hatte sie Tokchu zur Welt gebracht, musste sie sich auch schon um die Schwiegereltern kümmern und noch all die schwere Haus- und Feldarbeit machen. Tokchu hat genug Grund, so traurig zu weinen."

„Aber trotzdem war Frau Hakkol stets freundlich zu allen. Den Nachbarn gegenüber war sie immer sehr höflich, und ein gutes Herz hatte sie auch."

„Du sagst es! Du sagst es! Und dann ist der Kerl einfach abgehauen, als die Kleine nicht mal zwei war. Fünfzehn Jahre ist er weggeblieben."

„Zwischenzeitlich kam er ja noch ein paar Mal vorbei. Vor einigen Jahren hat er sogar eine Nebenfrau, seine so genannte kleine Frau, angeschleppt. Das war vielleicht lustig. Große Frau und kleine Frau, und beide Frauen wohnten mit ihm in einem Zimmer, die Großmutter und Tokchu im Zimmer vom Großvater, mehr Zimmer hatten sie ja nicht. Die kleine Frau hatte vorher als Bardame in einer Kneipe gearbeitet, aber schon nach ein paar Tagen hat sie das Handtuch geworfen und ihr Bündel wieder geschnürt. Na, wer weiß, ob die überhaupt ein Bündel hatte?

Als sie kam und als sie ging, besaß sie doch lediglich die Kleider, die sie auf dem Leib trug."

„Genau. Wisst ihr noch? Damals brodelte doch im ganzen Dorf die Gerüchteküche. Die Leute wollten ihn und dieses Weib erschlagen."

„Wo hat der sich denn die ganze Zeit nur rumgetrieben?"

„In der Mandschurei soll er gewesen sein, in Shanghai, Wladiwostok, überall. Und da hat er auch allerorts Nebenfrauen ausgehalten."

„Wie ist er da im Nachhinein überhaupt seiner Verantwortung gerecht geworden?"

„Wer weiß, was der wirklich denkt. Die Verantwortung liegt doch nicht bei ihm allein, Gleich und Gleich gesellt sich gern. Wie die Vagabunden sind sie sich begegnet und so werden sie sich auch wieder getrennt haben."

„Na ja, so ein Leben wäre auch nicht schlecht."

„Trotzdem, egal wie sich die Dinge auch verändert haben mögen, so einen Lumpen wie den gibt's doch im Umkreis von hundert Meilen nicht. Wie der im Anzug hinter der Totenbahre seiner Frau herlief, das war doch das Letzte!"

„Da hast du recht."

Inzwischen hatte der Leichenzug die Weggabelung hinter sich gelassen, und Tokchus herzzerreißendes Klagen entfernte sich allmählich hinter dem Lärchenwäldchen, da riss die Alte vom Cholgol-Haus wieder ihre tief liegenden, schmutzverklebten Augen auf und schimpfte: „Den holt der Teufel, dafür leg' ich meine Hand ins Feuer, und wenn ich schon tot bin, könnt ihr mich wieder ausbuddeln, aber ich schwör's euch. Wenn der ein friedliches Ende hat, werde ich selbst im Tode die Augen nicht schließen können. Dieser verdammte Kerl, übelster Lump aller Zeiten. Der Teufel soll ihn holen. Verfluchter. Pfui Teufel."

Damals hatte Yongsik den Gesprächen der Nachbarsfrauen gelauscht und gleich war ihm sein Klassenkamerad Takada eingefallen, der ihn am meisten quälte.

Ja, das stimmt, Takada wird auch der Teufel holen. Wenn den das Unheil mitten auf der Stirn trifft, werde ich auf der Stelle vor Freude tanzen. Und nicht nur ich. Alle in unserer Klasse würden sich freuen, dachte er.

Takada war vor einigen Monaten, gerade nach den Sommer-
ferien, neu in die Klasse gekommen und entpuppte sich schon
bald als Störenfried. Alle achtzig Klassenkameraden knirschten
vor Wut mit den Zähnen bei dem Gedanken an diesen sonderba-
ren Jungen.

Als er am ersten Tag hinter dem Lehrer das Klassenzimmer
betrat, fiel er schon durch seine Kleidung auf. Er trug einen
schwarzen Mantel mit goldfarbenen Schmuckknöpfen und machte einen äußerst eleganten Eindruck, woraufhin den achtzig
Mädchen und Jungen der Klasse auf der Stelle das Herz in die
Hose rutschte. Für einen Neuling hielt er den Kopf ziemlich
aufrecht, und sein lebhaftes Naturell ohne jede Spur von Scheu
hob ihn von den anderen ab.

Er kam als plötzlicher Eindringling, als äußerst eigenartiger
Fremdling, in die Klasse, was deren Schüler, Bauernkinder aus
den umliegenden sechs Dörfern, sehr verwirrte.

In exaktem Japanisch begrüßte er die Klasse: „Ich bin Takada.
Ich hoffe, wir kommen in Zukunft alle gut miteinander aus."

Er war der Sohn des Inspektors der Uchimura-Gruppe, dem
die Bauaufsicht bei den Arbeiten zur Errichtung der Kalma-
Waggonfabrik oblag, des ersten großen Bauvorhabens seit Bestehen des Dorfes überhaupt. Eigentlich lebte er in Uijongbu, in der
Nähe von Seoul.

Zunächst wurden Bauarbeiten eingeleitet, um das von Schilf
überwucherte Sumpfgebiet an der Küste aufzuschütten. Woher
aber sollte das Erdreich beschafft werden, das hier in ungeheuer
großer Menge benötigt wurde? Schließlich stellten die Bauherren
einen für damalige Verhältnisse gigantischen Entwicklungsplan
auf: Ein hässlich herausragender Teil der Pangha-Berge sollte
vollständig gesprengt und abgetragen werden, um somit das zum
Aufschütten notwendige Material bereitzustellen.

Zunächst mussten die auf den Hügeln vereinzelt gelegenen
Gräber exhumiert und die Leichen umgebettet werden, eine
äußerst schwierige Angelegenheit. Einige Monate später erschüt-
terten überall Dynamitsprengungen die Umgebung, und der
aufwirbelnde lehmhaltige Staub überzog die umliegenden Dörfer
mit einer gelben Schicht. Einer nach dem anderen verschwanden
die Hügel, geradezu als würde ein Saurier einen Rettich nach
dem anderen verschlingen. Zum Glück verliefen die Sprengun-

gen reibungslos, denn die Hügel bestanden zwar aus Stein, aber der größte Teil war leicht poröses Felsgestein.

Arbeiter legten Gleise für eine provisorische Schmalspurbahn, und ein in seiner Unförmigkeit an einen Elefanten erinnernder Triebwagen polterte über diese Schiene und zog ein halbes Dutzend kleiner Waggons hinter sich her. Und wenn dieser sich kriechend wie eine Spielzeugschlange bewegende Zug die drei Kilometer von den Pangha-Bergen bis zum Sumpfgebiet hin und her fuhr, beobachteten das vor allem die Kinder in Yongsiks Alter mit großer Freude.

Zudem lud der freundliche Lokomotivführer, wenn er zu den Bergen zurückfuhr, die rotznäsigen Kinder, die bisher nur auf Ochsenkarren gefahren waren, in die leeren Waggons und hupte sogar ab und zu.

Die eigentlichen Bauarbeiten begannen im Herbst, als über den abgeernteten Chinakohlfeldern Alaska-Seelachs zum Trocknen hing, was traditionsgemäß in dieser Zeit stattfand. Über die Wege fuhren die mit frischem Seelachs beladenen Ochsenkarren und Lkws und schwängerten die Luft mit einem Gemisch aus Benzin- und Fischgeruch. Es herrschte furchtbares Chaos.

Aufseher Takada, der Vater des Jungen, trug zu einer schwarzen Lederjacke eine eng anliegende Hose, er war groß, von dunklem Teint und hatte einen schwarzen Schnauzbart. Auf den ersten Blick erkannte man in ihm einen ziemlich verdorbenen und bösen Menschen, außerdem schrie er ununterbrochen mit seiner heiseren, wutentbrannten Stimme. Ob er sich nun auf der Baustelle befand, in der Kneipe oder im Gasthaus beim Essen, ob zu zweit oder mit mehreren Leuten zusammen, er war nicht in der Lage, in normalem Ton, ohne die ihm eigene misslaunige Gereiztheit, zu sprechen.

In diesem Landstrich war bisher nur der Wind über die Felder gestrichen, selbst mitten am Tag hörten die Dorfbewohner nichts anderes als zuweilen das Muhen der Ochsen, die Pflüge über die Felder zogen, und über diese ruhige Landschaft brach nun mit einem Mal ein ohrenbetäubendes Spektakel herein, und mit jedem Wintertag nahmen Hektik und Lärm zu.

Inmitten der Felder wurden provisorische Wohnbaracken für die Arbeiter errichtet, unten am Deich entstand eine von groben Strohmatten umzäunte Kochstelle, schließlich kam es sogar zur

Eröffnung eines Imbiss-Standes und eines kleinen Puffs mit richtiger Reklame am Eingang, und schon nach kurzer Zeit torkelte Aufseher Takada in seiner Lederjacke bereits am helllichten Tage betrunken und mit einer Kneipendirne im Arm durch die Straßen. Die Frauen aus den umliegenden Dörfern mochten ihn in diesem erbärmlichen Zustand nicht sehen und schlugen sich verschämt die Hände vor die Augen, wenn sie an ihm vorübergingen, doch er stellte sich direkt vor sie, versperrte ihnen den Weg und starrte sie griesgrämig an.

Im Hinblick auf die traditionellen Sitten des Dorfes benahm er sich ausgesprochen grob und eigenwillig, er machte sich als furchteinflößender Mann einen Namen, als einer, der im Schwunge seiner Arroganz über alle hinwegsah und für den es auf dieser Welt nichts Unmögliches gab, wenn er es sich erst einmal in den Kopf gesetzt hatte.

Der junge Takada war der Sohn einer Nebenfrau des Aufsehers und wechselte etwa um die Zeit die Schule, als mit dem Bau von mehr als vierzig Dienstwohnungen begonnen wurde, um die Bauarbeiten für die Waggonfabrik zu beschleunigen. Die kleine Siedlung entstand genau dort, wo die Hügel vollkommen abgetragen waren.

Von der kräftigen Statur her ähnelte der junge Takada eher seinem Vater, doch das Gesicht musste er von der Mutter geerbt haben, die Haut war sehr hell und seine Züge liebenswürdig. Doch im Gegensatz zu ihr war er ein ziemlich überspannter Sonderling, unordentlich und launisch.

Nach drei Tagen zeigte er sein wahres Gesicht. Was aber Yongsik und seine Klassenkameraden am meisten überraschte, war die Reaktion des Klassenlehrers auf Takadas Benehmen. Dieser, eigentlich ein sehr strenger Junggeselle mit einem kranken, halbblinden Auge, lächelte sogar freundlich, stellte sich bei allen Vorfällen stets auf Takadas Seite und unterstützte sogar heimlich dessen verwerfliches Benehmen.

Zu diesem Zeitpunkt ahnten Yongsik und seine Freunde schon, was sich hinter den Kulissen abspielte. Dass der Vater, Aufseher Takada, während er nach außen hin mächtig auf den Busch klopfte, im Geheimen einen exakt ausgeklügelten Plan verfolgte, hatten die Kinder mit ihrem Instinkt bereits begriffen.

Mit der Zeit beherrschte Takada als neuer Anführer die Klasse, indem er arrogant alle anderen Schüler ignorierte. Im Gegensatz zur Grazilität seiner Gestalt bewies er in seinem Auftreten stets eine ungeschliffene Grobheit.

Zeichenpapier, Schreibpapier, Buntstifte, alles, was ihm gefiel, nahm er den anderen weg; war er bisweilen gut gelaunt, zahlte er dafür auch Geld, und zwar viel mehr als den angemessenen Preis. Er benahm sich in der Tat willkürlich und launisch.

Im Vergleich zu den gleichaltrigen Kindern hatte er immer sehr viel Geld bei sich, manchmal zeigte er ihnen eine Tsuba oder zog einen mit einer Binde umwickelten Metallring, wie man ihn zum Kämpfen gebrauchte, heraus und bedrohte sie damit. Er ließ sie auch ein merkwürdig aussehendes Taschenmesser sehen, kein Messer zum Bleistiftspitzen, sondern ein Klappmesser zum Kämpfen, dessen Klinge gefährlich scharf hervorsprang.

Nicht selten geschah es, dass Vater Takada in die Schule kam und den Schulleiter sowie den Klassenlehrer traf, was die Kinder vorwiegend bäuerlicher Herkunft reichlich einschüchterte. Bis zu diesem Zeitpunkt hatten sie sich selbst im Traum nicht vorstellen können, ihre Eltern würden jemals in die Schule kommen. Nur der Lehrer besuchte ein Mal im Jahr die Kinder zu Hause.

Mit jedem Tag wurde Takada ignoranter und grober. Keine Sekunde konnte er ruhig sein, manchmal verpasste er den Mädchen eine Tracht Prügel und brachte sie zum Heulen; während der Sportstunde blieb er allein im Klassenraum zurück, stahl seinen Mitschülern das von zu Hause mitgebrachte Mittagessen und aß es auf oder vertauschte es. Dann setzte er in die leeren Essenbehälter einen lebendigen Frosch. Viele befremdlich wirkende Streiche hatte er auf Lage, die nur ihm allein Freude bereiteten.

Wie sein Vater keine Grenzen kannte, wenn es ihm nach etwas gelüstete, gab es auch für den Sohn keine noch so niederträchtige Sache, die er nicht ohne Zögern und ohne sich jemals um die Folgen zu scheren, begangen hätte, wenn er nur Lust dazu hatte. Für Vater und Sohn war nichts unmöglich.

Bald versank die gesamte Klasse im Schmelztiegel der Angst, und da selbst der Klassenlehrer ausnahmslos Takadas Partei ergriff, stachelte er damit das ungebührende Betragen des Kindes noch an und unterwarf sich ihm immer mehr.

Schließlich erreichte Takadas unrühmliches Verhalten seinen Höhepunkt. Er wählte einige Schüler der Klasse aus und verlangte von ihnen unter Androhung von Gewalt eine gewisse Summe Geld, die sie ihm bis zu einem bestimmten Tag zu zahlen hatten. Nach Schulschluss blieb er dann in einer Ecke des Klassenraums zurück und verwandte dieses Geld als Kapital fürs Münzenwerfen. Die meisten Bauernkinder waren dieser Sache nicht gewachsen. Woher sollten sie das Geld beschaffen?

Am nächsten Tag wartete Yongsik eine Gelegenheit ab und sprach Takada vorsichtig an: „Weißt du, was ein böser Geist ist?"

Takada starrte ihn griesgrämig an und entgegnete langsam: „He? Was meinst du? Fleisch?* Wenn dir einer reinbeißt, tut's weh. Meinst du das?"

„Nein, das meine ich nicht, es gibt noch eine bessere Bedeutung. Das ist der Geist, der erst nach dem Tode eines Menschen durch die Luft fliegt. Wenn man dem begegnet, soll das atemberaubend schön sein. Dann soll man später, wenn man groß ist, gut leben. Die Leute sagen, man würde dann furchtbar reich. Wenn ein Toter auf der Bahre aus dem Haus getragen wird, würde da ein besonders mächtiger Geist umherschweben. Du wohnst doch in Chungchongni, da kannst du das oft erleben. Dort ist doch ein großer Friedhof, nicht?"

„Wirklich?" Takadas große Augen rollten einmal von oben nach unten, während sich in seinen Zügen das gewaltige Interesse widerspiegelte, das ihn augenblicklich erfasst hatte. Im Hinblick auf die negativen Folgen, die Yongsik später eventuell daraus erwachsen könnten, fügte er mit gedämpfter Stimme vorbeugend hinzu: „Aber darüber darfst du mit niemandem sprechen. Auch nicht mit deiner Mutter. Auf gar keinen Fall. Denn dann könnte was ganz Schreckliches passieren. Man muss ihn allein treffen. Wer den Geist ganz allein und möglichst oft trifft, soll später furchtbar reich werden. Das soll wirklich so sein."

„Wer hat das denn gesagt?", fragte Takada leise, und die Sache schien ihn immer mehr zu interessieren.

„Bei uns im Dorf gibt es einen Alten, einen Taoisten. Der hat es nur mir verraten, und er hat gesagt, ich darf es auf gar keinen Fall weitererzählen."

„Kann ich den Alten nicht mal treffen? Du musst mir dabei helfen."

„Nein, das geht nicht. Auf keinen Fall. Da würde ich Riesen-ärger bekommen. Um keinen Preis der Welt!"

Aber wie sollte er Takadas ungestümer Begierde begegnen? Er überlegte und kam schließlich auf die Idee, Takadas brennende Neugier zu befriedigen, indem er ihm ein paar Tage später den halb verrückten Alten, einen am Dorfeingang in einem Zimmer neben der Mühle allein hausenden Landarbeiter, von Weitem zeigte.

Takada ließ sich im Nu hinters Licht führen. Dieser halb verrückte Alte passte genau ins Bild eines Taoisten: Wie er so einsam und allein lebte, dass er nur Lumpen trug, bis hin zu seinem Bart, alles passte präzise zu einem Taoisten. Und auch Takada, der gewöhnlich recht mutig war und vor nichts zurückschreckte, zeigte sich damit einverstanden, den Alten nur von Weitem zu sehen, und meinte mit mürrischer Miene: „Okay." Dann machte er sich davon.

Danach verzapfte Takada wesentlich weniger Unfug. Zweifellos galt sein Interesse jetzt dieser anderen Sache. Das führte so weit, dass er sogar die Schule schwänzte, da er nun jedes Mal, wenn aus einem der Häuser eine Totenbahre herausgetragen wurde, dieser folgte, als gehörte es zu seinen alltäglichen Aufgaben. Doch niemals erwähnte er diese Sache auch nur mit einem Wort.

Es war gut ein Jahr vergangen, und die Bauarbeiten für die Kalma-Waggonfabrik waren beinahe abgeschlossen; an der Küste im Osten des Dorfes ragte im ehemaligen Sumpfland das gewaltige Fabrikgebäude empor, und Werkswohnungen, um die fünfundvierzig hübsche Häuschen im westlichen Baustil, erhoben sich, wo die Hügel der Pangha-Berge eingeebnet worden waren, als sich die Uchimura-Gruppe, die den Bau geleitet hatte, auf der Suche nach einem neuen Betätigungsfeld in die Mandschurei begab. Takada folgte seinem Vater und wechselte die Schule nach Singyong, dem heutigen Changchun.

Frau Hakkol war beerdigt, und die Angehörigen hatten gerade die buddhistische Messe am neunundvierzigsten Tag* nach ihrem Tod begangen, als im Haus Tokpalche im Abstand von nur fünf Tagen zwei große Festessen stattfanden. Tokchu heiratete nach Kaeduru, und kurz danach nahm sich Chaehun eine ältere Witwe zur Frau. Für Chaehuns Verhältnisse war sie sehr vornehm und gehorsam.

Gegen Ende des Pazifikkrieges lebte er mit dieser Frau eine Zeit lang ohne große Probleme, doch als der Krieg zwei Jahre später zu Ende ging, brach Chaehuns alte Krankheit allmählich wieder aus.

Zunächst lief er einige Tage mit seinem Filzhut, den er tief in seiner Kommode verwahrt hatte, und in dem dunkelblauen Anzug durch die Straßen, doch dann mit einem Mal verstaute er die Sachen wieder ganz unten in der Kommode, als ahnte er, dass die Welt sich geändert hatte, und trug nun eine Sommerjacke aus Hanfleinen und Gummischuhe. So hockte er den ganzen Tag lang im Herrenzimmer des Kaeduru-Hauses, bei einem etwa gleichaltrigen entfernten Verwandten, der neuer Vorsitzender des Demokratischen Gemeindekomitees geworden war.

Im Frühling des folgenden Jahres, zur Zeit der Bodenreform, traf er allerlei Vorkehrungen und setzte alles daran, in das siebenköpfige Auswahlkomitee für die Bodenverteilung im Dorf gewählt zu werden, was schließlich misslang und ihm gewaltig die Laune verdarb. Daraufhin brach er auch seine Besuche im Herrenzimmer des entfernten Verwandten ab.

Von da an frönte er wieder seiner alten Sturheit und benahm sich unmöglich. Doch er war nur ein armer Bauer, und schon Generationen seiner Vorväter hatten ausschließlich von der Bearbeitung fremden Bodens gelebt. Wie die Leute ihre quengelnden Kinder zu trösten versuchen, bekam er schließlich – nach dem Motto: Hier, Mensch, nimm's hin! – ein gutes tausendfünfhundert Pyong großes Reisfeld und fünfhundert Pyong Trockenfeld vor dem Dorf wie ein Geschenk zugeteilt.

Doch nachdem seine Laune nun einmal verdorben war, vermochte ihn niemand mehr zu bändigen. Überall machte er Schwierigkeiten, brach Streit vom Zaun, und schließlich schwärzte er einen anderen entfernt verwandten jungen Mann, der als Parteisekretär im neuen Gemeindekomitee der Partei der Arbeit Koreas die so genannten demokratischen Reformen eingeleitet hatte, mit einem Schreiben beim Parteikomitee der Stadt an und schilderte darin die Tätigkeit dieses Verwandten am Ende der japanischen Kolonialzeit sehr ausführlich. Die Verantwortlichen zögerten nicht lange und warfen den jungen Mann hinaus.

Dann bekrittelte er wahllos alle möglichen Angelegenheiten im Dorf, und als die Demarkationslinie bereits festgelegt war, lief er an der Ostküste entlang bis nach Sokcho, lud dort Tintenfische in sein Boot und fuhr damit in den Süden; auf dem Rückweg passierte er dann Chongok und Yonchon, wo er Penicillin und Streptomyzin, kostbare US-amerikanische Medikamente, kaufte. Aus diesem Schwarzhandel schlug er ansehnlichen Profit. Doch weil Chaehun eigentlich ein Träumer war und verschwenderisch dazu, kam er nie zu Geld. Er war nicht besonders gerissen und wusste Geld nicht zu schätzen. Wenn er etwas verdiente, gab er es in gleicher Weise für unsinnige Dinge mit vollen Händen auch wieder aus. Manchmal wurde er in Yonchon geschnappt und sogar dem Gericht übergeben, doch als armer Bauer und dank der ihm eigenen Beredsamkeit brauchte er nur ein paar Worte der Reue hinzukritzeln und wurde dann in der Regel wieder freigelassen. Die Leute meinten, das hinge mit seinem Schwiegersohn im Kaeduru-Haus zusammen, der Chaehun stets vor dem Gefängnis bewahrt habe, denn er war in der Politischen Abteilung bei der Stadtverwaltung tätig.

Doch die gesellschaftliche Ordnung im Norden passte so ganz und gar nicht zu Chaehun. Im Ergebnis einer Unterredung mit seiner Familie, dem Schwiegersohn und der Tochter entschied er sich, mit seiner Frau in den Süden überzulaufen. Das geschah zu Beginn des Sommers 1948 und Chaehun war damals zweiundfünfzig Jahre alt.

Als Yongsiks Familie während des Rückzugs der nordkoreanischen Volksarmee im Januar 1951 in den Süden überlief, lebte Chaehun bereits in einer winzigen Wohnung im Süden von Pusan. Er lud die Familie zum Abendessen ein und fragte sie neugierig und bis ins kleinste Detail über die aktuelle Lage in seinem Heimatdorf aus. Seinem Alter entsprechend trat er jetzt gesetzter auf, dennoch war ein Rest von jenem Charakterzug an ihm zu bemerken, der ihn damals in Anzug und Filzhut hinter der Totenbahre seiner Frau herlaufen ließ.

Obwohl die Situation dazu wenig Anlass bot, schwatzte er über Cho Soang[*] und Sin Ikhui[*] und offenbarte seine politischen Ambitionen. Hong Myonghui[*] und Cho Soang hatten die im März des Jahres Muja (1948) veröffentlichte *Erklärung von sieben Persönlichkeiten gegen die politischen Entscheidungen Rhee Syngmans* unterschrieben und reisten schon einen Monat danach, also am 19. April 1948, in den Norden. Hong Myonghui blieb schließlich dort und avancierte in der Volksrepublik zum stellvertretenden Ministerpräsidenten, der andere, Cho Soang, kam mit Kim Ku und Kim Kyusik* zusammen wieder in den Süden zurück.

Cho Soang erhielt die Nachricht, mehr als einhundert parteilose Parlamentsabgeordnete hätten den Beschluss gefasst, ihn bei den Wahlen zum Premierminister zu unterstützen, doch er ignorierte dieses Angebot und veröffentlichte stattdessen die *Erklärung über die Abkehr von der Partei der Koreanischen Unabhängigkeit*. Einen Teil dieser Erklärung konnte Chaehun sogar auswendig aufsagen.

„So wurde dieser Prozess im Leitgedanken der Staatsgründung der Republik Korea in sechs Etappen unterteilt und in den vierzehn während der Chongqing-Zeit der Provisorischen Regierung verfassten Artikeln zur gegenwärtigen Politik ausdrücklich eine Zusammenarbeit hinsichtlich der auswärtigen Angelegenheiten, der stufenweisen Gründung eines Staates und des Problems der Einheitsregierung erklärt. Die derzeitige Regierung in Seoul ist das Rückgrat der Unabhängigkeitsbewegung des 1. März 1919*, sie umhüllt ein blutiger Flor, sie ist der wahre Erbe der fünftausendjährigen Unabhängigkeitsbewegung in Korea und wird zum Motor und zur provisorischen Brücke für die künftige Einheitsregierung. Wir erklären diese Regierung zum höchsten Organ des nationalen Lagers …"

Allem Anschein nach musste er in seiner Jugend, als er sich in Shanghai und Wladiwostok herumgetrieben hatte, zufällig in irgendeiner Unterkunft Cho Soang kennen gelernt haben, jenen Cho Soang, der sich einige Monate zuvor als Kandidat für die Parlamentswahlen im Wahlkreis Songbuk aufstellen ließ und mit der höchsten Stimmenanzahl im ganzen Land Cho Pyongok, den Zweiten auf der Liste, besiegte. Als Wahlhelfer für Cho Soang hatte Chaehun wahrscheinlich mit dem ihm eigenen Enthusiasmus und Engagement unermüdlich gearbeitet.

Noch immer schwang in seiner laut dröhnenden Stimme diese übermäßige Hitze. Das kleine Zimmer im Süden Yongdos hatte er vermutlich durch irgendwelche Beziehungen bekommen. Damals lief seine Gattin bis zur Yongdo-Brücke, setzte sich dort mit ihrer Kiste voller Reiskuchen an den Straßenrand und verkaufte ihre Ware.

Direkt nach Rückkehr der Provisorischen Regierung nach Seoul arbeitete Chaehun für die Opposition und lebte in einem Zimmer im Wonnam-Viertel. Doch als sich nach Sin Ikhui auch Cho Pyongok als Präsidentschaftskandidat aufstellen ließ, verstand er die Welt nicht mehr, der Kopf tat ihm weh, und allmählich verlor er das Interesse an der Politik. Trotzdem hatte er tagtäglich hauptsächlich mit irgendwelchen Lumpen zu tun, die sich im politischen Alltag tummelten.

Damals beschritten er und seine Frau einen Weg, den man kurz und gut so beschreiben könnte: Einzig und allein aus dem Verkauf von Reiskuchen, den seine Gattin betrieb, bestritt das Ehepaar seinen Lebensunterhalt.

Frühling, Sommer, Herbst und Winter, es regnete oder schneite. Tag für Tag verkaufte die Frau ihre Reiskuchen. Regnete es nicht allzu heftig, trug sie einen leichten Regenmantel und hockte den ganzen Tag lang hinter ihrer Kiste mit den Reiskuchen.

Allein davon, dass sie jeden Tag mit dieser Kiste an der Mauer des Pagodenparks im Nagwon-Viertel saß, lebten die beiden. Eine andere Möglichkeit hatten sie nicht.

Im Winter trug sie eine dicke Wattejacke, im Sommer ein dünnes, einfaches Jäckchen; vor sich die Kiste mit den Reiskuchen, saß sie auf einem Klappstuhl für Angler. Jahr für Jahr musste sie sich einen anderen Platz suchen, denn ständig war das Ehepaar gezwungen umzuziehen. Sie wurden immer ärmer und schließlich aus der Stadt vertrieben. Das war Chaehuns Leben.

Vom Wonnam-Viertel in den Slum am Namsan[*], dann nach Tapsimni, ins Myonmok-Viertel und nach Songnam, von einem Stadtviertel zogen sie ins andere, und infolge des ständigen Ortswechsels verkaufte Chaehuns Frau ihre Reiskuchen zunächst am Eingang des Marktes vom Großen Osttor, dann unter der Brücke in Chongnyangni, am Ende des Myonmok-Marktes und schließlich am Rande einer entlegenen Gasse in Songnam.

Mit jedem Tag vergrößerte sich der Schatten in Chaehuns Blick, und er wurde immer schweigsamer und trübsinniger. Nach jedem Umzug suchte er sich ein Maklerbüro, wo er zum Zeitvertreib kleinere Tätigkeiten übernahm. Zu spät erst hatte er vermutlich das Prinzip dieser Welt durchschaut. Nun ließ sich daran allerdings nichts mehr ändern.

Der so mit jedem Tag schweigsamer werdende Chaehun trat in den siebziger Jahren ins siebte Jahrzehnt seines Lebens und entwickelte zu dieser Zeit eine merkwürdige Angewohnheit. Er meinte, unbedingt einmal „Herrn Kim Il Sung" treffen zu müssen. Als er mit anderen Leuten ohne jede Hemmung über diesen Wunsch sprach, schauten die ihn nur entgeistert an, als hätte er den Verstand verloren.

War er überhaupt noch Herr seiner Sinne? Und dann redete er auch noch von „Herrn" Kim Il Sung. Er konnte einfach nicht mehr ganz bei Verstand sein. Sobald er davon anfing, streiften ihn die Leute um ihn herum mit einem kurzen Blick, die Mienen vor Schreck erstarrt, und standen schnell auf, um den Raum zu verlassen, oder machten sich umgehend heimlich aus dem Staub.

Aber Chaehun erwies sich als hartnäckig. Er müsse „Herrn Kim Il Sung" auf jeden Fall treffen. Nicht, dass ihn jemand anzeigte, aber allmählich wurde natürlich die zuständige Behörde auf ihn aufmerksam und überprüfte ihn mehrfach. Der sich dabei ergebende Dialog lief immer in der gleichen simplen Weise ab: „Haben Sie gesagt, dass Sie „Herrn" Kim Il Sung treffen wollten?"

„Ja, das habe ich."

„Könnten Sie uns den Grund verraten, weshalb Sie ihn ‚Herr' nennen?

„Ich habe eine sehr dringende Bitte an ihn. Ich kann ihn doch nicht wie irgendein Kind, das mir gerade über den Weg läuft, anreden. Schließlich wurde er im Jahre Imja (1912) geboren und ist jetzt schon bald sechzig."

„Worin besteht denn Ihre dringende Bitte?"

„Ich muss meine Tochter Tokchu wiedersehen. Und auch meinen Schwiegersohn und die Enkel. Ich weiß ja nicht mal genau, ob ich überhaupt Enkel habe, aber ich denke schon. Kurz und gut, ich bin jetzt ein alter Mann und möchte ihn bitten, mich in meiner Heimat sterben zu lassen."

„Wenn Sie Herrn Kim Il Sung treffen, glauben Sie denn, er würde Ihnen diese Bitte erfüllen?"

„Auf jeden Fall muss ich sie ihm vortragen. Sollte er so ein mieser Lump sein, dass er sie nicht erfüllen wollte? Er lebt ja auch mit seinen Kindern und Enkeln zusammen. Mit welchem Recht sollte er mir dann meine Bitte verwehren?"

Der Beamte legte den Stift beiseite und sah ihn entgeistert an. Und seiner Miene war anzusehen, dass er sich fragte, ob dieser Alte denn allen Ernstes den Unsinn glaubte, den er da redete.

„Rauchen Sie? Nehmen Sie doch eine Zigarette!" Der Beamte bot ihm eine an. Er gab ihm sogar Feuer und steckte sich auch selbst eine Zigarette an.

„Setzt Ihnen nicht doch vielleicht Ihr hohes Alter ein wenig zu oder haben inzwischen etwa den Verstand verloren? Entschuldigen Sie, wenn ich so direkt werde."

„Was den Verlust des Verstandes angeht, bin nicht ich es …"

„Wissen Sie, dass wir ein Staatssicherheitsgesetz haben?"

„Davon weiß ich nichts. Und ich will es auch nicht wissen. Ich will nur meine Verwandten treffen."

„Von der Reihenfolge her sollten Sie vielleicht eher fordern, zuerst Präsident Park Chung Hee zu treffen."

„Daran habe ich auch schon gedacht. Aber da hätte ich doch viel geringere Chancen. Denn Herr Park Chung Hee ist doch derjenige, den Herr Kim Il Sung gegenwärtig am meisten hasst. Aber ich persönlich habe weder privat noch aus politischer Sicht etwas gegen Herrn Kim Il Sung. Und wenn der meine Bitte akzeptiert, wollte ich danach auch Herrn Park Chung Hee treffen. So oder so, ich werde in meine Heimat zurückkehren, inzwischen habe ich eine gewisse Zeit hier im Süden gelebt und bin dankbar dafür, dankbar, dass meine Frau hier Reiskuchen verkaufen durfte. Das ist kein leeres Lippenbekenntnis, ich bedanke mich aufrichtig."

Dem Beamten verschlug es die Sprache.

„Ich habe schon selbst ein paar Nachforschungen angestellt. Der erste Präsident, Herr Rhee Syngman, hatte keine Kinder, der zweite, Herr Yun Poson*, hat keine große Rolle gespielt und der jetzige Präsident, Herr Park Chung Hee, hat einen Sohn und zwei Töchter, und die leben alle in trauter Familie zusammen. Ich möchte wissen, wie viele Kinder Herr Kim Il Sung hat, mit eigenen Augen will ich mich davon überzeugen. Angenommen, er lebt mit seiner Familie zusammen und sagt mir einfach, dass das in meinem Falle eben nicht ginge, dann würde ich ihm eine Ohrfeige verpassen. Wer ist er denn? Mit welchem Recht verwehrt er anderen solche grundlegenden Dinge der Menschlichkeit? Ich werde Herrn Kim Il Sung sagen, er soll keinen Unsinn reden. Vereinigung? Davon habe ich keine Ahnung. Wenn die Prinzipien der

Menschlichkeit verletzt werden, was für eine verdammte Vereinigung soll das denn sein? Alles nur sinnloses Gerede?"

„Was Sie da sagen, ist ja vollkommen richtig, aber ..." Der Beamte drückte seine Zigarette im Aschenbecher aus. „Kommissar Kim, was machen wir nun? Was es nicht alles gibt!" Dann setzte er sich plötzlich neben seinen Kollegen und lachte. Eine Weile redeten sie miteinander. Schweigend und nachdenklich betrachtete Chaehun sie.

„Jedenfalls reicht das nicht für eine Anklage wegen Verletzung des Antikommunistengesetzes, die Herren Staatsanwälte und Richter, die ohnehin schon völlig überlastet sind, sollten wir nicht auch noch damit sinnlos belasten. Schließen wir die Untersuchung erst mal ab! Tragen Sie bitte hier Ihre Adresse, Ihren Namen, Alter und Geburtstag ein!"

Schließlich stürzte Chaehun im Herbst 1978, als er allein unterwegs war, und er verstarb, ohne noch irgendwie medizinisch behandelt worden zu sein, im Rot-Kreuz-Krankenhaus von Myonmok. Dort wurde er zunächst wie ein Obdachloser behandelt.

Im Krankenhaus fand man keinen Nachweis über die Identität des Toten und wusste sich schon keinen Rat mehr, da geschah etwas Merkwürdiges. Schließlich gelangte auch seine Frau zufällig in dieses Krankenhaus, ein hilfsbereiter Mann hatte sie auf seinem Rücken hineingetragen. Dort tat sie ihren letzten Atemzug, und so kamen die beiden Eheleute in der Leichenhalle ein und desselben Krankenhauses nebeneinander zu liegen.

Die Frau war zwei Tage, nachdem ihr Mann ohne ein Wort zu sagen das Haus verlassen hatte, unruhig geworden, da sie nichts mehr von ihm hörte, und als sie es nicht mehr aushielt, rief sie einen entfernten Verwandten ihres Mannes an, einen Taxifahrer, der sie manchmal zum Neujahrsfest besucht hatte. Der Taxifahrer wohnte in Myonmok und war gerade zum Mittagessen kurz nach Hause gekommen, als er die Nachricht erhielt, woraufhin er eilig in sein Taxi stieg und wie der Blitz zu ihrem Haus raste. Sie befand sich gerade in ihrem Toilettenhäuschen und stieß, da sie jemanden kommen hörte, hastig die Tür auf. Noch während sie herauskam, klagte sie: „Oh Gott, was ist denn mit mir los? Ich bin ja ganz durcheinander", und fiel in Ohnmacht. Der Taxifahrer nahm sie auf den Rücken, brachte sie zum Auto und legte sie auf die Rücksitze. Dann fuhr er sie zum Rot-Kreuz-Krankenhaus.

Dort hörte man sich an, was passiert war, und schlug dem Taxifahrer vor, er solle sich bitte einmal einen anderen Toten ansehen. Da sei nämlich ein alter Mann auf der Straße zusammengebrochen und junge Männer, die gerade von einer Ausbildung aus einem Militärcamp zurückkamen, hätten ihn ins Krankenhaus gebracht, doch da sei er schon tot gewesen. Seine Leiche befände sich jetzt im Leichenkeller, und man sei auf der Suche nach Angehörigen. Vielleicht sei ja dieser Mann der Ehegatte der Frau. Daraufhin gingen sie in den Keller des Krankenhauses, und der Taxifahrer warf einen Blick in den Sarg. Es war Chaehun.

War das die Möglichkeit? In dieser Metropole mit ihren zehn Millionen Einwohnern, die wie die Ameisen hin und her liefen, da traf sich ein altes Ehepaar nach dem Tode ausgerechnet im Leichenkeller eines Krankenhauses wieder?

Der mit Chaehun entfernt verwandte Taxifahrer beerdigte die beiden Eheleute in einem Familiengrab und ehrte sie jedes Jahr mit einer Feier zu ihrem Todestag.

Doch zu jener Zeit hatte Yongsik noch keine Nachricht von Chaehuns Tod erhalten. Der Taxifahrer war noch keine zehn Jahre alt gewesen, als er, um seinem Vater zu folgen, das Dorf verlassen hatte und nach Kori gezogen war. Daher war er Yongsik noch nie begegnet und dachte nicht daran, ihn von dieser Sache zu benachrichtigen.

Erst viel zu spät erfuhr Yongsik davon und dachte: So läuft das Leben in Seoul also – chaotisch und hektisch.

Damals, als Frau Hakkol aus dem Haus getragen wurde, hatte die Mutter Yongsik hinter sich hergezogen, sie waren dem bösen Geist ausgewichen und in die Diele des Saegol-Hauses entkommen. Jetzt aber, fünfundzwanzig Jahre später, war jener böse Geist von Frau Hakkol vielleicht über Chaehun und seine zweite Frau gekommen. Yongsik erinnerte sich noch, wie die Alte aus dem Cholgol-Haus mit der Zunge geschnalzt hatte.

Im Frühling 1980, genau zwei Tage vor dem Kwangju-Aufstand, dreißig Jahre nach seiner Flucht in den Süden, erhielt Yongsik merkwürdigerweise eine Benachrichtigung über ein Klassentreffen seiner Grundschule. Argwöhnisch betrachtete er die Einladung, und als er hinging, traf er dort Takada.

Zum Treffen erschienen nur er und Takada, denn kaum einer der ehemaligen Schüler dieser ländlichen Schule war in den Süden übergelaufen.

Takada kam unter seinem richtigen koreanischen Namen Ko Songman zum Treffen, in einem ausländischen Wagen mit Chauffeur, elegant eingekleidet von Kopf bis Fuß, als habe er sich extra in Schale geworfen.

Die Unarten von früher suchte man bei ihm vergebens, doch bei genauerem Hinsehen waren noch Spuren der Vergangenheit zu entdecken. Nach dem Koreakrieg hatte er ein Auslandsstudium in den USA absolviert und war jetzt als stellvertretender Firmenchef in ein großes Unternehmen eingestiegen, das seinem Vater gehörte.

Nach eigenen Worten hatte er damals viermal die Grundschule gewechselt, war im Nordosten der heutigen VR China und in Munchon, Unggi und Chosan, Orten, die heute in Nordkorea liegen, zur Schule gegangen. Es sei schwierig gewesen, überall die notwendigen Informationen einzuziehen, und so habe er mit Ach und Krach drei Klassentreffen organisieren können. Erst vor ein paar Tagen habe er zufällig von Yongsik gehört und Kontakt zu ihm aufgenommen. „Genau", meinte er, „du warst damals ein guter Schüler. Ich erinnere mich schwach."

Aber Ko Songman hatte alle Ereignisse von damals völlig vergessen. Warum hätte er sich auch an solch nichtige Dinge erinnern sollen? Ein paar Stunden redete ausschließlich er und spuckte große Töne. In unserem Alter, meinte er, müsse man die wichtigen Feste im Leben eines Menschen, als da wären Hochzeit, Begräbnis und Ahnenkult, angemessen begehen, insbesondere die Einhaltung der Trauerzeiten sei von außerordentlicher Bedeutung. Glücklicherweise habe er von Kindheit an Trauerhäuser besonders gemocht, vor allem habe er ein merkwürdiges Interesse verspürt, hinter Totenbahren herzulaufen, wenn sie aus den Häusern getragen wurden. Er lachte. Bei diesen Worten zuckte Yongsik erschrocken zusammen und starrte ihn an.

Ja, über solche Leute kommt der böse Geist niemals, weder damals noch heute. Das sind schon merkwürdige Typen, sehr merkwürdig, dachte Yongsik bei sich.

(1991)

Leid der Teilung, Leid der Trennung

Die Befreiung Koreas erlebte er August 1945 in Shanghai. Doch die zu jener Zeit herrschende gesellschaftliche Realität hatte mit einem Lebensgefühl von „Befreiung" noch sehr wenig gemein, näher lag der Eindruck einer „Niederlage". Das Jubelgeschrei über die wiedererlangte Unabhängigkeit, sagte er später, sei zwar hier und da zu hören gewesen, in der Nähe des ehemaligen Büros der Provisorischen Regierung Koreas in Shanghai beispielsweise, doch die Mehrheit der zu jener Zeit in Shanghai lebenden koreanischen Residenten habe diese Tage als eine ausgesprochen unruhige Zeit erlebt. So schnell wie möglich wollten sie in die Heimat zurück, die nun ihre Unabhängigkeit wiedererlangt hatte, doch eine Karte für die Schiffspassage zu bekommen, war beinahe so schwierig, wie einen Stern vom Himmel zu holen, und die Frage, wovon sie nach der Heimkehr leben sollten, sei die problematischste gewesen, erzählte er. Das war ja auch ziemlich plausibel. Wenn die gesamte Gesellschaft kopfstand, kam es selbstverständlich überall zu derartigen Schwierigkeiten, doch was ihn betraf, gestaltete sich das Problem noch komplizierter. An jene Zeit zurückzudenken, war für ihn noch heute, im Jahr 1999, mehr als vierzig Jahre danach, keineswegs angenehm, nein, eher beschämte es ihn. Und das erst recht, wenn er alle Einzelheiten seines damaligen Lebens jemandem erzählen sollte. In jenen Jahren war er bei der auf das chinesische Festland vorstoßenden japanischen Armee als Hilfsarbeiter angestellt gewesen und in seiner Uniform ohne Rangabzeichen auf den Straßen Shanghais umherstolziert. Aber wir wollen seine Geschichte genauer erzählen: Als die japanischen Imperialisten während des Chinesisch-Japanischen Krieges in einem letzten Kraftakt noch die koreanischen Studenten im *Verband der nationalen Kräfte* zusammenfassten, um daraus eine studentische Freiwilligenarmee zu bilden, protestierte er – in jenen Tagen ein junger koreanischer Intellektueller – selbstverständlich dagegen, da er das mit seinem Gewissen nicht vereinbaren konnte, und versuchte, sich unter schwierigsten Bedingungen nach China durchzuschlagen, wo die Provisorische Regierung Koreas[*] tätig war. Da brach der Chinesisch-Japanische Krieg aus, und ehe er sich's versah, marschierte die japanische Armee auch schon in Shanghai ein. Was sollte er da machen? Er bummelte schon einige Monate wie ein Landstreicher ohne Arbeit durch Shanghai, als die alte Ordnung plötzlich aus allen Fugen geriet und sich von einem Tag auf den anderen alles änderte. In Anbetracht der aktuellen Lage trat er als Hilfsarbeiter in den Dienst des japanischen Militärs. Man muss eingestehen, dass es damals infolge des rasanten politischen Wandels für ihn kaum eine andere Möglichkeit gab. Den Jangtse entlang flohen die Mitglieder der Provisorischen Regierung ins Landesinnere, bis sie schließlich in Chongqing ein paar Räume zur Untermiete fanden. Der Regierung zu folgen, war für ihn ein aussichtsloses Unterfangen, und was für ihn letztlich blieb, war eine öde, gottverlassene Welt, in der seine Zukunft völlig unvorhersehbar war. So verbrachte er weitere sieben, acht Jahre, als sich die Welt im August 1945 abermals gewaltig veränderte. Da hatte er schon zwei Kinder, die in aufeinanderfolgenden Jahren geboren worden waren, und seine Frau befand sich schon wieder in anderen Umständen. Er war damals Mitte dreißig, und da zu jener Zeit an moderne Verhütungsmittel noch nicht zu denken war, ist sein Kindersegen durchaus verständlich. Seitdem er in der japanischen Armee diente, reichte sein Verdienst, um den Lebensunterhalt zu bestreiten, und durch Vermittlung seiner Landsleute hatte er eine ziemlich hübsche und sanftmütige Koreanerin kennen gelernt und noch in Shanghai geheiratet.

In dem Haus, welches sich genau hinter seinem befand, lebte in einem Zimmer mit Küche eine junge koreanische Witwe. Zwar bezeichneten die Leute sie als Witwe, aber ob sie einen Mann hatte oder nicht, und wenn sie einen hatte, ob sie nur für eine Weile oder für immer von ihm getrennt lebte, das wusste niemand zu sagen. Soweit es sich abschätzen ließ, musste sie das Heiratsalter bereits überschritten haben und wohnte nun als unverheiratete Frau allein. Niemand wusste etwas über sie. Da man dicht beieinander wohnte, hatten sich seine Familie und die Witwe aneinander gewöhnt, und da seine Frau, die bereits zwei Kinder hatte, ungefähr im Alter der Witwe war, versuchte sie diese vorsichtig über ihre Vergangenheit auszufragen. Die jedoch gab nichts über sich preis und überging die Fragen der Frau jedes Mal mit einem Lächeln. Und dabei strahlte ihr hübsches ovales

Gesicht in seiner zarten Anmut. Es musste einen Grund geben, weshalb sie nicht offen darüber reden konnte, sagte sich die Frau und fragte nicht mehr nach. Wovon sie ohne Mann lebte, lag im Dunkel. Vielleicht war sie ja eine der Trostfrauen*, die für die japanische Armee arbeiteten. Allerdings schien sie für diesen Beruf zu zart und vornehm. Zudem musste sie gebildet sein und wahrscheinlich sogar eine Mädchenoberschule absolviert haben. Na ja, auch die Trostfrauen waren nicht alle gleich. Einige von ihnen hatten auch Zugang zu den Klubs der hohen japanischen Offiziere. Vielleicht gehörte sie ja zu denen? Allerdings pflegten sie miteinander keinen so vertrauten Umgang, als dass seine Frau sie darüber hätte befragen können. Keinerlei Anzeichen sprachen dafür, dass ein Mann, der nach einem japanischen Offizier ausgesehen hätte, bei ihr ein- und ausgegangen wäre. Die Witwe machte einen so sanftmütigen Eindruck, dass schon allein die Vorstellung, sie könnte in dieser Richtung tätig sein, der Frau peinlich war, das schien ihr geradezu wie eine grundlose Beschuldigung. Mehr als zwei Jahre hatten sie so als Nachbarn gelebt und weit entfernt von der Heimat, irgendwo im riesigen China, als Landsleute freundschaftliche Beziehungen gepflegt. Zudem hatte die Witwe ein hübsches Gesicht, auf dessen einer Wange sich beim Lachen ein Grübchen zeigte, und jede ihrer Bewegungen harmonierte aufs beste mit der Anmut ihres Körpers, sie liebte Kinder, und auch die beiden Kleinen ihrer Nachbarn nannten sie liebevoll „Tante" und folgten ihr auf Schritt und Tritt. So lebten die Bewohner der beiden Häuser in freundschaftlichem Einverständnis, bis die Ereignisse sie im August 1945 plötzlich einholten. In seiner Familie, nicht anders als bei der Witwe, herrschte zunächst einmal große Verwirrung. Doch das war bei allen damals in Shanghai lebenden Koreanern so; untereinander tauschten sie Informationen zur aktuellen Lage aus und zerbrachen sich einstweilen nur den Kopf darüber, wie sie in die Heimat zurückkehren könnten. So vergingen weitere Monate, und im Oktober desselben Jahres ergab es sich, dass drei Schiffe nach Korea fuhren, woraufhin sich eines Tages im Hafen von Shanghai Massen von Koreanern versammelten. In derartigen Situationen ist gewöhnlich das Einhalten einer gewissen Ordnung vorrangig, und so taten sich natürlich einige, ob ihrer Macht bei den Landsleuten gut bekannte Männer als Organisatoren hervor, und ihren Anweisungen folgend widmeten sich ein paar kräftige und energische junge Burschen der Aufrechterhaltung der Ordnung. Nachdem sich seine Familie durch allerlei Chaos gekämpft hatte, ergatterte sie schließlich vier Karten für das erste Schiff. Die Witwe aus dem Nachbarhaus bekam eine Karte für das zweite. Das erste Schiff legte um halb elf ab, das zweite nur dreißig Minuten später, um elf Uhr. Die Anzahl jener, die in ihre koreanische Heimat zurückkehren wollten, war beträchtlich, doch nur drei Schiffe sollten fahren, weswegen sich unglaubliche Menschenmassen an Bord drängten. Mit Mühe und Not hatte man diese drei Schiffe dank der Bemühungen einiger wohltätiger Koreaner vor Ort auftreiben können. Mit dem Überfall der japanischen Armee auf China waren dort, ehe man sich versah, einige flinke, geschäftstüchtige Koreaner aufgetaucht, die sich aus finanziellen Gründen der japanischen Armee anschlossen und Tag für Tag säckeweise Geld scheffelten, weshalb sie es innerhalb weniger Jahre zu immensem Reichtum gebracht hatten. Nun spendeten sie ihr Geld voller Freude und hatten mit einer chinesischen Reederei ein Übereinkommen erzielt. Mit Ach und Krach stellte die ihnen drei Schiffe zur Verfügung.

So befand sich eines Tages unter den Massen von Koreanern im Hafen von Shanghai, denen sich nun unerwartet die Möglichkeit zur Heimkehr bot, auch seine Familie und bestieg das erste Schiff – eine kaum zu bewältigende Kraftanstrengung angesichts des Umstandes, dass das Schiff bis zum letzten Platz belegt war, sie zu den zwei Kindern auch ihr Gepäck transportieren mussten und seine Frau schwanger war. Das zweite Schiff hatte noch nicht an der Landungsbrücke angelegt, und daher half die Witwe ihren Nachbarn so beflissen, dass ihr Gesicht schließlich hochrot anlief und von ihrer anmutigen Stirn der Schweiß perlte. In diesem an einen Hexenkessel erinnernden Tumult begannen nun auch noch die beiden Kleinen inmitten der Menschenmassen zu schreien. Ein derartiges Chaos hatte es noch nie gegeben. Letztlich meinte die Witwe, da das zweite Schiff ohnehin nur dreißig Minuten später ablegen würde, könnte sie doch das größere der beiden Kinder, den fünfjährigen Sohn, mitnehmen, denn beide Schiffe legten schließlich im Hafen von Pusan an. Und wenn die Familie dort ankäme, könnte sie ein wenig warten, und sie würde das Kind dann übergeben. Das wäre besser. Sich als schwangere Frau noch um zwei Kinder kümmern zu müssen, das widerspreche doch offensichtlich jeder Vernunft, sagte die Witwe. Das klang ganz vernünftig, und ohne lange nachzudenken – und selbst wenn, wer hätte in solch einer Situation wirklich nachdenken können, worüber hätte man da überhaupt nachdenken sollen? – stimmte die Familie zerstreut zu und schickte den großen Sohn, der bereits weinend an Bord stand, mit der Witwe wieder hinunter. Das Kind gehorchte, wie es sich für ein Kind gehörte. Da der Junge jeden Tag mit der Frau Tür an Tür gewohnt hatte, sie liebevoll sogar „Tante" nannte, folgte er ihr auf der Stelle und ging ohne ein Wort der Widerrede von Bord. Der Vater stand hinter seinem Sohn, rief noch einmal laut dessen Namen und brüllte durch das Menschengewimmel: „Du kommst gleich hinterher. Wir warten in Pusan auf dich. Und ärgere die Tante nicht!"

Als er sich später wieder und wieder an jene Ereignisse erinnerte, konnte er ein bitteres Lächeln nicht unterdrücken. Dieses Pusan, wo sie auf ihn warten wollten, das war für das Kind ein Wort, mit dem es gar nichts anzufangen wusste.

Aber wie groß war die Bestürzung, als sie nach ihrer Ankunft in Pusan wohl eine halbe Stunde warteten, das zweite Schiff auch anlegte, doch ohne ihr Kind und freilich auch ohne die Witwe, der sie es anvertraut hatten. War das die Möglichkeit? Mit ihrem schwangeren Leib wälzte sich die Frau auf der leeren Kaistraße, verlor sogar zeitweise das Bewusstsein und schrie laut nach ihrem Kind, doch die Wirklichkeit, die sich vor ihren Augen abspielte, erwies sich als grausam und unabwendbar. Wie war das nur möglich? Am helllichten Tage? Die ihnen widerfahrene Ungerechtigkeit konnten sie damals nirgends zur Anklage bringen. Es existierte doch nicht einmal eine richtige Regierung. Gab es denn irgendeine Institution, die sie mit der Klärung dieser Angelegenheit hätte beauftragen können? Vor zwei Monaten, so sagte man zwar, sei das Land aus den Ketten der japanischen Imperialisten befreit worden, doch unter den damaligen Bedingungen war selbst so etwas wie ein „Land" nichts weiter als eine nutzlose Illusion. Sie baten den Kapitän des chinesischen Schiffes und seine Mannschaft, welche die heimkehrenden Koreaner nur in Pusan an Land gehen ließen und wieder zurückfuhren, dringend um Hilfe bei der Suche nach ihrem Sohn, und natürlich hatten

Kapitän und Besatzung Mitleid mit der Familie. Doch was sollten sie schon machen, wenn sie wieder in China waren? Auch die Chinesen hatten sich – nicht anders als die Koreaner – erst vor kurzem aus den Klauen der Japaner befreien können, und die Vorstellung, die Regierung der Guomindang unter Chiang Kaishek könnte sich mit dieser Angelegenheit befassen, war nichts als ein Hirngespinst. Auch hierin unterschied sich die Lage nicht von der in Korea. Eine Institution, die sich dieses Vorfalls hätte annehmen können, existierte definitiv weder in China noch in Korea.

Nun erst überdachte er noch einmal genauer die nachbarschaftlichen Beziehungen während der letzten zwei Jahre, da sie mit der Witwe Haus an Haus gelebt hatten. Zwar waren sie stets freundschaftlich miteinander umgegangen, doch über die Vergangenheit der Witwe wussten sie im Grunde gar nichts. Allein ihr Familienname – Chang – war ihnen bekannt gewesen, nicht einmal den Vornamen wussten sie, hatten keine Ahnung, wo sie herkam, ob sie noch Eltern oder Geschwister hatte. Nichts wussten sie. War das überhaupt möglich, dass man mehr als zwei Jahre lang mit einem Menschen freundschaftlichen nachbarschaftlichen Kontakt pflegte, ohne das Geringste von ihm zu wissen? Das war einfach unvorstellbar. Dunkel erinnerten sie sich daran, einmal gehört zu haben, sie stamme aus irgendeinem Ort im Norden des Landes, aus der Provinz Nord-Pyongan. Nach diesem Erlebnis konnten sie nur noch konstatieren, dass im Leben die unglaublichsten Dinge geschahen.

Danach sammelten sie Informationen in Pusan, aber auch in Inchon, Kunsan, ja, sogar bis Chinnampo bei Haeju gingen sie, um Nachforschungen anzustellen, beinahe jedes Schiff, das mit Flüchtlingen aus China zurückkehrte, nahmen sie unter die Lupe, doch letztlich tappten sie nach wie vor im Dunkeln und konnten nichts über das Kind in Erfahrung bringen. Wohl ging es ihm auch zu Herzen, doch besonders seine Frau bestand bald nur noch aus Haut und Knochen und glich einem Gespenst, bis sie schließlich das Kind in ihrem Leib durch eine Fehlgeburt verlor. So hatten sich die beiden Eheleute bis zum Letzten aufgeopfert und sich verzweifelt Sorgen gemacht, doch nun beschlossen sie, die Suche nach dem Kind erst einmal abzubrechen.

„Die hat unsere Kinder so gern gemocht, aber tatsächlich war sie doch voller Arglist. Ganz verrückt war sie nach unserm Kind, und deswegen hat sie den Großen entführt und ist mit ihm in den Norden gegangen. Dieses Weib kann keine Kinder bekommen, deshalb. Da bin ich mir ganz sicher", klagte seine Frau, und er entgegnete: „Die war doch nicht von Anfang an so arglistig. Sie war eine so schöne und graziöse Frau. Wenn bei ihr die kleinsten Anzeichen von Arglist zu erkennen gewesen wären, hätten wir das doch gemerkt. Natürlich war sie scharf auf Kinder, weil sie selbst keine bekommen konnte, und als wir ihr dann in dieser schwierigen Situation zufällig unseren Großen anvertraut haben, da hat sie plötzlich ihre Meinung geändert. Das ist die Gelegenheit, dieses Kind für mich zu behalten, wird sie gedacht haben, und dann hat sie sich in den Norden abgesetzt. Was können wir denn jetzt noch tun? Wenn wir uns ewig nur Vorwürfe machen und uns grämen, sind wir es letztlich, die daran kaputtgehen. Deswegen sollten wir uns zunächst um uns selbst kümmern. Lass uns die ganze Sache erst mal vergessen. Wir bemühen uns weiter, wenn die Zeit kommt, dann nehmen wir die Suche wieder auf, aber jetzt wollen wir uns deswegen nicht mehr den Kopf zermartern, lass uns lieber daran denken, wie unser Leben weitergehen soll."

Sicher mobilisierte die Familie auch später noch, als sie sich in Seoul bereits eine neue Lebensgrundlage geschaffen hatte, alles Mögliche, um nach dem Kind zu suchen. Bis beide Seiten die Demarkationslinie hermetisch abgeriegelt hatten, trafen sie sich mit Bekannten aus ihrer Shanghaier Zeit und versuchten so an Informationen zu kommen. Insbesondere ihre Beziehungen nach Yonan im Norden nutzten sie, um Nachforschungen anzustellen, doch die einzige genaue Information, die sie hatten, war der Name des Kindes. Was sie über die Frau wussten – dass sie Chang hieße und irgendwo aus der Provinz Nord-Pyongan stamme –, war für die Suche wenig hilfreich. Hinzu kam, dass es immer schwieriger wurde, die Demarkationslinie zu überqueren. Erst nach Bildung einer nordkoreanischen Regierung im Jahr 1948 begann man dort mit der Ausstellung der heute üblichen Personalausweise, was die Suche erleichtert hätte, aber schon damals stellte der 38. Breitengrad eine unüberwindbare Grenze dar. Später baten sie weltweit Institutionen wie das Internationale Rote Kreuz um Hilfe, doch mit der Zeit sah man auch dort immer weniger Möglichkeiten zu helfen. Als dann 1950 der Koreakrieg ausbrach, wurde die Suche völlig aussichtslos. Schließlich wanderte er mit seiner Familie zu Beginn der siebziger Jahre endgültig nach Kanada aus. Ziel dieser Emigration war unter anderem auch, auf irgendeine Weise die Suche nach dem ältesten Sohn fortzusetzen. Nach dem Koreakrieg verhärtete sich die Situation zwischen dem Norden und dem Süden mehr und mehr, nicht einmal Briefe gelangten nach Pyongyang. Unter diesen Bedingungen hielten sie es für besser, nach Kanada auszuwandern. Und während sie sich dort ein neues Leben aufbauten, schickten sie unzählige Briefe nach Pyongyang. Vor allem dem Komitee des Roten Kreuzes in der nordkoreanischen Hauptstadt schilderten sie den Vorfall in aller Ausführlichkeit und baten höflich um Zusammenarbeit bei der Suche nach dem Kind. Es blieb nicht bei einem Brief, nein, sie schrieben hintereinander fünf oder sechs Briefe. Doch schließlich erbarmte sich der Himmel ihrer, und Mitte der siebziger Jahre konnten sie den Aufenthaltsort ihres Sohnes ausfindig machen. Er war im Norden ohne Probleme groß geworden und nun als Professor an einer Hochschule Pyongyangs tätig. Überraschenderweise trug er noch den Namen seiner Kindheit. Mehrfach tauschten sie Briefe aus, dann schloss sich das Ehepaar einer kanadischen Touristengruppe nach Korea an und flog Ende der siebziger Jahre nach Pyongyang, wo sie den nunmehr über Vierzigjährigen trafen. Die Witwe natürlich auch.

„Das war in der Tat äußerst kurios." Mit einem unbeschwerten Lächeln kamen ihm die Worte über die Lippen, als berichtete er nicht von sich selbst, sondern einem ihm völlig fremden Menschen. „Die Witwe, die nun die Rolle seiner Mutter übernommen hatte, haben wir getroffen, aber weder ich noch meine Frau, die während der vergangenen dreißig Jahre keine andere Sorge als die um den verlorenen Sohn gekannt hatte, erwähnte jene Situation damals im Shanghaier Hafen auch nur mit einem Wort. Nicht, dass wir beide, meine Frau und ich, uns zuvor darüber abgesprochen hätten. Doch als wir die Witwe sahen, dachten wir im ersten Moment: Das soll sie sein? Wir hätten sie nicht wiedererkannt. Sie hatte sich total verändert. Und die ersten Worte, die über die

Lippen der inzwischen greisenhaften Frau kamen, als murmelte sie allein vor sich hin, waren: ‚Ich habe eine Todsünde begangen.‘ Da wollte meine Frau ihr den Mund zuhalten und schüttelte den Kopf: ‚Darüber können wir auch später noch sprechen. Das hat Zeit.‘ Und ohne große Umschweife ging sie auf die Witwe zu und schloss sie fest in ihre Arme. Das wirkte in meinen Augen unerhört albern, wie sich die beiden alten Frauen in den Armen lagen und heulten. War es nicht gar so, dass die jahrelange Suche nach dem Sohn, die unerträglichen psychischen Qualen während der vergangenen dreißig Jahre, ob das Kind noch lebte oder nicht, dass all das mit einem Mal wie weggeblasen war? Es war restlos verschwunden. Die ärgsten Schimpfwörter hatte sie benutzt, keine Schmähung war ihr zu arg gewesen: ‚verdammtes Weib‘, ‚Miststück‘, ‚dieses dreckige Weib sollte man einfach zerfetzen‘, ‚das Dreckstück müsste man tausendmal zwischen den Backenzähnen zermalmen‘, ‚der Blitz soll diese Hexe treffen‘. Nicht den kleinsten Schimmer dieses Hasses ließ sie nun erkennen. War sie überhaupt noch bei Sinnen? Wie konnte sie nur … Kaum hatte sie die Witwe getroffen, war aus ihr ein völlig anderer Mensch geworden. Der Mensch war doch in der Tat ein mysteriöses Wesen. Die beiden alten Frauen lagen sich in den Armen, schluchzten herzzerreißend und fassten sich dann an den Händen, um einander still und gelassen in die Augen zu schauen. ‚Alt bist du geworden.‘ ‚Tja, mehr als dreißig Jahre sind inzwischen vergangen, da werden wir alle älter. Auch du.‘ Auf diese Weise redeten sie miteinander, und ich hörte ihnen zu und kam aus dem Staunen nicht heraus. War das wirklich meine treue Frau, die mit mir durch dick und dünn gegangen war? In der Tat wurde mir in dieser Situation ganz deutlich bewusst: Nirgends auf der Welt gab es ein Tier, das so unbegreiflich war wie der Mensch. Sobald die beiden Frauen sich wiedergetroffen hatten, kehrten sie plötzlich in jene Zeit zurück, da sie als Nachbarinnen eine innige Freundschaft gepflegt hatten, ja, zu dieser ‚einfachen Beziehung‘. Seitdem war viel Zeit vergangen und einiges auf der Welt passiert, Bedeutendes und Unbedeutendes, doch das alles ignorierten die beiden einfach. Nein, war das wirklich möglich! Würde das jemand glauben? Das ist es ja, weswegen ich es immer wieder erzähle. Doch wer wird meinen Worten schon Glauben schenken? Aber es ist nun mal die Wahrheit. Daran ist nichts zu ändern.

Obwohl sie alt und runzlig geworden war, strahlte sie noch immer jene Würde aus wie damals und war durchaus hübsch anzusehen. Ohne ihre Anmut zu verlieren, war sie älter geworden und hatte ihr attraktives Wesen bewahrt. Und das war es wohl auch, Anmut und Eleganz, die sie wie eine Aura umwehten, etwas, womit sie andere Menschen auf Anhieb bezauberte und an sich fesselte und was auch meine Frau auf Anhieb in seinen Bann gezogen hatte. Ihr munteres, sanftes Wesen, das einen sofort für sie einnahm, sobald man ihr begegnete. Auch früher in Shanghai war es so gewesen. Jene schwer zu beschreibende Attraktivität der Witwe gefiel meiner Frau schon damals ganz außerordentlich.

Sie erzählte, sie habe sofort nach ihrer Rückkehr nach Korea im Herbst 1945 in Pyongyang einen ziemlich hohen Kader der kommunistischen Partei kennen gelernt und auf der Stelle geheiratet – vermutlich nicht ihre erste Hochzeit – weshalb sie auch von Anfang an in der Hauptstadt Pyongyang problemlos ein neues Leben beginnen konnte. Doch es dauerte nicht lange, und der Ehemann bemerkte ihre Unfruchtbarkeit. Daher trennten sie sich drei Jahre später im gemeinsamen Einverständnis, und sie heiratete nicht lange darauf einen Verwaltungsbeamten, doch auch diese Ehe wurde nach zwei Jahren wieder geschieden. Danach erlangte sie als meisterhafte Erzieherin einen Bekanntheitsgrad, dass jede junge Mutter Pyongyangs, wenn sie nur ihren Namen hörte – Frau Chang von der städtischen Kinderkrippe – sofort wusste, wer sie war. Ab und zu musste sie auch Beziehungen zu verwitweten Männern gepflegt haben. Und während aller Krisen und Notlagen sorgte sie unnachgiebig in erster Linie für unser Kind, als wäre es ihr eigenes. Unserem Sohn ging es gut bei ihr. Obwohl er bald seinen vierzigsten Geburtstag begehen würde, hatten wir ihn sofort erkannt. Er war mir ähnlich – hoch gewachsen, wortkarg, weit davon entfernt, ungeduldig zu werden, seine Manieren wiesen ihn in jeder Hinsicht als umsichtigen und anständigen Menschen aus. Allerdings, soll ich es verblüffend nennen oder witzig, selbst dieser Sohn, der bei der Witwe so unbeschwert hatte heranwachsen können, nannte sie nicht ‚Mutter‘, sondern ‚Tante‘. Nur wenn er merkte, dass die Frau in bestimmten Situationen als Mutter akzeptiert werden musste, wenn zum Beispiel mehrere Menschen beisammensaßen, das heißt, wenn er es als wirklich notwendig erachtete, dann nannte er sie bisweilen im Dialekt der Provinz Chungchong ‚Mutter‘. Aber auch dann sagte er nicht

‚Mama' oder ‚Mutti', sondern wählte immer das förmliche ‚Mutter'. Wieso er in dieser Hinsicht so verdammt eigensinnig war, weiß ich nicht. Trotzdem hatte ich das Gefühl, dass er mir auch in diesem Punkt in gewisser Weise ähnelte. Auch ich bin meistens so. Wie soll ich sagen? Furchtbar penibel? Oder halsstarrig? Jedenfalls, dass er sie so konsequent ‚Tante' nannte und sie nicht wie seine richtige Mutter behandelte, das war ein Punkt, der mich tief in meinem Inneren mit Zufriedenheit und Erleichterung erfüllte. Irgendwie war es freilich beschämend, dass ich so fühlte. Aber so sind die Menschen nun mal. Mit ein paar dahingeworfenen Worten lassen sie sich nicht beschreiben … So einfach, so leicht sind sie nicht zu verstehen …

Unser Junge beharrte also schon vom frühen Kindesalter an auf seinen eigenen Gedanken. Wie muss das die Witwe bedrückt haben. Trotzdem verlor sie selbst über seine Eigenart, sie nie Mutter zu nennen, bis zu diesem Tag kein einziges Wort. Womöglich dachte sie, das sei ihre Pflicht. Sie ging vermutlich davon aus, eine Berührung dieses Themas würde eine nicht wiedergutzumachende Beschämung für sie nach sich ziehen. Wahrscheinlich leben die Menschen in Wirklichkeit überwiegend auf diesem Niveau. Ich meine, wir mutmaßen, wie die anderen denken könnten, und passen dementsprechend unser Verhalten an. Das könnte man als ‚Weisheit' bezeichnen. Ob dieser Ausdruck in dem Fall auch angemessen ist, da bin ich mir nicht sicher. Besser wäre vielleicht das Wort ‚halbinstinktiv'. Die Witwe war schon damals in Shanghai keine Frau, die schnell in Tränen ausbrach. Doch während sie jetzt vor meiner Frau darüber sprach, flossen ihre Tränen in Strömen. Und während sie sich schluchzend immer wieder unterbrach, sagte sie: ‚Wirklich, dank dieses Kindes konnte ich bis heute das Leben ertragen. Ohne den Jungen, ich weiß nicht, was ohne ihn aus mir geworden wäre. Das ist die Wahrheit. Nur das ist wahr. Weil er da war, konnte ich, ich … Sehen Sie, ihn zu solch einem Menschen zu erziehen, sicher spielte da auch seine Veranlagung und seine angeborene Begabung eine Rolle – und wenn ich so etwas über mich selbst sage, beschämt es mich schon – aber ich habe für dieses Kind in aller Redlichkeit und Liebe getan, was ich konnte. Das müssen Sie mir glauben. Und er ist mir auch dankbar für meine Erziehung, glaube ich.' Sie sprach wehklagend und ziemlich laut, kreischte beinahe, was gar nicht ihre Art war. Auch für meine Frau war diese radikale Seite der Witwe eine völlig neue Erfahrung. Als habe sie den Verstand verloren, starrte meine Frau für eine Weile mit leerem Blick vor sich hin. ‚Das gibt's doch nicht. Das gibt's doch nicht', murmelte sie bloß wie im Delirium immer wieder …

Kurz gesagt, ein derart tiefgründiges und unbegreifliches Wesen ist der Mensch. Die schlauen Worte der so genannten schlauen Leute über das Wesen der Menschen kratzen angesichts dieser Situation alle nur an der Oberfläche und treffen nie den Kern.“

Er sei, so erzählte er, in Begleitung seiner Frau 1987 mit einer kanadischen Reisegruppe von Koreanern, die ihre Heimat besuchen wollten, im Alter von achtzig Jahren das vierte Mal nach Pyongyang geflogen. Doch nun sei er so alt und seine Tage auf dieser Erde gezählt. Schon bei den geringsten Anlässen, so berichtete er, kämen ihm die Tränen, was ihm früher nie passiert sei.

„Als wir vor drei Jahren dort waren, haben wir unserem Sohn heimlich, hinter dem Rücken der nordkoreanischen Behörden, ein paar Dollar zugesteckt, und auch diesmal wollten wir ihm ein bisschen Geld dalassen, doch er meinte, er habe noch genug Geld vom letzten Mal übrig, zog eine Schublade auf und zeigte uns die Scheine. Dort lagen die Banknoten, die wir ihm das letzte Mal gegeben hatten, fein säuberlich übereinandergeschichtet. Als ich das sah, tat mir das Herz weh. Doch mein Sohn meinte nur: „Macht nichts. Kein Problem.“ Er brauche das Geld nicht. Wir in der Welt des Kapitalismus, meinte er, hätten doch viele Gelegenheiten, Geld auszugeben, und ohne Geld würde der Mensch dort nicht als solcher akzeptiert und deswegen sollten wir es lieber für uns selbst verwenden. Gewissermaßen hatte er ja recht. Im Norden unter der Herrschaft der kommunistischen Partei muss man die soziale Stellung der anderen respektieren und sollte vermutlich nicht als Einzelner exzessiven Luxus demonstrieren. Unser Kind wuchs dort in der Tat zu einem aufrichtigen Menschen heran. Aus meiner Sicht, meine ich, bin ich in dieser Hinsicht wunschlos glücklich. Sehr sozialistisch eben… Aber als leiblichen Eltern zerriss es uns schon das Herz. Die schäbige Wohnung, die wenigen Möbel, vielleicht ging es ihm ja für nordkoreanische Verhältnisse noch ganz gut, aber dieses miserable Lebensniveau … Man könnte sagen, er lebte schlicht und einfach, aber im Grunde eher geradezu proletarisch und in einer unkultivierten Armseligkeit. Durch eine kleine Unachtsamkeit war unser Kind in dieses System geraten, wie sollten sein Vater und seine Mutter diese Schuld jemals wiedergutmachen? In den Augen unseres Sohnes hingegen werden wir, meine Frau und ich, wiederum einen recht befremdlichen Eindruck gemacht haben, wie merkwürdige Tiere oder Gespenster vom Saturn oder Jupiter könnten wir ihm vorgekommen sein.

Er hatte eine Tochter und einen Sohn. Das ältere der Kinder besuchte die 2. Klasse der Oberschule, das jüngere die 3. Klasse der Mittelschule. Unsere beiden Enkelkinder. Auch die Schwiegertochter und die beiden Kinder waren rechtschaffene Bürger der Volksrepublik Korea. Sie waren hübsch gekleidet, setzten sich gehorsam und artig vor meine Frau und mich und verbeugten sich. Bei Gott, mir stockte der Atem. Die beiden Geschwister waren gut erzogen, nach allen Regeln der Höflichkeit machten sie ihre Verbeugung, sie traten bescheiden und redlich auf ... Sie wussten nicht um den Wert des Geldes, wussten nicht, warum es überhaupt wertvoll sein sollte, wertvoll sein musste. In dieser Hinsicht waren sie unverbesserlich ... Aber diesem Verhalten haftete auch eine gewisse Würde an. Doch während die beiden Kinder, unsere Enkel, sich artig vor den Großeltern verbeugten, wandte sich dieser Sohn von uns ab und sah nach draußen auf die in der Ferne liegenden Berggipfel. Da fiel mir ein, dass er uns kein einziges Mal ‚Mutter' oder ‚Vater' genannt hatte, obwohl wir ihn nun schon zum vierten Mal trafen. Warum machte er das? Uns plötzlich so zu nennen, betrachtete er vielleicht als ungehörig dieser so genannten Tante gegenüber, die sich beinahe vierzig Jahre lang um ihn gekümmert hatte. Oder lag es in seinem Naturell, dass ihm diese Anrede einfach zu förmlich vorkam? Ich weiß es nicht. Jedenfalls schienen wir beide, die wir jetzt kanadische Pässe besaßen, von seinem Standpunkt aus kein leiblicher Vater und keine leibliche Mutter mehr zu sein. Er akzeptierte, wie sich seine beiden Kinder den Großeltern gegenüber verhielten. Das ist ihre Entscheidung, wird er wahrscheinlich gedacht haben. Das vermute ich mal, genau weiß ich es natürlich nicht. Aber, nein, auch in dieser Hinsicht habe ich eine vage Vermutung, aber das ist so verdammt kompliziert und trostlos obendrein ... Auf jeden Fall hat sich das Leben der Menschen im Süden und im Norden in den vergangenen fünfzig Jahren gewaltig verändert ..."

Erst jetzt kam einer der Zuhörer dazu, eine Frage zu stellen: „In diesem Zusammenhang würde ich gern noch einmal nachfragen. Warum haben Sie ihn nicht gefragt, wieso er Sie nicht ‚Vater‘ oder ‚Mutter‘ nennt? Und ihm vielleicht gesagt, Sie würden das so gern einmal aus seinem Mund hören …“

Da riss er die Augen wutentbrannt auf, streifte den anderen mit einem kurzen Blick, als verärgere ihn diese Frage sehr, dann aber entgegnete er leise: „Dann hätte es sehr leicht passieren können, dass wir uns wirklich hätten schämen müssen. Warum sollten wir ihn zu Worten veranlassen, die er von seinem Standpunkt aus eben nicht sagen wollte?“

„Und?“, fragte der andere automatisch weiter. Er sah den Fragenden ein wenig misstrauisch an und meinte: „Und? Was und? Es war einfach so. Das Leben eines Menschen ist nichts Besonderes, meistens läuft es so ab. Das wollte ich sagen.“

Auf diese Worte hin fragte der andere weiter und schien dabei das Kernproblem nicht aus den Augen zu verlieren: „Und nach dieser Sache im Hafen von Shanghai, als Sie sich trennten, danach haben Sie die Witwe immer noch nicht gefragt? Das war doch gerade die Ursache, dass Sie Ihren Sohn verloren.“

Mit einem sarkastischen Lächeln auf den Lippen antwortete er: „Was bringt es, wenn wir das, was damals geschah, jetzt noch haarklein auseinandernehmen? Meiner Meinung nach bewies meine Frau in dieser Hinsicht eine große geistige Reife. Als sie die Witwe nach mehr als dreißig Jahren wiedertraf, hat sie jene Ereignisse von Shanghai komplett und auf der Stelle ignoriert und ließ sich nur noch von der Stimmung dieser Witwe, die da direkt vor ihr stand, tragen. Und im Vergleich dazu … Was haben Sie da eben gesagt? ‚Das war doch gerade die Ursache von allem‘, oder so? Aus meiner Sicht ist das eine unausgegorene, äußerst kindische Sicht, einfach naiv und reichlich tölpelhaft dazu. Einfach unüberlegt ein paar Worte hingeplappert … Sie sind noch weit davon entfernt, das zu verstehen.“

„Und?“

„Was und? Hören wir auf damit und gehen lieber zum Mittagessen!“, erwiderte er und erhob sich unwirsch von seinem Platz.

(1999)

Gesetzlos, illegal, legal

Ende August 1950 wurde Kim Kyuhwan in Taegu als Schülersoldat eingezogen, er war damals noch sehr jung und besuchte
gerade die zweite Klasse der Oberschule. Nachdem er seine
Uniform erhalten hatte, wurde er direkt dem Artilleriebataillon
der Hauptstadtdivision unter dem Kommando von Divisionskommandeur Kim Sogwon zugeteilt, welche Seoul zu verteidi-
gen hatte. Schon kurz darauf nahm er an einem der heftigsten
Kämpfe des dreijährigen Koreakrieges teil, an der Schlacht von
Angang und Kigye, nördlich von Pohang. In vorderster Front,
wo die Bomben wie Regentropfen vom Himmel fielen, wurde
er mit einer Situation konfrontiert, wo – um mit seinen Worten
zu sprechen – „die Ausbildung direkt die Schlacht und die
Schlacht nichts anderes als Ausbildung" war. Und damit hat er
wahrscheinlich recht.

Am Morgen des 25. Juni 1950 überschritt die nordkoreanische Volksarmee die Demarkationslinie und schwappte, einer
großen Meereswoge gleich, an der Ostküste entlang in den Süden des Landes, wo sie genau bis zu jener Linie Kigye-Angang
kam, dort gestoppt und etwa zwei Monate lang in zähen Vertei-
digungskämpfen aufgehalten wurde. Beide Seiten lieferten sich
zahllose blutige Gemetzel. Wie sollten da die Tag für Tag als
Ersatz für die gefallenen Kämpfer massenweise neu rekrutierten
Soldaten der Division überhaupt eine angemessene Ausbildung
erhalten? Nicht als Menschen, noch unversehrt an Leib und Leben, sondern wie Gebrauchsgegenstände wurden sie dort zu
Tausenden in die vordersten Linien der Schlacht geschickt, nachdem man ihnen einfach eine Uniform verpasst und ein Gewehr
in die Hand gedrückt hatte. Immerhin kam Kim Kyuhwan glücklicherweise gegen Ende August, als nach zweimonatigen Kämpfen endlich der Höhepunkt überschritten war und Aussicht auf
einen Sieg bestand, oder mit anderen Worten, erst nachdem in
einer zwei Monate andauernden Schlacht Zigtausende gefallen
waren und die gesamte Division vier- oder fünfmal vollständig
durch neue, junge Soldaten ersetzt worden war, als Funker eines
Artilleriebataillons an diesen Kriegsschauplatz.

Anfang September schließlich gingen auch der nordkoreanischen Armee die Reserven aus, und sie musste den Rückzug

antreten, auf dem ihr die südkoreanischen Truppen der National-
alarmee selbstverständlich nachsetzten. Die Hauptstadtdivision
verließ Angang und Kigye und bewegte sich zunächst über
Chongsong, Chinbo, Yongyang nach Ponghwa, Yongwol,
Pyongchang und Taehwa, überquerte dann das Taegwan-
Gebirge und erreichte Kangnung, danach ging es weiter über
Chumunjin, Ingu, Yangyang, Sokcho, Kojin, Taejin und Kosong,
bis sie schließlich in Changjon ankam. Hier änderte sie die
Marschrichtung und bewegte sich weiter in Richtung Westen
nach Hoeyang, dann wieder gen Norden über Singosan und
Anbyon bis Wonsan, sie passierte Yangdok und marschierte
weiter in nördlicher Richtung nach Kowon, Yonghung und
Hamhung, wo sie eine Pause einlegte und dann das Gebiet um
die Kaema-Hochebene an die 10. US-Armee übergab. Danach
marschierte die Hauptstadtdivision auf die Küste zu nach Kilchu,
Myongchon, Sinpo, Tanchon, Songjin und Nanam bis Kyongsong. Bis dorthin werden sie alle munter wie die Pferde
Dschingis Khans gewesen sein, die ohne jedes Hindernis in die
weite Ebene hineinstürmten.

So bewegten sie sich zügig in Richtung Norden, bis die rück-
wärtigen Versorgungslinien zusammenbrachen und sich alle
Truppen, soweit es die Umstände zuließen, in Privathäusern vor
Ort einquartierten und auf diese Weise den Marsch fortsetzten;
irgendwann überschritten sie auch die Demarkationslinie, ohne
es zu bemerken, und befanden sich im Norden. Die Menschen,
denen sich die Nationalarmee auf ihrem Marsch durch die Dörfer
gegenübersah, behandelten die Soldaten stets gleich, ob sie sich
nun im Norden oder schon wieder im Süden befanden. Das war
ja auch ganz natürlich so. Schließlich waren alle Koreaner, wie
hätte es da anders sein sollen? Sicher hatte jeder Soldat dazu seine
eigene Meinung, die auch anders ausgefallen sein könnte, aber
zumindest nach Ansicht von Kim Kyuhwan waren alle Menschen, ob sie nun nördlich oder südlich des 38. Breitengrades
lebten, einfache, naive Bauern und empfingen die Soldaten der
Nationalarmee mit tröstenden Worten, wie sie leibliche Eltern
nicht einfühlsamer hätten vorbringen können: „Da müssen die
jungen Männer schon so viel Leid auf sich nehmen." Es waren
unsere Landsleute, die schon seit vielen Generationen auf diesem
Fleckchen Erde lebten. Und niemals hatte er das Gefühl, als

befände er sich in Feindesland, manchmal, so meinte er, habe er das sogar als sehr sonderbar empfunden.

Doch wenn man es einmal überdenkt, waren seit dem Ende der japanischen Kolonialzeit erst fünf Jahre vergangen, und für die Menschen, sowohl im Norden als auch im Süden, stellte die Grenzlinie am 38. Breitengrad etwas völlig Ungewohntes dar. Außerdem hatte das Volk allen möglichen Erklärungen zum Trotz mit seinem eigentümlich scharfen Instinkt die ungefähre aktuelle Lage sofort erfasst (dass der Krieg nämlich wegen einiger arroganter Politiker ausgebrochen war, die um der Macht willen einen Kampf auf Leben und Tod entfachten), und auf ihre Weise reagierten die Menschen richtig darauf. Überall behandelten sie die Besatzungstruppen der Nationalarmee ohne Ausnahme mit gleichbleibender Freundlichkeit als koreanische Landsleute. Und das wiederum auf ganz natürliche Art … Warum hätten sie es auch nicht tun sollen? Der überwiegende Teil der Menschen in den Dörfern begegnete der erneut nach Norden vorstoßenden Armee nicht wie feindlichen Truppen aus einem fernen, fremden Land, sondern empfing sie aufs herzlichste als Brüder eines Volkes, das seit Jahrtausenden gemeinsame Vorfahren besitzt. Als wollten sie fragen: „Warum der Norden und der Süden sich so bekriegen, wissen wir einfachen Menschen nicht. Wir sind doch ein Volk, eine große Familie? Wenn wir eure Mühen sehen, Soldaten, wie können wir da einfach so tun, als wüssten wir von nichts?" Und allem Anschein nach kamen ihnen diese Worte so recht von Herzen.

Und so stellte dieser Krieg für das Volk im Norden und im Süden von Anfang an etwas absolut Fremdes dar. Das war nicht ihr Krieg. Alle Koreaner waren mit Leib und Seele überzeugt, von den gleichen Vorfahren abzustammen und Blutsverwandte zu sein, ob sie nun in Pusan oder Pyongyang, in Taegu oder Wonsan, in Anbyon, Chonan oder Mokpo wohnten. Aber was sollte dann diese furchtbare Schlacht in der Ebene von Angang und Kigye während der vergangenen zwei Monate mit Zigtausenden von gefallenen Soldaten auf beiden Seiten?

So gelangte die Truppe, der Kim Kyuhwan angehörte, einer Wolke gleich, die der Wind vor sich herschob, in einem Atemzug bis an die Landesgrenzen, das heißt bis nach Kyongsong in die Provinz Nord-Hamgyong hinauf, wo sie plötzlich den Befehl zum Rückzug erhielt. Doch als sie sich zurückziehen wollte, war der Rückweg nach Hungnam bereits versperrt. Die Truppen der Chinesischen Volksfreiwilligen umlagerten das Marinekorps der 10. US-Armee auf der Kaema-Hochebene in mehreren Ringen.

Schließlich erreichte Kim Kyuhwans Abteilung mit Ach und Krach die Stadt Kimchaek und bestieg ein dort bereitstehendes Schiff der US-Marine, das sie ohne Zwischenfälle direkt in den Süden nach Pusan brachte. Doch schon nach kurzer Zeit schiffte sich die Truppe erneut in den etwas weiter nördlich gelegenen Hafen von Tonghae ein und wurde in eine heftige Schlacht mit den über die Demarkationslinie nach Süden vorrückenden Truppen der Chinesischen Volksfreiwilligen verwickelt.

Die chinesischen Streitkräfte mit ihrer Taktik, Massen von Soldaten in mehreren Staffeln in die Schlacht zu werfen, waren dem mächtigen Gewehrfeuer der UN-Truppen nicht gewachsen und mussten sich geschlagen geben. Mit den Kämpfen an der Linie Wonju-Hoengsong hatte sich die Kriegslage abermals geändert, und die südkoreanische Armee an der Ostmeerküste stieß nach Norden vor, konnte Kosong zwar nicht erreichen, gelangte aber bis zur heutigen Waffenstillstandslinie. Im Sommer 1951 schließlich begannen auf Vermittlung des sowjetischen Außenministers Malik in Kaesong Waffenstillstandsgespräche, doch die Armeen beider Seiten standen sich an der heutigen Demarkationslinie gegenüber, die sich von Munsan, über Hwanchon bis Kosong erstreckte, und führten ihre blutigen Kämpfe weiter, die Schlacht um die Paengma-Höhe, den Kampf auf dem „Blutigen Bergkamm", die Schlacht um die Hyangno-Höhe und viele andere furchtbare Gemetzel um ein paar Fingerbreit Boden, in denen Tag für Tag hunderte Soldaten fielen. Schließlich kam auch die Hauptstadtdivision an dieser Grenzlinie um die Hyangno-Höhe zum Einsatz, stieß vor und musste sich wieder zurückziehen, bis im Juli 1953 das Waffenstillstandsabkommen unterzeichnet wurde, womit der dreijährige Krieg endete.

Mit dieser ungewöhnlich kurzen Skizze des Kriegsverlaufs sei es an dieser Stelle getan, und nun zum Grund, weshalb man sich jetzt, genau fünfzig Jahre später, wieder an diesen Krieg erinnerte: Wenn wir uns diese historische Skizze ansehen, welche Bilder entstehen da in unserem Kopf? Nein, nicht diese ungewöhnlich kurze Zusammenfassung des Krieges meine ich, sondern wenn wir die ausführlichen, präzisen Beschreibungen in Büchern, in Dutzenden Büchern über diesen Krieg lesen, wie real mag dann das Bild sein, das wir fünf Jahrzehnte später wahrnehmen? Die vielen einzelnen Details der Realität, inwieweit können wir ihnen näherkommen? Vom 25. Juni 1950 bis zum 27. Juli 1953, in diesen mehr als drei Jahren, starben so viele Menschen eines unnatürlichen Todes. Abgesehen davon könnte niemand die einzelnen Details der damaligen realen Sachlage an allen Orten dieses Landes in einer Beschreibung darstellen. Die befremdlichen, merkwürdigen Geschichten, die während des Krieges und als Konsequenz desselben in den folgenden fünfzig Jahren überall erzählt wurden, kann keine Darstellung jemals in all ihrer Fülle wiedergeben.

Zugleich könnte man formulieren, Krieg sei – unabhängig von seinem jeweiligen Charakter – im Grunde immer so. Seit Beginn der Menschheitsgeschichte seien alle Kriege ausnahmslos grausam gewesen, so könnte man natürlich einfach argumentieren. Aber kann denn diese Angelegenheit so banal mit einem Satz abgetan werden, und noch dazu so indifferent und abgeklärt? Geht das wirklich? Lebten wir nicht alle, ob nun im Norden oder im Süden, fünfzig Jahre lang, wissend oder unwissend, unter den Bedingungen des „Kriegszustandes", unter Einfluss der Nachbeben dieses Krieges? Zum Beispiel die hochbrisante Situation der militärischen Konfrontation zwischen Süden und Norden an der Demarkationslinie. Und so sind fünf Jahrzehnte vergangen und wir haben uns nicht nur an diese unverrückbare Norm gewöhnt, sondern verfielen teilweise vielleicht sogar in einen Zustand völliger Lähmung.

Wie sah es denn real für die einfachen Menschen aus auf den Schauplätzen des Krieges, mit anderen Worten, wie gestaltete sich die Lage auf den Schlachtfeldern konkret? Wir wollen an dieser Stelle noch einmal einen, wenn auch nur flüchtigen Blick darauf werfen, anhand der folgenden Episoden.

Im Gefolge der Hauptstadtdivision, die zu jener Zeit unter dem Befehl von General Song Yochan stand, hatte das 1. Panzerregiment unter dem Kommando von Oberst Lee Ryong am 31. Mai 1951 den 1293 Meter hohen Gipfel des Hyangno eingenommen und erhielt nach drei Tagen einen neuen Operationsplan. Das geschah genau um Mitternacht am 4. Juni, im Militärjargon hieß das in diesem Falle: 03.06., 24:00. Der Befehl lautete: Eroberung des sechzehn Kilometer südwestlich der Hyangno-Höhe gelegenen Sandugok-Berges (1091 m).

Das 2. Bataillon ist von der gegenwärtigen Stellung aus zum Sandugok zu führen, Beginn des Angriffs am 4. Juni um 4:30 Uhr. Den Gipfel des Sandugok hält gegenwärtig eine Kompanie der Volksarmee. Während des Marsches ist die Benutzung von Feldtelefonen untersagt.

Uhrzeit: 3. Juni 1951, 4:00 Uhr

Sobald der Kommandeur des Panzerregiments, Lee Ryong, diesen Befehl erhalten hatte, schaute er auf seine Armbanduhr. Heute war zweifellos der 4. Juni, genau Mitternacht.

„Was soll denn das nun wieder?", fragte er sich verärgert und wunderte sich, wo diese äußerst wichtige Nachricht zwanzig Stunden lang geblieben war, dass sie ihn erst jetzt erreichte. Doch um sich ausführlicher mit diesem Problem zu befassen, war die Angelegenheit zu dringend und zu wichtig.

Vom gegenwärtigen Standort aus war das Angriffsziel Sandugok im Nachtmarsch in zweieinhalb bis drei Stunden zu erreichen, und bis zu der im Befehl genannten planmäßigen Eröffnung des Angriffs waren nur noch vier Stunden Zeit. Wenn sie sich beeilten, könnten sie es mit knapper Not vielleicht noch schaffen, doch zum jetzigen Zeitpunkt erwies sich die Situation vor Ort als etwas kompliziert. Zwar waren seit der Eroberung des Hyangno-Gipfels zweiundsiebzig Stunden vergangen, aber infolge vereinzelter Kämpfe in der Umgebung und der Notwendigkeit, beispielsweise durch das Ausheben von Schützengräben die Stellung auszubauen, hatten die Soldaten des 2. Bataillons in den vergangenen drei Tagen keine Sekunde Ruhe gefunden und sich erst vor zwei Stunden zum Schlafen hingelegt, was der Regimentskommandeur natürlich wusste.

Inzwischen war derselbe aus dem Schlaf hochgefahren und brüllte seinen Melder wütend an: „Ruf den Funker dort an! Los, mach schnell!"

Und so erhielt von diesem neuen Operationsplan aus dem Mund des Regimentskommandeurs zuerst Kim Kyuhwan, der Funker des 2. Bataillons, Mitteilung. Gefreiter Kim war zu diesem Zeitpunkt – gegen Mitternacht – gerade eingeschlafen, als er vom Schrillen des Feldtelefons aufschreckte und hochfuhr.

Ohne Umschweife befahl eine laute Stimme aus dem Hörer: „Hier ist der Regimentskommandeur. Ruf den für die Operationsplanung zuständigen Offizier unseres Regiments, Major Kwak, an den Apparat. Er ist bei euch im 2. Bataillon. Mach schnell! Es ist äußerst dringend."

Gefreiter Kim fuhr erschrocken zusammen und bemerkte sofort den ungewöhnlichen Unterton in der Stimme des Kommandeurs. In solchen Situationen war es üblich, unverzüglich Feldwebel Won Mitteilung zu machen, und so rannte Kim auf der Stelle in die pechschwarze Dunkelheit hinaus und rüttelte den Feldwebel wach.

„Feldwebel! Feldwebel!", rief er, packte den in tiefem Schlaf versunkenen Mann kräftig an der Hüfte und schüttelte ihn unbarmherzig.

„Ja, ja. Was ist denn?" Feldwebel Won, für einen Moment aus seinem festen Schlaf erwacht, öffnete die Augen einen kleinen Spalt. In der absoluten Finsternis konnte der Funker es nicht genau erkennen, aber da er ähnliche Situationen schon mehrfach erlebt hatte, sagte ihm sein Instinkt, dass der Feldwebel seine Augen wohl geöffnet haben musste. Aber das war auch schon alles. Er blinzelte kurz, dann schloss er die Augen wieder und rührte sich alsdann nicht mehr. Was sollte der Funker nun machen?

„Dienstältester Unteroffizier! Feldwebel Won!", rief er immer wieder und schüttelte rücksichtslos den Oberkörper des Feldwebels. Doch der murmelte nur: „Ja, ja. Ist gut. Ist ja schon gut", und schlief unverdrossen weiter.

Da die Angelegenheit äußerst dringend war, wurde nun auch Gefreiter Kim lauter, stieß mit dem Fuß nach dem Schlafenden und packte letztlich den Oberkörper des Feldwebels, um denselben unter Anspannung aller Kräfte aufzurichten. Dabei beschwor er ihn: „Der Regimentskommandeur. Am Apparat ist der Herr Regimentskommandeur. Er will den Verantwortlichen für die Operationsplanung, Major Kwak, sprechen. Der Herr Regimentskommandeur sucht Major Kwak."

Während seiner Bemühungen, den Feldwebel aus dem Schlaf zu reißen, erklang aus dem Hörer des Feldtelefons dann und wann ein Krächzen, die Stimme des Kommandeurs: „Was treibt ihr denn da, verdammt? He, Funker! Funker!"

Nun wusste sich Gefreiter Kim auch nicht mehr zu helfen und hielt den Hörer einfach ans Ohr des Feldwebels.

„Hier, nehmen Sie das, Feldwebel! Wachen Sie schnell auf! Der Regimentskommandeur."

Feldwebel Won lauschte zerstreut und ohne recht mitzubekommen, worum es ging, auf die Geräusche aus dem Hörer und wollte schon automatisch antworten: Ja. Ja, ist gut, – als er plötzlich mit den Worten: „Jawohl. Ich bin Feldwebel Won", aufsprang. Seinen Rücken stützte der Funker. Daraufhin wurde die Stimme des Regimentskommandeurs am anderen Ende der Leitung ruhiger: „Was treibt ihr denn da? Major Kwak soll schleunigst an den Apparat kommen. Verdammt, wer bist du überhaupt?"

Erschrocken schrie Feldwebel Won auf: „Zu Befehl, ich bin der dienstälteste Unteroffizier, Feldwebel Won", und im selben Moment war seine Müdigkeit wie weggeblasen, mit eigener Kraft richtete er sich auf und war so voller Energie, als wollte er sogleich salutieren.

„Los, gib mir schnell Major Kwak!"

„Jawohl, Herr Oberst", schrie er in den Hörer und übergab denselben an den Gefreiten Kim, dann rannte er schnurstracks zu der Baracke, in der die Offiziere schliefen, und machte sich daran, Major Kwak zu wecken.

„Herr Stabsoffizier! Herr Stabsoffizier!"

Vergeblich. Auch Major Kwak war in einen lethargischen Schlaf versunken, nicht anders als Feldwebel Won es noch vor einigen Minuten gewesen war.

„Herr Stabsoffizier!"

Feldwebel Won schüttelte den Mann unbarmherzig, schob ihm sogar mit den Fingern die Augenlider auseinander, er versuchte alles Mögliche, doch der Major schnaufte im Schlaf nur ab und zu wütend und drehte sich auf die andere Seite. Währenddessen schallte aus dem Hörer des Feldtelefons die Stimme des Regimentskommandeurs noch gereizter.

Schließlich kam Feldwebel Won wieder zurück, nahm Kim den Hörer aus der Hand und teilte dem Regimentskommandeur mit, Major Kwak sei nicht zu wach zu bekommen.

„Was?", brüllte es am anderen Ende der Leitung. „Das ist ein Befehl des Regimentskommandeurs. Und wenn du ihm mit dem Gewehrkolben den Schädel einschlägst, wecke den Kerl jetzt sofort!"

„Jawohl, zu Befehl, Herr Kommandeur."

Feldwebel Won versuchte es erneut, doch unter diesen Umständen erwies es sich als absolut unmöglich, den Major zu wecken. Wieder nahm Won dem Funker den Hörer aus der Hand und meldete dem Kommandeur wahrheitsgemäß: „Herr Regimentskommandeur, ich habe alles Menschenmögliche versucht, aber ich bekomme ihn nicht wach. Er schläft sehr tief. Wie ein Toter."

Der Regimentskommandeur erwiderte nichts darauf. Doch er wusste, dass Major Kwak während der vergangenen drei Tage keine Gelegenheit hatte, auch nur für einen kurzen Moment auszuruhen. Er machte eine kurze Pause, zwang sich zu einem gedämpften Ton und sagte ruhig: „Du bist also der dienstälteste Unteroffizier des 2. Bataillons unseres Regiments?"

„Jawohl, der bin ich, Feldwebel Won."

„Gut. Dann übergebe ich dir den neuen Operationsplan, und du übermittelst ihn deinem Bataillonskommandeur. Ob du Major Kwak aus dem Schlaf prügelst oder – sollte das nicht gelingen – den Operationsplan direkt an den Bataillonskommandeur übergibst, jedenfalls muss der Plan genau übermittelt werden. Verstanden? Die Angelegenheit ist jetzt sehr dringend, verstehst du?"

„Jawohl, Herr Kommandeur."

Also diktierte im Auftrag des Regimentskommandeurs dessen Melder den neuen Operationsplan, und Feldwebel Won schrieb ihn auf ein Stück Papier. Am Ende wiederholte er auf Anweisung des Kommandeurs noch einmal den Wortlaut des Befehls.

„Das 2. Bataillon ist von der gegenwärtigen Stellung aus zum Sandugok zu führen, Beginn des Angriffs am 4. Juni um 4:30 Uhr. Den Gipfel des Sandugok hält gegenwärtig eine Kompanie der Volksarmee. Während des Marsches ist die Benutzung von Feldtelefonen untersagt. Uhrzeit: 3. Juni 1951, 4:00 Uhr. Ende."

Im Grunde fürchtete sich Feldwebel Won vor der autoritären Befehlsgewalt des Regimentskommandeurs am anderen Ende der Leitung, und so hatte er, was ihm der Melder diktierte, geschrieben und am Ende den Wortlaut des Befehls noch einmal wiederholt, doch in Wirklichkeit war er noch gar nicht richtig wach und befand sich in einem halbschlafähnlichen, trüben Bewusstseinszustand. Und ohne die immense Bedeutung, den Kern des Befehls, überhaupt richtig erfasst zu haben, hatte er ihn nur automatisch entgegengenommen und die Wörter notiert.

Da wollte es der Zufall, dass gerade in diesem Augenblick Major Kwak aufstand und schwankend vor die Baracke heraustrat. Der neun Tage alte Mond schob sich just in diesem Moment zwischen den Wolken hervor, und Major Kwak war gut zu erkennen. Er entleerte seine Blase und wollte gerade wieder in die Baracke hineingehen. Diese Gelegenheit durfte sich Feldwebel Won nicht entgehen lassen und rannte auf ihn zu. Er reichte ihm den Zettel mit dem neuen Befehl.

„Der Regimentskommandeur hat mich beauftragt, Ihnen diesen neuen Operationsplan sofort zu übermitteln."

Unbewusst griff Major Kwak nach dem Zettel.

„Beauftrage jemanden und lass sofort den Bataillonskommandeur, Oberstleutnant Pak, wecken!", wies er ihn mit seiner laut donnernden Stimme an. Allerdings war er noch nicht ganz wach, und so benannte er keine konkrete Person, die Oberstleutnant Pak wecken sollte. Ohne überhaupt einen kurzen Blick auf den Zettel geworfen zu haben, hielt er ihn nur zwischen zwei Fingern, kämpfte mit dem Schlaf und fiel schließlich, so wie er dasaß, zur Seite um. Doch da hatte Won den Zettel mit dem Befehl schon übergeben und befand sich in dem Glauben, seine Pflicht erfüllt zu haben. Er war vom Regimentskommandeur getadelt worden und hatte nur unter größter Kraftanstrengung Major Kwak wecken können, deswegen quälte ihn nun eine unüberwindbare Müdigkeit. Auf der Stelle brach er irgendwo zusammen und fiel sofort in einen tiefen Schlaf.

Gefreiter Kim war der Einzige, der die Ereignisse von Anfang bis Ende miterlebte, doch für sich selbst kam er zu dem Schluss, eine unmaßgebliche Person wie er habe sich in einer solchen Situation nicht einzumischen. Als die Angelegenheit später jedoch große Wellen schlug, konnte er sich die Frage, ob er den Inhalt des Operationsplans überhaupt genau gekannt hatte, selbst nicht mehr eindeutig beantworten.

Feldwebel Won war im Frühling des Jahres 1947 aus Sakchu in der Provinz Nord-Pyongan in den Süden übergelaufen. Damals war er vierundzwanzig Jahre alt. Er trat sofort in den Jugendverband Nordwest ein und zeichnete sich dort von Anfang an durch aktive Mitarbeit aus. Womit er sich dabei konkret befasste, kann an dieser Stelle nicht im Detail erläutert werden, darüber kann jeder selbst Vermutungen anstellen. Jedenfalls trat er erst spät, nach der Rückeroberung Seouls durch die Truppen der National-armee am 28. September 1950, in dieselbe ein, wo es ihm zu-dem gelang, in weniger als einem Jahr zum dienstältesten Unter-offizier des bedeutenden 2. Panzerbataillons aufzusteigen, eine Funktion, die gewöhnlich nur altgedienten Feldwebeln zukommt. Das kam allen Beteiligten ziemlich ungewöhnlich vor, selbst unter Berücksichtigung des Umstandes, dass in dieser Zeit infolge der fortwährenden heftigen Kämpfe die Verluste an Unteroffizieren außerordentlich hoch waren. Für alle diejenigen hingegen, die seinen bewegten Lebenslauf der vorangegangenen Jahre kannten, in denen er sich als eifrigstes Mitglied des Jugendverbandes Nord-west einen Namen gemacht hatte, kam diese Karriere nicht ganz überraschend. Mit anderen Worten, damals, zur Gründungszeit der Nationalarmee, stammte ein Großteil der Offiziere aus dem Nordwesten des Landes und darunter waren wiederum nicht wenige, die auch im Jugendverband Nordwest aktiv gewesen waren und sich über Beziehungen zu gegenseitigem Vorteil verhal-fen. Natürlich profitierte auch Won von dieser Unterstützung.

„He, bist du nicht Bärenkacke? Was hast du eigentlich bis jetzt getrieben? Wo warst du denn verschollen, dass du erst jetzt wieder auftauchst?"

„Tja, das ist der Lauf der Welt. Wenn ich dir das alles erzäh-len wollte, säßen wir ewig hier. Jedenfalls möchte ich zu dir versetzt werden. In meinem Alter mit diesen jungen Spunden zusammenzuarbeiten, ist die absolute Härte."

„Ja? Na, ich verstehe schon. Die neuen Rekruten, die wir jetzt bekommen, sind alle kaum zwanzig. Ach, früher warst du wirklich große Klasse. Alle haben vor dir gezittert. Okay. Komm doch gleich mit! Pack deine Sachen schnell zusammen!"

„Wirklich? Meinst du das im Ernst?"

„Na, klar. Pack deine Sachen und komm gleich mit! Ich werde deinem Bataillonskommandeur nachher Bescheid sagen, also mach dir keine Sorgen! Deswegen brauchst du dir nun wirklich keine Gedanken zu machen."

So vergingen einige Monate, und indem Won ein paar Stufen der Karriereleiter leichtfüßig übersprang, hatte er unversehens den wichtigen Posten eines dienstältesten Unteroffiziers im 2. Panzerbataillon eingenommen.

Plausibel war das schon. Dass nämlich seine älteren Kameraden aus der Zeit im Jugendverband seinen Aufstieg beförderten, was freilich nicht hieß, dass es ihm überhaupt an Befähigung für diese Stelle gemangelt hätte. In Wirklichkeit hatte Won in den letzten Jahren viel Anerkennung von seinen Freunden im Jugendverband bekommen. Alle Aufgaben, auch die grausamsten, erledigte er ohne Zögern, ohne sich zu schonen, Aufgaben, die ein anderer niemals zu erledigen gewagt hätte. Daher lieferte Bärenkacke auch stets Gesprächsstoff für die Kameraden vom Jugendverband und alle bewunderten seinen Mut. In diesem Sinne war Won mit den ihm angeborenen Charaktereigenschaften im Grunde ein Mensch, der ideal zu den chaotischen Zeiten passte, zum Beispiel zu den Lebensumständen unter Kriegsbedingungen. Die Anerkennung, die er als leidenschaftlicher Mitstreiter des Jugendverbandes bei seinen Kameraden genoss, hing mit seinen Aktivitäten zusammen, mit der Grausamkeit, die er dabei an den Tag legte. Was die anderen tunlichst zu vermeiden suchten, hatte er immer freiwillig erledigt, mutig und ohne mit der Wimper zu zucken. Oder anders gesagt, er schreckte vor keiner noch so schändlichen Tat zurück.

Als dann nur drei Tage nach Ausbruch des Krieges die Hauptstadt Seoul von der Volksarmee eingenommen wurde, war er vollkommen perplex, und da er die Stadt schließlich nicht mehr verlassen konnte, musste er die drei Monate der Besatzung dort verbringen. Selbstverständlich wäre gewesen, er hätte sich während dieser Zeit versteckt, denn in den vergangenen zwei Jahren hatte er im Jugendverband kein noch so schändliches Vergehen abgelehnt. Doch er war ziemlich dickfellig und dachte, es wäre besser, gefangen und getötet zu werden; denn sich in dieser schönen freien Welt Tag für Tag irgendwo versteckt zu halten, war ihm unmöglich. Alle, die Won persönlich kannten, verstanden ihn in dieser Hinsicht sehr gut. Einmütig akzeptierten sie, dass dieses Verhalten genau seinem Wesen entsprach.

„Wirklich, es wäre besser gewesen, sie hätten mich gefangen und umgebracht, als wenn ich mich mit meinem Temperament jeden Tag nur zu Hause hätte verstecken müssen. Ich bin einfach immer draußen herumgelaufen. Och, da gab es schon eine Menge interessanter Dinge zu beobachten. Es war nicht nur interes-

sant, es gab auch gar kein Problem, wenn ich da so umher-
schlenderte. An meiner Stirn klebte ja kein Zettel: „Mitglied des
Jugendverbandes Nordwest". Weil ich so kühn entschlossen
durch die Stadt spazierte, fiel es keinem Menschen ein, mich
anzuhalten oder auszufragen. Und wenn sie mich geschnappt
hätten, na und? Falls ich erwischt werde, dachte ich mir, muss
ich mir eben überlegen, wie ich denen wieder entkomme. Also
war ich die ganze Zeit lang die Ruhe in Person. Weiß nicht, aber
vermutlich gibt es so einen Menschen wie mich kein zweites
Mal. Im Ernst. Wenn es noch so einen gibt, dann stellt ihn mir
mal vor!"

Nach der Rückeroberung der Hauptstadt durch die Nationalarmee im September 1950 spuckte er große Töne, und alle
seine alten Bekannten nickten zustimmend. Einem anderen hätten sie das nicht abgenommen, aber ihm trauten sie das in der
Tat zu.

Unglücklicherweise ereilte ihn eines Tages aber doch ein
großes Unglück.

Es passierte am Nachmittag des 21. August 1950.

Wie furchtbar dieses Erlebnis für ihn gewesen sein musste,
beweist schon der Umstand, dass er sich nach so vielen Jahren
noch an das genaue Datum erinnerte. Auch an die drückende
Schwüle, die an jenem Tag herrschte.

Nachmittags gegen vier Uhr befand er sich auf dem Weg
nach Chongnyangni, er war gerade in die Straße rechts neben
dem Großen Osttor eingebogen und lief an der Haltestelle der
Straßenbahn nach Tuksom vorbei, als ihn jemand anrief: „Moment bitte!"

Einige ihm unbekannte junge Leute mit roten Armbinden
hatten an der Einfahrt einer Gasse gestanden. Sie kamen jetzt auf
ihn zu. Verdammt, das war's, dachte er, aber im Moment konnte er nichts machen.

Diese jungen Leute, das sah er sofort, fingen junge Männer
auf der Straße ein und schickten sie zu den Freiwilligentruppen
der Nordkoreaner. Da er nicht einmal einen Ausweis bei sich
trug, hatte er keine Chance.

Ende August hielten sich bereits zahlreiche junge Männer in
ihren Häusern versteckt. Männer in einem Alter, das sie für die
Freiwilligentruppen tauglich erscheinen ließ, wurden auf der
Stelle festgehalten und an die Front geschickt. Deshalb sah man

262

auf der Straße auch kaum noch junge Männer, abgesehen von denen, die nichts ahnend aus ihren Dörfern nach Seoul gekommen waren und noch draußen herumliefen. Sie wurden ab und zu aufgegriffen und mitgenommen.

Er sah die mit einer Kalaschnikow bewaffneten Soldaten der Volksarmee zu beiden Seiten des Großen Osttors stehen, sie bliesen in ihre Trillerpfeifen und regelten den Verkehr, außerdem fielen ihm nur noch die Mitglieder des Demokratischen Jugendverbandes mit ihren roten Armbinden und die Mädchen vom Frauenverband auf.

Sie brachten ihn in ein Büro. Wenn man sich vom Großen Osttor aus nach Chongnyangni umgedrehte, sah man ganz vorn ein weiß gefliestes zweistöckiges Gebäude mit einigen Geschäften darin, das sich wegen seiner Größe von den Bauten der Umgebung abhob. Später wurde noch eine dritte Etage daraufgesetzt. In diesem Gebäude musste die Bezirksorganisation des Demokratischen Jugendverbandes ihr Büro haben.

Sie stiegen eine knarrende Holztreppe hinauf in die erste Etage, wo bereits knapp zwei Dutzend junge Männer hockten, die ihn, als er hineingeführt wurde, einer wie der andere aus trüben Augen blöd anstarrten. Unter den Männern befanden sich auch einige, die schon Mitte dreißig sein mussten. An den beiden Schreibtischen am Eingang saßen zwei Mitglieder des Jugendverbandes und notierten Name, Alter und Adresse der Neuankömmlinge. Auch ihr Blick war trüb, und sie unterschieden sich nicht wesentlich von den anderen. Außerdem frequentierten noch fünf, sechs etwas hektisch wirkende Mädchen des Frauenverbandes den Raum und unterstützten die Männer bei ihrer Arbeit.

Er begab sich zunächst ganz nach hinten, setzte sich dort hin und beobachtete aufmerksam die Umgebung. Vorn, an der Straßenseite, waren drei Fenster; unter denselben erkannte er draußen die Soldaten der Volksarmee, die dort den Verkehr regelten und die er eben schon gesehen hatte. An der Wand hinter ihm gab es kein Fenster. Hier aus dem ersten Stock zu springen, wäre absoluter Unsinn, dachte er und überlegte weiter. Sollten vielleicht solche Typen wie die einen wie mich in ihre Freiwilligentruppe zwingen? Das ging doch nun wahrlich nicht an. Aber, was dann?

Er war nicht der Einzige, der sich mit solchen Gedanken trug, alle Männer im Raum beschäftigten sich vermutlich mit ähnlichen Überlegungen. Männer verschiedenster Couleur saßen hier mit ihm zusammen: solche, die kraftlos aus matten Augen umherstarrten, ein besorgtes Gesicht machten und unablässig rauchten, andere, die das Gesicht in ihren Armen vergraben hatten und schon in Resignation versunken waren, und dann wieder solche, die unablässig sinnlose Fragen stellten. Doch insgesamt hing über ihnen allen eine träge Mattigkeit.

Auf der Hauptstraße, auf die er hinuntersehen konnte, fuhren pausenlos Jeeps der Volksarmee und Lastwagen.

Inzwischen waren zwei neue Männer hereingebracht worden. In drei, vier Stunden würde es Abend sein. Und dann werden sie uns irgendwohin bringen, ging es ihm durch den Kopf. Dann dürfte es noch schwieriger werden. Allmählich wurde er nervös. Auf jeden Fall konnte er das hier keineswegs einfach so über sich ergehen lassen. Von solchen Typen sollte er sich wegschleppen lassen? Auf keinen Fall …

Nach einer guten halben Stunde schritt er schließlich zur Tat. Träge bewegte er sich auf den jungen Mann zu, der an einem der Schreibtische saß und eifrig irgendetwas kritzelte, und bat ihn um die Erlaubnis, zur Toilette gehen zu dürfen. Dabei nutzte er die Gelegenheit, einen Blick auf das zu werfen, was der Mann so beflissen aufschrieb: Es waren immer die gleichen Buchstaben, wahrscheinlich der Name seiner Freundin, Yongja. Auf ein Blatt Papier schrieb er unzählige Male den Namen Yongja. Als sich ihre Blicke trafen, lächelte der andere kurz, und Won nahm dieses Lächeln an und grinste zurück.

Da erstarrte das eben noch lächelnde Gesicht des jungen Mannes sofort zu einer ernsten Miene, und er gab den drei Mädchen vom Frauenverband, die an der Wand gegenüber standen, mit den Augen ein Zeichen. Daraufhin sagte eine: „Ich gehe mit", und stieg vor ihm die Treppe hinab. Er folgte ihr auf der steilen Treppe nach unten. Rechts in der Ecke befand sich die Toilette. Das Mädchen schien für die Begleitung der Männer bis dorthin zuständig zu sein und stand in der Regel vor der Tür Wache, bis sie wieder herauskamen.

In der Toilette war an der Wand ein weißes Urinal angebracht, in Kopfhöhe befand sich ein etwa vierzig Zentimeter breites, quadratisches Fenster mit einem Holzrahmen zur Belüftung des Raums. Unter diesem Fenster, so nahm er an, musste sich die Wohnung des Gebäudeeigentümers befinden. Er tat so, als würde er sein Wasser abschlagen, und lauerte im Stehen aufmerksam, was sich hinter dem Türspalt tat. Das Mädchen vor der Toilettentür unterhielt sich gerade mit einer anderen Kameradin aus dem Verband, die auf der Straße stand. Vermutlich dachte sie nicht im Traum daran, dass er sich aus dem Staub machen könnte.

Diese Gelegenheit durfte er nicht verpassen. Im Handumdrehen schwang er sich zu dem in Kopfhöhe gelegenen Fenster hinauf. Ein lauter Knall folgte. Ob er auf das Urinal gestiegen war und dann durch das Fenster oder ohne auf das Urinal zu steigen, direkt hinausgesprungen war, wusste er später nicht mehr, und er hatte auch keine Ahnung, wie er durch das schmale Fenster gekommen war. Draußen befand sich neben der Toilettenwand unter der Erde ein Fäkalienbehälter und war mit Kiefernbrettern abgedeckt. Auf diesen Brettern landete er nach seinem Absprung, und er hörte ein lautes Krachen … Gleichzeitig drang die schneidende Stimme des Mädchens, das an der Toilettentür Wache gehalten hatte, an sein Ohr: „Er ist rausgesprungen. Er ist draußen."

Egal. Auf Gedeih und Verderb, jetzt oder nie, dachte er und rannte auf die etwa fünf Meter vor ihm stehende Mauer aus Ziegelsteinen zu. Ohne zu wissen, was ihn hinter dieser Mauer erwartete, sprang er mit einem Satz darüber. Ach, du liebe Güte! Auf der anderen Seite verlief eine schmale Gasse. (Später suchte er diesen Ort noch einmal auf; die Mauer musste um die vier Meter hoch sein. Wie er mit einem Satz darüber hinweggekommen sein sollte, konnte er sich absolut nicht vorstellen.)

Kaum war er über die Mauer hinweg, rannte er die Gasse entlang von der Hauptstraße weg und bog nach kurzer Zeit nach rechts in eine andere Gasse. Da bemerkte er plötzlich, dass er in eine Sackgasse geraten war. Also musste er wieder zurück. Wie nicht anders zu erwarten, hörte er schon bald Schritte hinter sich. Er floh geradeaus, seine Verfolger waren auf die Hauptstraße hinausgelaufen und machten nur einen kleinen Umweg. Sie konnten ihn nicht verfehlen.

Schließlich standen sie vor ihm: fünf Mädchen des Frauenverbandes. Kein einziger Mann. Wahrscheinlich konnten die Männer die mehr als zwanzig Festgenommenen in der ersten Etage nicht ohne Aufsicht lassen. Also hatten sich ein paar Frauen zusammengetan und verfolgten ihn nun. Trotz seiner Anspannung erfasste er die Lage sofort. Oder besser gesagt, in einer derart dringlichen Notlage scheint der Mensch mit einem Mal ungewöhnliche Fähigkeiten zu entfalten.

So stand er in der Sackgasse den fünf Mädchen gegenüber, die noch etwa sieben, acht Meter von ihm entfernt waren, und für einen Moment herrschte Schweigen. Provokant stemmte er beide Hände in die Hüfte und gab den Frauen zu verstehen, dass sie sterben würden, wenn sie näher kämen; sie verringerten den Abstand noch auf vier, fünf Meter und blieben dann stehen.

„Stehen bleiben! Warum wollt ihr mich überhaupt festnehmen? Haben wir vielleicht noch eine offene Rechnung aus einem früheren Leben zu begleichen?", fragte er, woraufhin eines der zögernd dastehenden Mädchen meinte: „Los, Leute, gehen wir zurück! Sagen wir einfach, wir haben ihn nicht gefunden." Und mit diesen Worten zogen sie sich zurück.

Nun waren die Frauen erst einmal aus seinem Blickfeld verschwunden, aber es war klar, dass sie sich am Ende der Gasse versteckt hielten und ihm auflauerten. Einige werden losgegangen sein, um ein paar Männer zur Verstärkung zu holen. Obwohl sich die Ereignisse überschlugen, war er gerissen genug, die Frauen zu durchschauen.

Links und rechts neben ihm erhoben sich Bretterzäume. Sie waren etwa anderthalb Zentimeter stark, zwei Meter hoch und zusammengenagelt, sie mussten schon ziemlich alt sein, denn das Holz war bereits schwarz geworden und stellenweise so verzogen, dass Spalten entstanden waren, durch die man einen Blick auf die dahinterstehenden Häuser werfen konnte. Durch eine dieser Spalten versuchte er sich gerade hindurchzuschieben, als just in dem Moment ein Stück des morschen Kiefernholzes nachgab und laut knackte. Er hatte sich erst zur Hälfte hindurchgezwängt. Die andere Hälfte des Körpers hatte er noch nicht hineinziehen können, als wie erwartet die fünf Frauen auf ihn zu gestürmt kamen, ihn an Arm und Hemd packten und herauszuzerren versuchten. Mit aller Kraft stieß er sie zurück und sprang auf den Innenhof des Grundstücks. Dort kontrollierte er mit einem schnellen Blick die Umgebung und entdeckte rechter

Hand einen Riegel vor dem Eingangstor eines alten Hauses in koreanischem Stil. Der Hof vor dem Haus war leer, keine Menschenseele weit und breit. Er rannte auf das Tor zu, schob den Riegel beiseite und floh nach draußen. Jemand kommt von der Gasse her, zerschlägt die Bretterwand und dringt ins Haus ein, öffnet das Tor und läuft wieder hinaus? In umgekehrter Richtung wäre es ein richtiger Einbrecher gewesen: Der öffnet das Tor und kommt ins Haus … Obwohl er sich in einer äußerst brenzligen Situation befand, kamen ihm solche Gedanken, und er besaß immer noch so viel Gelassenheit und Humor, dabei still vor sich hin zu lächeln.

Er lief auf die Gasse hinaus und bog dann nach links ab. Hätte er die andere Richtung eingeschlagen, wäre er den Frauen direkt in die Arme gelaufen. Doch was war das? Die Gasse war furchtbar eng. Sie war so schmal, dass kaum ein Handkarren hindurchpasste. Auf einer Seite befand sich eine kleine Abflussrinne, wo Abwasch- oder Regenwasser abfließen konnte. Er rannte noch siebzig bis achtzig Meter weiter, als er vor einem niedrigen Hintereingang zwei Frauen stehen sah, die sich in aller Ruhe miteinander unterhielten. Als die beiden Frauen ihn sahen, wie er um sein Leben lief und auf sie zukam, gaben sie ihm durch eine Kopfbewegung zu verstehen, er solle ins Haus kommen. Dieses Haus unterschied sich von den anderen Häusern der Gasse, die zu beiden Seiten derselben so dicht nebeneinanderstanden, dass sich die Dachtraufen beinahe berührten, in keiner Weise.

Er stürzte hinein. Auf dem winzigen Hof konnte er mit einem Blick Schlafzimmer, Diele und ein Nebenzimmer erkennen. Im Augenblick dachte er daran, in dieses Nebenzimmer zu laufen, eine Schlafdecke zu suchen und sich auf den Boden zu legen, verwarf diesen Gedanken aber wieder und bemerkte, dass er sich direkt neben der Küche befand. Hinter derselben entdeckte er eine Glastür. Genau. Durch diese Tür wollte er seine Flucht fortsetzen.

Er betrat die Küche, öffnete die Glastür und wollte gerade hinausgehen, als er bemerkte, dass sich dahinter gar kein Hof befand, sondern nicht mehr Platz war, als dass sich gerade ein Mensch hineinzwängen konnte. Dahinein presste er seinen Körper, drückte sich eng an die Mauer, griff mit der linken Hand nach dem Türring und hielt den Atem an.

Da hörte er von draußen Schritte, solche, die von Gummischuhen herrührten, und solche von Soldatenstiefeln; insgesamt mussten es um die sieben oder acht Leute sein, die auf das Haus zusteuerten. Die beiden Frauen vor der Tür würden das jetzt bestimmt ganz gelassen beobachten, als ginge sie das alles gar nichts an. So vergingen vier oder fünf Minuten, die Männer und Frauen, die eben auf das Haus zugekommen waren, redeten miteinander, und dann hörte er, wie sie zurückgingen. Darunter auch eine Männerstimme mit nordkoreanischem Dialekt und eine Frauenstimme, die eine südkoreanische Mundart sprach. Vom Laufen waren sie alle außer Atem und machten ihrem Ärger Luft, dass ihnen der Flüchtige nun endgültig entkommen war. Dann traten sie den Rückweg an. Der nordkoreanische Dialekt brachte ihn auf die Idee, dass sich unter seinen Verfolgern womöglich auch jener Soldat der Volksarmee mit seiner Kalaschnikow befunden haben könnte, der noch kurz zuvor auf der Kreuzung den Verkehr geregelt hatte.

Er ließ den Türring nicht los und stand weiter unbeweglich an die Mauer gedrückt. Er wusste selbst nicht, wie lange er so gestanden hatte, als ihm seine Lage wieder klar zu Bewusstsein kam, und er bemerkte, dass er von Kopf bis Fuß schweißdurchnässt war, als wäre er eben aus dem Wasser gestiegen.

Erst jetzt öffnete er vorsichtig die Glastür und trat in die Küche. Vor dem Hintereingang standen noch immer die beiden Frauen. Mit ihren Blicken gaben sie ihm zu verstehen, er möge schnell gehen.

„Ich danke Ihnen wirklich sehr", sagte er und verabschiedete sich höflich. „Später werde ich mich dafür bei Ihnen erkenntlich zeigen."

Nun rannte er nicht mehr, sondern lief gefasst, doch ziemlich schnell, durch die Gasse und überquerte festen Schrittes die Hauptstraße.

Auf der anderen Straßenseite befanden sich die Naksan-Berge. Vor ihnen erhob sich der Tongmang-Gipfel, den Königin Song in ihrer Sehnsucht nach dem in der Verbannung in Yongwol weilenden König Tanjong jeden Tag bestiegen und nach Osten gewandt ihre Klage angestimmt hatte.

Er stieg bis zum Gipfel hinauf, ließ sich dort in trübsinniger Stimmung nieder und sah mit zerstreutem Blick zum Großen

Osttor hinunter. Dort unten befand sich das zweistöckige Gebäude, in dem er gefangen gehalten worden war.

Langsam neigte sich die Sommersonne zum Horizont, und die Abenddämmerung senkte sich herab, als vor dem zweistöckigen Gebäude plötzlich zwei Lkws vorfuhren. Er sah, wie die Gefangenen in einer Reihe heraustraten und auf die Autos stiegen. Überlebt! Ich hab's überlebt, murmelte er vor sich hin und machte sich auf den Heimweg.

04. Juni 51, 3:00 Uhr.

Das Klingeln seines Feldtelefons ließ Funker Kim Kyuhwan sofort hochschnellen. Er nahm den Hörer.

„Hier ist der Regimentskommandeur. Gib mir Major Kwak, den Verantwortlichen für die Operationsplanung!"

Die leise Stimme des Kommandeurs machte ihm Angst, und erschrocken rannte er los, um Feldwebel Won zu wecken. Der schlug die Augen auf, war ebenfalls äußerst erstaunt und eilte zur Offiziersbaracke hinunter, um den Major zu wecken. Diesmal stand der Major ohne jeden Widerstand auf. Er nahm den Hörer des Feldtelefons zur Hand, und ohne Einleitung kam der Kommandeur sofort zur Sache: „Wo seid ihr jetzt?"

Entsetzt zuckte Major Kwak zusammen: „Wie bitte? Was sagten Sie, Herr Kommandeur?"

„Na, was schon! Was ist bei euch eigentlich …"

Dem Regimentskommandeur verschlug es die Sprache. Mit offenem Mund stand er für einen Moment wie versteinert da.

Die Soldaten des 2. Bataillons, die in einer guten Stunde den Angriff eröffnen sollten, befanden sich noch drei Stunden Fußmarsch von ihrem Einsatzziel entfernt und verbrachten geruhsam die Zeit, was den Regimentskommandeur zur Weißglut trieb, sodass er den Hörer einfach wegwarf.

Schließlich wurde Feldwebel Won wegen Nichtausführung eines Befehls auf der Stelle verhaftet und einem Kriegsgericht übergeben. Trotz aller Einwände wurde er zum Tode durch Erschießen verurteilt.

Für Won war das mehr als ungerecht. Während der Gerichtsverhandlung tobte er wie wild, verzweifelt warf er alles in die Waagschale, wie es seine Art war, doch weder ein Beweisstück noch ein Zeuge erschien, die seine Argumente unterstützt hätten.

Major Kwak verneinte vehement und definitiv, irgendetwas davon gewusst zu haben. Die Behauptung des Feldwebels, er habe den mündlich vom Regimentskommandeur entgegengenommenen Befehl über den Operationsplan notiert, den Text dem Kommandeur sogar noch einmal laut vorgelesen und dieses Papier Major Kwak übergeben, als dieser, um seine Blase zu entleeren, aus der Baracke herausgekommen sei, diese Behauptung wurde völlig ignoriert. Wo hätte er sich als Feldwebel denn beschweren können? Major Kwak behauptete, einmal vor die Baracke gekommen zu sein, da seine Blase drückte, das sei eine unbestreitbare Tatsache, aber er habe bei dieser Gelegenheit keine Nachricht von Feldwebel Won, weder mündlich noch in schriftlicher Form bekommen. Und er setzte seine Behauptung durch. Was sollte Won dagegen auch machen? Fatalerweise schob der Major ihm die gesamte Verantwortung zu.

Feldwebel Won, bekannt für sein hitziges Temperament, tobte und warf mit Schimpfworten um sich, doch er konnte keinen einzigen Beweis beibringen, der seine Behauptungen hätte stützen können. Dieses Stück Papier mit dem Operationsplan, das er dem Major übergeben hatte, befand sich bereits im Bauch desselben, und solange man ihm diesen nicht aufschnitt, würde es nie zum Vorschein kommen.

Auch Gefreiter Kim, der Funker, erschien an diesem wichtigen Ort, dem Kriegsgericht, als Zeuge, doch der Situation Rechnung tragend musste er sich taktisch klug verhalten. Einer von beiden – entweder Major Kwak oder Feldwebel Won – musste die Verantwortung übernehmen, das war für ihn in der Tat ein Dilemma, und in diesem Fall war es äußerst schwierig, genau zu sagen, was er gesehen hatte. Für ihn war auch nicht sicher, wer wirklich die Wahrheit sagte.

Zwar habe er flüchtig gesehen, dass Major Kwak vor die Baracke gekommen sei, doch danach sei er wieder in seine Unterkunft zurückgekehrt und sofort in einen tiefen Schlaf gefallen, sodass er nicht Zeuge dessen wurde, was die beiden Männer danach gemacht hatten. Das sagte er aus.

Noch immer herrschte Krieg, und das so genannte Gerichtsverfahren musste schnell zu Ende gebracht werden. Obwohl Won laut dagegen anbrüllte, wurde er zum Tode verurteilt und noch am gleichen Tag zusammen mit sieben Deserteuren von der Militärpolizei abgeführt und zum Ort der Vollstreckung des Urteils gebracht. Noch während man ihn abführte, gebärdete er sich wie wild und brüllte so laut, dass Berge und Täler um ihn herum davon widerhallten, zudem warf er mit allerlei Schimpfworten um sich.

Das Todesurteil sollte bei Sonnenuntergang vollstreckt werden.

An einem flachen südlichen Ausläufer des Hyangno war auf die Schnelle ein Platz zur Vollstreckung der Urteile eingerichtet worden.

Die zum Tode verurteilten Kriegsgefangenen mussten sich in einer Reihe aufstellen, und der Justizbeamte der Division trug mit monotoner Stimme den Befehl zur Vollstreckung der Urteile vor. Die acht Gefangenen hatte man mit verbundenen Augen jeweils an einen Baum gefesselt. Auf Anweisung des die Exekution leitenden Offiziers der Militärpolizei hatten die Soldaten die Gewehre angelegt und standen in Linie zu einem Glied nebeneinander. Der Offizier der Militärpolizei war gerade im Begriff, den Befehl „Feuer" zu geben, als jemand rief: „He, he, Moment mal, Leute!"

Ein Offizier kam auf die Militärpolizisten zu gelaufen.

Daraufhin stellten die Soldaten die Gewehre wieder auf den Boden, und die überraschten Blicke aller Anwesenden richteten sich auf den Offizier, der plötzlich so laut brüllend aufgetaucht war.

Es war der stellvertretende Regimentskommandeur Major Kang Hongmo. Unvermittelt wandte er sich an die anwesenden Offiziere und fragte laut: „Wer ist Feldwebel Won?"

„Der ganz rechts", antwortete einer der Offiziere.

Mit großen Schritten eilte der stellvertretende Regimentskommandeur auf den Betreffenden zu. Als er vor ihm stand, riss er ihm die Augenbinde ab und zerschnitt den Strick, mit dem der Feldwebel an den Baumstamm gefesselt war, mit einem Schlag seines Säbels. Das alles spielte sich innerhalb weniger Sekunden ab, doch jede Bewegung des Majors zeugte von Entschiedenheit.

In eine Stille, als hätte man einen Eimer Wasser über allen entleert, befahl Major Kang mürrisch, aber mit gedämpfter Stimme: „Komm mit!"

Da stellte sich der Justizbeamte der Division, der nach dem soeben erlittenen Schreck wieder zu klaren Gedanken zurückgefunden hatte, dem Major in den Weg und erklärte: „Das geht nicht, Herr Major. Das verstößt gegen das Gesetz."

„Was? Gegen das Gesetz?"

Auf Major Kangs Gesicht breitete sich ein höhnisches Grinsen aus.

„Verehre doch das Gesetz nicht zu abgöttisch! Das Gesetz in ungesetzlichen Zeiten des Krieges, was ist das schon für ein Gesetz? In Zeiten wie diesen bin ich das Gesetz, ich! Verstanden? Und nun geh zur Seite!"

„Das geht nicht, Herr Major. Wenn Sie das machen, werden Sie Ärger bekommen."

„Was? Ärger? Ich soll Ärger bekommen? Wenn ich dir sage, du sollst zur Seite gehen, dann mach gefälligst den Weg frei! Um meine Probleme brauchst du dich nicht zu kümmern, also geh aus dem Weg! Los! Ich habe eine geladene Pistole bei mir. Und du bist nicht bewaffnet. Deswegen solltest du schleunigst den Weg freimachen, wenn ich es dir sage."

Der Justizbeamte wusste sich nun keinen Rat mehr. Beinahe flehend wies er den Major noch einmal darauf hin, dass ihm dafür eine Strafe wegen Behinderung einer Befehlsausführung drohe, doch seiner Stimme mangelte es bereits an Kraft.

„Mach dir keine Sorgen! Ich nehme den hier mit und treffe mich sofort mit dem Divisionskommandeur. Ihr braucht euch also keine Sorgen zu machen", erklärte er und schob den Feldwebel vor sich her.

„Wo ist dieser Major Kwak? Verdammter Kerl. Nur weil der einen Fehler gemacht hat, schiebt er alles auf seinen Untergebenen? *Der* hätte es verdient, erschossen zu werden", meinte der stellvertretende Regimentskommandeur und ließ Feldwebel Won in seinen Jeep steigen, dann wandte er sich noch einmal mit leiser Stimme an den Justizbeamten: „Du kannst deinem Divisionskommandeur wahrheitsgemäß berichten, dass dieser Kang Hongmo einen zum Tode Verurteilten unter Anwendung von Gewalt entführt hat. Ich werde mich jedoch auf der Stelle selbst zum Divisionskommandeur begeben und noch vor deinem Bericht dort sein."

Den Jeep mit Feldwebel Won fuhr Major Kang selbst, der Motor gab einen dumpfen Laut von sich und setzte sich in Bewegung. Bald umfuhren sie die Ausläufer der Berge. Hinter ihnen knallten Schüsse.

Der Nachhall der sieben Schüsse war noch lange zu hören, und als er verstummt war, wandte sich der Major an den Feldwebel auf dem Beifahrersitz: „Tja, drei Minuten später, und du hättest dich bereits im Jenseits befunden. Was sage ich – drei Minuten? Eine Minute wäre schon genug gewesen. Du hattest wirklich großes Schwein. Du wirst bestimmt noch sehr lange leben. Verstehst du?"

„Ja, ich verstehe. Und ich danke Ihnen, Herr Major. Ich danke Ihnen sehr, Kamerad", sagte Feldwebel Won mit leiser Stimme, wie es sonst gar nicht seine Art war, zu seinem älteren Kameraden vom Jugendverband Nordwest.

Kim Kyuhwans jüngste Aufzeichnungen

Als ich die zweite Klasse der Oberschule in Taegu besuchte, wurde ich als Schülersoldat mobilisiert, nach Ende des Krieges setzte ich meine schulische Ausbildung fort und absolvierte dann ein Jurastudium an der K-Universität. So verlief mein Leben ganz normal. Ein so genanntes normales Leben ist natürlich nur im Hinblick auf die Maßstäbe eines Kim Kyuhwan normal. Mit anderen Worten, fünfzig Jahre lang habe ich in einer von diesem Krieg geprägten Gesellschaft ohne große Schwierigkeiten gelebt, in der Familie, an der Universität und im Beruf.

Anfang der sechziger Jahre bestand ich die Anwaltsprüfung und arbeitete danach mehr als zehn Jahre als Richter. Als Justizbeamter führte ich ein vorbildliches, man könnte auch sagen – durchschnittliches Leben. In den siebziger und achtziger Jahren war ich eine Zeit lang als Anwalt für Menschenrechte tätig und erwarb mir dabei sogar ein hohes Ansehen. Natürlich ist das weniger einem speziell motivierten Streben zuzuschreiben, als eher einer kleinen Leidenschaft, die aus einer eigentümlichen Erkenntnis über diese Gesellschaft resultierte, die ich machte. Einige Jahre empfand ich diese Tätigkeit als sinnvoll und war zufrieden.

So konnte ich alles, was ich während des Krieges als Funker auf dem Hyangno erlebt hatte, auf ganz natürliche Weise komplett aus meinem Gedächtnis verbannen. Das war für mich ganz selbstverständlich. (Denken Sie nicht auch so?)

In einer besonderen Notsituation während des Krieges konfrontierte mich das Leben mit dieser verworrenen Konstellation der Dinge, doch das war nur ein Zufall, und diese Erfahrungen verursachten keine Gewissensbisse bei mir. Absolut nicht. Dass Feldwebel Won kurz vor der Vollstreckung des Todesurteils wie durch ein Wunder gerettet wurde und überlebte, war für mich nichts als ein glücklicher Zufall, und über diese Sache und mein damaliges Verhalten machte ich mir keine Gedanken. Von Anfang an bestand für mich in dieser Hinsicht kein Grund zu innerer Beunruhigung.

Beinahe die Hälfte meines Lebens verbrachte ich im Bereich der Justiz, beschäftigte mich mit dem Gesetz und habe mich während meiner Amtszeit als Richter und danach als Rechtsanwalt bisweilen unvermittelt an jene Ereignisse von 1951 auf dem Hyangno erinnert, aber niemals habe ich mir darüber aus juristischer Sicht Gedanken gemacht. Ich betrachte sie nur als unglücklichen Umstand, mit dem ich unter den Notstandsbedingungen des Krieges zufällig konfrontiert war, und deswegen lächelte ich bisweilen nur bitter vor mich hin. Zudem habe ich darüber auch mit niemandem gesprochen. Wenn ich mich heute, fünfzig Jahre später, manchmal daran erinnere, kommt mir mein Verhalten selbst verdächtig vor. Ich meine, dass ich mit niemandem darüber gesprochen habe. So gesehen verletzten jene Ereignisse – da ich mich nach dem Krieg einige Jahrzehnte mit dem Gesetz befasste – vermutlich meine Selbstachtung und riefen ein Gefühl tödlicher Scham hervor, das ich jedoch tief in meinem Herzen verborgen hielt. Trotzdem habe ich mich wegen jener Ereignisse niemals gequält oder innerlich beunruhigt. Es war etwas, von dem nur ich allein wusste, und so vergrub ich alles tief in meinem Inneren. Das verstehe ich schon. Direkt nach Kriegsende wurde ich aus der Armee entlassen und brach sofort alle Kontakte, die irgendwie mit meinem Soldatenleben zu tun hatten, konsequent ab, gerade so als würde ich sie mir mit einem Messer aus dem Fleisch herausschneiden. So verbrachte ich die letzten fünfzig Jahre. Das hängt vielleicht auch mit jenem Ereignis zusammen, das zwar tief in mir verborgen, aber dennoch gegenwärtig war. Der vage Wunsch, dieses Schamgefühl möglichst weit hin-

274

ter mir zu lassen, bestimmte so vermutlich unbewusst mein Verhalten. Ich gab mich der neuartigen Stimmung nach Kriegsende ganz hin und gewöhnte mich zudem schnell an meine gesellschaftliche Stellung als Jurist, führte ein ruhiges Leben und verdrängte dabei die kurze Episode meines Soldatenlebens und die damaligen Umstände des Krieges vollständig aus meinem Bewusstsein als etwas Unzivilisiertes und Grobes. Ich glaube, Sie, die Leser dieser Zeilen, werden das gut verstehen.

Wäre Feldwebel Won im Zusammenhang mit diesem Vorfall von einem Kriegsgericht zum Tode verurteilt und schließlich hingerichtet worden, lägen die Dinge wahrscheinlich anders. Doch da er dann auf ungewöhnliche Weise doch überlebte, warum sollte ich über die Frage, ob ich als einfacher Funker eine wahrheitsgemäße Zeugenaussage machte oder nicht, noch lange nachgrübeln und mich mit Gewissensbissen quälen? Das wäre doch von vorn herein Unsinn gewesen. Denken Sie vielleicht anders? Darüber entscheiden zu wollen, ob meine Aussage zu jener Zeit „richtig" oder „falsch" war, ist in Anbetracht der damaligen Bedingungen vollkommen unsinnig. Das verdeutlichen doch schon die Worte des stellvertretenden Regimentskommandeurs: „Das Gesetz? Das Gesetz bin ich." Welchen Wert sollte da eine Diskussion haben, ob ich nun richtig oder falsch ausgesagt habe? Heißt angemessenes Verhalten nicht, als Mensch in jeder Situation auf die gegebenen Umstände zu reagieren und dementsprechend zu leben?

Aber trotzdem, irgendwo tief in mir fühlte ich mich befangen, als hätte ich eine unangenehme Sache nicht richtig zu Ende gebracht. Hinsichtlich meines Gewissens, meine ich.

Jetzt werde ich jedoch alles offenlegen, was ich damals gesehen habe. Feldwebel Won hatte den Zettel mit dem Operationsplan dem Major just in dem Augenblick übergeben, als jener nach dem Austreten wieder zurück in die Baracke wollte, und ihm mitgeteilt, dies sei der neue Plan. Major Kwak hatte den Zettel in Empfang genommen und den Feldwebel angedonnert, er solle den Führer des 2. Bataillons wecken, dann war er im Sitzen eingenickt, nach vorn umgefallen und liegen geblieben. Diesen Punkt habe ich als Zeuge vor dem Kriegsgericht nicht wahrheitsgemäß erwähnt, sondern in Abwägung der Situation eine klare Aussage vermieden. Mit anderen Worten: Ich hatte Bedenken, das Kriegsgericht könnte sich durch meine Zeugenaussage unnötig komplizieren und in die Länge ziehen, und war der Meinung, dass eine solche Entwicklung in Zeiten des Krieges niemandem hilfreich sein könnte. Nein, um genau zu sein, müsste ich sagen: Das waren weniger meine eigenen Gedanken, vielmehr passte ich meine Aussage der Stimmung an vorderster Front an. Mein Trost war, dass Feldwebel Won zumindest der Vollstreckung des über ihn verhängten Todesurteils entkommen und überleben konnte. An der Front tobten Tag für Tag die blutigsten Schlachten, und unzählige Dinge geschahen, die sich unter normalen Lebensumständen niemand hätte vorstellen können, und so war ich der Ansicht, dass es wegen solch eines Zwischenfalls nicht lohnte, verzweifelt bis aufs Letzte alles zu mobilisieren. War an dieser Meinung vielleicht irgendetwas falsch?

Aber vor kurzem, genau fünfzig Jahre nach jenen Ereignissen, Ende Juni des Jahres 2000, begegnete ich auf einem Treffen des *Verbandes verdienter Veteranen des Koreakrieges* Feldwebel Won, der Hauptfigur jenes Zwischenfalls.

Wie ich bereits kurz andeutete, wahrte ich eine gewisse Distanz zu den Ereignissen von damals, zu jener kurzen Zeit meines Soldatenlebens oder diesem Krieg überhaupt. Mit dieser ganzen Thematik wollte ich möglichst nichts mehr zu tun haben. Aber die Zeiten haben sich geändert, und schließlich trafen sich zum ersten Mal seit Ende des Krieges die Präsidenten des Nordens und des Südens und gaben das *Gemeinsame Kommunique vom 15. Juni* heraus. Eine außergewöhnliche neue politische Lage, und da ich seit langem alle zwischenmenschlichen Kontakte aus jener Zeit abgebrochen hatte, war ich nun äußerst neugierig, wie diese neue Entwicklung die Stimmung im Verband beeinflusst hatte. Zum ersten Mal besuchte ich eines dieser Treffen und stieß dort auch prompt auf Feldwebel Won. Im ersten Augenblick erkannte ich ihn nicht, so sehr war er zusammengeschrumpft, erst nach einiger Zeit wurde mir klar, wer er war, und erfreut ging ich auf ihn zu, doch kaum hatte er mich erkannt, veränderte sich seine Gesichtsfarbe, und die ersten Worte waren: „Ach, du. Funker Kim.“

Wie damals während unseres Armeedienstes duzte er mich und sah geringschätzig auf mich herab. Dann fuhr er fort: „Hast du das damals wirklich nicht gewusst? Du hättest nicht gesehen, was sich zwischen Major Kwak und mir abgespielt hat, bevor er wieder in die Baracke gehen wollte? Stimmt das? Heraus mit der Sprache! Weißt du, wie sehr ich dich die ganze Zeit über gesucht habe? Und jetzt treffen wir uns ausgerechnet hier."

Mir blieb die Spucke weg. Als alter Mann von Mitte siebzig ging er mit solch einer Frage auf mich los, kaum dass ich ihm gegenüberstand, das war das Eine, aber dass er die letzten fünfzig Jahre meines Lebens einfach ignorierte und mich nicht anders als damals wie seinen Untergebenen, wie einen einfachen Soldaten, behandelte, das war für mich – wie soll ich sagen – doch ausgesprochen beschämend oder zumindest sehr kränkend. Doch in gewisser Hinsicht war genau das seine Art, und sie war mir noch vertraut aus jenen Zeiten, die ich mit ihm verbracht hatte. Daher lebte meine alte Sympathie für ihn wieder auf.

Allerdings war auch ich nicht mehr der zwanzigjährige junge Mann von einst, sondern würde im nächsten Jahr meinen 70. Geburtstag begehen. Die letzten drei, vier Jahrzehnte hatte ich als Jurist gearbeitet und gelernt, Gefühle nicht offen zu zeigen, daher antwortete ich zunächst höflich: „Das ist doch schon so ewig her. Warum beschäftigt Sie das jetzt noch? So eine Sache aus den schlimmsten Zeiten des Krieges."

„Du, ist das wirklich deine ehrliche Meinung? Wirklich? Also du und ich, wir haben zwar eine gewisse Zeit zusammen verbracht und sind beide Menschen, aber vom Wesen her müssen wir vollkommen anders gestrickt sein. He, Gefreiter Kim! Was treibst du jetzt überhaupt? Wenn ich dich so ansehe, scheint's dir ganz gut zu gehen."

Dass er mich wieder „Gefreiter Kim" nannte wie damals im Krieg, erfüllte mich mit einer Art Nostalgie, nicht ganz ohne Humor, und ich lächelte immer noch, als ich entgegnete: „Ja, ich bin Rechtsanwalt. Nach dem Jurastudium hab' ich das Staatsexamen bestanden, ein paar Jahre als Richter gearbeitet und jetzt …"

Da zeigte sich auf seinem Gesicht zum ersten Mal ein sarkastisches Lächeln: „Aha, du betreibst also legitimierten Diebstahl. Schon damals als junger Mensch sah deine Visage irgendwie so aus … Schon damals konnte ich solche Typen wie dich oder Major Kwak nicht ausstehen, solche Klugscheißer. Das hat man euch schon angesehen. Und ich hatte recht. Ihr habt doch bloß das große Maul ... Letztlich hast du auch diesen Weg eingeschlagen und bist ganz gemütlich alt geworden. Aber warte mal. Du bist doch 1932 geboren, da wirst du also nächstes Jahr siebzig. Na, siehst du, ich weiß bis heute dein Geburtsjahr. Bis jetzt bist du mir ausgewichen, und das war auch dein großes Glück. Das solltest du wissen."

Diese Worte demütigten mich nun doch, aber als Jurist hatte ich ein ziemlich dickes Fell, und mit einem zynischen Unterton entgegnete ich: „Herr Feldwebel, wo haben Sie denn die vergangenen Jahre verbracht, dass Sie so vor Lebenskraft sprühen und sich im Vergleich zu damals keinen Deut geändert haben?"

„Ich? Also, was mich betrifft, ich bin jetzt Mitte siebzig, und mein Spitzname ist immer noch Feldwebel Won. Nach meiner Entlassung aus der Armee habe ich mich ausschließlich als Tagelöhner durchgeschlagen, verstehst du? Vor ein paar Jahren ist doch das Sampung-Kaufhaus eingestürzt, und wenn ich dir sage, dass ich, Feldwebel Won, auch beim Bau dieses Kaufhauses mitgemischt habe, wirst du mir das glauben? Aber ich bin nicht der Typ, der den Gesetzeshütern ins Netz geht. So blöd bin ich nicht. Und nicht nur das. Wenn ich dir alles aufdecken wollte, was ich schon an illegalen Aktionen hinter mir habe, würde ich bis in alle Ewigkeit nicht damit fertig. Na? Hast du jetzt einen kleinen Eindruck von mir gewonnen? Während der vergangenen Jahrzehnte habe ich viel darangesetzt, mich auf jede Weise mit zahllosen ungesetzlichen Sachen zu beschäftigen. Euch, den legitimierten Dieben, bin ich niemals ins Netz gegangen, und wie du ja weißt, habe ich mein Überleben damals im Krieg auch nur einer Gesetzlosigkeit zu verdanken, und genau aus diesem Grund ist für mich im Nachhinein das Begehen illegaler Handlungen zu meiner hauptsächlichen Tätigkeit geworden. Aber ihr Kleinleuchter lebt ja davon, in schäbigster Manier die Paragrafen durchzukneten, sozusagen auf legale Weise, ich meine, scheinbar gesetzmäßig. Denkst du vielleicht, ihr seid in meinen Augen Menschen?"

„Was ist denn überhaupt aus Major Kwak geworden? Haben Sie ihn noch mal getroffen?"

Plötzlich verlor sich der zerstreute Blick des Feldwebels in der Ferne.

„Haben Sie ihn noch mal? Haben Sie ihn noch mal? ... Weil du jetzt hier gerade vor mir stehst, gestehe ich es zum ersten

Mal: Den habe ich, ohne mit der Wimper zu zucken, erledigt. Ich habe ihn erschossen. Eines Tages hatte das gesamte Bataillon ohne Befehl von oben in aller Eile den Rückzug angetreten. Du wirst dich noch daran erinnern, solche Situationen gab es bei heftigen Schlachten immer wieder. Befehl von oben? Wenn es brenzlig wird, wo gibt es da Befehle von oben? Oben – da sitzen sie gemütlich beisammen und haben keinen Schimmer, was sich auf dem Schlachtfeld abspielt. Im Krieg wird häufig nur improvisiert. Damals befanden wir uns in genau einer solchen Situation, und ausgerechnet da begleitete Major Kwak ein paar Militärpolizisten und versperrte unserem voll besetzten Three-quarter den Weg. Wer den Befehl zum Rückzug gegeben hätte, fuhr er uns an. Ich saß neben dem Fahrer und sagte ihm: ‚Ich habe diesen Befehl gegeben. Ich.' Und dann habe ich ihm eine Kugel direkt in die Brust gefeuert. Genau in dem Moment sah er mich an. Und dann sind wir losgerast, um diesem Schlachtfeld zu entkommen, und sind ins Tal gefahren. Und ich? Mir ging's danach sehr gut, hatte nicht die geringsten Schwierigkeiten. Keiner auf dem Three-quarter hat mich angezeigt, im Gegenteil, die waren mir alle dankbar. Die Wogen hatten sich sofort wieder geglättet. Alles war in Ordnung. Später habe ich auf dem Soldatenfriedhof in Tongjak seinen Grabstein gesehen. Ein bisschen gerührt war ich schon. Meinst du, solche Aktionen gab's bei mir nur im Krieg? Mein Leben als Tagelöhner in den vier, fünf Jahrzehnten danach war im Grunde nur eine Fortsetzung der Front. Tag für Tag ein harter Kampf. Mitte der sechziger Jahre bin ich nach Vietnam, in den Siebzigern nach Saudi-Arabien, in den heißen Wüstensand, und habe denen gezeigt, was in uns steckt. Du wirst es nicht glauben, aber Patrioten wie ich sind selten. Wenn es noch andere gibt, würde ich die liebend gern mal kennen lernen. Angeber wie ihr können doch nichts als große Töne spucken, aber ich, ich war immer an vorderster Front in dieser Republik. Verstehst du, was ich sagen will?"

Und zum Schluss setzte er noch leise und in ruhigem Ton, der gar nicht seine Art war, hinzu: „Um dieses Gipfeltreffen zwischen dem Norden und dem Süden haben sie ja ein Riesenspektakel veranstaltet, aber ehrlich gesagt, habe ich immer noch nicht begriffen, was dabei eigentlich rausgekommen sein soll. Sieht so aus, als bliebe solchen wie mir nichts anderes übrig, als sich schnellstens ins Jenseits zu verabschieden, aber eine Sache hätte ich da vorher noch zu sagen: Solche harten Typen wie ich einer bin, die in den vergangenen mehr als fünfzig Jahren diese Republik Korea tatkräftig gestützt haben, und zwar als unterste Schicht, die gibt es heutzutage auch im Norden; Leute, die auf der sozialen Stufenleiter ganz unten stehen und die dortige Ordnung stützen, und einen von denen würde ich gern mal treffen und einen mit ihm heben. Ohne die prahlerischen Reden, die ihr so gerne führt ... Bis sich die harten Typen auf beiden Seiten wirklich miteinander aussöhnen, ist es noch weit, sehr weit. Das ist meine ehrliche Meinung. Was meinst du? Stimmst du mir zu, Gefreiter Kim?"

(2000)[3]

---

[3] Die beiden Erfahrungsberichte von Herrn Choe Chongtae und Herrn Yu Songtae, die zum Wettbewerb einer Tageszeitung zum Thema „Memoiren des Koreakrieges" eingereicht wurden, dienten mir bei dieser Erzählung als Vorlage. Ich danke den Verfassern für ihre Beiträge. – Der Autor.

Anmerkungen

Alte Schlange - Legende, wonach die Schlange sich im Haus versteckt und dasselbe beschützt. Wenn die Schlange das Haus verlässt, bedeutet das dessen Untergang.

Buddhistische Messe am 49. Tag – Buddhistisches Ritual am 49. Tag nach dem Tod eines Menschen. Innerhalb dieser Zeit sucht sich die Seele nach buddhistischen Vorstellungen einen neuen Körper.

Cho Soang – (1887–1958) Während der Emigration in China trat Ch. der Unabhängigkeitsbewegung bei und beschäftigte sich aus theoretischer Sicht mit der Gründung eines koreanischen Nationalstaates nach Erringung der Unabhängigkeit. Nach der *Unabhängigkeitsbewegung des 1. März* (1919) wirkte er in Shanghai bei der Gründung der Provisorischen Regierung mit. Als deren Vertreter nahm er an internationalen Kongressen, z. B. der Sozialistischen Internationale, teil. 1948 unterzeichnete er mit Kim Ku und Kim Kyusik zusammen eine *Gemeinsame Erklärung*, dass sie nicht für separate Wahlen in Südkorea antreten würden. Im April 1948 nahm Ch. an Gesprächen zwischen Süd- und Nordkorea in Pyongyang teil. Nach seiner Rückkehr aus dem Norden trat er aus der Koreanischen Unabhängigkeitspartei aus und akzeptierte die Gründung einer separaten südkoreanischen Regierung.

Fleisch (in: *Böser Geist*) – Das koreanische Wort *sal* ist polysem und bedeutet neben „böser Geist" auch „Fleisch", „Rippe", „Pfeil", „Stachel" und „Alter".

Frau Hakkol – Hakkol ist nicht der Name der Frau, sondern des Dorfes, aus dem sie stammt.

Gemeinsame Erklärung des 4. Juli – Am 4. Juli 1972 veröffentlichten Nord- und Südkorea eine *Gemeinsame Erklärung*. Sie war das erste Dokument, welches gleichzeitig in Pyongyang und Seoul veröffentlich wurde und der Festigung des Friedens sowie der Vorbereitung eines Dialogs dienen sollte. In Vorbereitung dieser Erklärung hatten die Vorsitzenden der Rot-Kreuz-Gesellschaften beider Länder in geheimen Treffen seit November 1971 in Panmunjom verhandelt. Auf der Grundlage dieser Verhandlungen besuchte der Chef des südkoreanischen Geheimdienstes, Lee Hurak, im Mai 1971 Pyongyang, und der stellvertretende Ministerpräsident der KDVR, Pak Songchol, zwischen Mai und Juni desselben Jahres Seoul.

Haetae-Figur – Steinplastik, die ein koreanisches Fabelwesen darstellt.

Hanbok – traditionelle koreanische Kleidung bestehend aus einem langen Rock und einem Jäckchen bei Frauen sowie einer Jacke und einer weiten Hose bei Männern.

Hong Myonghui – (Hong Myŏnghŭi; 1888–1968) Unter der japanischen Kolonialherrschaft verfasste H. den Roman *Rim Kkokchŏng* und eröffnete damit ein neues Kapitel des koreanischen historischen Romans. Als einer der Führer der *Unabhängigkeitsbewegung des 1. März* wurde er verhaftet und war nach seiner Freilassung als Chefredakteur einer großen Tageszeitung, als Schuldirektor und Professor tätig. Nach der Befreiung 1945 unterstützte er die Linken und wurde Vorsitzender des Koreanischen Schriftstellerverbandes, 1947 Vorsitzender der Demokratischen Unabhängigkeitspartei. Ein Jahr später lief er in den Norden über, wo er trotz seiner südkoreanischen Herkunft bedeutende Funktionen übernahm: stellvertretender Ministerpräsident, Abgeordneter der Obersten Volksversammlung (Parlament), Vorsitzender des *Komitees für die friedliche Wiedervereinigung des Vaterlandes* und Vorsitzender der Akademie für Gesellschaftswissenschaften.

Hwatu – beliebtes koreanisches Kartenspiel

Jugendverband Nordwest – Antikommunistischer Jugendverband, der nach der Befreiung drei Jahre lang in Südkorea aktiv war. Er vereinigte jene Jugendverbände, in denen sich die aus dem Norden übergelaufenen Flüchtlinge ihren Heimatprovinzen entsprechend organisiert hatten, und verfolgte einen konsequent rechten Kurs. Hauptsächlich waren seine Mitglieder in Aktionstrupps tätig, die sich mit der Zerschlagung linker Kräfte beschäftigten. Damals wurde der Verband auch als „Weiße Terrorgruppe" bezeichnet. Außerdem half er jugendlichen Flüchtlingen aus dem Norden, im Süden Fuß zu fassen, führte von der Polizei geduldete Identitätsüberprüfungen von Flüchtlingen durch und half ihr, Linke ausfindig zu machen. 1947 verschmolz ein Teil des *Jugendverbandes Nordwest* mit dem *Vereinigten Jugendverband*, der Rest verblieb im sogenannten *Spätverband Nordwest*, der im Unterschied zu seinem Vorgänger nicht mehr Kim Ku und Kim Kyusik unterstützte, sondern für Rhee Syngmans Plan zur separaten

Staatsgründung eintrat. Ende 1948 wurde der *Spätverband Nordwest* in den *Koreanischen Jugendverband* integriert.

Kaution – Anders als bei uns üblich, kann die bei Vermietung einer Wohnung fällig werdende K. in Korea bis zur Hälfte des Kaufpreises der betreffenden Wohnung betragen. Sie wird nach dem Auszug zurückgezahlt; sollte der Mietvertrag jedoch noch nicht abgelaufen sein, kann sich die Rückzahlung verzögern.

Kim Ku – (1876–1949) Zur Zeit der japanischen Besatzung war K. Präsident der Provisorischen Regierung (in China) und führendes Mitglied der antijapanischen nationalen Befreiungsbewegung. 1928 gründete er u. a. mit Cho Soang die Koreanische Unabhängigkeitspartei. 1945 veröffentlichte er die aus 14 Artikeln bestehende Erklärung zur *Aktuellen Politik der Provisorischen Regierung* und reiste als Vertreter dieser Regierung nach Korea. Die USA erkannten die Provisorische Regierung nicht an. Nach 1949 agierte K. gegen die Gründung einer separaten südkoreanischen Regierung und war als Nationalist, der sich gegen ausländische Einmischung aussprach, in der *Bewegung zur Schaffung eines Vereinigten Nationalstaates* engagiert. Eine Zusammenarbeit mit Rhee Syngman lehnte er ab, solange Rhee am Kurs einer separaten südkoreanischen Regierung festhielt. Im Juni 1949 wurde K. von einem Offizier ermordet.

Kim Kyusik – (1881–1950) Politiker und Mitglied der Unabhängigkeitsbewegung. 1919 nahm er an der Pariser Friedenskonferenz teil und legte dort im Namen der Provisorischen Regierung Koreas eine Bittschrift vor. In der Provisorischen Regierung bekleidete er verschiedene hohe Funktionen, z. B. die des Außenministers oder des Vizepräsidenten. Nach 1945 bemühte er sich um eine Sammlung der rechten Kräfte und nahm in der Absicht, die Teilung des Landes zu verhindern, an den Verhandlungen zwischen dem Süden und dem Norden teil.

Kimchi – scharf eingelegter Chinakohl, der bei keiner koreanischen Mahlzeit fehlen darf.

Makkolli – Reiswein

Namsan – Berg im heutigen Stadtgebiet Seouls

Partei der Koreanischen Unabhängigkeit – Im Januar 1930 in Shanghai gegründete Partei der koreanischen Unabhängigkeitsbewegung.

Provisorische Regierung in Shanghai – Am 13. April 1919 konstituierte sich in Shanghai eine demokratische Regierung, die bis zur Rückkehr ihrer Repräsentanten ins befreite Korea im November 1945 von China aus gegen die japanische Besatzung agierte. Bis 1932 hatte sie ihren Sitz in Shanghai; infolge der japanischen Aggression gegen China wechselte sie zwischen 1932 und 1940 mehrfach ihren Aufenthaltsort, bis sie sich in Chongqing niederließ. Nach 1945 übernahmen Politiker der Provisorischen Regierung wichtige politische Funktionen in Südkorea.

Pyong – koreanisches Flächenmaß: 1 Pyong sind ca. 3,3 qm.

Revolution (in: *Vermasselter Amtsantritt*) – Gemeint ist der Militärputsch vom 16. Mai 1961 durch Park Chung Hee [Pak Chŏnghŭi].

Ri – koreanische Längeneinheit, ein Ri sind zirka 400 m.

Rückzug des 4. Januar – Infolge des Eingreifens der Chinesischen Volksfreiwilligen in den Koreakrieg wurden die südkoreanischen und US-amerikanischen Truppen zu Beginn des Jahres 1951 wieder über den 38. Breitengrad nach Süden zurückgedrängt, und die nordkoreanische Volksarmee besetzte Seoul am 4. Januar 1951 zum zweiten Mal.

Sin Ikhui – (Sin Ikhŭi; 1892–1956) Als Mitglied der Unabhängigkeitsbewegung beteiligte sich S. ab 1918 an der Diskussion über deren Kurs und emigrierte nach der *Unabhängigkeitsbewegung des 1. März* nach Shanghai, wo er an der Gründung der Provisorischen Regierung teilnahm. Er ließ sich in das südkoreanische Übergangsparlament wählen, dessen Präsident er 1947 wurde.

Soju – Reisschnaps

Trostfrauen – während des Zweiten Weltkriegs für die japanischen Kriegsbordelle zwangsprostituierte Mädchen und Frauen v.a. aus Korea, China und Südostasien.

Tuksom – [Ttuksŏm] Insel im Hangang

Unabhängigkeitsbewegung des 1. März 1919 – Nach dem Tod des koreanischen Königs Kojong, für viele Koreaner ein Symbol der 1910 an Japan verlorenen staatlichen Unabhängigkeit, kam es in Seoul zu Protestkundgebungen, nachdem die sterblichen Überreste des letzten Herrschers der Yi-Dynastie zu seiner Grabstätte gebracht worden waren. Die Führer der Widerstandsbewegung nutzten die Gelegenheit und vereinigten die spontan versammelten Trauergäste zu einer friedlichen Demonstration für die Unabhängigkeit Koreas. Die Proteste weiteten sich innerhalb kurzer Zeit über das ganze Land aus und wurden von den Japanern blutig niedergeschlagen. Der 1. März ist bis heute gesetzlicher Feiertag in Südkorea.

Wonsan – Stadt an der nordkoreanischen Ostküste

Yun Poson – (Yun Posŏn; 1897–1990), Präsident der Republik Korea von 1960–1962

19. April 1960 – Sturz des ersten Präsidenten Rhee Syngman.

16. Mai 1961 – Militärputsch unter Park Chung Hee löst die Regierung von Präsident Yun Poson ab.

21. Januar – gemeint ist der Zwischenfall vom 21. 1. 1968, als nordkoreanische Spione versuchten, ins Blaue Haus einzudringen und Präsident Park Chung Hee zu ermorden.

Originaltitel und Veröffentlichungsnachweise der Kurzgeschichten

Übersetzungstitel	Korean. Titel	Zeitschrift (Jahr)
Heimatlos	탈향(脫鄕)	「문학예술」 7월호 (1955)
Odols Großmutter	오돌 할멈	「문학예술」 10월호 (1957) ['핏자국'으로 변경]
Hochflut	만조(滿潮)	「신문예」 3월호 (1959) ['만조기'로 변경]
Das wahre Gesicht	나상(裸像)	「문학예술」 1월호 (1956)
Zermürbt	닳아지는 살들	「사상계」 2월호 (1963)
Vermasselter Amtsantritt	부시장 임지로 안가다	「사상계」 1월호 (1965)
Geburtstagsparty	생일초대	「문학사상」 5월호 (1976)
Der große Berg	큰 산	「월간문학」 7월호 (1970)
Die Immobilie	여벌집	「월간중앙」 7월호 (1972)
In schwarzer Nacht erzählt	소슬한 밤의 이야기	「한국문학」 5월호 (1972)
Zwiedenker	이단자 (4)	「한국문학」 1월호 (1973)
Flucht	도주	「창작과비평」 12월호 (1977)
Böser Geist	살(煞)	「창작과비평」 4월호 (1988) [게재년 오표기 (1991)]
Leid der Teilung, Leid der Trennung	이산타령 친족타령	「라쁠륨」 가을호 (1972) [게재년 오표기 (1999)]
Gesetzlos, illegal, legal	비법 불법 합법	「황해문화」 (2000)